JENNIFER CHIAVERINI

LE SORELLE DI MARY LINCOLN

Traduzione di Roberta Zuppet

HarperCollins

ISBN 978-88-6905-973-5

Titolo originale dell'edizione in lingua inglese:
Mrs. Lincoln's Sisters
William Morrow
an Imprint of HarperCollins *Publishers*

Traduzione di Roberta Zuppet

Prima edizione HarperCollins
novembre 2022

FSC
www.fsc.org
MISTO
Carta da fonti gestite
in maniera responsabile
FSC® C021883

A
HEATHER NEIDENBACH,
la mia amata Sorellina

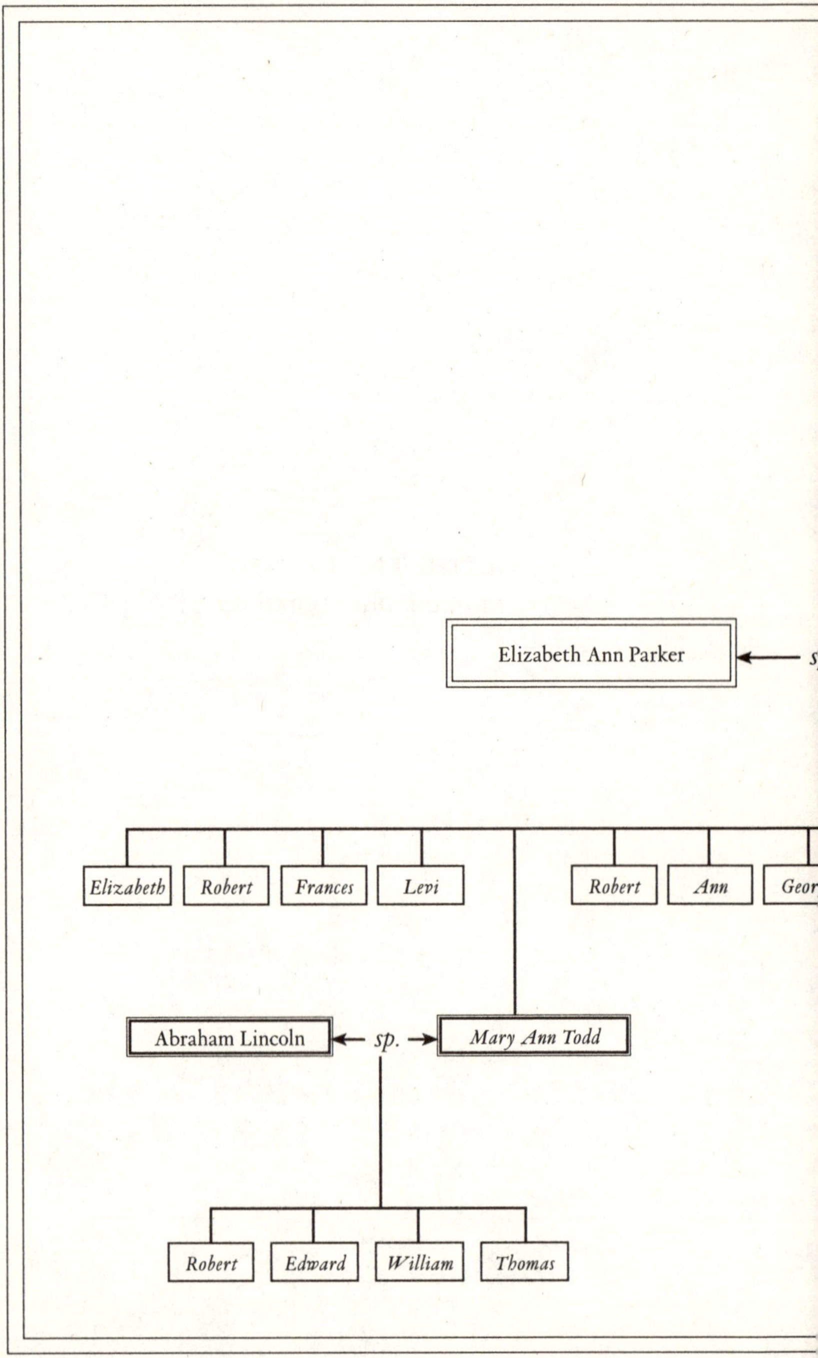
Elizabeth Ann Parker
Elizabeth
Robert
Frances
Levi
Robert
Ann
Abraham Lincoln
sp.
Mary Ann Todd
Robert
Edward
William
Thomas

LA FAMIGLIA TODD DI LEXINGTON, KENTUCKY

Robert Smith Todd ← *sp.* → Elizabeth L. Humphreys

- *Robert*
- *Margaret*
- *Samuel*
- *David*
- *Martha*
- *Emilie*
- *Alexander*
- *Elodie*
- *Katherine*

1
Maggio 1875
ELIZABETH

Una brezza capricciosa fece frusciare la carta sotto la penna di Elizabeth, intenta a scrivere in giardino, ma lei tenne saldamente il foglio contro il tavolo con la mano sinistra, impedendogli di volare via. Sollevò la penna, aspettando che la folata cessasse piuttosto che rischiare di sbavare l'inchiostro, e durante quella breve pausa una leggera pioggia di fiori di prugno cadde su di lei, sul tavolo e sulla testa di Lewis, il suo nipote sedicenne, sdraiato su una chaise-longue là accanto, così assorto nel *Giro del mondo in ottanta giorni* di Jules Verne da non accorgersi dei petali che da qualche secondo gli ornavano i capelli castano chiaro. Elizabeth sorrise, tentata di alzarsi e di gettare delicatamente a terra i fiori con le punte delle dita, ma il ragazzo era così incantevole che decise di lasciarli dov'erano.

Stava scrivendo alla madre di Lewis, Julia, la sua primogenita. Il marito di Julia, Edward Lewis Baker senior, era stato nominato console degli Stati Uniti in Argentina l'anno precedente e, quando la coppia si era trasferita a

Buenos Aires, Lewis era andato a vivere con i nonni. L'elegante casa di Ninian ed Elizabeth su Aristocracy Hill, a Springfield, aveva spazio più che sufficiente per un adoratissimo nipote, e loro erano felici di ospitarlo finché non avesse finito gli studi, anzi, fin quando lui avesse voluto.

La brezza si placò, lasciandosi dietro la soave fragranza di giacinti e narcisi, ma prima che Elizabeth potesse ricominciare a scrivere, il sordo dolore cronico nel suo addome si acuì all'improvviso. Doveva aver sussultato, perché Lewis alzò gli occhi dal libro, corrugando la fronte. «State bene?»

Lei riuscì a sorridere. «Benissimo, caro. Mi sto soltanto...» Inalò a fondo, ignorando la fitta, e simulò un sospiro soddisfatto. «Godendo la dolce aria primaverile.»

Poco convinto, il ragazzo le lanciò un'occhiata indagatrice. «Siete sicura? Volete che chieda a Mrs Henderson o a Carrie di portarvi una tazza di tè?»

«Ne ho già una.» Elizabeth indicò la tazza sul tavolo. Un pallido petalo color lavanda galleggiava sulla superficie del liquido ambrato, che non era vero tè, bensì una tintura di zenzero, corteccia di salice e foglie di lampone, preparata per lei da un'anziana donna di colore rispettata in tutta la città per le sue conoscenze erboristiche. Solo Elizabeth e la sua fedele governante sapevano che beveva quel rimedio quasi ogni giorno, a volte sia al mattino sia alla sera. Anche se la tisana alleviava i sintomi per qualche tempo ed evidentemente non le faceva male, Elizabeth era certa che Ninian e sua sorella Frances l'avrebbero rimproverata di sprecare denaro in acqua aromatizzata quando il medico le aveva assicurato che gli acciacchi erano tutti nella sua testa.

All'epoca, consapevole che una replica aspra al dottore

avrebbe soltanto confermato l'accuratezza della diagnosi, Elizabeth era riuscita, con grande sforzo, ad annuire educatamente e a ringraziarlo. Pur avendo accettato di evitare di affaticarsi, aveva rifiutato il laudano che le aveva prescritto. Solo in seguito, quando lei e Frances erano rimaste da sole, aveva detto ciò che pensava davvero. «E le goccioline di sangue sulla mia biancheria intima, anche quelle sono tutte nella mia testa?» aveva chiesto indignata, seppure sottovoce, per paura che qualcuno la udisse e restasse turbato dal suo linguaggio sgarbato.

Frances era parsa alquanto turbata, ma il suo compianto marito era stato un medico oltre che un bottegaio, e probabilmente aveva sentito di peggio. Aveva assicurato a Elizabeth che i dolori e il sangue erano solo i sintomi del climaterio, una cosa che tutte le donne devono sopportare, e che con il tempo sarebbero svaniti. Elizabeth sperava che sua sorella avesse ragione, ma temeva di no. A sessantadue anni, aveva superato la menopausa già da diverso tempo, o almeno così aveva creduto. I disturbi sembravano qualcos'altro, ma se il medico, suo marito e la sua sorella più cara dicevano che non era niente, chi era lei per contraddirli?

La fitta si trasformò in un vago dolore subdolo. Posando la penna e prendendo il cucchiaino, Elizabeth pescò il petalo dalla tazza e, dopo averlo appoggiato sul piattino, sorseggiò la tisana. Nonostante il sapore insolito, la bevanda era molto gustosa, addolcita da una punta di miele. Non le nuoceva, si disse, dunque non era necessario che gli altri ne venissero a conoscenza. Se mai la tintura avesse smesso di alleviare le sue sofferenze, lei avrebbe insistito per consultare un altro medico.

Mentre metteva giù la tazza, la porta di servizio si

aprì e comparve Carrie, piccola e bionda, con un vestito grigio e un grembiule e una cuffietta bianchi. «Mrs Edwards» disse facendo un inchino, «all'ingresso c'è un signore che dice di dovervi parlare con la massima urgenza.»

Elizabeth non aspettava visite. «Ti ha dato il suo biglietto?»

«No, ma il suo nome è Mr Smith. Non il *vostro* Mr Smith» si affrettò ad aggiungere la cameriera, riferendosi a un altro suo cognato, il marito della sorella Ann. «Altrimenti l'avrei fatto entrare.»

«Certo.» Perplessa, Elizabeth si alzò. «Non ricordo di avere questioni urgenti in sospeso con nessun Mr Smith, né con altri gentiluomini, se è per questo.»

«Volete che me ne occupi io?» Lewis gettò le lunghe gambe energiche oltre il bordo della chaise-longue, apprestandosi a tirarsi su. «Posso indicargli lo studio del nonno oppure mandarlo via, qualunque cosa sembri adeguata.»

Con un sorriso indulgente, Elizabeth gli fece cenno di restare seduto e cedette all'impulso di togliergli i petali dai capelli. «Grazie, caro, ma credo di potermi arrangiare da sola.»

Accompagnò Carrie all'interno, attraversando la casa fino all'ingresso principale, dove un uomo snello, sui venticinque anni, se ne stava sulla soglia stringendo il cappello e cercando furtivamente di sbirciare dalle finestre anteriori. Congedando Carrie, Elizabeth si lisciò le gonne e aprì la porta. Nel vederla, lui si illuminò e, durante il consueto scambio di convenevoli, si presentò come Mr Philip Smith dell'Elkhart. Il nome non le disse nulla e questo dettaglio, insieme al suo sguardo penetrante e alla sua palpabile impazienza, la mise istintivamente in guardia.

«Mi rincresce non potervi invitare a entrare» disse Elizabeth. «Mr Edwards non è in casa al momento, e suppongo vogliate vedere lui. Ma potete lasciare il vostro biglietto...»

«Oh no, sono qui per vedere voi» la interruppe l'uomo, annuendo con enfasi. «Devo dire, signora, che sono lieto di trovarvi così bene, date le circostanze.»

Elizabeth sentì il cuore che accelerava. «Circostanze?» I suoi pensieri volarono a Julia e Edward nel lontano Sudamerica, al suo amato Ninian qualche isolato più in là. «Non capisco.»

«Altroché se capite.» Il visitatore fece una faccia incredula, impudente. «*Siete* la sorella di Mrs Lincoln, no?»

Ma certo. Perché mai uno sconosciuto avrebbe dovuto presentarsi senza invito alla sua porta, se non per Mary? Individui divorati da una curiosità morbosa non perseguitavano più la famiglia come era accaduto un tempo, dieci anni dopo il raccapricciante omicidio di suo cognato, ma di tanto in tanto un serpente strisciava fuori da sotto un sasso. «Sono una delle sue sorelle» confermò, irritata. «Vi chiedo scusa, ma non aspettavo visite e devo...»

«Non vi ruberò più di un minuto.» Lui fece un passo avanti come se volesse bloccare la porta con il piede prima che Elizabeth potesse chiuderla. «Vorrebbe rilasciare una dichiarazione sulla triste sventura di Mrs Lincoln?»

«Una dichiarazione?» Quale sventura? C'era l'imbarazzo della scelta, però Elizabeth non era al corrente di recenti disgrazie e non era disposta a confidarsi con un perfetto estraneo che compariva davanti alla sua porta senza neppure un...

Poi capì. «Siete della stampa.» Si raddrizzò, fulminandolo con lo sguardo.

«Sì, come ho detto, Philip Smith, *Elkhart Gazette*.»

«Sicuramente *non* l'avete detto.» Afferrando la maniglia, Elizabeth aggiunse: «Non avete un briciolo d'onore, signore, ma se ve ne andate subito, non chiamerò la polizia e non vi denuncerò per molestie e violazione di proprietà privata. Buona giornata».

Sbatté la porta e tirò il chiavistello, con il cuore che galoppava e la bocca secca. Mr Smith suonò il campanello e la chiamò mentre Elizabeth indietreggiava nell'ingresso, confusa e arrabbiata. Negli anni, la sua famiglia era stata tormentata da ignobili articoli di giornale, ma era accaduto di rado che un reporter profanasse l'inviolabilità della loro casa o cercasse lei in particolare. Come osava un giornalista importunarla ora? Era una privata cittadina, non un politico che aveva scelto la vita pubblica. Come poteva qualcuno considerarla tanto priva di lealtà e compassione da cospirare per rivangare le spiacevoli vicende della vita di Mary? Una sorella disaffezionata era pur sempre una sorella.

A meno che...

Forse Mr Smith non stava indagando sul passato di Mary, ma sul suo presente.

Elizabeth si costrinse a fare un respiro profondo, a ragionare lucidamente, a ricordare con esattezza cosa avesse detto. Voleva una dichiarazione. Non un commento sui trascorsi di sua sorella, bensì un'opinione riguardo a qualche fatto nuovo. Si premette una mano contro la fronte. Oh, Mary. In quale nuovo scandalo si era invischiata, causando l'imbarazzo e la mortificazione della famiglia?

Qualunque cosa avesse portato quel reporter a Springfield, era così terribile da indurlo a prevedere che Elizabeth sarebbe stata in preda all'angoscia, e così importante da spingerlo a dare per scontato che ne fosse già a conoscenza. Invece aveva scoperto che era all'oscuro di tutto. Com'era possibile? Come aveva potuto Mr Smith essere più veloce del telegrafo?

Scossa, passò in sala da pranzo per cercare i giornali del mattino che suo marito leggeva sempre a colazione. La notte precedente, Elizabeth aveva dormito male a causa del dolore all'addome e quando si era alzata e vestita Ninian era già andato al lavoro. Non ricordava di aver visto i quotidiani piegati sul tavolo davanti alla sua sedia vuota, e al momento non c'erano. Si spostò nello studio, ma non li trovò neppure sull'ampia scrivania di mogano. E nemmeno in biblioteca, dove gli alti scaffali traboccavano di libri di diritto e opere di storia e scienze naturali, oltre a romanzi popolari e volumi di poesia. Ma dei giornali neanche l'ombra.

Andò in salotto e suonò il campanello per chiamare Mrs Henderson, appena rientrata dal mercato. La governante confermò che quel mattino erano stati consegnati come al solito e che lei stessa aveva visto Mr Edwards leggerli a colazione. Era sconcertata quanto la sua padrona dalla loro presunta scomparsa, ma si offrì di cercarli. Nel frattempo, Elizabeth tornò in giardino per domandare a Lewis se avesse idea di che fine avessero fatto. Non li aveva visti neppure lui, e non aveva parlato con suo nonno se non per scambiare un saluto sbrigativo mentre Ninian usciva di casa in tutta fretta.

«È successo qualcosa?» Mettendo da parte il libro, Lewis si alzò.

Prima che Elizabeth potesse rispondere, Mrs Henderson la raggiunse fuori sospingendo Carrie per il gomito. Costrinse la ragazza riluttante a fermarsi davanti agli altri due e la fissò con sguardo severo. «Ripeti alla signora ciò che hai detto a me.»

Con gli occhi bassi, la cameriera disse umilmente: «Mr Edwards mi ha ordinato di bruciare i giornali».

«Cosa?» esclamò Elizabeth. «E sei rimasta a guardarmi senza dire nulla mentre li cercavo ovunque?»

«Mi dispiace, signora. Mr Edwards mi ha ordinato di tenere la bocca chiusa.»

«Santo cielo.» Elizabeth sentì una fitta di angoscia. «Ti ha spiegato perché voleva che li bruciassi?»

La giovane strinse le labbra scrollando il capo, ma l'unica ipotesi plausibile era che Ninian intendesse impedire a sua moglie di leggere qualche notizia.

Mentre Mrs Henderson prometteva a Carrie una bella lavata di capo, Elizabeth mandò Lewis a comprarne di nuovi. Nell'attesa camminò avanti e indietro in giardino, dibattuta tra l'irritazione verso Ninian e la preoccupazione per le orribili notizie che aveva cercato di nasconderle.

Quando Lewis tornò, dalla sua espressione angustiata Elizabeth intuì che lungo il tragitto si era fermato a dare una scorsa alle prime pagine. «Cosa c'è?» chiese con un tremito nella voce. «Cos'ha combinato mia sorella?»

Lewis tacque, limitandosi a scuotere la testa e a porgerle la pila di giornali. Lei afferrò il *Chicago Tribune* in cima, lo aprì e si paralizzò, senza fiato, allorché un nome familiare le balzò agli occhi dai titoli in grassetto.

LUME DELLA RAGIONE, ADDIO

Processo a Mrs Lincoln per infermità mentale.
Perché amici e parenti hanno scelto
questa dolorosa linea d'azione.
Testimonianze dei medici riguardo
alla sua instabilità psichica.
Sente strane voci – ha paura di essere uccisa –
immagina che il figlio sia malato.
Cosa hanno visto i dipendenti dell'hotel.
Negozianti testimoniano sui suoi acquisti di merci.
Giudicata pazza, sarà mandata a Batavia.
Scenate in tribunale.

Con la testa che girava, Elizabeth si lasciò cadere accanto al tavolo dove aveva abbandonato la lettera a Julia, fermandola con la tazza. A malapena riuscì a respirare mentre leggeva di come Mary fosse diventata così labile psicologicamente e così eccentrica nelle sue abitudini che un comitato di medici illustri e amici preoccupati si era riunito per decidere come intervenire per proteggerla da se stessa. Un giudice aveva emesso un mandato di arresto e, il sabato precedente, era stata trascinata in tribunale contro la sua volontà, *pallida, con gli occhi acquosi e febbrili*, accompagnata da diversi amici anonimi. Con gli occhi *velati di lacrime*, era presente anche Robert Lincoln, primogenito e unico figlio sopravvissuto, che aveva richiesto l'udienza. Le voci sul processo per infermità mentale si erano diffuse rapidamente in città e l'aula di tribunale era gremita di cittadini curiosi e rappresentanti della stampa. A uno a uno, i testimoni erano stati chiamati alla sbarra, dove avevano descritto fin nel più scabroso dettaglio lo squilibrio nervoso di Mrs Lincoln, le sue spese folli, le paure inspiegabili e le strane fantasie in cui suo figlio era gravemente malato o lei veniva pedinata da loschi figuri avvolti in mantelli neri intenzionati ad assassinarla. I testimoni avevano dichiarato che la povera vedova affranta non era in sé e che per la sua incolumità era necessario internarla in manicomio.

La seduta era stata aggiornata, e quando Robert si era avvicinato a sua madre per cercare di confortarla, Mary l'aveva rimbrottato tra le lacrime: «Oh, Robert, il pensiero che mio figlio abbia fatto una cosa simile mi spezza il cuore!».

Di lì a qualche minuto, la giuria era rientrata con il verdetto: Mary Lincoln era pazza e doveva essere trasferita allo State Hospital for the Insane. Il giudice si era consultato brevemente con il figlio e gli amici, i quali invece avevano optato per il ricovero al Bellevue Place di Batavia.

«La mia povera sorella» mormorò Elizabeth con una stretta al cuore, portandosi i polpastrelli alle labbra. E povero Robert, costretto ad assistere con orrore impotente mentre le condizioni di sua madre diventavano così disperate da costringerlo a prendere quella straziante decisione. Ma era davvero stato necessario? Mary era inquieta, senza dubbio, e il suo comportamento era a dir poco imprevedibile, ma era veramente pazza? Certo che no. Di sicuro per calmare una psiche provata da anni di dolore incessante occorrevano solo compassione e solidarietà, nient'altro.

Ma chi le avrebbe dato quel conforto spirituale? Non gli amici anonimi che l'avevano accompagnata al processo; com'era ovvio non l'avevano trattenuta dalla rovinosa caduta e non avrebbero potuto salvarla ora. Non ci sarebbe riuscita nemmeno Elizabeth, per quanto lo volesse, perché Mary non le rivolgeva la parola e non le scriveva da anni. Frances era abbastanza gentile e coscienziosa da farsi carico di quel fardello, ma Mary si era allontanata anche da lei, come dalla sua eterna rivale Ann e persino dalla cara Emilie, la preferita di tutti. Tra i suoi fratelli e fratellastri ancora in vita, Elizabeth non riuscì a trovarne uno che non avesse offeso Mary, o non fosse stato offeso da lei, e che fosse rimasto nelle sue grazie. Forse sarebbe stato possibile convincere una cugina, una nipote o un'amica d'infanzia a...

No. Era troppo tardi perché un'amica amorevole si offrisse di lenire le profonde ferite di Mary con dolci premure e attenzioni. Era stata internata su richiesta del figlio. Elizabeth conosceva bene Robert ed era certa che suo nipote non sarebbe mai ricorso a misure tanto drastiche se avesse ritenuto un qualunque altro trattamento sufficiente. Ormai si poteva soltanto pregare per la grazia sanatrice di Dio e sperare che l'ottima reputazione del dottor Patterson fosse ben meritata.

Cos'altro avrebbe potuto fare una sorella?

Angosciata, Elizabeth si concentrò sugli altri giornali con la speranza di trovare un resoconto più positivo del processo, ma ogni articolo confermava il primo. Lewis leggeva in silenzio là accanto, recuperando le pagine a mano a mano che lei le accantonava, con i lineamenti contratti per la preoccupazione. «C'è qualcosa che posso fare?» domandò alla fine, passandosi la mano tra i capelli arruffati.

«Non saprei, caro. Mi serve tempo per riflettere.»

«Volete che vada a chiamare il nonno, almeno?»

«No» rispose Elizabeth in tono più duro di quanto avrebbe voluto. «Presto sarà qui.»

Quel pomeriggio, quando Ninian rientrò dal lavoro, gli andò incontro nell'ingresso e, facendogli silenziosamente segno di seguirla nello studio, chiuse la porta. Aveva sistemato i giornali sulla scrivania, ma lui non ebbe bisogno di vederli per intuire che aveva scoperto tutto. «Speravo di risparmiarti un dolore» disse senza tanti preamboli prima che lei potesse accusarlo. «Era una speranza vana, lo so. L'ho capito non appena Carrie ha bruciato i giornali.»

«Pensavi davvero di potermelo nascondere per sempre?»

«Speravo di rinviare l'inevitabile, di regalarti qualche altra ora di serenità. So che non stai bene.»

«Davvero? Credevo fossi d'accordo con il medico riguardo al fatto che il dolore è solo nella mia testa...» Elizabeth tacque di colpo. All'ombra della pazzia conclamata di Mary, le parole del dottore assunsero un nuovo, funesto significato.

Ninian doveva aver notato la preoccupazione convulsa nei suoi occhi. «Tu non sei tua sorella» disse in tono fermo, prendendola tra le braccia e baciandola sulla fronte. «Non sei pazza. Hai solo bisogno di un medico più competente e di una diagnosi più accurata.»

«Oh, Ninian.» Sollevata, chiuse gli occhi e si aggrappò a lui. «Sono contenta che tu mi creda, ma... forse dovremmo credere anche a Mary.»

«Ritieni che il verdetto sia sbagliato, che tua sorella non abbia perso la ragione?» Ninian indicò i giornali. «Immagino tu abbia letto dei deliri in cui è convinta che un indiano le estragga le ossa dalla faccia e fili metallici dagli occhi. Che pensa di sentire dei colpetti sul tavolo capaci di preannunciare la data e l'ora della sua morte. Che ha vagato per l'hotel con indosso soltanto la camicia da notte. Che ha visto il fumo uscire dal camino di un edificio e si è persuasa che la città stesse andando a fuoco. Che ha accusato un uomo di averle rubato il portafogli, quando invece l'aveva messo nel cassetto dello scrittoio.»

Lei alzò la mano per zittirlo. «Sì, sì, ho letto le deposizioni. Ogni minimo dettaglio è impresso nella mia mente. Non metto in dubbio che Mary sia profondamente turbata, ma non sono convinta che rinchiuderla in un manicomio sia il modo migliore per aiutarla.»

«Nella giuria c'erano diversi medici stimati» le rammentò Ninian. «Dovremmo fidarci della loro competenza. A quanto ho scoperto, avendo trascorso buona parte della giornata a indagare su questo argomento, il Bellevue non è un lugubre istituto con guardie burbere e sbarre alle finestre, bensì un luogo tranquillo e salutare in campagna, gestito da dottori esperti e infermiere devote. Mary riceverà le cure più idonee e, qualunque sia il suo disturbo, trarrà beneficio dall'aria fresca e dal riposo. Se tua sorella dovesse essere solo stanca, la verità salterà fuori prima o poi.»

«Suppongo...» Elizabeth fece un respiro tremolante. «Suppongo che tu abbia ragione. O almeno lo spero.»

Ninian sembrò sul punto di aggiungere qualcos'altro, ma esitò e le prese la mano. «Cara, qualunque sia la prognosi, i giorni a venire saranno difficili. Sicuramente la stampa sfrutterà la disgrazia di Mary, e come suoi familiari presto tutti noi potremmo trovare i nostri nomi sbandierati ai quattro venti.»

«Presto?» Lei scoppiò in una risata amara. «Temo che lo sbandieramento sia già iniziato. Mentre eri in ufficio, un reporter si è presentato alla nostra porta chiedendomi una dichiarazione. Grazie al tuo tentativo maldestro di proteggermi, non avevo idea del perché fosse venuto e non ho rilasciato alcun commento. Posso soltanto immaginare come descriverà la mia confusione nel suo articolo. *Sorella di Mrs Lincoln del tutto indifferente alla sua tragedia.*»

«Non oserebbe» disse Ninian. «Anche se avessi saputo il motivo della sua visita, un silenzio dignitoso sarebbe comunque stato l'unica reazione appropriata.»

«Tuttavia, quando si tratta di notizie sulla mia famiglia, ti sarei grata se mi proteggessi con un po' meno meticolosità.»

Con sua delusione, lui si limitò a prometterle di pensarci su. In altre parole, concluse Elizabeth, avrebbe continuato a basarsi sul proprio giudizio per decidere cosa rivelarle, come aveva sempre fatto. Bene. Se tenersi informata significava alzarsi prima di lui per leggere i giornali del mattino, non sarebbe più rimasta a letto fino a tardi, a prescindere dall'insonnia o dai disagi notturni.

Quella notte non chiuse di nuovo occhio, ma all'alba si alzò e, dopo essersi lavata e vestita, scese le scale un paio di gradini dietro a suo marito, il quale si era svegliato più tardi ma aveva bisogno di meno tempo per scegliere l'abbigliamento e pettinarsi. I giornali erano ordinatamente piegati accanto al piatto di Ninian, e quando si furono seduti Elizabeth inarcò le sopracciglia in direzione del marito, che sospirò e, tenendo per sé l'*Illinois State Journal*, le passò il *Chicago Tribune*.

Si era preparata al peggio, ma l'articolo che attirò subito la sua attenzione la sbalordì talmente da lasciarla senza fiato.

MRS LINCOLN TENTA IL SUICIDIO

Chicago. Tra le 14 e le 20 di ieri, Mrs Lincoln ha cercato di togliersi la vita con il veleno. Dopo essere stata condotta fuori dall'aula di tribunale dove appena qualche ora prima l'avevano giudicata pazza, i sintomi della sua follia sono diventati assai violenti ed è stata messa sotto stretta sorveglianza, per timore che potesse nuocere a se stessa. Quest'oggi è fuggita dalla sua camera ed è corsa alla farmacia di Frank Squair, sotto il Grand Pacific Hotel; ha ordinato un medicamento a base di canfora e laudano, apparentemente per una nevralgia. A conoscenza dei suoi disturbi mentali, Mr Squair ha finto di non averne a disposizione, dicendo che avrebbe impiegato mezz'ora per prepararlo. Mrs Lincoln ha risposto che sarebbe tornata a ritirarlo, quindi è uscita in strada, dopodiché ha preso una carrozza ed è andata in altre due farmacie. Mr Squair, indovinando le sue intenzioni, l'ha seguita e in entrambi i casi è riuscito ad avvisare il farmacista di non darle il medicamento. Poi, vedendo che la donna intendeva tornare nel suo negozio, si è affrettato a rientrare e ha preparato una tintura di zucchero caramellato e acqua con qualche goccia di canfora. Convinta che questa miscela innocua fosse ciò che aveva ordinato, Mrs Lincoln ha lasciato la farmacia e ha bevuto immediatamente l'intero flacone. È tornata in hotel e, avvedendosi poco dopo che la mistura non aveva fatto effetto, ha provato a sgattaiolare di nuovo fuori dalla camera per procurarsene una dose più forte, ma è stata fermata. Oggi pomeriggio sarà trasferita nella clinica privata di Batavia, in Illinois, dove riceverà le dovute cure.

«Ninian» ansimò Elizabeth, «mia sorella...»

«Sì, lo so.» Mettendo da parte il giornale, lui le prese la mano fredda e tremante. «È terribile, ma Mary è incolume, al sicuro. Senza dubbio sarà sotto stretta sorveglianza, affinché non ci riprovi.»

«Era sotto stretta sorveglianza anche prima, eppure ha eluso le guardie.» Scuotendo la testa, Elizabeth cercò a tentoni il bicchiere d'acqua con entrambe le mani, se lo portò alle labbra e bevve adagio, rimpiangendo che non contenesse il suo elisir alle erbe. «Com'è riuscita una donna della sua età e nelle sue condizioni a sfuggire alle guardie in pieno giorno? Come facciamo a sapere che non lo farà di nuovo?»

«Noi sappiamo quanto sia astuta. Ieri le guardie l'hanno sottovalutata, ma ora presteranno più attenzione.» Scrollando il capo, Ninian prese il giornale di Elizabeth e gli diede una scorsa. «Tua sorella si ostina a dire di essere sana di mente, ma questo gesto disperato dimostra il contrario. Grazie a Dio l'hanno fermata prima che facesse del male a se stessa.»

«Grazie a Dio» gli fece eco Elizabeth. Demoralizzata, pregò fervidamente che le persone incaricate della sicurezza di Mary prendessero il loro lavoro molto più sul serio di quanto sembrassero aver fatto fino a quel momento.

Il tentato suicidio confermava il verdetto della giuria, o almeno così credeva Ninian. Elizabeth non poteva mettere in discussione la ragionevolezza delle loro conclusioni, eppure avvertiva una punta di scetticismo.

Il tentativo di sua sorella di togliersi la vita era stato davvero l'impulso di una mente squilibrata, oppure si era trattato del gesto disperato di una donna sana terrorizzata all'idea di essere internata contro la propria volontà?

Come aveva potuto Mary arrivare a tanto?

Un tempo erano state le sorelle Todd, le ragazze più belle di Lexington e Springfield. Negli anni trascorsi da quei luminosi giorni pieni di speranza, varie tragedie si erano abbattute su di loro. Alcune avevano perso la casa, altre il patrimonio, il marito o i figli. Tranne Mary, però, nessuna aveva tentato di suicidarsi.

Ma nessuna era salita più in alto o aveva vissuto sciagure peggiori di quelle che erano toccate a lei.

Chissà se i legami di sorellanza, logori ma ancora esistenti, sarebbero riusciti a salvarla.

2

Luglio 1825

FRANCES

Frances non aveva previsto di passare il 4 luglio nel giardino della sua famiglia, sconsolata e costretta a sorvegliare la sorellina Ann, che sonnecchiava su una trapunta stesa sull'erba morbida. Lì vicino, Elizabeth e Mary erano intente nel gioco delle grazie, lanciandosi l'un l'altra un anello con un bastoncino stretto in una mano. Le loro risate e punzecchiature scherzose suonavano forzate, persino quelle di Mary, che di solito si crogiolava nell'allegria e nel divertimento. Come il loro fratello Levi, che si era allontanato da solo dopo che i programmi della famiglia erano stati annullati, le sorelle avevano immaginato di trascorrere quella calda giornata di sole alla splendida festa dell'Indipendenza, già in pieno fervore al Fowler's Garden, alla periferia di Lexington. Ci sarebbero stati praticamente tutti, comprese le compagne di scuola di Frances, con i loro vestiti e cappelli migliori e i capelli ben spazzolati, arricciati o intrecciati, e ornati di nastri rossi, bianchi e blu. Arrosti di maiale e grosse cosce di manzo avrebbero sfrigolato sugli spiedi sopra il fuoco, e ci sarebbero state crostate traboccanti di frutta, limonata dolce per i bambini e barilotti di whiskey per gli adulti. Si prevedevano discorsi e musica, giochi e pettegolezzi, bandiere, festoni e fuochi d'artificio. Soprattutto, Frances sarebbe stata libera di scappare via con le sue amiche per tutto il giorno, mettendo la maggiore distanza possibile tra sé e le sorelline senza lasciare il parco divertimenti.

A quel pensiero sleale, provò una punta di rimorso. La piccola Ann non era così male; non era colpa sua se trotterellava ancora qua e là con il pannolino, rappresentando più una responsabilità che una compagna di giochi. Mary, che aveva sei anni e mezzo, invece era insopportabile. Graziosa e incantevole, con il sorriso incorniciato da due fossette, i limpidi occhioni azzurri orlati da ciglia scure, furbizia e battute spiritose da vendere, nonché una leggiadria e una raffinatezza naturali che eludevano Frances, conquistava l'ammirazione di tutti, dalla mamma al papà, dalla nonna Parker ai vicini e ai maestri. Nemmeno le migliori amiche di Frances si infastidivano se Mary si aggregava al loro gruppo, benché fosse di due anni più piccola. Le faceva ridere e inventava i giochi più spassosi, intrattenendole finché Frances non si sentiva messa da parte.

A casa succedeva esattamente la stessa cosa. Mary incantava tutti al punto che sembravano non disapprovare, o addirittura non notare, la sua determinazione a ottenere tutto ciò che voleva quando lo voleva. Se Mammy Sally stava intrecciando i capelli a Frances, Mary arrivava di corsa con la spazzola, blandendo e supplicando finché Sally si affrettava a finire con Frances per dedicarsi ai suoi lunghi, setosi boccoli castano intenso dai riflessi dorati. Se la mamma stava leggendo una storia a Frances, Mary si infilava tra loro sul divano e le chiedeva di ricominciare da capo, e naturalmente la mamma sorrideva e la accontentava. Se la zietta Chaney chiedeva ai bambini cosa volessero per colazione tra biscotti e pane di granturco, Mary si affrettava a dichiarare la propria preferenza e implorava con voce così dolce che la cuoca, scostante ma bravissima, annuiva e si metteva al lavoro come se nessun altro avesse aperto bocca. Se Frances si stava confidando sottovoce con Elizabeth, la loro ammiratissima sorella maggiore, Mary si precipitava a intromettersi nella conversazione, anche se Frances stava rivelando un segreto molto personale, che lei non avrebbe tardato a spifferare a tutto il quartïere. Per poi fingersi, in seguito, sorpresa quando Frances, furiosa e imbarazzata, l'avesse rimproverata. «Non intendeva ferirti» diceva Elizabeth, giustificandola quando Mary scoppiava a piangere e implorava perdono, come se fosse Frances a essere colpevole.

Frances si sforzava di essere indulgente con la sorella quando questa le faceva un torto, di essere tollerante e paziente quanto la mamma ed Elizabeth, ma Mammy Sally non si lasciava ingannare. «Ti conviene soffocare l'invidia prima che ti renda acida e meschina» le aveva detto una volta con una luce divertita negli occhi. «Sei stata al centro dell'attenzione quando eri la più piccola. Ora è il turno di Miss Mary.»

A Frances non era rimasto che annuire e promettere di provarci ma, sinceramente, come avrebbe potuto quel monito farla stare meglio? A cosa serviva sapere che un tempo era stata al centro dell'attenzione, se non ricordava quanto fosse stato bello?

Comunque, Mary non era più la piccola di casa; era stata scalzata prima da Ann e poi da George Rogers Clark

Todd. Certe volte, non senza sensi di colpa, Frances sperava che presto anche Mary si ritrovasse trascurata e dimenticata via via che l'attenzione si spostava sugli altri due. Di recente, come se Mary avesse subodorato quella possibilità, aveva iniziato a fingere che Ann non esistesse, tranne quando la bambina strillava e i suoi vagiti diventavano impossibili da ignorare. Allora faceva una smorfia e si infilava le dita nelle orecchie.

Frances sorrideva compiaciuta ogni volta che coglieva i suoi segnali di insofferenza, per poi vergognarsene quasi subito. Mary era ignara dei suoi brutti pensieri, tuttavia Frances cercava di rimediare invitandola a giocare con le bambole o offrendosi di leggerle la sua storia preferita. Mary era indifferente a tanta generosità. «Tu odi le bambole» replicava, oppure «So leggere anche da sola». Quei rifiuti erano offensivi, ma compensavano i pensieri spregevoli, perciò erano sopportabili.

Tuttavia, per quanto Mary la provocasse, Frances sapeva che era peccato gioire dell'infelicità di una sorella. I fratelli e le sorelle erano preziosi. Incidenti o malattie potevano portarseli via da un momento all'altro, come la febbre che aveva stroncato il piccolo Robert tre anni prima. La mamma era stata terribilmente triste per molto tempo, finché Frances non aveva quasi dimenticato il suono della sua allegra risata, una volta limpida e leggera come il tintinnio di un campanello d'argento. Grazie al cielo, circa due anni dopo era arrivata Ann, e la loro mamma gioiosa e sorridente aveva fatto ritorno da qualunque luogo fosse andata, non più assente per i suoi figli. Senza dubbio, avevano convenuto Frances ed Elizabeth in segreto, la nascita della nuova bambina avrebbe allontanato la malinconia persistente dalla loro famiglia.

Così era sembrato, fino a quel 4 luglio con la sua finta bellezza, mentre Frances sedeva sulla trapunta accanto a Ann, con lo sguardo fisso sulla casa, o meglio sulle finestre della camera dove sua madre bruciava di febbre.

Solo due giorni prima, Mrs Leuba – una levatrice calma e rassicurante, nonché moglie dell'orologiaio in fondo alla strada – era arrivata con la sua borsa di strumenti e impiastri. Sorridendo ai bambini, si era avviata lungo le scale verso la camera della mamma, da sola. Dietro la porta, aveva sussurrato Elizabeth a Frances, la loro madre era a letto con le finestre chiuse e le tende tirate, l'aria immobile e soffocante. Quelle precauzioni tenevano fuori gli spifferi insidiosi, ma non servivano ad attutire i gemiti della paziente, che avevano procurato a Frances un brivido lungo la schiena e l'avevano riempita di preoccupazione.

Non aveva sentito a lungo i lamenti di sua madre, perché poco dopo l'arrivo della levatrice il papà aveva detto a Mammy Sally di portare i bambini sulla collina, a casa di nonna Parker, dove sarebbero rimasti finché la madre non avesse partorito. Là Elizabeth aveva aiutato diligentemente la nonna ad accudire Mary e Ann, e Levi aveva dato una mano ai domestici con i lavoretti all'aria aperta, ma Frances aveva passato le ore camminando avanti e indietro sulla veranda, a fissare intensamente casa sua, costruita sulla metà più in basso della proprietà di nonna Parker. Aveva cercato invano di cogliere qualche movimento attraverso le tende, provando una fitta al cuore ogni volta che il vento portava alle sue orecchie un urlo di dolore particolarmente acuto. Alla fine la nonna l'aveva chiamata per la cena, ma Frances era tornata al suo posto non appena la tavola era stata sparecchiata.

Al crepuscolo, aveva supplicato: «Per favore, posso fare una scappata a casa per vedere come mai ci vuole così tanto?».

«A volte il travaglio di una donna dura un giorno o più» aveva risposto nonna Parker, ma aveva accettato di mandare la cameriera a informarsi, perché il papà le aveva chiesto di tenere lontani i bambini. La cameriera era tornata con la bella notizia che tutto procedeva come previsto. Il papà li mandava a salutare e raccomandava loro di non preoccuparsi, ma come poteva Frances non essere in ansia?

Il mattino seguente aveva fatto colazione di malavoglia e promesso con scarso entusiasmo di badare a Ann affinché la nonna potesse finire di cucire alcuni indumenti per il corredino del neonato. Ci era voluta un'eternità prima che il papà risalisse la collina – alto, forte e bello, con i capelli castano chiaro scompigliati, le guance arrossate, gli occhi azzurri che brillavano di orgoglio – per annunciare che i bambini avevano un nuovo fratellino.

Levi, che aveva pregato con tutto il cuore che nascesse un maschietto, aveva esultato e alzato il pugno in aria, mentre Elizabeth, Frances e Mary avevano riso felici, abbracciandosi. Ann li aveva guardati, confusa, con il pollice in bocca, finché il papà era scoppiato a ridere, prendendola in braccio. «Se promettete di non far rumore e di non stancare vostra madre» aveva detto, guardando i più grandi con le sopracciglia inarcate, «potete venire a trovarla subito e conoscere il vostro fratellino.»

Avevano giurato di fare i bravi, così il papà li aveva condotti a casa fino al piano di sopra, nella camera della mamma. L'avevano trovata a letto, sostenuta da grossi cuscini di piume, con il viso pallido ma gli occhi luminosi, e un minuscolo fagotto avvolto in fasce tra le braccia. Aveva chiamato i bambini a uno a uno, presentando loro il piccolo George, grinzoso e arrossato, con le palpebre abbassate. Quando Frances si era avvicinata, il neonato aveva sussultato e un minuscolo pugno era spuntato fuori dalla copertina. «Ti sta facendo ciao» aveva detto la mamma, ridendo piano.

Frances aveva sorriso, emozionata. Il piccolo George non aveva manifestato una simile predilezione per nessun altro.

Dopo aver ceduto a Elizabeth il posto accanto alla mamma, Frances aveva osservato il papà confabulare con Mrs Leuba mentre la levatrice chiudeva la borsa nera. Parlavano sorridendo e annuendo, dunque, pur non capendo le parole, la ragazzina aveva intuito che era tutto a posto. Mrs Leuba se n'era andata di lì a poco, promettendo di tornare il mattino seguente a controllare madre e figlio.

Alla fine Mammy Sally aveva scacciato i bambini dalla stanza mentre nonna Parker avvicinava la sedia al letto. Il papà, rimasto in piedi tutta la notte, si era trascinato fino alla camera di Levi e, gettandosi sul materasso, era sprofondato ben presto in un sonno profondo. In punta di piedi, Frances e le sue sorelle si erano spostate in salotto ma, benché convinte di giocare senza far rumore, di lì a poco Mammy Sally aveva ordinato loro di uscire. Allegre e sollevate, avevano corso e giocato sull'ombreggiata collina tra la loro casa e quella della nonna, con Ann aggrappata ora al fianco di Elizabeth, ora a quello di Frances. Ogni volta che chiedevano a Mary di portarla, lei rifiutava, facendo no con la testa e dicendo che Ann era troppo pesante.

«Tienila per mano, allora» aveva detto Frances, stizzita. «Dovresti contribuire ad accudirla.»

«Io ho accudito te quando avevo la tua età» era intervenuta Elizabeth, facendo un sorriso incoraggiante a Mary, come se fosse la preoccupazione anziché il disinteresse a impedire alla bambina di offrirsi volontaria. «Sia te sia Levi.»

Sospirando, Mary aveva permesso controvoglia a Ann di darle la mano mentre la piccola sgambettava incerta dietro alle altre due in giardino. Mary odiava non poter saltare lungo i vialetti di pietra o danzare sul prato, libera e spensierata, e non appena era riuscita a persuadere Elizabeth a sostituirla, aveva sciolto le dita dalla stretta di Ann ed era sfrecciata via.

La mamma era troppo stanca per raggiungerli a cena, ma stava così bene che il papà, come promesso, avrebbe potuto portarli alla festa dell'Indipendenza il giorno successivo. La mamma sarebbe rimasta a casa a riposare, con nonna Parker, la zietta Chaney e Mammy Sally a prendersi cura di lei e del neonato.

L'indomani mattina, tuttavia, Frances aveva scoperto che durante la notte alla mamma era venuta la febbre. Mrs Leuba, chiamata d'urgenza dal papà, le aveva somministrato pozioni e applicato impiastri ma, quando se n'era andata poco dopo l'alba, con le labbra strette e la tensione evidente nelle rughe intorno agli occhi, la paziente non era migliorata.

I bambini stavano ancora facendo colazione, fingendosi allegri per amore della piccola Ann e scambiandosi mormorii ansiosi, quando il papà era rientrato con il suo amico, il dottor Warfield, un professore della Transylvania Medical School di Lexington. «Papà?» l'aveva chiamato Mary, saltando su dalla sedia, ma i due uomini avevano superato la cucina e salito le scale senza dire una parola. Elizabeth aveva posato la mano sulla spalla della sorella, riconducendola dolcemente al suo posto, e aveva esortato tutti a finire di mangiare, ma ormai avevano perso l'appetito.

Con un leggero tremito nella voce, la zietta Chaney li aveva rimproverati per non aver vuotato i piatti e li aveva mandati fuori a giocare. Né lei né Mammy Sally né il papà avevano menzionato la festa dell'Indipendenza. Anzi, il papà era così agitato che non aveva rivolto la parola a nessuno di loro mentre continuava a entrare e uscire di casa, e i bambini erano sgattaiolati fuori dalla porta di servizio, scambiandosi occhiate silenziose con la consapevolezza che la loro madre stava molto male, troppo male perché il papà si allontanasse se non per andare a chiamare un altro medico.

Con il trascorrere delle ore era proprio ciò che aveva fatto. Dopo che il dottor Warfield se n'era andato, il papà aveva convocato il dottor Dudley, un professore universitario di anatomia e chirurgia, benvoluto da tutti e famoso per i suoi modi gioviali. Il medico, tuttavia, non aveva sorriso quando Frances l'aveva visto avvicinarsi alla porta d'ingresso con la borsa di cuoio nero, e non si era fermato neppure per togliersi il cappello mentre il papà gli afferrava il braccio e lo conduceva al piano di sopra.

La zietta Chaney si era ricordata di servire loro il pranzo, ma li aveva fatti mangiare in veranda. In estate amavano pranzare fuori, ma quel giorno era sembrata una punizione, un espediente per tenerli lontani dalla mamma. Avevano piluccato il cibo, ma solo Ann, ignara della tensione che attanagliava gli altri, aveva mandato giù più di un boccone.

«Credi...» Frances aveva esitato, per poi riformulare la domanda che aveva paura di fare. «Credi che la mamma si rimetterà?»

Si era rivolta a Elizabeth, ma era stata Mary a rispondere: «Certo che si rimetterà! Che cosa stupida da dire. È soltanto stanca per il parto».

Offesa, Frances era stata sul punto di ribattere, quando Levi aveva detto in tono mesto: «La mamma non è solo stanca. Altrimenti il papà non avrebbe chiamato Mrs Leuba e due medici. L'avrebbe semplicemente lasciata dormire».

«Ha la febbre.» Frances aveva intrecciato le dita sulle ginocchia. «Ho sentito Mrs Leuba che lo diceva a Mammy Sally. La febbre si è portata via il piccolo Robert...»

«È diverso» aveva osservato Mary. «Quella era una malattia dei bambini. Le madri non la prendono.»

«A volte sì» l'aveva contraddetta Frances. «Comunque, non dico che la mamma ha la malattia di Robert, solo che la febbre alta è difficile da...»

«Non parliamone più» l'aveva interrotta Elizabeth, scoccandole un'occhiata eloquente e inclinando la testa verso Ann e, impercettibilmente, verso Mary, che si era alzata con le guance arrossate e il mento tremante, guardando Frances in cagnesco come se volesse sfidarla a pronunciare un'altra parola orribile.

Rassegnata, Frances non aveva più detto nulla del freddo e spaventoso vuoto allo stomaco che, con il passare delle ore, si era esteso al suo petto e alle sue membra. A metà pomeriggio, un terzo medico aveva ormai sostituito il secondo: il dottor Richardson, uomo altero, meno popolare a Lexington del dottor Warfield e del dottor Dudley, ma specialista in ostetricia e disturbi femminili.

O almeno questo disse nonna Parker quando arrivò per accudirli mentre la mamma veniva sottoposta a complicati trattamenti medici che loro erano troppo giovani per conoscere. Frances, tuttavia, possedeva parte di quelle conoscenze proibite, perché aveva letto di nascosto un libro che Mrs Leuba aveva lasciato a sua madre prima del parto. Si domandò se le avessero somministrato il calomelano come purgante o il laudano come antispasmodico, o se forse avrebbero provato con i salassi. Le descrizioni non l'avevano turbata quando aveva letto le parole sulla pagina, ma nell'immaginare quei trattamenti inflitti a sua madre fu assalita dalla nausea ed ebbe voglia di piangere. Non poté chiedere conforto a nessuno, però, perché non avrebbe dovuto leggere quel libro, e sfogliarlo di nascosto era stata una sua iniziativa.

Nonna Parker li mandò a dormire presto, compresa Elizabeth, che passò dal proprio letto a quello di Mary quando quest'ultima iniziò a piangere nel cuscino. Alla fine riuscì a calmarla e, mentre la bambina tirava su con il naso, Frances si addormentò.

Il mattino dopo si svegliò in un silenzio inquietante. Quando si alzò a sedere, Elizabeth si mosse, con un braccio ancora intorno alle spalle di Mary. I loro sguardi si incrociarono ed entrambe capirono che qualcosa non andava.

Si lavarono e si vestirono lentamente, ritardando l'inevitabile, quindi uscirono dalla stanza senza far rumore anziché svegliare le altre due. La porta della camera dei loro genitori era chiusa e dall'interno provenivano dei singhiozzi soffocati. Il papà? Frances l'aveva sentito piangere solo una volta in passato, quando Robert...

Pervasa da un gelo così penetrante da non riuscire a

respirare, sentì che Elizabeth le prendeva la mano. «Dobbiamo essere coraggiose per le piccole» sussurrò.

Il primo istinto ribelle di Frances fu pensare che forse non sarebbe stato necessario, che forse non era come temevano. Il pensiero successivo fu: *Chi sarà coraggioso per me?*

Scesero in cucina, dove trovarono la zietta Chaney che cercava di trattenere le lacrime mentre affettava e imburrava il pane per la colazione come se fosse una giornata normale e non la peggiore della loro vita. Lei e Mammy Sally interruppero bruscamente la loro conversazione sommessa quando entrarono le bambine. «Poveri angioletti.» Mammy Sally tese le braccia. Corsero verso di lei, ma Frances non udì le sue parole di conforto, soverchiate dal ronzio delle proprie orecchie. Non voleva ascoltare. Finché non l'avesse fatto, avrebbe potuto aggrapparsi alla speranza che tutti fossero tristi solo perché la mamma era molto malata, nulla di più, e che con il tempo si sarebbe ripresa e la tristezza sarebbe svanita.

In quel momento, però, comparve nonna Parker, cinerea e tremante, con George nell'incavo del braccio, avvolto nella copertina. Sostenendosi allo schienale di una sedia, inspirò a fondo e le informò che la loro madre era morta durante la notte.

Frances trascorse le ore seguenti in uno stato di torpore, guardando stordita quando prima Levi e poi Mary le raggiunsero in cucina e appresero la terribile notizia. Di lì a poco dal piano di sopra giunse il pianto lamentoso di Ann e, siccome Elizabeth stava abbracciando Mary, con le lacrime che le rigavano le guance mentre cercava di consolarla, Frances dovette salire dalla piccola. «La mamma è volata in cielo» le spiegò mentre le cambiava il pannolino e le lavava la faccia e le mani, ma Ann si limitò a sbattere le palpebre senza capire. *Beata lei*, pensò Frances, rendendosi però subito conto di essersi sbagliata. Negli anni a venire, Ann non avrebbe avuto ricordi della loro adorata madre. Persino i ricordi tristi erano meglio di niente.

Portò la bambina al piano di sotto e le diede un po' di pane e burro. Poco dopo arrivò il papà, con gli occhi iniettati di sangue, il volto pallido e smunto, e annunciò con un'insolita voce rauca che sarebbero dovuti salire a dire addio alla mamma. Per un attimo, Frances avvertì un barlume di speranza: non avrebbero potuto dirle addio se fosse già spirata. Ma quando il padre e la nonna li accompagnarono di sopra e li disposero intorno al letto, Frances vide la mamma adagiata sui cuscini, con gli occhi sorridenti chiusi per sempre e le mani aggraziate giunte sul petto, e allora capì, provando un terribile impeto di rabbia verso suo padre per averla inconsapevolmente ingannata.

I bambini pronunciarono un addio esitante, tutti tranne Ann, che aggrottò le sopracciglia ripetendo «Mamma? Mamma?» mentre, disorientata, spostava lo sguardo dalla figura immobile e silenziosa sul letto ai visi del padre e dei fratelli. Baciò diligentemente la guancia della mamma quando Frances la avvicinò, ma poi corrugò la fronte e iniziò a piangere perché tutti gli altri piangevano.

Con la voce incrinata, il papà porse il piccolo George a Mammy Sally, chiedendole di portare via i bambini. Non appena li ebbe condotti fuori dalla camera, Levi si precipitò giù dalle scale e fuori dalla porta di servizio, mentre le sorelle andarono in salotto ad aspettare trepidanti qualunque cosa stesse per succedere.

Afflitta, Frances avrebbe voluto appoggiare la testa alla spalla di Elizabeth e trovare conforto nelle sue parole consolatorie e nel suo dolce abbraccio, ma Mary l'aveva battuta sul tempo, arrampicandosi sulle sue ginocchia non appena Elizabeth si era seduta, piangendo e strepitando così forte che Frances non riusciva a udire i propri pensieri. Non poté far altro che accomodarsi sul sofà di fronte a loro e tenere Ann in grembo, perché la piccola si rifiutava categoricamente di farsi mettere giù. Frances lanciava occhiate torve a Mary mentre aspettava che si calmasse e prendesse fiato cedendole il posto tra le braccia di Elizabeth, ma la bambina era inconsolabile. E in quell'istante Frances comprese che Mary avrebbe sempre – *sempre* – avuto bisogno di Elizabeth più di quanto ne avesse lei e che Elizabeth ci sarebbe sempre stata per Mary, confidando che Frances se la sarebbe cavata da sola.

Non ho altra scelta, pensò la ragazzina, stringendo Ann un po' più forte mentre bruciava di dolore e risentimento. Mary sarebbe sempre venuta per prima.

3
Maggio 1875
ANN

Ann non sapeva come interpretare il biglietto che il fattorino di Elizabeth consegnò due giorni dopo il processo a Mary. La calligrafia elegante sulla spessa carta color avorio era abbastanza chiara, ma non il motivo della convocazione delle sorelle Todd – di quelle che vivevano a Springfield, almeno – per discutere sul da farsi riguardo a Mary. Già, cosa fare? Secondo gli articoli che aveva letto nei giornali, c'era una sola cosa da fare, e il loro nipote Robert l'aveva fatta.

Proprio quel mattino, il *Chicago Tribune* aveva pubblicato un compassionevole editoriale, non per addolorare gli amici della signora o per soddisfare la curiosità dei lettori, precisava, bensì per rassicurare il pubblico preoccupato che Mrs Lincoln era stata trattata con il massimo riguardo e cortesia durante tutto il corso del procedimento giudiziario e che aveva conservato la dignità e l'indole di una donna raffinata. Per anni era stata tormentata dal trauma di aver perso tre figli, uccisi dalla malattia, e di aver visto il marito brutalmente assassinato davanti ai suoi occhi; quelle scene raccapriccianti, che da allora si ripetevano senza sosta nella sua mente, le avevano tolto il senno. Quando i suoi pensieri sempre più folli e i comportamenti imprevedibili avevano indicato che avrebbe potuto fare del male a se stessa, Robert non aveva avuto altra scelta se non provare a farla internare. *I suoi amici intimi avevano previsto da tempo questa misura e le relative circostanze*, concludeva l'articolo, *e li hanno rimandati fintantoché la stima affettuosa l'ha permesso.*

Quali amici intimi?, si era domandata Ann mentre leggeva le ultime righe. Sicuramente le sorelle di Mary non erano state consultate, benché conoscessero meglio di chiunque altro la sua lunga e tormentata storia di *pensieri folli e comportamenti imprevedibili.* Ann avrebbe potuto raccontare alcuni episodi significativi riguardo a quel gruppo di amici preoccupati e di medici esperti, episodi che avrebbero potuto influenzare la loro decisione. Non che Mary non dovesse essere lasciata esattamente dov'era per qualche tempo, anche solo per darle una lezione. Questa volta aveva esagerato con le sue manovre per attirare l'attenzione e suscitare compassione, e ora doveva subirne le conseguenze.

Non era l'unica donna ad aver perso i figli e il marito, pensò Ann, sopraffatta da un disprezzo improvviso. Lei stessa aveva perso il suo adorato primogenito, e quella guerra spaventosa aveva reso un paese riunificato con la forza una terra di vedove, orfani e superstiti distrutti. Le altre sorelle Todd, tuttavia, come la stragrande maggioranza delle donne del Nord e del Sud, non si erano mai comportate in modo indecoroso come aveva fatto Mary, mettendosi in imbarazzo e coprendo di vergogna le loro famiglie. Mary invece finiva sempre sui giornali per qualche nuovo scandalo inaccettabile: gli appelli affinché il Congresso provvedesse a lei come vedova del grande salvatore martirizzato della nazione; gli irrequieti vagabondaggi tra stazioni termali e ritiri spiritisti; le repliche pubbliche alle affermazioni offensive contenute nella biografia di Abe scritta da Mr William Herndon, il suo ex socio dello studio legale. Certo, il libro e i vari discorsi che ne avevano accompagnato la pubblicazione erano un disonore per il giornalismo, zeppi di menzogne oltraggiose e di alcuni degli episodi più malevolmente distorti che fossero mai passati da un cervello delirante a una penna velenosa, ma la reazione appropriata sarebbe stato un silenzio dignitoso. Di tanto in tanto Mary era riuscita a tenere un comportamento decoroso, ma il silenzio pareva andare oltre le sue capacità.

A eccezione di quando si trattava di tagliare fuori dalla sua vita qualcuno che, a suo parere, le aveva fatto un torto. In quei casi sapeva chiudersi in un silenzio ostinato, anche quando la persona in questione era una cara amica come Mrs Elizabeth Keckley, che era stata a lungo la sua sarta e confidente. Anche quando quella persona era una sorella.

Cosa avrebbe pensato di tutto ciò il comitato di illustri gentiluomini?

Un'analisi del comportamento aberrante di sua sorella non avrebbe potuto trascurare lo spaventoso episodio avvenuto a New York nel 1867, quando Mary aveva coinvolto Mrs Keckley in un piano per raccogliere fondi e compassione vendendo il suo guardaroba, un fatto penoso e imbarazzante che, in tono sarcastico, veniva ancora chiamato "lo scandalo dei vestiti vecchi". Anche quello era stato preannunciato dal suo comportamento come first lady, dalle sue spese pazze mentre la nazione era nel bel mezzo di una guerra, dagli ingenti debiti accumulati per l'acquisto di lussuose porcellane con il monogramma e di scialli di seta ornati da frange mentre i coraggiosi soldati nordisti, senza coperte, pativano il freddo negli accampamenti gelidi. Ann aveva trovato fin troppo credibili le voci secondo cui Mary aveva fatto lievitare le spese di ristrutturazione della Casa Bianca, voci che avevano imperversato fin quasi dall'inizio dell'amministrazione di suo marito. Ann aveva imparato a evitare certi conoscenti ogni volta che a Springfield metteva piede fuori casa o faceva visita ai suoi familiari a Lexington, perché immancabilmente la interrogavano sulle ultime stravaganze di Mary. I pettegoli mascheravano la curiosità da interessamento innocente e cortese, ma la loro esultanza maligna non mancava mai di rivelarne lo scopo recondito.

Ann era stanca di giustificare la condotta di Mary o di fingere di non saperne nulla. Perché avrebbe dovuto accettare il ruolo di apologeta di sua sorella? A quanto sembrava, Mary non si era mai fermata a riflettere sulle ripercussioni del proprio comportamento sulle sue sorelle, sui danni che avrebbe arrecato al loro futuro e al loro destino. Non si era mai pentita, si sarebbe detto, del modo in cui aveva ripagato l'amore e la lealtà della famiglia, un affronto che Ann aveva ricevuto in prima persona in più di un'occasione. In quei mesi invernali prima che il presidente eletto Lincoln partisse per Washington, per esempio, quando frotte di giornalisti e ambiziosi aspiranti a cariche pubbliche avevano invaso Springfield, non erano forse stati Ann e suo marito, Clark Smith, a offrire ad Abraham un rifugio tranquillo nella stanza sul retro al secondo piano del loro negozio di tessuti affinché potesse scrivere il discorso d'insediamento in santa pace? Fin dai primi giorni dell'amministrazione di Abraham, Clark, per rendergli onore, aveva esposto la scrivania nella spaziosa vetrina affacciata sul cortile del palazzo di giustizia. Attirava ancora i passanti curiosi dentro il negozio, dove, dopo aver ammirato il manufatto del presidente martirizzato, spesso davano un'occhiata alla merce e acquistavano qualcosa. E se un giorno gli scandali di Mary avessero costretto Clark a nascondere la scrivania? Le vendite sarebbero calate drasticamente e, benché Clark avesse altre quattro botteghe ben avviate sparse nella regione, gli Smith non avrebbero potuto dare per scontato il loro reddito. Mary ci aveva forse pensato, anche solo per un istante? Per una volta non poteva considerare come la sua reputazione influisse su tutti loro?

Quanto alle opinioni dei giornalisti assennati, secondo cui erano state le tragedie vissute da Mary come moglie e come madre a farle perdere il lume della ragione, Ann avrebbe potuto testimoniare che le sue stranezze si erano manifestate molto prima di quei lutti. Anche da bambina, Mary aveva amato le cose belle e all'ultima moda più di quanto il decoro consentisse, ma gli aspetti più preoccupanti erano l'ambizione eccessiva e un interesse poco femminile per la politica. A dodici anni aveva supplicato più volte il loro padre di candidarsi alla presidenza perché desiderava vivere alla Casa Bianca. Durante i pasti e nei rari momenti in cui lui si rilassava con la famiglia in giardino, Mary ne approfittava per implorarlo di correre per quella carica con tanto fervore da avere le lacrime agli occhi. Solo quando il papà aveva opposto un rifiuto categorico e inequivocabile, si era unita a lui nell'appoggiare il suo candidato preferito, Mr Henry Clay, ex senatore degli Stati Uniti, presidente della Camera dei Rappresentanti e segretario di Stato, uno dei cittadini più eminenti di Lexington, nonché caro amico del papà.

Un anno dopo, ormai tredicenne precoce, Mary aveva cavalcato per tre chilometri fino ad Ashland, l'elegante proprietà di Mr Clay in campagna, irrompendo nel mezzo di una cena. L'uomo tuttavia era stato così indulgente da accompagnare fuori i commensali perché ammirassero il suo pony e poi l'aveva invitata a mangiare con loro.

Mary si era seduta alla sua destra e, durante una pausa nella conversazione, aveva detto: «Mr Clay, mio padre dice che sarete il prossimo presidente degli Stati Uniti. Vorrei andare a Washington e vivere alla Casa Bianca». Aveva corrugato la fronte, malinconica. «L'ho supplicato di diventare presidente, ma si è messo a ridere e ha risposto che preferirebbe vedere voi in carica piuttosto che se stesso.»

«Be', se mai sarò presidente» aveva replicato Mr Clay, lusingato, «mi aspetto che Mary Todd sia una delle mie prime ospiti. Verrai?»

Lei aveva accettato senza esitazione, aggiungendo: «Se non foste già sposato, vi aspetterei».

Gli altri erano scoppiati a ridere e, intuendo che si stavano burlando di lei, si era scusata educatamente e se n'era andata. Molto soddisfatta di sé, era tornata a casa vantandosi dell'invito con le sue sorelle. Elizabeth si era congratulata sorridendo, ma Ann e Frances, sospirando esasperate, avevano dichiarato che lo stimato amico del padre era solo stato garbato. Forse un giorno sarebbe diventato presidente, ma non avrebbe mai invitato la piccola Mary Todd alla Casa Bianca.

«Vedrete» le aveva rimbeccate Mary, girando la testa

e guardando Elizabeth in cerca di rassicurazioni. L'altra, sorridendo, aveva ammesso che tutto era possibile.

Ancora adesso, a distanza di tempo, col senno di poi Ann si domandava come una ragazzina avesse potuto sviluppare un'ossessione così strana, così eccezionalmente ambiziosa.

Nel corso degli anni, ogni volta che le sorelle o le amiche di Mary riflettevano ad alta voce sul tipo di uomo che speravano di sposare un giorno, lei affermava con assoluta disinvoltura che intendeva coniugarsi con il presidente degli Stati Uniti. «Non ti accontenteresti di un governatore?» aveva chiesto Elizabeth, maliziosa, in una di quelle occasioni.

«O di un semplice senatore?» era intervenuta Ann, sbellicandosi dalle risate.

«Magari inizierà così, ma poi farà strada» aveva detto Mary in tono noncurante, ma con un'espressione offesa. Frances aveva smesso di punzecchiarla, ma Ann si stava divertendo troppo per smettere. Ogni volta che un nuovo corteggiatore faceva visita a Mary – e ce n'erano molti, perché era diventata una delle giovani più graziose e ammirate di Lexington – dopo che se n'era andato Ann domandava, con finta solennità, se lo considerasse degno della poltrona presidenziale. Mary le scoccava un'occhiataccia e si allontanava stizzita, spesso ribattendo con vivacità da sopra la spalla che almeno *lei* aveva dei pretendenti.

Una fantasia infantile era una cosa ma, quando le sorelle Todd – che alla fine avevano goduto tutte dell'attenzione di numerosi giovanotti – avevano messo da parte gli ideali puerili e avevano valutato i possibili mariti con occhio più pragmatico, Mary era rimasta aggrappata alla bizzarra ambizione di sposare un presidente. Pur conoscendola, le sue sorelle erano rimaste sorprese, Elizabeth addirittura sgomenta, quando aveva rifiutato diverse proposte di matrimonio perché il gentiluomo in questione non aveva il potenziale per ambire a quella carica o non era interessato a ottenerla. Aveva respinto persino Stephen Douglas, un ricco e colto astro nascente del Partito democratico che le piaceva moltissimo, solo perché non pensava che il popolo americano l'avrebbe eletto alla massima carica dello stato.

«Ha più probabilità, un giorno, di diventare presidente di qualunque altro dei tuoi corteggiatori» aveva protestato Elizabeth quando Mary aveva confessato i suoi sentimenti alle sorelle. «Dopo Mr Clay, nessun gentiluomo di tua conoscenza ha avuto così tante chance di salire così in alto.»

«Ma Mr Douglas non salirà abbastanza in alto» aveva spiegato Mary, sorridendo per addolcire le parole. Nessuna delle ragazze amava deludere Elizabeth, che era diventata una seconda madre per tutte loro dopo la morte della mamma. «Prima o poi sarà un ottimo marito per un'altra, ma non fa per me.»

Di lì a poco, Ann e Frances si erano meravigliate che, dopo tutti quei calcoli e con una determinazione così forte, Mary avesse scelto un povero e rozzo avvocato autodidatta, nato in mezzo ai boschi, un uomo che, nonostante la presunta intelligenza, non aveva idea di come comportarsi nell'alta società e che sicuramente si sarebbe ritenuto molto fortunato se fosse riuscito a entrare nella Camera dei Rappresentanti degli Stati Uniti. In quel periodo, tuttavia, la fortuna aveva assistito Abraham Lincoln, che era approdato al Congresso. Poi, poco dopo aver perso la candidatura a senatore, era stato eletto presidente.

«Evidentemente Mary ha visto in lui qualcosa che noi non abbiamo notato» aveva detto Frances a Ann qualche giorno dopo l'elezione. «È proprio vero che ride bene chi ride ultimo.»

Ann era troppo irritata per fare qualcosa oltre a stringere le labbra in un sorriso stiracchiato e annuire. Stimava Abe, e lei e Clark lo ammiravano ancora di più da quando era diventato presidente, ma odiava l'idea che, dopotutto, le eccentriche ambizioni infantili di Mary non si fossero rivelate così ridicole. Solo qualche anno più tardi, tuttavia, la gloriosa ascesa di sua sorella era finita in una caduta devastante, e le sue vecchie ambizioni non si erano dimostrate altro che boria. Mary aveva desiderato per tutta la vita di essere la moglie del presidente, ma se suo marito non fosse andato alla Casa Bianca con molta probabilità sarebbe stato ancora vivo.

Forse questo bastava per far impazzire una donna, eppure Ann non riusciva a credere che valesse per Mary. Senza dubbio il recente scompiglio non era altro che l'ennesimo piano miseramente fallito, l'ennesimo progetto ambizioso che le era crollato addosso. Anche se Mary aveva fatto uno scivolone, era sicuramente atterrata sul morbido. Dopo che la notizia si era diffusa, Ann si era documentata sul Bellevue Place e, a detta di tutti, si trattava di un prestigioso istituto psichiatrico privato su otto pittoreschi ettari isolati lungo le rive del fiume Fox, una cinquantina di chilometri a ovest di Chicago. Le pazienti, non più di trentacinque alla volta, erano signore di alto rango, *invalide nervose* che non erano *pazze* o che vivevano in *una terra di confine tra un'indubbia follia e una dubbia salute mentale*. Ricevevano il moderno trattamento morale basato su *riposo, dieta, bagni, aria fresca, occupazione, svago, cambiamento di ambiente, farmaci nella quantità minima indispensabile e le minori costrizioni possibili.* L'edificio principale, una struttura in pietra calcarea a tre piani coperta di edera, era luminoso e spazioso, con ampi corridoi, soffitti alti e grandi camere ben illuminate, ciascuna arredata con mobili eleganti, vasi di piante e fiori freschi, tutti disposti ad arte per creare un senso di calma, libertà e riservatezza. Intorno agli alloggi delle pazienti c'erano ettari di giardini che sfoggiavano prati ben curati, boschetti di antichi sempreverdi e olmi, arbusti ornamentali, cespugli di rose e aiuole fiorite, tra cui serpeggiavano piacevoli vialetti con amache e chaise-longue collocate in angoli tranquilli. In caso di maltempo, le pazienti potevano passeggiare nelle enormi serre, quasi quattromila metri quadrati, o usare le carrozze e le slitte messe a disposizione, su richiesta, per le gite diurne.

Leggendo gli opuscoli e le descrizioni nei giornali, Ann non ricordava di aver mai trascorso una vacanza in un luogo tanto incantevole quanto quello in cui ora era rinchiusa la povera, cara e fragile Mary.

Sapeva che sarebbe stato poco prudente esternare quelle osservazioni ciniche davanti alle sue sorelle quando si fossero incontrate, perché avevano un'inclinazione naturale verso l'indulgenza sebbene Mary avesse danneggiato anche loro. Se avessero avuto sentore della sua maligna soddisfazione, avrebbero ignorato ogni sua parola e fatto programmi senza di lei. E se c'era una cosa che Ann temeva, era essere esclusa dai loro piani.

«Forse dovrei accompagnarti» rifletté Clark il mattino seguente mentre scendevano a colazione, lui con indosso uno dei suoi completi migliori per una giornata nel suo negozio più importante, lei con un abito da passeggio color ottone, formato da una giacca attillata e da una lunga gonna a sellino in mussola di lana e seta écru. «Occorre che ci sia qualcuno a rappresentare gli interessi della nostra famiglia.»

Ann lo guardò da sotto le sopracciglia inarcate mentre entravano in sala da pranzo. «Ci sarò io.»

Scostando la sedia, Clark la aiutò ad accomodarsi a tavola mentre la cameriera arrivava con il vassoio del caffè. «Sì, ma potresti avere qualche difficoltà a essere totalmente obiettiva, dato che tu e Mary siete molto simili.»

«Cosa diavolo intendi?» protestò Ann. «Forse ci assomigliamo più delle altre nostre sorelle, tenendo conto della differenza d'età e delle avversità che Mary ha dovuto affrontare, ma la somiglianza finisce lì.»

«Non volevo offenderti» disse gentilmente Clark, sedendosi a capotavola mentre la cameriera riempiva le tazze e si affrettava a tornare in cucina. «Pensavo fosse questa la ragione per cui non andate d'accordo, perché siete molto simili.»

«Sciocchezze. Se io e Mary non siamo particolarmente affiatate è perché mi ha sempre serbato rancore per averle usurpato il posto di piccola della famiglia.» Come il posto di Ann era stato ben presto usurpato da George e dai molti fratellastri e sorellastre arrivati in seguito. «Mary era una bambina lunatica, simile a nostro padre nel temperamento, ma più capricciosa, un fascio di nervi. Era come una giornata di aprile, luminosa e allegra un momento, e cupa il successivo, quando iniziava a piangere come se le si stesse spezzando il cuore.»

«In effetti» osservò Clark, vago, «non ti assomiglia affatto.»

Lei lo fulminò con lo sguardo ma, poiché la cuoca e la cameriera comparvero in quel momento con la colazione, non lo rimproverò. «Non potresti venire in ogni caso. C'è bisogno di te al negozio.»

«Edgar potrebbe benissimo cavarsela da solo. Nel corso del tempo ha dimostrato che saprà amministrare abilmente le mie attività quando alla fine gliele affiderò in via definitiva, cosa che intendo fare il prima possibile.»

«Dovresti chiedere ad Allen se vuole una parte delle botteghe» gli rammentò Ann. Era un motivo di discussione frequente. «Edgar non negherà a suo fratello minore una quota negli affari.»

«Allen sembra incline a scegliere un altro settore. Perché dovrebbe voler lavorare per un estraneo quando può gestire una bottega di tessuti con il suo nome sopra la porta...» Scuotendo la testa, Clark prese la forchetta. «È giovane. Glielo chiederò di nuovo quando sarà il momento, se lo desideri.»

«Certo che sì.» Ann era molto più fortunata di Mary, Frances ed Emilie, perché poteva discutere di semplici questioni domestiche con un marito che pensava di andare in pensione e aveva buone probabilità di riuscirci. Poteva permettersi di essere generosa d'animo, si redarguì. Doveva concedere a Mary il beneficio del dubbio e partecipare alla riunione organizzata da Elizabeth con la mente aperta.

Qualche ora dopo, quando la carrozza la lasciò nel vialetto di ghiaia rastrellato davanti all'elegante dimora di Elizabeth, provò una debole traccia della soggezione e dell'impazienza che aveva sentito in quello stesso mese trentatré anni prima, quando, poco dopo il suo diciottesimo compleanno, si era trasferita a Springfield da

Frances e William per cercare marito, anche se la matrigna e le sorelle maggiori non avrebbero mai descritto la situazione in termini così indelicati. All'epoca, Mary viveva con Elizabeth e Ninian, portando il fardello della stessa palese, per quanto sottaciuta, missione da compiere. Era inopportuno che le sorelle minori si sposassero prima delle maggiori, ma Mary aveva quasi ventidue anni, aveva rifiutato diverse proposte di matrimonio e il suo accordo con Mr Lincoln era venuto meno a gennaio, con enorme sollievo degli Edwards, che non avevano mai approvato l'unione. Avevano deciso di non costringere Ann ad aspettare che Mary si sistemasse per costruire la propria felicità, dato che le prospettive di Mary erano in declino e la casa a Lexington stava diventando sovraffollata.

La residenza degli Edwards era da sempre considerata tra le più belle di Springfield, adatta per il figlio dell'ex governatore dell'Illinois, un avvocato di successo che a sua volta aveva ottime chance in politica, e per la sua incantevole moglie. L'alta società si riuniva là per cene, balli e tè, i politici si mescolavano a facoltosi uomini d'affari, e bellissime giovani signore e affascinanti gentiluomini discutevano di poesia e politica, flirtando con discrezione. La particolare cerchia di amici delle sue sorelle maggiori si era data il nomignolo di Cricca, e Ann si era sentita molto emozionata e fortunata nel mezzo di una compagnia così insigne.

Nei decenni seguenti, la villa di Elizabeth le era diventata cara e familiare come fosse stata casa sua, perciò fu con una fitta di nostalgia che bussò alla porta, aspettando che la facessero entrare. Come sarebbe stata piacevole la vita se fosse stata davvero casa sua, sua e di Clark, e se le sorelle fossero state costrette a risalire la collina per farle visita.

Una cameriera andò ad aprire e la condusse nel salotto di Elizabeth, la stessa stanza elegantemente arredata in cui Clark aveva corteggiato Ann sotto lo sguardo vigile della sorella maggiore, e in cui Mary aveva sposato Abraham dopo che la loro turbolenta e intermittente storia d'amore era culminata nella promessa di amarsi e onorarsi finché morte non li avesse separati. Benché la strada che Mary e Abe avevano percorso verso il matrimonio fosse stata ripida e tortuosa, Ann non aveva dubbi che si fossero amati davvero. Glielo aveva letto negli occhi e sentito nella voce. Chiunque facesse commenti scurrili al riguardo non aveva conosciuto Abe e non conosceva Mary.

Trovò Elizabeth e Frances sedute sul sofà, che si tenevano per mano e parlottavano con aria seria come se fossero circondate da curiosi anziché essere sole in casa, dove gli unici che avrebbero potuto origliare la loro conversazione erano i fidatissimi domestici di Elizabeth. Quando Ann entrò, alzarono lo sguardo, zittendosi di colpo, tanto che per un attimo lei temette che stessero discutendo del suo destino anziché di quello di Mary.

Frances si alzò per abbracciarla. «Come stai, Ann?» Prendendola per mano, la condusse verso una poltrona accanto alla finestra, che sapeva essere la sua preferita.

«Bene.» Ann spostò lo sguardo dall'una all'altra sorella, correggendosi: «Bene per quanto possibile, date le circostanze».

Elizabeth sospirò mesta, mentre Frances annuiva e studiava Ann attraverso le lenti degli occhiali, che conferivano al suo viso stretto, dai lineamenti marcati e dal naso aquilino, l'aspetto di un uccello rugoso. «Per quanto addolorate e preoccupate siamo noi sorelle, Robert sta soffrendo molto di più.» Tornò a sedersi accanto a Elizabeth. «Non ha preso questa decisione alla leggera e teme reazioni di condanna nei suoi confronti.»

«Da quanto ho letto nei giornali, l'opinione pubblica sembra a suo favore» replicò Ann, stupita. Robert non avrebbe dovuto essere criticato per aver affrontato il problema creato da Mary nell'unico modo possibile per qualunque persona ragionevole. Che Mary ne disapprovasse l'esito non era colpa sua. «Ogni editoriale che ho letto lo descrive come un figlio coscienzioso che ha risolto coraggiosamente una situazione impossibile. Non ho trovato una sola parola di biasimo.»

«Nella sua ultima lettera, Robert mi ha scritto che si aspetta di essere attaccato quando si spargerà la voce che il giudice l'ha nominato tutore della proprietà di sua madre» disse Frances. «Si sta preparando all'accusa di averla fatta internare con un falso pretesto per ottenere il controllo del suo patrimonio.»

«Ha condiviso le stesse preoccupazioni con me» affermò Elizabeth. «Come ho detto anche a lui, non aveva altra scelta. Mary aveva un'irrazionale paura della povertà, così profonda che portava con sé migliaia di dollari in obbligazioni. E se li avesse smarriti? E se l'avessero rapinata? Sarebbe finita indigente come ha sempre temuto erroneamente di essere.»

«Il suo tentato suicidio dimostra che Robert ha fatto bene a consultare i medici e che loro hanno fatto bene a dichiararla pazza» continuò Frances. «Ha dovuto ricoverarla per la sua stessa incolumità.»

Ann si sentì avvampare mentre ascoltava il botta e risposta, e sperò con tutto il cuore che le altre due scambiassero il suo dolore e la sua delusione per qualcos'altro. Robert non si era preso il disturbo di scriverle. Perché?

Non era la sorella di Mary e la zia di Robert meno di quanto lo fossero Elizabeth e Frances.

«Quel che è fatto è fatto» disse con voce ferma, senza tradire i suoi sentimenti feriti. «Resta la domanda: cosa facciamo ora?»

«Per aiutare Mary?» chiese Elizabeth.

«Sì, certo» si affrettò a confermare Ann, anche se non era ciò a cui si riferiva. «Ma anche per mettere a tacere questa vicenda.»

Frances scosse la testa, cupa. «Qualunque speranza di metterla a tacere è svanita non appena la stampa è entrata nell'aula di tribunale.»

«Come gestiamo lo scandalo, allora, prima che travolga anche noi?»

«Non mi importa dello scandalo.» Elizabeth si accigliò. «Ne abbiamo superati diversi in passato. L'unica cosa che mi sta a cuore è Mary.»

«Sta a cuore a tutte noi.» Frances guardò Ann. «Ma Ann non ha tutti i torti. Mary è al sicuro e riceve un'ottima assistenza. Ora che ne siamo certe, forse dovremmo concentrarci su Robert e la sua famiglia, decidendo qual è il modo migliore per consolarli e confortarli.»

Ancora una volta, Ann si sentì incompresa dalle sue sorelle, ma prima che potesse spiegarsi Elizabeth riprese la parola. «Ma ne siamo davvero certe?» chiese pensosa, intrecciando le mani in grembo. «Non voglio insinuare che il Bellevue sia inadatto o che il dottor Patterson non abbia qualifiche eccellenti, ma l'ospedale psichiatrico è il luogo migliore per Mary?»

«Cosa intendi?» domandò Ann. Anche Elizabeth sospettava forse che Mary stesse solo fingendo di essere pazza?

Frances sbirciò la sorella maggiore. «Non preferirai vederla ricoverata allo State Hospital for the Insane come aveva stabilito il giudice all'inizio!»

«Certo che no! Mi chiedo solo se l'internamento sia davvero necessario. Forse Mary starebbe meglio in un luogo familiare, dove può essere accudita da parenti devoti.»

Le altre due si guardarono, allarmate. «Intendi, qui» precisò Frances, «assistita da te.»

Elizabeth fece sì con la testa, arrossendo.

«Oh, Elizabeth» riprese Frances in tono tenero ma esasperato. «Ti assumi troppe responsabilità. Quanto tempo è passato dall'ultima volta che Mary ha parlato con te o ti ha scritto una lettera? Mesi? Anni?»

Ann sapeva che la risposta giusta era la seconda e la smorfia di Elizabeth lo confermò. «Avremmo dovuto riconciliarci molto tempo fa» ammise con voce sommessa ma risoluta. «È arrivato il momento di perdonare i torti passati e di unirci, da sorelle.»

«Tu non hai nulla da farti perdonare» la rassicurò Ann con una punta di asprezza. «È stata lei a offenderti. Se vuoi perdonarla, va benissimo, ma non puoi cercare il suo perdono per qualcosa che non hai fatto.»

«Mi sono schierata dalla parte di mia figlia dopo che Julia l'ha insultata.»

«Come avremmo fatto tutte noi al tuo posto» disse Frances. «L'insulto di Julia non era niente, una quisquilia. Si è scusata, e quella avrebbe dovuto essere la fine della questione.»

«Invece è stata la fine dell'affetto che un tempo Mary provava per me. Io, tuttavia, non ho smesso di volerle bene né è venuto meno il mio senso del dovere come sorella. Mi sento in obbligo di ospitarla...» Elizabeth tacque di colpo, facendo una smorfia e premendosi una mano sull'addome.

«Hai ancora le fitte?» domandò Frances. «Hai detto che saresti tornata dal medico.»

«L'ho fatto. Ha confermato la diagnosi originaria, sostenendo che è tutto nella mia testa.»

«Stupidaggini. Se non riesce a individuare la causa del problema, devi consultarne un altro più competente.»

Quando Elizabeth annuì e promise di seguire il consiglio, Ann osservò la scena, turbata e smarrita. «Sei stata poco bene, Elizabeth?»

«Sì.» L'altra lanciò un'occhiata cauta a Frances. «Ma non al punto di ritenere necessario far preoccupare tutti.»

Ma abbastanza per dirlo a Frances. «Io non sono *tutti*. Sono tua sorella.»

«Certo. Avrei dovuto dirtelo. Mi rincresce.»

«Dovresti consultare un altro medico.»

Elizabeth alzò le mani, rivolgendo loro un sorriso forzato. «Lo farò. Promesso. Fra tutte e due, mi avete debitamente rimproverata e convinta.»

«Bene, ma nel frattempo non sei in condizioni di assistere Mary» osservò Frances con enfasi.

«Potrebbe rifiutare la tua ospitalità anche se gliela offrissi» sottolineò Ann. «Per quanto ne sai, potrebbe bruciare le tue lettere senza nemmeno aprirle.»

«Spero di no.» Elizabeth era visibilmente ferita. «Siamo sorelle.»

Ann soffocò un sospiro. Cosa significava per Mary il rapporto tra sorelle?

«Personalmente, ritengo che Mary dovrebbe restare al Bellevue, dove medici e infermiere capaci possono accudirla» disse Frances. «Elizabeth, mia cara, dolce sorella, hai tanto amore e compassione da offrire, ma non sai nulla di malattie mentali. Da questo punto di vista, il dottor Patterson e la sua équipe ti superano.»

Elizabeth rifletté. «Suppongo che tu abbia ragione. L'ho sempre accudita in passato, ma questo... forse va al di là delle mie scarse competenze.» All'improvviso alzò gli occhi, incrociando lo sguardo di Ann. «Cosa ne pensi?»

L'altra esitò, sorpresa dalla domanda, riluttante a condividere la sua opinione sincera, certa che l'avrebbero disapprovata. Le avrebbe scioccate scoprire che, secondo lei, Mary non era affatto pazza, ma solo bisognosa di attenzioni ed egoista, incline agli atteggiamenti teatrali per ottenere ciò che voleva. Mary aveva sempre manipolato le sue sorelle dichiarando di soffrire, patire e meritare più di loro. Si era sentita a lungo abbandonata e trascurata, non solo da Robert e dalla sua famiglia, ma anche dalle sorelle, dall'alta società di Washington, da tutti coloro che avevano approfittato della generosità politica del suo compianto marito e soprattutto da un'opinione pubblica ingrata, pronta a permettere che la moglie del grande presidente martirizzato conducesse una vita umile, solitaria e condannata all'oblio. Così Mary aveva finto di essere malata e, quando non era bastato per ottenere l'attenzione e il sostegno finanziario tanto agognati, aveva perfezionato la sua recita finché era stato impossibile ignorarla. Però aveva passato il segno. E anziché convincersi che fosse abbastanza malata da meritare il loro appoggio, i suoi aspiranti benefattori avevano deciso di internarla.

«Non sono sicura che Mary sia pazza» confessò Ann. «Tuttavia credo che debba rimanere dov'è, nell'eventualità che mi sbagli. Sarà il tempo a dircelo.»

«Ninian ha detto più o meno la stessa cosa» replicò Elizabeth, rassegnata. «Benissimo. Non la inviterò qui.»

Frances le prese la mano. «È meglio così» le assicurò.

Su quel punto, Ann era d'accordo. Mary sarebbe dovuta restare esattamente dov'era, non perché avesse bisogno di cure mediche, ma di una lezione di umiltà. Che si fermasse pure al Bellevue finché la bucolica bellezza dell'istituto psichiatrico fosse diventata stantia, finché il tranquillo isolamento fosse diventato irritante, finché avesse iniziato a sentirsi annoiata e frustrata senza un pubblico. A quel punto sarebbe dovuta rimanere ancora per qualche mese, finché non avesse tratto insegnamento da quell'esperienza.

Stavano soffrendo tutte, Mary non più di chiunque altro. Quando il suo vergognoso giochetto si fosse rivelato inefficace, l'avrebbe abbandonato e sarebbe tornata miracolosamente in sé. Ann sapeva che era solo questione di tempo.

4

1825-1826

ELIZABETH

Dopo la morte della mamma, la sua sorella nubile, la zia Ann Maria Parker, si trasferì per occuparsi della gestione della casa e accudire Elizabeth e i suoi fratelli, ma la loro madre era stata unica al mondo e nessuno poteva sperare di sostituirla. Per fortuna, la zia Ann Maria non era sola. Nonna Parker accoglieva spesso i bambini affranti nella sua casa in cima alla collina, e una delle sorelle del papà, la zia Eliza Todd Carr, andava a Lexington per aiutare il più possibile. La servitù confortava e coccolava Elizabeth e gli altri con più tenerezza di prima, soprattutto la zietta Chaney e Mammy Sally, e fu assunta una balia che allattasse il piccolo George. Tuttavia, nonostante l'affetto e la compassione che li circondavano, i bambini erano disperati, ben consapevoli dell'enorme, doloroso e incolmabile vuoto che la morte della madre aveva lasciato nelle loro vite.

Benché Elizabeth non avesse ancora dodici anni, d'istinto i suoi fratelli minori cercavano in lei tutte le cose intangibili che una volta la mamma aveva dato loro. Il suo posto nella famiglia cambiò inevitabilmente, e la ragazzina si ritrovò ad assumere i ruoli di consolatrice, consigliera, confidente e mediatrice di dispute. Accettò i nuovi doveri senza lamentarsi, anche nelle lunghe giornate in cui avrebbe voluto gettarsi in un abbraccio confortante e sfogare la sofferenza singhiozzando anziché essere forte per tutti gli altri.

Il papà non poteva offrirle la consolazione che desiderava, non perché fosse freddo o insensibile, ma perché lottava con il proprio dolore ed era spesso lontano. Era sempre stato indaffarato, tra le sue attività, il mandato elettivo come segretario generale della Camera dei Rappresentanti e i numerosi impegni sociali di un rampollo dell'orgogliosa famiglia Todd, ma dopo la morte della mamma si tuffò nel lavoro come se soltanto la stanchezza potesse assicurargli un sonno tranquillo. I bambini avvertivano moltissimo la sua mancanza e non potevano fare a meno di sentirsi doppiamente abbandonati ma, quando le lacrime minacciavano di rigarle il volto, Elizabeth sollevava il mento con coraggio e ricordava ai suoi fratelli che il papà lavorava così tanto solo per provvedere a loro. Sarebbero stati sciocchi a sentirsi trascurati con la nonna Parker, le zie e gli schiavi che soddisfacevano ogni loro esigenza, e come potevano mai soffrire la solitudine in una casa piena di fratelli e sorelle?

Certe volte le credevano. Altre, Frances la studiava dubbiosa, Levi si accigliava e se ne andava per conto suo a lanciare sassi contro gli uccelli o a commettere qualche altro atto di crudeltà infantile, e Mary scoppiava in lacrime.

Arrivò l'autunno, poi l'inverno, e a ogni mese il bordo affilato della disperazione di Elizabeth si consumò fino a trasformarsi in un dolore sordo e persistente che non svaniva mai del tutto. La famiglia festeggiò il Natale a casa di nonna Parker, dove la ragazzina aiutò gli adulti a creare un'atmosfera festosa per i più piccoli. Cercarono di non soffermarsi troppo sui felici ricordi dei Natali passati, illuminati e rallegrati dalla presenza della mamma.

All'inizio dell'anno nuovo, mentre spostava i libri scolastici da una stanza all'altra in cerca di un angolo tranquillo in cui studiare, Elizabeth colse una conversazione in fondo al corridoio. Avvicinandosi alla porta del salotto, sentì nonna Parker e la zia Ann Maria chiacchierare davanti a una tazza di tè con un'altra signora di cui non riconobbe subito la voce. Riluttante a essere coinvolta in una conversazione noiosa quando aveva altro da fare, Elizabeth decise di allontanarsi in punta di piedi prima che le facessero segno di sedersi con loro.

Mentre si voltava per andarsene, udì l'ospite che diceva: «Vi assicuro che non sono semplici pettegolezzi. L'ho visto con i miei occhi presentarsi a casa della giovane signora, e mia cugina li ha visti salire insieme su una slitta qualche giorno dopo».

Elizabeth si paralizzò.

«È molto più probabile che stesse facendo visita a sua madre» osservò nonna Parker. «Mrs Humphreys è una delle signore più stimate della capitale e Robert conosce bene la famiglia. Due fratelli della signora insegnavano alla Transylvania University. Altri due facevano parte del Senato degli Stati Uniti.»

«Eppure questo potrebbe spiegare perché Robert va così spesso a Frankfort» disse la zia Ann Maria, esitante «e perché è così assente e irrequieto quando torna a casa.»

«Va spesso a Frankfort perché i doveri legislativi richiedono la sua presenza lì» affermò nonna Parker. «No, non posso crederci. Robert adorava mia figlia. È morta da meno di sei mesi. Stento a credere che stia già cercando una nuova moglie.»

Una nuova moglie? Elizabeth ebbe un tuffo al cuore. Si allontanò dalla porta d'istinto, rischiando di far cadere i libri.

«Nemmeno per trovare una nuova madre per i bambini?» insistette la vicina.

«I bambini hanno me e mia figlia» dichiarò nonna Parker. «Eliza, la sorella di Robert, sta con loro di tanto in tanto e Mammy Sally li perde di vista raramente. Non hanno bisogno di una matrigna.»

«Come volete» replicò l'altra, un tantino offesa. «Vi sto solo dicendo ciò che vorrei sapere se fossi al vostro posto. Si mormora che Robert stia corteggiando Miss Humphreys come un avvocato deciso a vincere una causa e che abbiano già un accordo.»

«Impossibile. Non disonorerebbe mai la memoria di mia figlia in questo modo. Sarebbe imperdonabile.»

Trattenendo il respiro, Elizabeth indietreggiò lentamente lungo il corridoio, rifiutandosi di continuare ad ascoltare. Non voleva credere che suo padre avesse intenzione di uscire dal lutto così presto, eppure i dettagli rivelati dalla vicina erano così specifici da essere sconvolgenti. Perché avrebbe dovuto diffondere pettegolezzi dannosi se non fossero stati veri?

Disponendo di così poche informazioni, Elizabeth non osò confidare lo spaventoso segreto a nessuno, in particolare alle sorelle. Poteva soltanto aspettare, osservare e ascoltare, raccogliendo gli indizi a mano a mano che gli adulti li disseminavano.

Un mattino, qualche giorno dopo, scese a colazione e trovò il papà e nonna Parker seduti da soli a tavola, con le tazze di caffè che si raffreddavano là davanti e l'atmosfera carica di tensione. Quando entrò, smisero di bisbigliare ma, prima che potesse dire buongiorno, suo padre spinse indietro la sedia e, alzandosi, lasciò la stanza, passandole accanto con uno sbrigativo cenno del capo.

Elizabeth, confusa, si rivolse alla nonna. «Cosa c'è?»

L'altra la studiò per un momento, con le guance arrossate e linee dure intorno alla bocca. «Dove sono i tuoi fratelli?»

«Il piccolo George è con la balia, Mammy Sally sta vestendo le bambine e credevo che Levi fosse qui con voi.» Elizabeth si guardò intorno. «Forse è in cucina?»

«A rompere le scatole, senza dubbio. Perché non corri di sopra ad aiutare Mammy Sally con le tue sorelle? Sono sicura che sia parecchio indaffarata.»

Elizabeth si sentì ferita dal blando rimprovero. «Sì, nonna.» Indugiò, quindi riformulò la domanda: «Il papà ha qualche problema?».

«Nulla che non si possa risolvere con una bella lavata di capo e un pizzico di buon senso» la rimbeccò la nonna, ma poi il suo tono si addolcì: «Ora va', Elizabeth».

La ragazzina annuì e filò via, con un singhiozzo incastrato in gola. Capì che suo padre stava davvero corteggiando Miss Humphreys di Frankfort e che era solo questione di tempo prima che conquistasse il suo cuore. Di lì a poco avrebbero avuto una matrigna, che lo volessero oppure no.

Era un fardello troppo pesante per portarlo da sola, così Elizabeth fece giurare a Frances di mantenere il segreto e le confidò ciò che sapeva. L'altra sgranò gli occhi per l'ansia e lo stupore, ma disse: «Forse Miss Humphreys gli piace, ma non sappiamo se le chiederà di sposarlo e, anche se lo facesse, lei potrebbe non accettare».

«Perché non dovrebbe? Il papà è bellissimo, è un uomo di successo ed è un Todd. Perché dovrebbe rifiutarlo?»

Frances fece una faccia sorpresa nel rendersi conto che sua sorella non aveva afferrato l'aspetto più ovvio. «È vecchio e ha sei figli piccoli.»

«A trentaquattro anni non si è vecchi.»

«Ne compirà trentacinque il mese prossimo.»

«Non è comunque *vecchio*» ribadì Elizabeth. Frances, però, aveva ragione su un punto: pochissime giovani si vedevano con sei figliastri piccoli riuniti intorno a sé quando si immaginavano come timide spose. Ancora meno erano quelle che avrebbero trovato piacevole la situazione, anche per un uomo magnifico come il papà.

Quando l'inverno passò e né il padre né la nonna Parker accennarono a nozze imminenti, Elizabeth osò sperare che forse Frances avesse ragione. Magari la signora di Frankfort aveva rifiutato la proposta del papà, oppure lui aveva deciso di non fargliela. Andava a Frankfort meno spesso, notò Elizabeth, ma sembrava più assente e irritabile. Tre volte la settimana, quando la corriera consegnava la corrispondenza all'ufficio postale di Lexington, mandava Nelson a ritirare le lettere, camminando avanti e indietro nello studio finché l'altro non tornava. Poi gli strappava praticamente le buste dalle mani, le sfogliava con la mascella contratta e se ne stringeva una al petto con un sospiro di sollievo, oppure restituiva la posta a Nelson e si precipitava fuori in preda alla rabbia. Se lo schiavo non era lesto a reagire, le lettere si sparpagliavano sul pavimento dell'ingresso come foglie autunnali.

Alla fine di febbraio, mentre Elizabeth portava Ann al piano di sopra per il sonnellino, si imbatté in suo padre e Nelson pochi minuti dopo che lo schiavo taciturno era rientrato dall'ufficio postale. «Non è così difficile per una signora istruita scrivere lettere con ragionevole assiduità» borbottava il papà. «A New Orleans hanno forse esaurito la carta e l'inchiostro?»

«Chi c'è a New Orleans, papà?» domandò Elizabeth, spostando Ann sull'altro fianco nel raggiungerli.

Trasalendo, lui si voltò. «Nessuno di tua conoscenza, tesoro. Un collega.»

«Hai detto una signora istruita.»

«Sì.» Il papà lanciò un'occhiata a Nelson, che scrollò impercettibilmente le spalle, ma per il resto non gli fu di alcun aiuto. Raddrizzando la schiena, il papà si voltò di nuovo verso Elizabeth. «Ebbene, mia cara figliola, si dà il caso che mi riferissi a Miss Humphreys, una signora di Frankfort che spero di persuadere a entrare nella nostra famiglia come mia moglie e vostra madre.»

Lei strinse Ann un po' troppo forte e la bambina si contorse lamentandosi. «Perché?» chiese Elizabeth con un filo di voce. Se la signora aveva bisogno di essere persuasa, perché non lasciarla in pace?

«Perché? Perché...» Lui aveva la voce spezzata e un'espressione nervosa. «Perché il mio ambiente domestico è distrutto e, quando sono oppresso dai crucci e dalle incertezze del mondo, desidero ritirarmi nel rifugio di una famiglia integra. Mi sento più disorientato e smarrito di quanto sia mai stato prima d'ora. Manca un sole per completare il sistema di cui sono parte.» Fece una pausa e, schiarendosi la voce, studiò sua figlia, esitante. «Suppongo che tu sia troppo giovane per capire.»

Abbattuta, Elizabeth si limitò ad annuire. Non capiva, ma non perché fosse troppo giovane. Dando dei colpetti delicati sulla schiena di Ann, proseguì verso il piano superiore, chiedendosi come dare la notizia a Frances.

Emerse che non sarebbe stato necessario. Quella sera, prima di andare a letto, il papà riunì i bambini in salotto e, sotto lo sguardo duro di nonna Parker, annunciò che aveva chiesto la mano di Miss Humphreys, che lei aveva accettato e che ora restava solo da fissare una data e condurre la loro nuova madre a casa.

«Non credo di volere una nuova madre» disse Mary con un filo di voce e un'espressione pensierosa negli occhi azzurri.

«La bocca della verità» borbottò la nonna.

«Mary» protestò il papà, mettendosi la bambina sulle ginocchia e ignorando la suocera. «È così che la pensate tutti?»

Incupito, Levi annuì con enfasi, ma Elizabeth e Frances abbassarono la testa e distolsero lo sguardo. Ann, aggrappata alle gonne di Elizabeth, alzò gli occhi preoccupata, mentre George sonnecchiava tra le braccia della tata, beatamente ignaro di come la loro vita stesse per subire un altro sconvolgimento.

Con un sospiro, il papà disse in tono fermo che dovevano dare una possibilità a Miss Humphreys. Era una giovane donna incantevole e intelligente, proveniente da una famiglia eccezionale quanto la loro, e una presenza materna avrebbe riportato il conforto e la serenità perduti. Nonna Parker fece un verso sprezzante e si agitò sulla sedia, posando il gomito sul bracciolo e avvicinandosi l'indice alla tempia. Il suo sguardo inflessibile, che non lasciò mai il viso di Robert, traboccava di furia e sdegno.

Quando il papà chiese loro la promessa di accogliere la matrigna con cuori amorevoli e menti aperte, i bambini obbedirono, ma Elizabeth vide la propria incertezza e sofferenza riflesse negli occhi di tutti, e intuì che sarebbe stato più facile a dirsi che a farsi.

L'inverno finì e la primavera sbocciò, ma il papà e Miss Humphreys non fissarono la data delle nozze. Elizabeth e Frances, origliando insieme o ciascuna per proprio conto, non tardarono a capire che il loro padre avrebbe voluto sposarsi subito ma la fidanzata continuava a tentennare, spingendolo verso l'esasperazione.

«Sei figli» disse Frances con aria saccente quando lei ed Elizabeth ne discussero mentre raccoglievano fragole in un caldo pomeriggio di giugno. «Sono una ragione sufficiente per aspettare.»

«Suppongo di sì» replicò Elizabeth, dubbiosa. Nonna Parker aveva detto che Miss Humphreys aveva già venticinque anni: praticamente una zitella. Era crudele tenere il papà sulla corda in attesa che si facesse avanti un gentiluomo senza figli, se era quella la sua intenzione. C'erano giorni in cui Elizabeth pensava che forse sarebbe stato bello avere una matrigna, qualcuno che allietasse il cuore del papà e accudisse i più piccoli affinché lei potesse tornare a essere una semplice scolaretta. Più spesso era grata che il fidanzamento si prolungasse, perché più le nozze venivano rimandate, meno probabili sembravano.

Nonna Parker approfittò dei mesi di tensione e incertezza. Non aveva mai conosciuto Miss Humphreys, ma non aveva bisogno di incontrare l'aspirante sostituta di sua figlia per essere assolutamente sicura che non fosse degna di quel ruolo. Di tanto in tanto faceva commenti sprezzanti sui rischi delle mogli indolenti e delle matrigne cattive. Elizabeth e Frances li ignoravano educatamente, per lealtà verso il padre, ma Levi, Mary e Ann le davano volentieri manforte con un pizzico di sincera malevolenza, come se stessero sbeffeggiando la strega malvagia di una fiaba. La disapprovazione della nonna nei confronti del papà si acuiva ogni volta che una nuova lettera di Miss Humphreys lo riempiva di gioia e di speranza, proprio come la soddisfazione dell'anziana signora cresceva quando dalla promessa sposa non arrivavano notizie per una settimana o più e lui sprofondava in una disperazione perplessa. Osservando gli sbalzi d'umore dei due adulti, con la felicità dell'una inversamente proporzionale a quella dell'altro, Elizabeth scoprì un'altra ragione per temere il matrimonio: il risentimento di nonna Parker sarebbe sicuramente peggiorato quando il papà avesse portato Miss Humphreys a casa come sua moglie.

L'estate finì, arrivò l'autunno, e la lunga incertezza in cui la famiglia aveva vissuto per quasi un anno cessò all'improvviso alla metà di ottobre, allorché, una sera dopo cena, Robert annunciò che lui e Miss Humphreys si sarebbero sposati a Frankfort il primo novembre. Dovevano prepararsi tutti ad accogliere la matrigna nella loro famiglia, che da quel giorno in poi sarebbe stata anche la sua. I figli reagirono alla notizia in vario modo, in base alla personalità: Elizabeth con obbediente rassegnazione, Frances con scetticismo, Levi con una scrollata di spalle e una finta indifferenza, e Mary piangendo e supplicando accoratamente il padre di cambiare idea. Questo la aiutò ad accattivarsi la benevolenza della nonna, senza dubbio, ma il papà guardò tristemente la sua figlia preferita e disse che si aspettava che trattasse la matrigna con rispetto e gentilezza, assicurandole che l'affetto sarebbe arrivato con il tempo.

Elizabeth si stupì, qualche giorno dopo, quando la zia Ann Maria annunciò che i Parker e i Todd non avrebbero assistito alla cerimonia, neppure i bambini. «Sembra inappropriato, date le circostanze» aggiunse in maniera vaga, rifiutandosi tuttavia di spiegarsi meglio.

Una settimana dopo le nozze, il papà portò a casa Miss Humphreys, che naturalmente non era più Miss Humphreys bensì Mrs Todd. Era molto graziosa, ammisero le sorelle Todd quando si consultarono bisbigliando nella loro camera quella sera. Era anche tranquilla e aggraziata, più riservata della loro madre espansiva e affettuosa, ma non potevano fargliene una colpa dal momento che non li conosceva. Frances osservò che aveva preso in braccio George come se fosse abituata a coccolare i neonati e che non era parsa disgustata quando il piccolo le aveva vomitato sull'elegante vestito da viaggio blu, bensì aveva chiesto con calma a Mammy Sally un panno umido per pulirsi. «Forse è buon segno. Significa che ama i bebè» aggiunse Frances.

«Forse solo quelli» disse Mary, cupa, rotolandosi su un fianco e prendendo a calci la trapunta.

Sarebbe stato meglio di sì, pensò Elizabeth con una fitta improvvisa al petto, perché di lì a poco avrebbe potuto averne di suoi.

La matrigna, che ordinò loro di chiamarla *mamma*, non era arrivata a Lexington da sola. Oltre a diversi grossi bauli di abiti alla moda, biancheria nuova e articoli per la casa, aveva portato alcuni schiavi di sua madre, i cui tentativi di insediarsi nei ruoli che avevano ricoperto a Frankfort si scontrarono con la resistenza dei domestici della famiglia Todd. Il risentimento di Mammy Sally verso Judy, la giovane schiava che Mrs Humphreys aveva mandato come balia per aiutare la figlia a crescere sei bambini, era così tangibile da dare l'impressione che l'aria tra le due donne fosse incandescente e sprizzasse scintille. Una giovane cameriera, Mary Jane, era troppo paurosa e compiacente per offendere chicchessia, ma Jane Saunders, l'imperturbabile governante che Mrs Humphreys aveva addestrato personalmente a gestire una casa e a servire in sala da pranzo, si attirava l'acrimonia della zietta Chaney e di Nelson ogni volta che usurpava uno dei loro soliti compiti anziché rimettersi alla loro anzianità di servizio e pregarli di assegnarle una mansione. Non che gli schiavi si lamentassero davanti alla famiglia bianca, naturalmente, ma la diffidenza e l'animosità sobbollivano appena sotto la superficie, ed Elizabeth era sicura che avessero molto da dirsi quando nessuno li guardava.

Il papà aveva avvertito i bambini che loro e la matrigna avrebbero potuto impiegare un po' di tempo per imparare a conoscersi prima di cominciare a sentirsi una vera famiglia, e che dovevano essere pazienti ed evitare di giudicarsi in base alle prime impressioni. Elizabeth, coscienziosa, fece ogni sforzo ma, nonostante tutte le cose che apprezzava e ammirava nella matrigna, una verità sconcertante che diventò ben presto manifesta fece passare in secondo piano tutto il resto.

Alla mamma non piaceva Mary.

All'inizio, come la maggior parte delle persone, era parsa affascinata dalla cocca del papà, dalla sua bellezza, dal sorriso e dall'energia apparentemente inesauribile. Mary era intelligente e precoce e, benché si rivolgesse agli adulti con rispetto, qualcosa nei suoi modi indicava una mancanza di deferenza, quasi credesse di parlare con suoi coetanei. Come la matrigna scoprì ben presto, sapeva essere volubile e capricciosa, allegra e sorridente un momento, pronta a fare bizze esasperanti il successivo. La mamma, che aveva ricevuto un'educazione molto decorosa, sembrava non sapere che pesci pigliare quando si ritrovava a gestire una bambina cocciuta che non si lasciava controllare e non era capace di stare al suo posto. Tra Mammy Sally, poco incline ad affidare a Judy qualunque compito fosse più importante del lavaggio dei pannolini, e la zietta Chaney e Jane Saunders, impegnate in una lotta costante per dimostrare chi tra loro due fosse più essenziale per la famiglia, Elizabeth capiva perché la matrigna sembrasse molto spesso sotto pressione e perché non di rado si alzasse in piedi, redarguisse Mary per qualche marachella e la spedisse in camera sua da sola a pregare che Gesù la aiutasse a diventare una brava bambina.

I mesi passarono tra conflitti che covavano sotto la cenere, e il papà era l'unico a essere soddisfatto della nuova situazione domestica. Frances e Mary si rifugiavano spesso a casa di nonna Parker, ma Elizabeth si sentiva in dovere di restare a tenere compagnia alla mamma e darle una mano con i più piccoli. La casa era affollata, molto più di quanto potesse giustificare l'arrivo di altre quattro anime, ma la ragazzina faceva del suo meglio per collaborare, placando i bisticci tra i fratelli, dispensando a Ann e a George qualche coccola in più quando ne avevano bisogno, promettendo alla cara Mammy Sally, alla zietta Chaney e a Nelson che nessuno avrebbe potuto prendere il loro posto, che non dovevano temere di essere liquidati perché anche loro erano parte della famiglia. «Grazie per le parole gentili, Miss Elizabeth» replicavano di solito, quasi meccanicamente, al che lei capiva di non essere riuscita a rassicurarli.

Poi, un pomeriggio, il papà, raggiante di gioia, annunciò che entro qualche mese sarebbe arrivato un nuovo fratellino o sorellina. Sopraffatta dai dolorosi ricordi risalenti a meno di un anno prima, Elizabeth si domandò come potesse essere così felice, sapendo come avevano perso la madre.

Stava per nascere un nuovo bambino, e forse altri ne sarebbero arrivati. La casa era già sovraffollata, pensò Elizabeth con una punta d'ansia, anche se Mary veniva mandata spesso nella sua camera o fuggiva da nonna Parker.

Si sarebbero dovuti stringere l'uno all'altro, altrimenti qualcuno avrebbe dovuto cedere.

5
Luglio 1875
EMILIE

Quel pomeriggio, dopo che l'ultimo studente di pianoforte se ne fu andato, Emilie raggiunse la cucina per versarsi un bicchiere d'acqua fresca. Bevve avidamente, ma senza dissetarsi. Rimuginando, uscì in giardino, in cerca di conforto nella fragranza di verbena e garofani rosa, nei colori accesi delle calle e delle zinnie, nel canto dei tordi e delle cince bigie. Il caldo e l'umidità eccessivi di quella giornata avevano evocato nostalgici ricordi di estati lontane nella casa di campagna di sua madre, una trentina di chilometri a ovest di Lexington, sul Frankfort Pike. Nella sua mente, Buena Vista era inondata da un sole tiepido e accarezzata da brezze rinfrescanti da aprile a settembre, un idilliaco anno dopo l'altro. Sapeva, naturalmente, che a volte pioveva e che di tanto in tanto l'aria era torrida e afosa quanto quella di Louisville quella settimana, ma le giornate soffocanti non le affioravano mai alla memoria quando pensava alla Buena Vista della sua infanzia. Dopo che il papà era morto durante l'epidemia di colera del 1849 e le ristrettezze avevano obbligato sua madre a vendere la casa in città e a trasferire Emilie e i suoi fratelli nell'ex residenza estiva... be', quelli erano altri tempi, che scatenavano ricordi di una sfumatura diversa, più complessa.

Quanto aveva sofferto Emilie, alla tenera e complicata età di tredici anni, nel perdere la casa della sua infanzia subito dopo la devastante morte del suo amato papà! Era nata in quell'elegante dimora di mattoni in Main Street e, a differenza dei suoi fratellastri e sorellastre più grandi, non aveva mai vissuto nella casa in Short Street, quella che sua madre aveva cercato di fare propria come giovane sposa e nuova matrigna. Il primogenito dei suoi genitori, un maschietto, era venuto al mondo un anno dopo le nozze, ma era morto tra le braccia materne qualche giorno più tardi. Di lì a poco, la mamma aveva iniziato a chiedere al papà di trasferire la famiglia altrove, in un luogo lontano dai tristi ricordi delle persone care che non c'erano più.

Alcuni conoscenti e vicini pettegoli mormoravano che, in realtà, la mamma avesse voluto mettere un po' di distanza tra sé e nonna Parker, che lanciava occhiate torve alla sostituta di sua figlia dalla casa in cima alla collina, sulla proprietà comune. Emilie non aveva mai sentito sua madre ammetterlo ad alta voce, ma se fosse stato vero chi avrebbe potuto criticarla? Era già abbastanza difficile imbarcarsi nella vita matrimoniale, allevare sei figliastri affranti e accettare la perdita del suo primogenito senza una suocera invidiosa a gironzolarle intorno, osservando ogni sua mossa e continuando a ripeterle che stava sbagliando tutto.

Il papà non doveva essere stato incline a disfarsi della casa in Short Street, perché aveva tenuto la famiglia lì anche a mano a mano che si allargava, con Margaret nata nel 1828, Samuel nel 1830 e David nel 1832. Era stato quando la mamma aspettava David che aveva iniziato a insistere per trovare una casa più spaziosa. Forse ansioso di sottrarsi a sua volta alle ingerenze dell'ex suocera, nel 1832 il papà aveva acquistato l'edificio in Main Street, e là erano nati altri cinque piccoli Todd: Martha nel 1833, Emilie nel 1836, Alexander nel 1839, Elodie nel 1840 e Katherine nel 1841. Benché la nuova dimora fosse piena di bambini, di tanto in tanto la mamma si metteva le mani sui fianchi e, guardandosi intorno, osservava con grande soddisfazione che c'era abbastanza spazio per tutti, cosa impossibile da dire riguardo alla casa precedente. A riprova di questa tesi, aveva invitato la nipote sua omonima, Betsey Humphreys, a vivere con loro. Betsey e Mary, che erano coetanee, erano diventate ben presto compagne di gioco inseparabili, con Mary nel ruolo di ispiratrice di svaghi e marachelle e Betsey in quello di fedele seguace. All'inizio la mamma non aveva visto di buon occhio la loro amicizia, ma alla fine si era rassegnata, forse sperando che Betsey potesse avere un'influenza positiva sulla sua figliastra più cocciuta.

Sebbene Emilie fosse arrivata solo anni dopo, conosceva i successi di Mary a scuola e molti altri aspetti della sua infanzia, in quanto le storielle divertenti e gli aneddoti sulle sue birichinate erano una tradizione di famiglia. Emilie ricordava come se fosse stata presente di quando Mary, a dieci anni, stanca degli infantili grembiuli senza maniche e ansiosa di avere un guardaroba elegante più adatto a una signorina, aveva deciso di abbellire la gonna di mussola con l'aggiunta di un sellino fatto in casa. Sapendo che la mamma non l'avrebbe mai permesso, aveva convinto Betsey ad aiutarla a raccogliere di nascosto i rami di salice nel giardino dei vicini. Poi li aveva intrecciati e legati, creando un sellino improvvisato per ciascuna delle due. Avevano gettato via furtivamente gli scarti e nascosto i sellini nella loro camera fino alla domenica mattina, allorché si erano alzate presto e, dopo aver indossato i vestiti così modificati, erano sgattaiolate fuori per andare in chiesa prima che gli altri membri della famiglia le vedessero. Mary, la più svelta delle due, ci sarebbe anche riuscita, ma la mamma aveva pizzicato Betsey nell'ingresso, richiamato Mary e, dopo averle squadrate da capo a piedi, era scoppiata a ridere. «Siete conciate da far paura» aveva esclamato. «Toglietevi quei cosi orrendi, vestitevi come si deve e andate al catechismo.» Le bambine erano salite docilmente al piano di sopra, mortificate e imbarazzate, con Mary che piangeva di rabbia per l'umiliazione e il fallimento del piano.

Anche la sua passione infantile per la politica era leggendaria tra i Todd, i Parker e gli Humphreys, oltre che tra quasi tutti i loro vicini. Il suo sogno di vivere, un giorno, alla Casa Bianca era sembrato assurdo all'epoca, ma con il senno di poi si era rivelato straordinariamente premonitore. La sua cavalcata fino ad Ashland per assicurarsi un invito a Washington qualora Mr Clay fosse stato eletto strappava ancora qualche risatina ad alcuni dei suoi fratelli e sorelle e qualche sospiro esasperato agli altri, ma il battibecco di Mary con un'amica durante la campagna elettorale del 1832 era stato meno divertente, perché aveva prefigurato distacchi ancora di là da venire.

Il presidente Andrew Jackson – soprannominato Old Hickory, cioè vecchio noce americano – era a Lexington per condurre una campagna a favore della propria rielezione, e l'imponente corteo attraverso la città organizzato per l'occasione sarebbe culminato in un enorme comizio e in un barbecue al Fowler's Garden. L'evento aveva attirato tutti. I sostenitori democratici avevano affollato le strade, applaudendo, urlando, sventolando bandiere con slogan politici, agitando fazzoletti e sollevando rametti di noce mentre Jackson sfilava su una carrozza aperta. Persino whig inveterati come i Todd e i Parker avevano assistito alla parata, perché non succedeva tutti i giorni che un presidente visitasse Lexington. Mary, osservando con le palpebre socchiuse l'uomo che il suo amico Mr Clay sperava di scalzare, disse a una giovane amica democratica, impegnata ad applaudire con foga là accanto, che non avrebbe mai votato per il generale Jackson, ma che se non altro non era brutto come aveva sentito dire. Quando l'altra aveva replicato che il presidente Jackson non era più brutto di Mr Clay, Mary aveva ribattuto freddamente: «Mr Henry Clay è l'uomo più bello della città e ha modi più raffinati di chiunque altro, fatta eccezione per mio padre. Sconfiggeremo il generale Jackson e cancelleremo per sempre il sorriso dalla sua faccia lunga».

«Come osi?» aveva protestato l'amica. «Andrew Jackson con la sua faccia lunga è più bello di Henry Clay e di tuo padre messi insieme!»

Era stato troppo per Mary. Lei e l'ex amica non si erano più rivolte la parola per anni.

Frances e Ann avevano usato quell'episodio come prova della sua natura irascibile e testarda, ma Emilie era stata solidale con lei, non solo perché l'insulto al loro padre era offensivo, ma anche perché a sua volta era stata vittima di un fatto umiliante per conto di Mr Clay. Dodici anni dopo il diverbio di Mary, all'epoca in cui Mr Clay aveva riprovato a spodestare un presidente in carica, mentre

Emilie stava giocando con le bambole insieme a un'amica avevano udito i loro genitori discutere di politica nell'altra stanza. Emilie aveva detto che adorava Mr Clay, la sua amica aveva preso le parti del presidente Polk, ed entrambe si erano dette sicure che il loro preferito avrebbe vinto. Poi l'amica aveva detto: «Scommetto la tua bambola che Mr Polk sarà rieletto».

Era una bambola molto speciale, la più bella che le due bambine avessero mai visto, un regalo che il papà aveva comprato a New Orleans. Lei, tuttavia, era così certa di veder trionfare il migliore che aveva accettato la scommessa. Qualche settimana dopo, quando Mr Polk aveva vinto e l'amica era andata a reclamare il premio, Emilie si era rifiutata di consegnarglielo. Il litigio che ne era scaturito aveva attirato il papà nella stanza e, quando le bambine in lacrime avevano spiegato l'accaduto, lui aveva detto: «Emilie, devi darle la bambola. È disonorevole non pagare i debiti». Sorridendo esultante, l'altra aveva portato via il prezioso giocattolo mentre Emilie si era gettata tra le braccia del padre, scossa da singhiozzi inconsolabili. «Questo ti insegnerà i rischi del gioco d'azzardo» aveva detto lui e, anche se qualcuno avrebbe potuto disapprovare alcune delle sue scelte di vita successive, Emilie credeva di aver imparato la lezione.

Quel giorno, senza dubbio, Mary si sarebbe schierata dalla sua parte, ma aveva diciotto anni in più e se n'era già andata di casa. Emilie non aveva ancora tre anni quando la sua sorellastra si era trasferita a Springfield per vivere con Elizabeth e Ninian, dove si sarebbe goduta il vivace ambiente sociale e politico e, si auguravano tutti, avrebbe trovato marito. A quei tempi, viaggiare era arduo, e Mary aveva poche ragioni per tornare in visita a Lexington perché, come sapevano persino i più piccoli, lei e la mamma non andavano d'accordo. Così i primi ricordi che Emilie aveva di Mary erano vaghi, basati sui racconti dei fratelli più grandi e su stralci delle lettere delle sue quattro sorellastre sposate: le parole di Mary stessa e brani delle missive di Elizabeth, Frances e Ann, scritte in un tono che poteva essere affettuoso, esasperato, divertito o irritato, a seconda delle circostanze.

Emilie aveva quasi undici anni quando Mary era tornata a casa per la sua prima visita dopo il matrimonio, organizzato così in fretta che nessun membro della famiglia residente a Lexington aveva presenziato. Ormai era una moglie e madre di due figli maschi, e suo marito era il neoeletto rappresentante del settimo distretto dell'Illinois al Congresso degli Stati Uniti. I Lincoln avevano in programma di trascorrere tre settimane dai Todd prima di proseguire per Washington, dove Abraham sarebbe salito in carica, e l'intera famiglia si era affaccendata per accoglierli, sprizzando entusiasmo da tutti i pori. Persino Sam, che allora aveva diciassette anni, era rientrato dal college a Danville per conoscere il cognato e i nipotini.

Il giorno del loro arrivo era freddo e ventoso, perciò quando il fischio del treno era risuonato in lontananza si erano messi in fila nell'ampio ingresso anziché fuori sulla veranda, la famiglia davanti e i domestici dietro, a eccezione di Nelson, che aspettava accanto alla porta, pronto ad aprirla non appena avesse sentito gli ospiti avvicinarsi.

Quando finalmente l'aveva spalancata, facendo un inchino formale, era parso che una raffica di vento soffiasse dentro i Lincoln. Mary era entrata per prima, tenendo in braccio Eddie, che aveva diciotto mesi. Un'occhiata alla sorellastra, ed Emilie era rimasta subito colpita dalla sua bellezza. Mary aveva osservato la scena con i suoi limpidi e luminosi occhi azzurri e, quando aveva sorriso, le sue belle guance lisce si erano soffuse di un fresco e tenue colorito di rosa selvatica. I lucidi capelli castani erano raccolti, lasciando scoperto l'incantevole viso sorridente, a eccezione dei punti in cui cadevano dietro le orecchie in morbidi riccioli corti.

Un uomo bruno e alto – anzi, *altissimo* – dagli zigomi pronunciati e dagli occhi insondabili, aveva seguito Mary nell'ingresso, portando Robert, che aveva quattro anni. Si era accovacciato per mettere delicatamente giù il bambino e, quando si era raddrizzato dando l'impressione di allungarsi ancora di più, Emilie, con il cuore che batteva forte, aveva quasi smesso di respirare. Era riuscita a pensare solo al gigante famelico della storia di Jack e del fagiolo magico. Sicuramente lo sconosciuto era lo stesso gigante, così alto e robusto, con quel lungo mantello nero sulle spalle e il berretto di pelliccia dotato di paraorecchie talmente calcato sulla testa da lasciare scoperta solo una piccola parte di viso. Aspettandosi da un momento all'altro che urlasse di aver fiutato il sangue di una bambina del Kentucky, Emilie si era stretta alla madre e nascosta dietro le sue gonne voluminose, chiudendo gli occhi. Tuttavia, invece di un ruggito spaventoso, aveva udito le voci dei suoi familiari levarsi in calorosi saluti e risate allegre. Tremando, aveva socchiuso le palpebre e aveva sbirciato oltre le gonne della madre, vedendo i suoi cari che scambiavano strette di mano e abbracci non solo con Mary e i bambini, ma anche con l'orribile gigante.

Dopo aver salutato tutti gli altri, l'uomo si era voltato e inginocchiato davanti a Emilie con un sorriso, guardandola con occhi così caldi, dolci e gentili che in un attimo la bambina aveva dimenticato di aver mai avuto paura di lui. Quando Abraham aveva allargato le braccia, lei gli aveva permesso di sollevarla in aria, sempre più su a mano a mano che si alzava, al punto che se non fosse stata aggrappata con tutte le forze alle sue spalle forse avrebbe potuto allungare il braccio e sfiorare la modanatura del soffitto con i polpastrelli.

«Dunque questa è la Sorellina» aveva detto Abraham con una sfumatura divertita nella suadente voce tenorile.

Da allora l'aveva sempre chiamata così e ben presto anche Mary aveva iniziato a usare quel nomignolo. Emilie non aveva mai più avuto timore di lui, nemmeno quando era diventato l'uomo più influente del paese e aveva acquisito il potere di vita e di morte su coloro che più le stavano a cuore. Aveva continuato a chiamarla Sorellina anche dopo che suo marito aveva rifiutato l'offerta di una nomina a ufficiale nell'Esercito dell'Unione per arruolarsi invece nelle truppe confederate. Emilie non avrebbe mai dimenticato come lui e Mary l'avevano accolta alla Casa Bianca nelle terribili settimane di angoscia dopo la morte di Ben.

Mary l'avrebbe chiamata ancora Sorellina se Emilie avesse provato a contattarla? Era in condizioni di parlarle o di leggere una lettera accorata e di rispondere con la stessa onestà?

A trentotto anni, gli ultimi dodici dei quali vissuti da vedova, Emilie si sarebbe creduta capace di sopportare la notizia della sciagura di Mary con maggiore grazia e stoicismo femminili, ma le nuove rivelazioni della stampa l'avevano scossa nel profondo. Quel mattino, dopo aver preparato i suoi tre figli per affrontare la giornata, in attesa che arrivasse il primo allievo, aveva riesaminato le recenti lettere di Robert, soffermandosi sugli eufemismi e sulle elusioni, su qualunque cosa spiegasse la discrepanza tra le sue *supposizioni* riguardo alla malattia di Mary e al Bellevue Place e quelle che erano le *reali* circostanze secondo una certa Mrs M.L. Rayne, corrispondente del *Chicago Post and Mail*. Chissà come una giornalista, un'estranea, aveva ottenuto l'autorizzazione a vedere Mary quando il dottor Patterson aveva raccomandato caldamente ad amici e familiari di non farle visita nel timore che vederli potesse agitare la paziente e ritardarne la guarigione.

Emilie sarebbe già andata a trovare Mary nell'Illinois diverse volte se avesse avuto la certezza che, nonostante tutto, gli incontri non l'avrebbero danneggiata. Lei e la sua sorellastra si erano allontanate, ma avevano pur sempre un legame e, unica tra le sorelle Todd, era stata Emilie a prendere le distanze da Mary anziché viceversa.

Come la tormentavano le sue scelte ora! Le aveva sempre voluto bene, così come a Abe, e in realtà era con lui che aveva litigato, non con la sorella. Ma dopo l'assassinio di suo cognato, quando Mary non aveva risposto alle sue esitanti lettere di condoglianze, Emilie si era sentita perplessa, incerta sul da farsi. Avrebbe dovuto insistere, oppure aspettare pazientemente che l'altra la contattasse? Alla fine, sopraffatta dal dolore e dalle avversità, aveva smesso di cercare le parole giuste per rompere il gelido silenzio che era sceso tra loro.

Pur avendo tagliato i ponti con Mary, aveva mantenuto i rapporti con Robert, nipote adorato e caro amico. Siccome aveva solo sette anni meno di lei, si era sempre sentito più un cugino che un nipote e, anche quando erano stati su fronti opposti della guerra, il loro vincolo d'affetto non si era mai spezzato. Purtroppo non si poteva dire lo stesso degli altri membri della famiglia: alcuni continuavano a ignorarsi anche dieci anni dopo la fine del conflitto e altri avevano lasciato questa Terra, portando con sé ogni speranza di riconciliazione.

Poiché lei e Robert erano vicini, tuttavia, Emilie si fidava di lui, della sua capacità di valutare correttamente le condizioni di sua madre e della sincerità delle sue confidenze. Due settimane dopo il processo le aveva scritto per assicurarle che Mary riceveva le migliori cure mediche e viveva nella situazione più serena possibile, quanto a lui era deciso a procurarle tutto il necessario per il suo agio e il suo piacere. Mary risiedeva in un appartamento privato di due camere con bagno, al primo piano della stessa ala dell'edificio in cui erano situati gli alloggi dei Patterson. Dormiva nella stanza più grande, mentre la sua assistente personale, una giovane ex maestra selezionata per la sua gentilezza e intelligenza, occupava l'altra. Le voci che volevano Mary prigioniera dietro finestre munite di sbarre e porte chiuse a chiave erano assolutamente false: le leggere reti metalliche ornamentali alle finestre servivano a impedire le cadute e la porta veniva chiusa solo di notte; durante il giorno era lei a custodire la chiave. Quanto alle sue accuse rabbiose durante il processo, non era più furiosa con Robert per quello che all'epoca aveva considerato un tradimento indegno di un figlio. *La manifestazione di stupore dinanzi alla mia decisione, che è stata riportata da tutti i giornali e di cui senza dubbio avete letto, è stata la prima e ultima reazione di questo tipo che mia madre ha mostrato, e ora siamo in ottimi rapporti*, aveva scritto Robert. *La mia consolazione in questa triste vicenda è saperla, sotto tutti i punti di vista, più serena di quanto lo sia stata negli ultimi dieci anni, perché libera dai crucci e dall'agitazione.*

Emilie sapeva che quei dieci anni non si riferivano alla fine della guerra, bensì al fatidico assassinio di Abraham. Quel giorno era stato il momento cruciale della vita di Mary; da quell'istante in poi, ogni cosa era appartenuta al prima speranzoso o al dopo sciagurato.

Nelle lettere successive, Robert aveva informato Emilie che andava a trovare la madre ogni settimana, spesso portando con sé Mamie, la figlioletta di cinque anni. Senza eccezioni, Mary era felice di vedere la nipote e, sotto ogni aspetto, era cordiale e bendisposta verso il figlio. O almeno, così aveva scritto Robert fino a giugno inoltrato. Poi – e lì Emilie rilevava una serie di cambiamenti inquietanti che non aveva notato prima – Mary aveva iniziato a fare passeggiate meno frequenti e ad annullare quasi tutte le gite in carrozza che prenotava, fino a lasciare raramente l'edificio. *Oggi mia madre non ha avuto modi cortesi con me come durante le visite precedenti*, aveva riferito Robert il 17 giugno, e una settimana dopo aveva riportato un commento dell'assistente personale, secondo cui ultimamente Mary dormiva male.

I segni erano impercettibili ma, quando Emilie li aveva cercati nelle lettere del nipote, le erano balzati all'occhio. Anche se Mary aveva dato l'impressione di essersi ambientata bene al Bellevue Place quando era stata ricoverata, nelle ultime settimane era diventata irrequieta e risentita.

Forse era stato proprio quel mutamento a ispirare l'articolo di Mrs Rayne nel *Post and Mail*. La giornalista inizialmente aveva incontrato il dottor Patterson, il quale però era stato riluttante a discutere delle condizioni della sua paziente, ma o lui aveva superato la reticenza o Mrs Rayne aveva trovato un inserviente più loquace. Mrs Lincoln non creava problemi allo staff, tuttavia faceva i capricci con le passeggiate e le cavalcate, prenotando una gita in carrozza per mezzogiorno, che rinviava al pomeriggio e poi a dopo cena e infine annullava del tutto solo per ricominciare da capo il mattino seguente. Aveva portato con sé dieci grandi bauli di vestiti, ma nonostante ciò ne aveva ordinati altri elaborati da mattino di batista francese nera e di rensa a righe bianche che non indossava mai; di lì a poco, quando aveva chiesto campioni di alpaca nero per farsi cucire un completo: *è stata dissuasa, giacché l'accumulo di tessuti è soltanto un sintomo della malattia.* Fatto ancora più inquietante, Emilie aveva letto che Mary restava spesso seduta da sola in camera sua, immaginando di intrattenere senatori e ambasciatori alla Casa Bianca, con l'amato marito al suo fianco. In altre occasioni si accomodava a tavola e conversava con i figli defunti. Segno di pazzia, aveva assicurato Robert a Emilie, da non confondere con un'improvvisa intensificazione della sua fede nello spiritismo.

Di solito Mrs Lincoln si rifiutava di ricevere visitatori, *evitando addirittura di lasciare la sua stanza quando sono nell'edificio o sulla proprietà circostante*, perciò Mrs Rayne era rimasta piacevolmente stupita quando la sua richiesta di un appuntamento era stata accettata. Un medico l'aveva accompagnata nell'appartamento di Mrs Lincoln, dove l'ex first lady l'aveva accolta cordialmente, stringendole la mano e invitandola a sedersi. Indossava un normale vestito nero, mezzo logoro; i lucidi capelli castani, ormai perlopiù tinti di grigio, frettolosamente raccolti in una treccia a diadema avvolta in una crocchia sulla nuca. *Appariva stanca e malata*, scriveva Mrs Rayne, *e le sue mani, prive di anelli e poco curate, non stavano mai ferme. Nei suoi occhi spenti e nella compostezza forzata dei suoi modi ho potuto vedere chiaramente i segni di una mente distrutta. Era composta e signorile nel contegno, ma farneticante e prolissa nella conversazione.* Nonostante ciò, aveva parlato in termini affettuosi del suo compianto marito e, dopo aver scoperto che la visitatrice veniva da Chicago, si era informata su diversi amici residenti in città.

Al momento del commiato, Mrs Lincoln aveva preso un grazioso mazzo di fiori da un vaso di cristallo sul tavolo e pregato la reporter di accettarlo. *Ho creduto di percepire, nell'inchino e nel sorriso diplomatico, un ritorno ai modi della vecchia società*, proseguiva Mrs Rayne, *e mi si è gonfiato il cuore per la donna che resta seduta, sola e silenziosa, nella sua camera deserta, a tenere compagnia a senatori e ambasciatori immaginari nella luce di quel sorriso garbato e gentile, ormai nascosto sotto il coperchio della bara.* Nessuno avanzava l'ipotesi di una guarigione definitiva, concludeva la compassionevole reporter, ma non c'era manicomio migliore del Bellevue Place per cercare di farla rinsavire.

Emilie era rimasta scossa dall'articolo, che l'aveva lasciata confusa e preoccupata. La donna assente, patetica e delirante descritta nelle sue colonne non assomigliava affatto alla fiduciosa, intelligente e amabile sorella maggiore che ammirava fin da bambina. Quella signora infelice non ricordava nemmeno la madre malata, ma collaborativa e in costante miglioramento, che Robert aveva tratteggiato con tenera sincerità nelle sue lettere.

Mrs Rayne aveva osservato la vera Mary Lincoln? Mary aveva permesso a una sconosciuta di sbirciare dietro la maschera coraggiosa che aveva mostrato a coloro che la amavano di più? Ma no, neppure quella era Mary. Le sorelle e le amiche più care l'avevano vista nella sua versione migliore e in quella peggiore, quando aveva brillato come first lady e quando era stata costretta a letto tra gemiti di dolore. Ora non avrebbe più nascosto il suo vero volto. Persino il tentato suicidio – il cuore di Emilie accelerò a quel pensiero – aveva avuto luogo sotto gli occhi di decine di testimoni.

Chi era la giornalista che aveva incontrato una Mary sconosciuta alle sue sorelle, o che aveva inventato una storia strappalacrime per ragioni insondabili? Cos'era vero, e cosa falso? Alcuni avidi opportunisti stavano forse manipolando Mary per profitto personale, o Mary stava in qualche modo orchestrando ogni cosa per garantirsi le dimissioni, per accattivarsi la compassione del pubblico o per un motivo totalmente diverso?

Un punto era inconfutabile: Mary aveva bisogno dei suoi cari per mettere da parte le ruggini del passato, per gettarsi alle spalle quel terribile capitolo della sua vita e trovare la strada verso un futuro più ottimista. Le sorelle Todd erano sopravvissute alle tragedie. Tutte avevano subito dei lutti. Genitori, mariti, figli, intere nazioni e cause nobili, tutti scomparsi, smarriti nel tempo. Se non fossero riuscite a dimenticare i vecchi risentimenti per aiutare una sorella nei guai, non si sarebbe dovuto concludere che non avevano imparato nulla dalle proprie sofferenze?

Emilie non era un filosofo né un medico, ma solo un'insegnante di musica, una vedova, una sorella, una madre. Non poteva vantare particolari conoscenze sulle malattie della mente umana, tuttavia sapeva che l'accumulo di dispiaceri poteva affliggere lo spirito.

Sapeva anche di non poter aiutare Mary dall'altro capo di un silenzio ininterrotto.

6
Febbraio 1832
FRANCES

Un leggero turbine di neve danzò davanti alle finestre del salotto, ma il fuoco nel camino riscaldava la stanza e potenziava la luce della lampada, dissipando il finto crepuscolo. I rumori dei fratelli e delle sorelle più piccoli nella nursery erano a piacevole distanza, perciò Frances poteva lavorare in pace, godendosi la tranquilla operosità del pomeriggio invernale. Se solo Elizabeth fosse stata lì, con la sua conversazione gradevole e i suoi incoraggiamenti generosi, la sua soddisfazione sarebbe stata completa. Elizabeth, tuttavia, era già andata nella casa di campagna della zia Eliza e dello zio Charles a prepararsi per le celebrazioni imminenti e, anche se il resto della famiglia l'avrebbe presto raggiunta, la sua mancanza si sentiva moltissimo. Avrebbero fatto meglio ad abituarsi, pensò freddamente Frances, certa che non ci sarebbe mai riuscita.

Era per colpa di Elizabeth che Frances, Mary e la cugina Betsey sgobbavano la domenica pomeriggio, quando avrebbero potuto approfittarne per andare in slitta o leggere un bel romanzo. Di lì a due giorni, Elizabeth avrebbe sposato Ninian Edwards, il bello ed elegante studente di giurisprudenza della Transylvania University che le aveva conquistato il cuore. Come la futura sposa, lo sposo veniva da un'illustre famiglia di politici e vantava un lignaggio glorioso, un notevole patrimonio e agganci importanti. Suo padre era l'ex governatore dell'Illinois e Ninian aveva ottime chance di avere una carriera politica altrettanto brillante. Siccome era ancora al terzo anno di giurisprudenza, gli sposini progettavano di restare a Lexington finché non avesse terminato gli studi. Poi si sarebbero trasferiti a Belleville, nell'Illinois, vicino alla famiglia di Ninian.

Frances sentì un nodo alla gola, immaginando i seicentoquaranta chilometri che fin troppo presto l'avrebbero separata dalla sua sorella più cara. Non erano mai state così lontane per più di qualche giorno di fila. Chi avrebbe confortato Frances quando era malinconica, o l'avrebbe incoraggiata quando era giù di morale, o consigliata quando Mary le avesse dato sui nervi? Elizabeth aveva promesso di scrivere spesso, ma un sorriso affettuoso e un caldo abbraccio tra sorelle trasmettevano molto più di quanto si sarebbe mai potuto mettere nero su bianco. Sarebbe stato già abbastanza difficile quando Elizabeth fosse andata a vivere con Ninian nella casa dello studente vicino all'università. Come avrebbe fatto a sopportare il suo trasferimento in un altro stato?

Stringendo l'ago, si posò la mano in grembo, chiuse gli occhi e inalò a fondo, silenziosamente. Non sarebbe servito a nulla arrabbiarsi così tanto da pungersi un polpastrello e rovinare lo splendido copricapo di pizzo e seta con il velo che stava cucendo per lei. Aveva meno di quarantott'ore per finirlo; non ci sarebbe stato il tempo per togliere i punti e sostituire il tessuto macchiato di sangue. Le sue sorelle non sarebbero state in grado di aiutarla se fosse rimasta indietro, perché anche loro si stavano affrettando a finire i capi essenziali del corredo di Elizabeth. Mary, la sarta più dotata tra le sorelle Todd nonostante la giovane età, stava ultimando un magnifico completo di lana che Elizabeth avrebbe indossato quando fosse andata a Belleville per conoscere altri parenti di Ninian e la sua nutrita cerchia di amici di famiglia. La cugina Betsey stava mettendo gli ultimi punti al bordo di una trapunta nuziale, un progetto comune che le donne e le ragazze dei clan Todd, Parker e Humphreys avevano iniziato poco dopo l'annuncio del fidanzamento. Ogni membro della famiglia tranne i ragazzi e i bambini più piccoli aveva un compito da svolgere e pochissimo tempo per completarlo.

La zia Eliza aveva il ruolo più delicato di tutti, perché avrebbe ospitato la cerimonia e il ricevimento nella sua spaziosa casa su Walnut Hill, undici chilometri a sudest di Lexington. Nel corso degli anni, i figli maggiori dei Todd avevano passato molte settimane gioiose in campagna con la zia Eliza, lo zio Charles e i loro bambini. Nelle vicinanze vivevano anche la zia Hannah Todd Stuart, suo marito e i loro figli. I cugini avevano giocato insieme spensierati, disputando allegre partite a chiapparello e nascondino nei boschi adiacenti; organizzando picnic su prati inondati di sole e boschetti ombreggiati; raccogliendo noci, bacche e castagne, o facendo gite sui carri di fieno durante l'estate e in slitta durante l'inverno; arrostendo mele e raccontando storie intorno al fuoco. Frances aveva cari i ricordi di quelle visite, durate settimane o addirittura mesi, ma ora sapeva – e aveva intuito anche allora – che il loro vero scopo era stato liberare la mamma dai figliastri perché potesse occuparsi dei suoi figli.

L'unico rammarico della mamma riguardo alla stupenda casa in Main Street – o almeno, l'unico che avesse mai menzionato in presenza di Frances – era che semplicemente fosse troppo affollata per una famiglia con otto figli, e un altro in arrivo. Dieci, se si contava anche la cugina Betsey. In realtà, erano state proprio quelle lamentele a spingere la zia Eliza a offrirsi di ospitare le nozze di Elizabeth. Frances era contenta che si fosse delineata una soluzione tanto adatta per il giorno speciale di sua sorella, ma ciò non risolveva l'eterno problema dell'insoddisfazione materna verso il sovraffollamento della casa. Frances era tormentata dall'inquietante sospetto che, anziché trovare un modo per fare un uso più efficiente dello spazio, la mamma preferisse sparpagliare i figliastri tra la famiglia estesa.

Forse la partenza di Elizabeth avrebbe liberato abbastanza spazio per placare lo scontento materno, un'ottima cosa considerate le sue condizioni. Un nuovo fratellino o sorellina sarebbe arrivato di lì a sei settimane, e meno preoccupazioni lei avesse avuto fino ad allora meglio sarebbe stato per tutti.

Soffocando un sospiro, Frances riprese l'ago e tornò a imbastire una sezione particolarmente complicata del copricapo. Aveva appena fatto un nodo e tagliato i fili in eccesso quando udì un leggero picchiettio da qualche parte nella casa: tre colpi, pausa, due colpi, pausa, un colpo.

Girandosi in quella direzione, tese le orecchie ma, quando scese il silenzio e nessuna delle sue compagne alzò gli occhi dal lavoro, rinfilò l'ago e ricominciò a cucire. Meno di due minuti dopo, i colpi si ripeterono, questa volta un tantino più distinti, ma sempre lievi.

Mary alzò la testa. «Avete sentito?»

Frances annuì, ma Betsey chiese: «Sentito cosa?».

«Un picchiettio, come di nocche su un vetro.» Mary imitò il suono sul bracciolo della sedia. «L'ho sentito due volte, ripetuto secondo lo stesso schema.»

«Probabilmente sono soltanto i piccoli che giocano agli aliossi» ipotizzò Betsey con lo sguardo fisso sulla trapunta.

«Sono al piano di sopra, nella nursery» disse Frances. «Il rumore sembrava venire dalla cucina.»

«Allora sarà la zietta Chaney che prepara la cena.»

Mary scosse la testa. «No, la mamma le ha dato il permesso di andare a trovare suo marito oggi pomeriggio. Per questo avremo una cena fredda.»

In quel momento i colpi ricominciarono. Tre, due, uno.

Inarcando le sopracciglia, Betsey si posò le mani sulle ginocchia, sempre stringendo l'ago e il bordo della coperta. «Forse è un fattorino, o Levi che ci sta facendo uno scherzo.»

«Un fattorino busserebbe alla porta di servizio» replicò Mary. «Questi parevano colpi su una finestra.»

Mettendo accuratamente da parte il copricapo, Frances si alzò dalla sedia. «C'è un solo modo per scoprirlo.»

Intendeva andare da sola, ma Mary e Betsey abbandonarono il lavoro e la seguirono lungo il corridoio, attraverso la cucina vuota, fino all'ingresso sul retro. Quando Frances aprì la porta una raffica di vento soffiò dentro cristalli ghiacciati, ma sulla soglia non c'era nessuno.

«Guardate.» Mary superò Frances, piegandosi per esaminare meglio i segni sul sottile strato di neve. «Impronte. Qualcuno è stato qui.»

«Sarebbe proprio da Levi spaventarci quando sa che siamo occupate» disse Betsey.

Aggrottando le sopracciglia e scrollando il capo, Mary rientrò in cucina. Frances chiuse energicamente la porta contro il freddo e si voltò in tempo per vedere la sorella dirigersi verso la dispensa. Lei e Betsey si affrettarono a seguirla, per poi fermarsi all'improvviso dietro l'angolo, alle spalle di Mary, davanti a Sally. La balia, con un'espressione guardinga, si girò verso di loro tenendo un pezzo di buratto con un rotolo di salsicce affumicate in una mano e una spessa fetta di pane di granturco nell'altra.

«Credevamo di aver sentito bussare alla finestra della cucina.» Mary spostò lo sguardo dal viso di Sally al cibo che teneva in mano. «Ma alla porta di servizio non c'era nessuno.»

«Solo orme sulla neve» aggiunse Betsey.

L'espressione circospetta di Sally suscitò la compassione di Frances. «Di certo qualcuno era venuto a sbrigare una commissione e Mammy Sally gli ha aperto» disse, liquidando il mistero con una scrollata di spalle.

Sally strinse le labbra in una linea torva. Frances pregò che stesse al gioco, ma l'altra non fiatò.

«È così che è andata, Mammy Sally?» insistette Mary. «Altrimenti, suppongo, dovremo dire alla mamma che c'è qualcuno che si aggira qui intorno. Lei lo riferirà al papà e lui dovrà...»

«Nessuno si aggira qui intorno, Miss Mary» la interruppe Sally. «Non c'è bisogno di riferirlo.»

Mary si mise la mano sul fianco, inclinando la testa di lato. «Allora cos'è? Una burla di Levi?»

Sally sostenne i loro sguardi per un lungo momento. «Sapete tenere un segreto?»

«Se necessario» rispose Mary, mentre Frances e Betsey annuivano.

«Allora farete meglio a tenere questo.» Sally indicò il guardaroba con un gesto rapido e provocatorio. «Andate a coprirvi e raggiungetemi. Piano, ora.»

Le ragazze corsero a infilarsi stivali, cappotti e muffole, quindi tornarono da Sally, che le aspettava rassegnata accanto alla porta, con il fagotto di pane e salsicce sotto il braccio. Uscendo, si strinse nello scialle e piegò il capo verso ovest per invitarle a seguirla. Le altre tre procedettero alle sue spalle attraverso il giardino, in direzione di un boschetto di sempreverdi a una certa distanza dalla casa, dove alcuni pali di quercia consumati dalle intemperie, resti di una vecchia recinzione, facevano la guardia nella neve.

Sally indicò quello centrale. «Vedete questo segno?»

Le ragazze si avvicinarono per studiare un nodo nel legno. Dopo un momento, Frances scoprì un curioso disegno quasi nascosto nelle venature della quercia, non un'irregolarità naturale della corteccia, bensì un simbolo inciso a mano. «Cos'è? Sono stati gli indiani a farlo?»

«Indiani» le fece eco Sally, sdegnata. «Quel segno l'ho lasciato io. Dice ai fuggiaschi che se hanno fame possono avere il cibo di questa cucina. Lo conoscono tutti, e ne ho sfamato più di uno.»

«Schiavi fuggiaschi?» Betsey sussultò. «Qui?»

«I colpetti che avete sentito saranno stati di qualcuno che cercava di attirare la mia attenzione. Quasi sicuramente troppo affamato per aspettare nei boschi fino all'imbrunire.»

«Il papà e la mamma lo sanno?» chiese Frances.

Sally le lanciò un'occhiata penetrante. «Secondo voi?»

«Credo di no» rispose la ragazza, risentita.

«Mammy Sally» intervenne Mary, «sai che è contro la legge aiutare gli schiavi fuggiaschi. Potresti finire in un mare di guai. Andrò io nei boschi a dargli il cibo di persona.»

Parte della tensione intorno agli occhi della donna si allentò. «No, tesoro. Si nasconderebbe come un coniglio spaventato. Per quanto stia morendo di fame, non accetterà cibo da mani che non siano nere.» Con un sospiro, indicò la casa con l'angolo dello scialle. «Voi ragazze tornate dentro e finite di cucire. Ricordate che avete promesso di non dire nulla a nessuno. Se infrangete il giuramento, quel vecchio negro laggiù volerà all'inferno questa notte e farà la spia sul vostro conto.»

Erano troppo grandi per credere ancora ai racconti superstiziosi della balia, eppure Frances ebbe una sorta di premonizione e le altre due rabbrividirono.

Senza aprire bocca, corsero verso casa mentre Sally si addentrava nei boschi, calpestando zone prive di neve e sassi larghi per evitare di lasciare orme sul manto bianco. Non dissero nulla, neppure sussurrando, mentre riponevano gli stivali, appendevano i cappotti e si rimettevano al lavoro. Alla fine Mary cominciò a cianciare di una poesia che aveva letto di recente e, per una volta, Frances fu grata della sua loquacità, che le permise di riflettere sugli eventi della mattinata senza sentirsi in dovere di partecipare alla conversazione.

Quella notte, quando i più piccoli dormivano e i più grandi si preparavano per coricarsi, Mary sorprese Frances da sola nel corridoio fuori dalla loro camera. «Pensi che Mammy Sally fuggirà?» mormorò.

«Credo di no» rispose l'altra, sorpresa. «Aiutare un fuggiasco affamato è una cosa. Fuggire, un'altra.»

«Secondo te, lei, la zietta Chaney, Nelson e gli altri sono felici qui?»

Per un istante, Frances riuscì solo a guardarla, confusa. «Vuoi davvero conoscere la mia opinione?» Succedeva di rado.
«Non te l'avrei chiesta se non mi interessasse.»
«Be'...» Frances non sapeva da dove iniziare. «Come ti sentiresti al loro posto?»
Mary la fissò senza capire. «Non sarò mai al loro posto.»
«Ragione in più per pensarci. La zietta Chaney deve chiedere il permesso per far visita a suo marito. Mammy Sally non vede la sua famiglia da Natale. Ogni schiavo di questa casa ha una famiglia altrove, e il papà e la mamma li tengono separati.»
«Il papà non può permettersi di comprarli tutti e, anche se potesse, la mamma direbbe che non c'è abbastanza spazio.»
Frances sospirò, esasperata. «Non è questo il punto. Sono stanca. A forza di cucire mi è venuto male agli occhi. Per favore, togliti di mezzo, così posso andare a dormire.»
«Stento a credere che Mammy Sally voglia essere libera» disse Mary in tono lamentoso. «Come faremmo senza di lei, e lei come farebbe senza di noi? Ci vuole bene.»
«Sono sicura di sì, ma...»
«I nostri schiavi non devono temere che il papà li venda.» Mary aveva alzato la voce, ma ritrovò subito il controllo, lanciandosi un'occhiata sopra la spalla e ricominciando a bisbigliare. «Sarebbe come vendere un membro della famiglia. Hanno il nostro affetto e sono felici qui. La nostra famiglia non è crudele con loro, non come quelle orribili persone di cui si legge nei giornali. La nonna Parker e il nonno Humphreys non hanno forse scritto nel testamento che i loro schiavi dovranno essere affrancati dopo la loro morte?»

«Se li amano così tanto, perché non affrancarli subito? Non è un sacrificio affrancare gli schiavi quando non ne hai più bisogno.» Poi Frances aggiunse aspra: «Non osare ripetere ciò che ho detto a loro, al papà, alla mamma o a chiunque altro».

«Non dirò una parola.»

«Ti conviene. Se finisco nei guai, saprò che sei stata tu a fare la spia.»

Mary raddrizzò le spalle, offesa perché la sorella dubitava della sua integrità, ma contenta che l'avesse messa a parte del suo segreto. «Ho detto che non lo farò.»

Frances annuì e andò a dormire, sperando che Mary mantenesse la promessa. Era un bene, ragionò, anche a rischio di deludere il papà e la mamma, che Mary mettesse in discussione lo *status quo*, dove lo schiavismo contraddiceva molti dei principi che avevano imparato a onorare del loro paese e della loro fede.

In realtà, Mary non era l'unica sorella Todd al corrente della profonda ambivalenza di Frances verso lo sfruttamento degli schiavi da parte della famiglia, tanto nel passato quanto nel presente. Lei ed Elizabeth ne avevano discusso più di una volta, sempre in segreto, sempre combattute e appassionate. Forse i domestici di casa venivano trattati relativamente bene, ma erano pur sempre schiavi, impossibilitati a fare scelte autonome. Per esempio, come dimostrato quel giorno, avevano bisogno del permesso per far visita alle loro famiglie, da cui erano stati separati a forza. Chi mai avrebbe potuto essere felice in simili circostanze, pur avendo cibo in abbondanza e un tetto sopra la testa?

Le tensioni riguardanti lo schiavismo sembravano aumentare ogni anno, non solo a Lexington, ma in tutto il Kentucky e oltre. Si leggeva e si vociferava senza sosta di padroni che brutalizzavano gli schiavi e di schiavi che all'improvviso reagivano, con conseguenze letali. Meno di tre anni prima, quelli destinati al mercato di Lexington si erano rivoltati contro i loro aguzzini, lasciando i cadaveri sparpagliati su una vecchia strada di campagna; gli schiavi incatenati, incapaci di fuggire, erano stati subito catturati e impiccati. Due anni dopo, durante un ballo per persone di colore organizzato fuori città, una pattuglia di bianchi era comparsa con torce e fucili, uccidendo uno schiavo e ferendone altri. Dagli altri stati giungevano storie spaventose e ripugnanti di bianchi malvagi che picchiavano o assassinavano gli schiavi e di schiavi che si sollevavano in rivolte sanguinose. Di recente, Elizabeth aveva confidato a Frances che sarebbe stato un sollievo lasciare il Kentucky per l'Illinois, così non avrebbe più dovuto guardare gli schiavi costretti ad attraversare Lexington in catene per raggiungere il podio del banditore d'asta né essere assalita dal senso di colpa ogni volta che veniva servita da domestici che non avevano altra scelta.

Frances capiva perché il trasferimento in uno stato libero avrebbe rappresentato un conforto per Elizabeth, benché fosse una magra consolazione per compensare la lontananza da casa e l'assenza della famiglia. In un certo senso, le invidiava la libertà di non dover più avere lo schiavismo davanti agli occhi, anche se, pur andandosene, sarebbe stata consapevole che quel fenomeno continuava a provocare tremende sofferenze. Inoltre, con l'inasprimento dei disaccordi all'interno della famiglia e della comunità, e con l'aumento delle esplosioni di violenza ovunque lo schiavismo perdurasse, sembrava impossibile sperare che gli stati liberi potessero restare immuni dal conflitto per sempre.

Frances dormì male, turbata dai pensieri scatenati dalle domande di Mary e dall'attesa agrodolce delle nozze di Elizabeth. Al risveglio decise di mettere da parte le riflessioni cupe per amore della sorella maggiore. Quel giorno e il successivo, Mary non la interrogò più sullo schiavismo e né lei né Betsey né Sally dissero una parola sul fuggiasco o sullo strano segno inciso nel palo della vecchia recinzione. Cucendo con rinnovata determinazione, finì il copricapo e il velo ore prima che la famiglia partisse per Walnut Hill il 14 febbraio.

Elizabeth era una sposa raggiante, Ninian uno sposo bellissimo e premuroso. La cerimonia fu lieta e toccante, e il ricevimento magistralmente organizzato dalla zia Eliza fu allegro, pieno di risate e di calore. Frances sperava con tutta se stessa che Elizabeth e Ninian portassero nei loro cuori l'amore generosamente condiviso quel giorno per il resto della vita.

Quella sera, quando gli sposini diedero agli ospiti la buonanotte e presero commiato, Elizabeth scambiò qualche parola in privato e un abbraccio con ciascuna delle sue sorelle. A Frances, stringendole le mani con gli occhi che brillavano, augurò di conoscere presto la felicità e la gioiosa trepidazione che lei provava in quel momento. «Se non riesci a trovare un gentiluomo degno di te quaggiù» aggiunse sorridendo, «dovrai venire da noi nell'Illinois. Senza dubbio Ninian ha molti amici che sarebbero onorati di prendere in sposa una Todd.»

«Ricordati di riservarmi il più bello» disse Frances in tono vivace, malgrado il leggero palpito al cuore che avvertì al pensiero di maritarsi di lì a poco. Avrebbe compiuto sedici anni tre settimane dopo e, sebbene ci fosse chi riteneva la casa affollata, non era ancora pronta ad andarsene.

Sei settimane dopo il matrimonio, la mamma diede alla luce un maschietto che in accordo con il papà chiamarono David. Non appena si fu ripresa dal parto, lei raddoppiò gli sforzi per convincere il papà a traslocare. Ben presto lui acconsentì e, a maggio, acquistò una casa imponente due isolati più in là, in West Main Street, un grande edificio di mattoni con un ampio salone centrale, quattro camini e numerose stanze dalle finestre e dai soffitti alti e dagli eleganti e raffinati ornamenti architettonici. C'erano vasti giardini all'italiana intorno alla casa, una piccola serra lungo il lato sinistro, e stalle e alloggi per gli schiavi discretamente collocati sul retro. L'Elkhorn Creek serpeggiava attraverso la proprietà, promettendo rilassanti passeggiate lungo le sue sponde e ore di gioco ed esplorazione per i bambini.

La nuova dimora, un'ex locanda, era meravigliosamente spaziosa, abbastanza grande per ospitarli tutti, compreso David. Pertanto le sorelle Todd si stupirono quando, alla fine dell'estate, la mamma annunciò che in autunno Mary sarebbe stata iscritta al collegio.

La Ladies' Academy di Madame Mentelle era a soli due chilometri e mezzo di distanza lungo il Richmond Pike, poco lontano dalla proprietà di Mr Clay, ma la vicinanza non faceva altro che rendere la decisione ancora più incomprensibile. Quasi tutte le alunne di Lexington frequentavano l'accademia durante il giorno, ma non Mary. Ogni lunedì mattina Nelson la accompagnava in carrozza fino a scuola, dove la ragazzina risiedeva nel dormitorio con allieve provenienti da fattorie e città distanti finché lo schiavo non la riportava a casa il venerdì pomeriggio.

Se Mary era contrariata da quella decisione, o se credeva di essere stata allontanata per ragioni diverse dal desiderio di migliorare la sua istruzione, non lo ammise mai ad alta voce. Sveglia, socievole e intellettualmente curiosa, diventò ben presto una delle studentesse più brillanti e popolari dell'istituto.

Frances invidiava i suoi studi, ma non la sua sistemazione. Anche se, quando Mary tornava a casa nei fine settimana, descriveva l'accademia di Madame Mentelle come una specie di paradiso in Terra per ragazze intelligenti, Frances si interrogava su come si sentisse all'idea di essere stata mandata via quando ormai, dopo il trasloco in una casa più grande e la partenza di Elizabeth, c'era spazio per tutti. Anche ammettendo, per ipotesi, che qualcuno dovesse andarsene, rifletteva Frances, non sarebbe stato più giusto rimandare a casa la cugina Betsey?

Mary era troppo orgogliosa, perciò Frances evitò di chiederglielo, ma non poté fare a meno di domandarsi come sua sorella sopportasse quella situazione, sapendo di essere l'unica figlia per cui non c'era posto.

7
Agosto 1875
ANN

Nella cucina ordinata di Elizabeth, Ann chiese alla cuoca di preparare una teiera della tisana allo zenzero e foglie di lampone che sua sorella si ostinava a bere e di mettere qualche fetta di torta al limone su un piatto, con la speranza di stuzzicarle l'appetito. Elizabeth aveva perso peso dopo l'intervento chirurgico, ma negli ultimi giorni dormiva bene e mangiava meglio, e le sue guance pallide stavano riprendendo colore. Il nuovo medico assicurò alla famiglia che sarebbe tornata in perfetta salute nel giro di qualche settimana, ma Ann riteneva che i domestici non si sarebbero presi cura della padrona con la stessa premura di una sorella. Così, ogni giorno da tre settimane, quando suo marito e suo figlio andavano al lavoro e Clara, Allen e Minnie a scuola, faceva un salto all'elegante dimora degli Edwards per assistere Elizabeth nella sua convalescenza. La sorella non aveva forse fatto lo stesso per lei durante le sue sofferenze fisiche e spirituali?

Quando il vassoio fu pronto, Ann lo portò in veranda, dove Elizabeth era distesa sulla chaise-longue, con un libro di giardinaggio temporaneamente dimenticato sul cuscino là accanto, benché tenesse ancora il segno con l'indice.

«Ho promesso a Ninian che avresti mangiato qualcosa a metà mattina per compensare la colazione che hai saltato» disse Ann con un leggero tono di rimprovero, posando il vassoio sul tavolo vicino alla sorella. «Non fare di me una bugiarda.»

Elizabeth sorrise mentre si alzava a sedere e Ann si affrettò a infilarle dei cuscini dietro la schiena. «Come ti senti?» domandò, benché meno di un'ora prima Elizabeth avesse sospirato che era stanca di sentirselo chiedere. Le sorelle Todd erano grate che Elizabeth avesse accettato il consiglio di Frances e chiesto un secondo parere medico sui suoi presunti dolori immaginari.

Erano rimaste davvero scioccate e spaventate quando il nuovo dottore le aveva diagnosticato delle masse nel ventre, e si erano sentite davvero sollevate quando, dopo un'ulteriore visita, aveva assicurato loro che non erano cancerose né destinate a diventarlo. Sarebbe stato incline a lasciarle dov'erano se non fosse stato per le fitte, le emorragie e la pressione sulla vescica. In privato, Frances aveva detto a Ann che secondo lei il medico avrebbe consigliato un'isterectomia, un intervento molto più sicuro ma non meno drastico rispetto a quando era stato tentato per la prima volta in America una trentina d'anni prima. Con stupore di Frances, il dottore aveva suggerito invece di asportare chirurgicamente soltanto i fibromi lasciando l'utero intatto. Con l'aiuto del cloroformio, aveva assicurato, la paziente avrebbe dormito serena per tutta l'operazione. Se quella procedura relativamente nuova si fosse dimostrata inutile, con molta probabilità Elizabeth avrebbe dovuto subire un'isterectomia in ogni caso, ma finora tutto indicava che l'operazione era riuscita al di là delle più rosee aspettative. La degente doveva solo guarire e recuperare le forze.

«Mi sento meglio che mai» disse, allungando la mano verso la teiera. Anticipandola, Ann riempì una tazza, che Elizabeth accettò con un sorriso. «I dolori dell'intervento sono passati, i sintomi originari sono svaniti, e mi sento ogni giorno più forte. Penso che domani potrò lavorare in giardino...»

«Potrai fare una breve passeggiata» la interruppe Ann, «ma lavorare è fuori questione. Finché il sanguinamento non sarà cessato del tutto.»

«Sì, infermiera» replicò Elizabeth, mansueta, ma mentre sorseggiava la tisana, gli occhi le brillarono di una luce divertita nell'incrociare lo sguardo di Ann sopra il bordo della tazza. Il suo buonumore era molto rassicurante, un dettaglio che le altre sorelle sarebbero state contente di conoscere, perciò quella sera Ann avrebbe dovuto scrivere diverse lettere. Non sarebbe stato necessario contattare Frances, naturalmente, visto che aveva intenzione di passare nel pomeriggio a vedere con i propri occhi come stesse la paziente. Quanto a Mary, Frances non vedeva il motivo di rompere il silenzio reciproco per informarla della rapida guarigione di Elizabeth da un disturbo di cui l'altra non sapeva nulla. Elizabeth non avrebbe voluto che lo facesse, e con ogni probabilità Robert avrebbe obiettato che la notizia poteva sconvolgere sua madre. Ann si ripromise di avvisare Emilie di non accennare alle condizioni di Elizabeth nelle sue lettere, ma forse la prudenza era immotivata; a quanto ne sapeva, Emilie aveva scritto due o tre volte a Mary al Bellevue senza ricevere nemmeno una parola in risposta.

«La posta è già arrivata?» domandò Elizabeth, come se le avesse letto nel pensiero. «Non ricevo notizie di Julia da più di quindici giorni.»

«Vado a controllare.» Ann si alzò. «Non mi preoccuperei. Hai detto tu stessa che le lettere impiegano un'eternità per arrivare da Buenos Aires. Senza dubbio in questo momento ci sono diverse missive in viaggio per te.»

Rientrò e, attraversando la casa, raggiunse l'ingresso. La corrispondenza del mattino era stata consegnata pochi minuti prima e la governante stava disponendo le lettere su un sottile vassoio d'argento da portare alla padrona. Ann ultimò il compito di persona, fermandosi davanti alla porta di servizio per sfogliare le buste. Ce n'erano tre. Nessuna di Julia, purtroppo, e gli altri indirizzi non le dicevano niente.

Non appena uscì, Elizabeth la guardò e, prima ancora che Ann facesse no con la testa, sua sorella capì che quel giorno non c'erano lettere di Julia. «Sono sicura che riceverai presto sue notizie.» Le porse il vassoio e si sedette accanto a lei.

«Forse dovrei spedirle un telegramma, tanto per essere sicura» mormorò Elizabeth, ragionando ad alta voce mentre apriva la prima busta. «Ma la spesa...» Tacque nell'iniziare a leggere l'unica pagina che componeva la missiva. Perplessa, corrugò la fronte, per poi scrollare il capo quando raggiunse l'ultima riga.

«Cosa c'è?» la esortò Ann, spazientita. «È successo qualcosa?»

Sospirando, Elizabeth le diede il foglio. «Le mie parole non renderebbero giustizia all'accaduto.»

CHICAGO LEGAL NEWS COMPANY
151 & 153 Fifth Ave.
Chicago, 30 luglio 1875

A Mrs Edwards

Gentile Signora,
sono appena rientrato da una visita alla Vostra cara sorella, Mrs Lincoln. Desidera che Vi scriva per domandarVi di venire a farle visita ed esprime la speranza di tornare con Voi a Springfield. Patisce terribilmente la prigionia e vuole uscire da dietro le inferriate e le sbarre. *Non ritengo necessario tenerla rinchiusa in questo modo. Forse non considero la questione dal giusto punto di vista, ma non biasimatemi per questo: nutro un profondo affetto nei suoi confronti e mi rattrista vedere un dolore aggiungersi alla sua anima già straziata.*
Mi ha sempre parlato assai bene di Voi e credo che le gioverebbe incontrarVi e ricevere l'amorevole tenerezza di una sorella.
Perdonate la libertà che mi sono presa nel rivolgermi a Voi e credetemi, sempre, amica di Vostra sorella,
Myra Bradwell

«Myra Bradwell?» ripeté Ann, confusa. Il nome le suonava vagamente familiare. «Chi è questa donna, per aver fatto visita a Mary quando persino Emilie è stata rifiutata, e cos'è la Chicago Legal News Company?»

«Il *Chicago Legal News* è un giornale prestigioso, con molti lettori negli ambienti legali.» Elizabeth prese con cautela la tazza, ma si dimenticò di bere. «Ninian è stato abbonato per anni. Mrs Bradwell è la fondatrice, editrice e direttrice ed è considerata la prima donna avvocato degli Stati Uniti. È anche un'attivista dichiarata per numerose cause: il suffragio femminile, i diritti legali per le donne...»

«E nostra sorella è diventata la sua ultima causa?»

«A quanto pare sì.» Elizabeth sorseggiò la tisana, quindi rimise la tazza sul piattino. «Santo cielo. "Inferriate e sbarre"? "Prigionia e dolore"?»

«Esagerazioni retoriche di un avvocato, sicuramente.» Ann studiò di nuovo la lettera, scuotendo il capo e restituendola alla sorella. «Perché ti scrive per conto di Mary? Perché non ti ha scritto lei? Secondo Robert è libera di spedire e ricevere tutte le lettere che vuole.» Eppure non ne aveva inviata nemmeno una alle sorelle Todd. Ann aveva attribuito quella strana reticenza da parte di una scrittrice prolifica sia alla malattia sia alla rottura dei rapporti familiari.

«Non lo so.» Elizabeth esaminò la pagina con aria pensierosa. «Curioso, scoprire che Mary parla bene di me e vuole che le faccia visita, quando non ci rivolgiamo la parola da un'eternità.»

«Ancora più curioso che voglia venire qui.» Ann la guardò con espressione interrogativa. «Non starai pensando di invitarla, vero?»

«No, certo che no.» Aggrottando le sopracciglia, Elizabeth si spostò sulla chaise-longue e sistemò il cuscino. «Se fosse in condizioni di lasciare l'istituto psichiatrico, Robert non ci avrebbe avvisate? Il dottor Patterson non ci avrebbe scritto per chiederci di ospitarla? Mary diceva che non sarebbe mai potuta tornare a Springfield, perché era ossessionata dai ricordi di Abraham e dei suoi poveri figli scomparsi. Nella sua attuale condizione di fragilità psicologica, Springfield potrebbe essere il posto peggiore per lei.»

«Non dimentichiamo la tua, di fragilità.» Ann incrociò le braccia, appoggiandosi allo schienale. «Non sei in grado di accudire una sorella sconvolta.» Né tantomeno lei avrebbe offerto la propria casa. Non che Mrs Bradwell avesse menzionato lei, Frances o, se era per questo, Emilie, Elodie o Martha. A quanto pareva, o Elizabeth o nessuno.

«Se Mary mi avesse scritto di persona forse mi sarei convinta della sua salute mentale e del suo desiderio di venire qui...» Elizabeth tacque, ma poi riprese: «Tuttavia non è stata *lei* a scrivermi, sicché non posso sapere davvero cosa voglia. Ho soltanto la parola di Mrs Bradwell, che non ho mai conosciuto. Si definisce un'amica di Mary, ma come faccio a essere certa che lo sia?».

«Moltissime persone hanno sfruttato Mary, o ci hanno provato. Se fossi in te, procederei con cautela.»

«Certo, ma questa lettera richiede una risposta immediata.»

Ann si alzò. «Vado a prendere carta e penna.»

Elizabeth sollevò la mano per fermarla. «No, non ancora. Mi serve tempo per riflettere. Domani andrà benissimo. Voglio prima parlarne con Ninian e con Frances.»

Annuendo, Ann si sedette, un po' offesa al pensiero che il suo parere non fosse sufficiente.

Il resto della giornata passò tranquillo. Ann si sincerò che Elizabeth facesse un pranzo salutare e nutriente e la accompagnò a fare una lenta passeggiata in giardino. Se ne andò nel tardo pomeriggio, prima che Frances arrivasse e che Ninian rientrasse dal lavoro, ma non senza ordinare alla governante e alla cameriera di mandare immediatamente a chiamarla se sua sorella avesse avuto bisogno di lei. La cameriera rispose che avevano tutto sotto controllo, facendo un inchino ossequioso che non riuscì ad attenuare il suo tono impertinente.

Nel tornare dagli Edwards il mattino successivo, Ann portò la colazione alla sorella prima di affrontare l'argomento di Mrs Bradwell.

«Le ho scritto.» Elizabeth si alzò dal sofà. Stava piovendo, perciò erano in salotto anziché sulla veranda. Svanì lungo il corridoio verso la biblioteca, per ricomparire poco dopo con un foglio di spessa carta color crema coperta da una calligrafia elegante. «L'ho letta a Frances e a Ninian. Ritengono sia una risposta adeguata ma, se non sei d'accordo, ti prego di dirmelo.»

«Non temere» disse Ann, asciutta, prendendo la lettera. «Lo farò.»

Springfield, 3 agosto 1875

A Mrs Bradwell

Gentile Signora,
mi affretto a rispondere alla Vostra cortese missiva riguardante la mia povera sorella. Il mio cuore si è ribellato al pensiero di ricoverarla in un istituto psichiatrico, credendo che il suo triste caso richiedesse semplicemente l'assistenza di una tutrice, la cui compagnia fosse piacevole per lei. Se fossi stata consultata, avrei protestato energicamente contro il passo intrapreso.
Per qualche tempo, presumo, dovrò accettare il giudizio altrui senza discutere, con la speranza che tra poco

le condizioni fisiche e mentali di mia sorella migliorino grazie al riposo e alle terapie mediche. Una rapida sequenza di dispiaceri e la terribile tragedia *sono stati sufficienti per scombussolarle i nervi e per permeare una mente e un cuore tra i più coraggiosi. Mi rincresce dire che al momento sono impossibilitata a far visita a Mrs Lincoln, essendo debilitata dagli effetti di un recente intervento chirurgico. Tuttavia, le scriverò immediatamente e darò conforto al suo cuore oppresso, se possibile, con parole d'affetto e comprensione.*
È mia opinione che dovrebbe essere assecondata nel desiderio di far visita alle sue amiche come mezzo più sicuro di restituirle la salute e l'allegria.
Con i più sentiti ringraziamenti per l'interesse mostrato verso mia sorella e per i vostri suggerimenti.
Cordiali saluti,

Mrs N.W. Edwards

«Mmh» mormorò Ann quando ebbe finito.

«Vale a dire...» la incoraggiò Elizabeth.

«È una bella lettera. Credo che dovresti sostituire *mi affretto* con *mi premuro*, ma non importa.»

Elizabeth rise. «Sicuramente hai altro da dire.»

«Be', tanto per cominciare, avresti davvero protestato contro il ricovero se Robert ti avesse interpellata? Nonostante le raccomandazioni del comitato di medici illustri?»

«Sì, altroché.»

«E chi avresti scelto come compagna e tutrice?»

«Ecco...» Elizabeth esitò. «Forse la sua ex confidente, Mrs Keckley.»

«Anche ex *amica*. Forse hai dimenticato che Mary ha

tagliato i ponti con lei dopo quelle scandalose memorie.» *Behind the Scenes*, o dietro le quinte, un titolo adatto per un libro che descriveva i momenti privati della loro sorella alla Casa Bianca e riproduceva le sue lettere personali senza permesso. «Credi davvero che Mary la riaccoglierebbe nell'ovile dopo un simile tradimento? Potresti fargliene una colpa?»

«No, suppongo di no.»

«Non c'è nessuno che sia idoneo per farle da compagna e tutrice fissa, a meno che tu non voglia offrirti volontaria, cosa che ti sconsiglio vivamente. Tu stessa ti sei appena ripresa da una malattia.»

«Hai letto bene?» protestò Elizabeth, indicando la missiva. «Non ho scritto nulla dell'eventualità di ospitare Mary, limitandomi a precisare che secondo me dovrebbe poter fare visita alle sue amiche. Penso che le farebbe bene.» Prese la pagina dalle dita di Ann. «A meno che tu non abbia altre osservazioni, la spedisco.»

Era vero che Elizabeth doveva rispondere a Mrs Bradwell, e Ann non trovò nulla di meglio da dire, dunque fece un inchino remissivo e andò a prendere una busta e una penna.

Trascorsero diversi giorni, scanditi da segnali incoraggianti circa la salute di Elizabeth.

Se aveva scritto parole amorevoli e solidali a Mary per alleggerire il suo cuore oppresso, come aveva promesso a Mrs Bradwell, Ann non aveva assistito alla stesura o all'invio della lettera.

Le due sorelle non parlarono più di Mrs Bradwell fino alla seconda settimana di agosto, quando Ann, arrivando dagli Edwards a mezzogiorno, trovò Elizabeth che, con il viso tirato, camminava avanti e indietro in giardino torcendosi le mani e tradendo la propria agitazione. «Stai poco bene?» chiese Ann, temendo una ricaduta.

«Mi sento ogni giorno più forte.» Elizabeth respinse le sue preoccupazioni con un gesto della mano. «Ma sono profondamente angosciata. Oh, Ann, Mrs Bradwell ha fatto un'altra visita a Mary e ha mostrato la mia lettera al dottor Patterson, sostenendo che dimostra come la famiglia di Mary condanni il ricovero.»

«Che sfacciataggine» esclamò l'altra. «Non è affatto così.»

«Ha insistito perché il dottor Patterson la mostrasse a Robert, cosa che lui ha fatto, e ora...» Elizabeth si strofinò le mani l'una contro l'altra. «Robert è assai contrariato, come dimostra la sua ultima missiva.»

«Dovrebbe riservare la sua contrarietà a Mrs Bradwell. Cosa c'entra quella donna con questa vicenda?»

«Mary ha chiesto aiuto a lei e a suo marito. Forse hai sentito parlare di Mr Bradwell. È un ex giudice del tribunale distrettuale e al momento è un legislatore statale. Non credo che rappresenti ufficialmente Mary, ma di tanto in tanto le fa da consulente legale.»

Ann provò una punta di disagio. Prima Mrs Rayne del *Post and Mail*, poi l'avvocatessa seccatrice Myra Bradwell e infine il suo illustre marito. Chiaramente Mary stava riunendo le truppe. «Com'è possibile che Robert ce l'abbia con te, quando ha così tante persone tra cui scegliere?»

«Ho scritto che mi sarei opposta al ricovero in manicomio se all'epoca ne fossi stata a conoscenza, ed è stato Robert l'artefice di tutto. Non lo biasimo per essersi sentito in dovere di tutelarsi.»

Ann fece una faccia sbalordita. «Bella lettera, dev'essere.»

Con la bocca che si curvava sardonicamente, Elizabeth tirò fuori un foglio piegato dalla tasca e glielo porse. Mentre Ann si sedeva a leggere su una panchina, l'altra ricominciò a passeggiare per il giardino, fermandosi ogni tanto a raccogliere un fiore appassito da un arbusto o per estirpare un'erbaccia, o forse stava solo mascherando il bisogno di fare una sosta per riprendere fiato.

La missiva di Robert non era neanche lontanamente infuocata come Ann aveva immaginato data l'angoscia di Elizabeth. *Non occorre che riassuma gli ultimi dieci anni di storia della nostra famiglia. Se Vi ha provocato anche solo un decimo dell'angoscia che ha procurato a me, Ve ne ricorderete*, esordiva suo nipote, benché sembrasse più stanco che arrabbiato. Descriveva la struttura, il personale e i programmi del Bellevue in modo più dettagliato di quanto lei avesse letto in qualunque opuscolo o lettera precedente, e Ann capiva perché, come spiegava Robert, considerava un'enorme fortuna che sua madre fosse in un luogo tranquillo dove poteva ricevere l'attenzione e l'assistenza medica di cui necessitava. Era sicuro che la pace di quel posto e l'assenza di crucci avessero consentito il miglioramento delle sue condizioni, ma il dottor Patterson l'aveva avvertito che le visite di Mr e Mrs Bradwell minacciavano di vanificare i progressi compiuti. *Non posso prevedere quali problemi potrebbe crearmi Mrs Bradwell con le sue interferenze*, aggiungeva Robert. *So che è la somma sacerdotessa di un gruppo di spiritisti e, a quanto si vocifera, è nel loro interesse che mia madre abbia piena libertà di controllare se stessa e i suoi beni.* Temeva da tempo che conoscenti privi di scrupoli approfittassero di Mary e della sua sofferenza, e quella era una delle ragioni per cui aveva voluto trasferirla in un ambiente più protetto. Mrs Bradwell sembrava decisa a farla uscire dal Bellevue prima che tornasse completamente in sé, un piano che si sarebbe rivelato pericolosamente sconsiderato. Durante una recente conversazione, Mary aveva dato a intendere che se fosse stata dimessa sarebbe andata immediatamente all'estero, dove Robert non avrebbe potuto assisterla nell'eventualità di una ricaduta.

Non avrei obiezioni se mia madre dovesse esprimere il desiderio di farVi visita a Springfield, concludeva suo nipote. *Anzi, ritengo che le gioverebbe oltremodo. Nel frattempo Vi invito a venirla a trovare e a vedere il Bellevue con i vostri occhi, anziché fare affidamento sulle dubbie affermazioni ed esagerazioni di Mrs Bradwell.*

Sospirando, Ann si alzò, piegò la lettera e la restituì alla sorella. «Nostro nipote è contrariato, ma non con voi. L'oggetto delle sue ire è Mrs Bradwell, e a giusto titolo.»

«Nonostante ciò gli devo delle scuse.» Elizabeth si lasciò cadere sulla panchina. «Devo scrivergli e spiegargli che mi dispiace di aver messo in discussione la sua scelta, soprattutto nella lettera indirizzata a un'estranea, perché Myra Bradwell è una sconosciuta per noi, malgrado la sua fama e le sue attestazioni di amicizia con Mary.»

«E il suo suggerimento su uno scambio di visite?» la incalzò Ann, prudente.

Elizabeth allargò le mani in un gesto di impotenza. «Come mi hai detto tu stessa, non sono in condizioni di viaggiare o di ospitare Mary, nel suo stato attuale. Robert capirà.»

Ann ne era convinta, ma prima che la risposta di Elizabeth lo raggiungesse a casa sua a Chicago arrivò un'altra lettera di Mrs Bradwell.

CHICAGO LEGAL NEWS COMPANY
151 & 153 Fifth Ave.

Chicago, 11 agosto 1875

Gentile Mrs Edwards,
sono tornata da Batavia lo scorso sabato pomeriggio, dopo aver passato il venerdì sera con Vostra sorella. Ho dormito con lei e non ho visto neppure un sintomo di follia. Ha riposato tranquilla e serena come un angelo. Robert mi dice che se accetterete di accoglierla, la accompagnerà personalmente a Springfield. Spero che lo farete, ma deve essere messa in libertà. Vi prego di ospitarla e di amarla, e sono certa che non avrete alcun problema, giacché il dottor Patterson ha riferito a Mr Bradwell e alla sottoscritta di non aver mai avuto una paziente tanto remissiva.
Mi dispiace molto per quella cara donna, rinchiusa in quel luogo. Quando mi dicono che non è imprigionata, ho la tentazione di domandare se a loro farebbe piacere essere lì dentro.
Spero di avere presto Vostre notizie.
Con affetto,
Myra Bradwell

L'insinuazione che non avrebbe amato Mary senza le istruzioni esplicite dell'implacabile paladina di sua sorella sconvolse Elizabeth al punto di toglierle buona parte della vitalità che aveva riconquistato dopo l'intervento. Ninian era così allarmato dall'improvvisa ricaduta che aveva pensato di scrivere ai Bradwell minacciando azioni legali se non avessero smesso di intromettersi in una questione familiare privata. Clark l'aveva persuaso a desistere, per il momento; Robert era l'esecutore testamentario di Mary e spettava a lui ordinare ai Bradwell di lasciare in pace sua madre, se era ciò che lui voleva e quanto il dottor Patterson raccomandava.

Elizabeth si era sentita in dovere di informare Robert che Mrs Bradwell l'aveva contattata di nuovo. Nella stessa lettera spiegava che, benché fosse disposta a ricevere una visita di Mary, avrebbe dovuto essere esattamente quello, un soggiorno di breve durata, con un'infermiera del Bellevue al seguito. *Le peculiarità della vita di Mary sono così notevoli e ben comprese dalla sottoscritta che non ho accarezzato la minima speranza di una guarigione permanente*, confessava, sbalordendo Ann, convinta che Elizabeth fosse molto più ottimista riguardo alle condizioni di Mary.

Nelle ultime righe, Elizabeth la sorprese ancora. *Nel suo caso, non sono incline a suggerire linee d'azione né ad assumermi responsabilità. Il mio attuale stato di salute cagionevole, causa di tanta prostrazione nervosa, farebbe di me la persona meno adatta per controllare una mente instabile. Ormai sono certa che, conoscendo le sue tendenze come le conosci, la decisione che hai preso è la più saggia e sicura.*

Ann non aveva mai visto Elizabeth sgravarsi della responsabilità dei fratelli minori e non ci avrebbe creduto se non l'avesse visto scritto nella sua calligrafia.

Eppure, poco dopo, Elizabeth confessava che pur non potendo andare al Bellevue di persona, si sarebbe sentita molto sollevata se qualcuno che conosceva bene e di cui si fidava incondizionatamente avesse fatto visita a Mary e le avesse dato notizie. Emilie era una possibile candidata, ma il fatto che Mary non avesse mai risposto alle sue lettere l'aveva ferita e sconcertata, perciò Emilie era riluttante a mettersi in viaggio, non sapendo se l'altra l'avrebbe ricevuta. Le sorelle non avevano ragione di credere che Mary avrebbe accolto volentieri Ninian o Clark e, quanto a Ann, non aveva voglia di andare e accampò dei pretesti.

Alla fine decisero di mandare due delle loro figlie: Lizzy, la figlia omonima di Elizabeth – vedova di trentadue anni – e Clara, la figlia diciassettenne di Ann. Secondo Robert, Mary era felice delle visite di sua figlia Mamie, dunque forse sarebbe stata contenta di vedere anche le nipoti.

Ann fu soddisfatta ed Elizabeth enormemente sollevata quando le due giovani rientrarono da Batavia riferendo che la zia Mary le aveva accolte allegramente. Prima e dopo aver bevuto il tè con lei, avevano fatto un giro della struttura e del parco, riscontrando che ogni cosa era proprio come il cugino Robert l'aveva descritta. «Al Bellevue non c'è nulla che non vada e che non possa essere sistemato se Mrs Bradwell e suo marito si facessero semplicemente gli affari loro» disse Lizzy. «Le loro intromissioni non recano alcun giovamento e, se persistessero, potrebbero cagionare gravi danni.»

Ann ed Elizabeth non avrebbero potuto essere più d'accordo, ma cosa potevano fare delle semplici sorelle per tenere a bada i ficcanaso?

8
1832-1839
ELIZABETH

Elizabeth e Ninian passarono i primi mesi dopo le nozze conducendo un'esistenza sobria a Lexington, godendosi la novità della vita da comune studente di giurisprudenza e da moglie devota anziché da figlio dell'ex governatore dell'Illinois e da figlia dell'illustre famiglia Todd. Elizabeth non aveva molto da fare nel loro appartamento al pensionato, dunque quando non assisteva Ninian tenendogli in ordine i vestiti, andando a prendere dei volumi in biblioteca o scrivendo sotto dettatura le sue relazioni e le sue tesine legali, aveva molto tempo libero da investire nella lettura e nelle visite agli amici e alla nuova lussuosa casa della sua famiglia in Main Street. Sapendo che nonna Parker aveva interpretato come un affronto personale la decisione di suo padre di allontanare i nipoti dalla proprietà comune, Elizabeth faceva in modo di andare a trovarla almeno una volta la settimana. Spesso portava con sé Frances, e anche Mary, quando tornava dalla Ladies' Academy il sabato e la domenica.

Benché le sue sorelle minori si sforzassero di non lamentarsi, Elizabeth sapeva che le altre due erano infelici a casa. La dimora in Main Street era il regno della loro matrigna, dove i figli nati dal primo matrimonio del papà erano tollerati ma non si sentivano mai davvero a loro agio. A volte Frances e Mary litigavano per stabilire chi soffrisse di più: Frances, che poteva vivere con la famiglia ma doveva contribuire a governare la casa e ad accudire i bambini, o Mary, bollata come presenza sgradita ma ricompensata con un'istruzione eccellente. Stava imparando a parlare bene il francese e a recitare negli spettacoli teatrali della scuola. Studiava i classici, la storia, le scienze naturali e la danza e, quando non era concentrata sui libri e sulle lezioni, poteva contare sulla compagnia di molte nuove amiche. Dopo quegli infiniti dibattiti, di solito le due ragazze convenivano che Mary era nella posizione più invidiabile. Nonostante ciò Frances, compiaciuta, sottolineava che almeno lei era benvoluta in famiglia, al che Mary faceva un'espressione sconsolata, sapendo che per lei non valeva la stessa cosa.

Elizabeth offrì alle sorelle una spalla amica e un rifugio finché poté, ma a tempo debito il suo caro Ninian si laureò e la coppia si trasferì a Belleville, nell'Illinois, la sua città natale, sulla sponda opposta del fiume rispetto a St. Louis, dove cominciò a esercitare come avvocato e a dilettarsi di politica locale. Elizabeth non si era ancora ambientata quando il suocero morì all'improvviso, falciato dalla micidiale epidemia di colera che imperversò negli stati di frontiera in quella terribile estate del 1833. Anche se i Todd furono risparmiati, in gran parte perché il papà inviò moglie e figli nella località turistica di Crabb Orchard Springs appena iniziarono a circolare le prime voci sulla malattia, Lexington subì un terribile colpo. A giugno, nell'arco di dieci giorni, millecinquecento cittadini si ammalarono, morendo al ritmo di quasi cinquanta al giorno. In una lettera straziante e spaventosa, un'amica di Elizabeth, che aveva perso i genitori e due fratelli, descrisse il divieto di riunioni pubbliche, la carenza di bare che costringeva le persone a seppellire i propri cari in vecchi bauli e scatole recuperate dalle soffitte, e le strade silenziose e deserte a eccezione dei cavalli che tiravano lentamente carri zeppi di morti.

A Springfield, la malattia non era stata così apocalittica, ma gli Edwards avevano perso il loro patriarca e, pur non conoscendo il suocero da molto tempo, Elizabeth lo pianse sinceramente. Il governatore Edwards era stato un padre generoso e Ninian, il suo primogenito, ricevette una sostanziosa eredità. Quando il successore di suo padre lo nominò procuratore generale nel 1834, Ninian acquistò una magnifica casa su Aristocracy Hill, a Springfield. Splendido e spazioso, l'edificio aveva salotti ben arredati e sale da pranzo per intrattenere gli invitati, oltre a numerose camere degli ospiti. La dimora diventò ben presto un luogo di aggregazione per i giovani dell'alta società e, a mano a mano che Ninian otteneva una promozione politica dopo l'altra ed Elizabeth instaurava solide amicizie, gli inviti alle cene, ai balli, ai tè e alle serate mondane degli Edwards cominciarono a essere molto ambiti tra l'élite di Springfield.

Naturalmente c'erano anche dei dolori a mitigare le loro gioie. Erano sposati da tre anni quando Elizabeth diede alla luce il loro primogenito, un bellissimo neonato che morì tra le sue braccia qualche giorno dopo. Lei pianse e si angosciò, dilaniata dalla nostalgia per il suo bambino e per le sorelle lontane, ma era confortata dalla gentilezza degli amici e dall'amore costante di Ninian, il quale la rassicurava che ci avrebbero riprovato.

In primavera, Elizabeth si era ormai ripresa dalla prostrazione fisica, anche se nel suo cuore indugiava un'angoscia vaga ma costante. Nel periodo del lutto era diventata più sensibile all'infelicità altrui, perciò quando si accorse delle difficoltà delle sue sorelle decise di aiutarle.

«Vorrei invitare Frances per un soggiorno prolungato» disse a Ninian un mattino a colazione. «La mamma ha nove bambini da accudire, con un altro in arrivo a novembre, e il mese prossimo Mary finirà gli studi alla scuola di Madame Mentelle e tornerà a stabilirsi a casa. L'affollamento sarà insopportabile e il fardello di mantenere la pace ricadrà sulle spalle di Frances.»

Sorridendo, Ninian le prese la mano dall'altra parte del tavolo. «E chi meglio di una sorella maggiore affezionata per offrirle un rifugio?»

«Non penso solo a lei» ammise Elizabeth, stringendogli le dita. «Ho bisogno della compagnia di mia sorella. Mi farà bene al cuore vederla divertirsi, per una volta, essere allegra e sorridente tra giovani dame e gentiluomini della sua età anziché essere costantemente circondata dagli schiamazzi di bambini piccoli.»

Non precisò che Frances aveva quasi vent'anni e che se avesse avuto intenzione di trovare marito tra i giovani gentiluomini di sua conoscenza a Lexington probabilmente l'avrebbe già fatto. Non sopportava di immaginarla nei panni di una zitella solitaria, destinata a vivere all'ombra della matrigna per il resto dei suoi giorni.

«Per quanto tempo vorresti che si fermasse?» si informò Ninian.

«Finché vorrà. A tempo indeterminato. Fin quando

avrà un'altra casa in cui andare e non avrà bisogno di tornare dal papà e dalla mamma, dove non c'è posto per i fratelli maggiori.»

Notando la sua espressione perplessa, Elizabeth intuì che aveva capito che il suo obiettivo era trovare un buon partito per la sorella. Era un bene che non avesse nulla da obiettare, perché lei si aspettava che presentasse a Frances i suoi amici scapoli più appetibili.

Frances accettò con entusiasmo l'invito, per di più, quando arrivò nell'ottobre del 1836, Elizabeth aveva una bella notizia da comunicarle: era di nuovo incinta. «Sono molto contenta che tu sia qui ad aiutarmi durante la gravidanza» aggiunse dopo averle rivelato il magnifico segreto.

Frances sorrise con l'orgoglio felice di chi sa di essere voluto e desiderato. «Non più contenta di quanto lo sia io di essere qui. Prometto di aiutarti come posso.»

«Non ti ho invitata solo per questo.» Elizabeth le diede una gomitata scherzosa. «Ti ho preparato un calendario sociale molto pieno e insisto perché tu ti diverta.»

Ridendo, Frances promise che ci avrebbe provato.

Fedele alla parola data, si crogiolò tra feste, balli e cene per tutto l'autunno, fino a inverno inoltrato, facendo amicizia con le giovani dame della Cricca e conoscendo molti giovanotti affascinanti. Le sorelle, tuttavia, si godettero anche ore più tranquille e piacevoli in salotto o nella serra, leggendo, cucendo o lavorando a maglia, ricordando i tempi passati e spettegolando sui nuovi conoscenti. Le loro conversazioni ruotavano spesso intorno alla politica. Erano Todd, dopotutto, ed erano abituate a sentirne parlare fin da piccole intorno alla tavola paterna.

Ninian, un whig come il papà e Mr Clay, faceva parte

dell'assemblea legislativa statale, che prima delle elezioni di agosto era stata particolarmente litigiosa. A giugno, il colonnello Robert Allen, un democratico di Springfield in corsa per entrare nell'assemblea, aveva annunciato durante un discorso di essere al corrente di fatti scioccanti che se fossero stati resi noti al pubblico avrebbero distrutto qualunque possibilità di rielezione per Ninian e per altri due whig, John Todd Stuart – cugino delle sorelle – e Abraham Lincoln, socio minoritario dello studio legale di John. Secondo Ninian, Mr Lincoln aveva scritto una lettera eloquente al colonnello Allen, esortandolo a divulgare i presunti fatti, *a prescindere che siano reali o immaginari*, affinché fosse possibile esaminarli e stabilirne la veridicità. A luglio, un altro democratico, il dottor Jacob Early, aveva portato alla luce quegli eventi misteriosi durante un dibattito; quando Ninian lo aveva zittito, dichiarando a gran voce che le accuse erano assolutamente false, il dottor Early l'aveva sfidato a duello. Per fortuna, subito dopo aveva preso la parola Mr Lincoln, esponendo le proprie argomentazioni con un'eloquenza e una chiarezza tali da sbalordire gli ascoltatori e far abbandonare l'idea del duello. Le insinuazioni capziose del colonnello Allen avevano comunque causato ripercussioni durature: sia Ninian sia Mr Lincoln erano stati rieletti senza difficoltà in agosto, ma il cugino John, che aveva rinunciato all'assemblea legislativa statale per candidarsi al Congresso, perse il seggio.

«Tu e Ninian parlate sempre di questo Mr Lincoln» osservò Frances una sera mentre con Elizabeth si rilassavano accanto al camino prima di andare a letto. «Sembrate tutti molto colpiti da lui. Perché non l'avete mai invitato a cena?»

Elizabeth esitò, in quanto la spiegazione, formulata a parole, le pareva terribilmente snob e scortese. Dopotutto, Mr Lincoln era il socio del cugino e, come Ninian, apparteneva al famoso gruppo dei Long Nine: i nove senatori e rappresentanti della contea di Sangamon all'assemblea generale dell'Illinois, tutti oltre il metro e ottanta di statura e con visioni politiche analoghe. Il loro progetto più ambizioso era il tentativo di spostare la capitale dello stato da Vandalia a Springfield, una proposta che naturalmente era molto popolare tra gli elettori. Secondo quei criteri, sembrava naturale farlo sedere alla tavola degli Edwards.

Tuttavia, sebbene Mr Lincoln fosse un bravo avvocato, un abile politico, un oratore dotato e un uomo di ottimo carattere, era anche rozzo e poco istruito, un bifolco autodidatta e un veterano della Guerra di Falco Nero, che si era lasciato alle spalle le sue umili origini grazie alla pura forza di volontà e all'intelletto innato. Benché nessuno dubitasse della sua levatura mentale, della sua intelligenza o amabilità, non aveva familiari che potessero raccomandarlo, il suo abbigliamento e il suo aspetto erano sorprendentemente trascurati, e non aveva nessuna delle abitudini o dei modi tipici di un gentiluomo. Appariva goffo e impacciato in società, poco avvezzo ai costumi e alle norme che Ninian e gli altri uomini del loro livello avevano appreso fin da bambini. Pur essendo famoso per la sua eloquenza nelle aule di tribunale e sui podi dei comizi, Mr Lincoln faticava a sostenere amene conversazioni con le signore, in presenza delle quali sembrava intimidito e imbarazzato. Aveva anche un'aria cupa che le battute scherzose e le storielle riuscivano a scacciare solo temporaneamente, una malinconia perpetua che alcuni attribuivano alla tragica perdita dell'amata fidanzata, Miss Ann Rutledge di New Salem, nell'Illinois, morta di tifo meno di un anno prima. Eppure, nonostante le presunte lacune, Ninian e i suoi conoscenti parlavano sempre di lui con ammirazione e rispetto. Tutti credevano che avesse i numeri per andare lontano, e siccome aveva già superato ogni ragionevole aspettativa, nessuno poteva prevedere quanta strada avrebbe fatto.

«Pare un gentiluomo meritevole, nonostante le origini rozze» disse Frances, in tono di leggero rimprovero dopo che Elizabeth aveva provato a giustificarsi. Turbata, l'altra promise di invitare Mr Lincoln alla cena successiva.

Lui accettò con un biglietto insieme educato, eloquente e autocritico, confermando i timori di Elizabeth che l'invito avrebbe dovuto essere spedito già da tempo. La sera della cena, Mr Lincoln divertì gli uomini con battute e storielle comiche, si ingraziò quasi tutte le signore con la sua timidezza e l'inconfondibile gentilezza, e affascinò anche Elizabeth senza dar mostra di averne l'intenzione. Evidentemente fece buona impressione anche su Frances, che acconsentì a ricevere le sue visite e prese due volte il tè con lui in salotto. Accettò la sua proposta di accompagnarla a una conferenza universitaria in città e a un ricevimento a casa del cugino John. Ma la scintilla, se così si poteva definire, non scoccò mai del tutto, e in primavera era ormai palese che Frances aveva perso interesse.

«È un brav'uomo, un uomo eccellente, ma...» Fece una pausa per cercare le parole giuste. «Mi dispiace dirlo, ma manca delle piccole premure che riscaldano il cuore di una donna. È superficiale da parte mia tenere a queste cose? Non presta attenzione al proprio aspetto, non fa nulla per migliorare l'abbigliamento trasandato o i capelli spettinati, e non conosce affatto l'arte del corteggiamento. E... be', non è quello che si considererebbe una bellezza classica, no?»

«No» ammise Elizabeth, senza specificare che in un matrimonio gli altri pregi – l'integrità, l'intelligenza e la gentilezza – erano molto più importanti dei bei vestiti e dei modi affabili. Tenne quel commento per sé, perché in realtà era sollevata all'idea che Frances non avesse instaurato un legame con lui. Nonostante le numerose qualità e il grande potenziale, Mr Lincoln era molto povero e semplicemente non veniva dagli stessi ambienti privilegiati dei Todd, dei Parker e degli Edwards. Elizabeth non riusciva a immaginare che Frances, educata al gusto per la raffinatezza al pari di tutte le sorelle Todd, sarebbe stata soddisfatta come moglie di un avvocato di campagna senza il becco di un quattrino.

Così, per la famiglia, Mr Lincoln tornò a essere ciò che era stato in precedenza: il collega whig di Ninian nell'assemblea legislativa e il socio del cugino John, ma non più il potenziale corteggiatore di una Todd.

Ad aprile, Elizabeth partorì una bellissima bambina a cui diedero il nome Julia. In estate, Mary andò a trovarla e la aiutò con la neonata, godendosi anche la vivace vita sociale, come Frances prima di lei, e partecipando alle discussioni politiche che infondevano a ogni cena e ricevimento degli Edwards un'energia scoppiettante e grandi speranze per il futuro. L'unione di uomini intelligenti e ambiziosi e di donne brillanti e bellissime creava un'atmosfera inebriante a cui persino Elizabeth, moglie e madre rispettabile, era entusiasta di prendere parte.

Alla fine dell'estate, Mary rientrò con una certa riluttanza a Lexington, ristabilendosi a casa e seguendo un corso di studi avanzato con il suo ex insegnante, il dottor Ward. Dopo aver sentito molte storie sullo straordinario e peculiare Mr Lincoln, rimpiangeva di non aver avuto l'opportunità di conoscerlo durante il suo soggiorno. Forse si erano incrociati ad alcuni eventi sociali, ma lui era troppo occupato con il suo fiorente studio legale e con il lavoro per la decima assemblea per andarsene a zonzo.

«Te lo presenterò la prossima volta che verrai» promise Elizabeth. «Spero tu non rimanga delusa se non sarà all'altezza della sua fama.»

«Che quel giorno arrivi presto» replicò fervidamente Mary con un lieve sorriso sconsolato.

Elizabeth capì che Mary non era dispiaciuta per il rinvio delle presentazioni, bensì per la partenza da Springfield. Abbracciandola, mormorò rassicurazioni confortanti, addolorata di vedere la luce della vivace sorella minore oscurarsi all'idea di tornare dalla matrigna. Mary si era sempre sentita più a casa nella scuola di Madame Mentelle che in Main Street, ma ormai i suoi anni all'accademia erano finiti.

Elizabeth decise di rinvitarla per un soggiorno più lungo non appena Frances si fosse sistemata.

Passarono mesi prima che quel giorno si profilasse all'orizzonte. Frances era corteggiata da diversi giovanotti della Cricca, ma occorse un po' di tempo prima che il suo cuore iniziasse a palpitare per un gentiluomo in particolare. Il dottor William S. Wallace, originario della Pennsylvania, aveva studiato al Jefferson Medical College di Philadelphia ed era andato a ovest per imbarcarsi in una nuova professione nel settore delle speculazioni fondiarie, tuttavia, dopo essersi stabilito a Springfield, il bisogno di medici era aumentato al punto che i cittadini l'avevano convinto a tornare a esercitare. L'aveva fatto di buon grado, aprendo anche un emporio. Il Golden Mortar era situato al pianterreno dell'edificio in cui si trovava, appena sopra, lo studio legale del cugino John Todd Stuart e di Mr Lincoln. I due avvocati erano clienti abituali del negozio, soprattutto Mr Lincoln, che amava passare le ore oziose a intrattenere con battute e storielle gli uomini riuniti intorno alla stufa panciuta. Fu tramite la loro amicizia che Frances fece la conoscenza del dottor Wallace. L'incontro si rivelò importantissimo.

Né Elizabeth né Ninian avrebbero scommesso su una storia d'amore. Il dottor Wallace era intelligente e amabile, ma aveva quattordici anni più di Frances, nessuna ambizione politica e un modesto talento commerciale. Tuttavia era un medico stimato e un membro rispettato della comunità, e doveva conoscere bene *le piccole premure che riscaldano il cuore di una donna*, perché di certo riscaldò quello di Frances.

In una bella giornata di maggio del 1839, Frances sposò William nel salotto adorno di fiori degli Edwards, circondata dagli amici della Cricca e da quelli dello sposo, rappresentanti del mondo imprenditoriale di Springfield. Se aveva qualche dubbio al pensiero di lasciare il confortevole appartamento nella dimora su Aristocracy Hill per una modesta camera alla Globe Tavern, un'umile locanda di legno a due piani vicino alla sede dell'assemblea legislativa statale, era troppo innamorata per prenderlo in considerazione. Inoltre, si disse Elizabeth, la nuova sistemazione era solo temporanea. Prima o poi William avrebbe risparmiato abbastanza per trasferirsi con la moglie in un alloggio più adatto. Anzi, il trasloco sarebbe stato necessario quando fossero arrivati dei bambini.

Poco dopo le nozze, Elizabeth scrisse a Mary per raccontarle la cerimonia: lo splendido vestito di raso bianco della sposa, gli sguardi affettuosi e amorevoli che i due si erano scambiati mentre pronunciavano le promesse nuziali, la cena squisita – per l'occasione la cuoca si era superata – e la fondata speranza che la coppia avrebbe avuto un futuro felice.

Ora, siccome Frances si era accasata e la camera degli ospiti era vuota, Elizabeth concluse la lettera con un invito. *Vieni e fa' della nostra casa la tua casa*, scrisse, mantenendo la promessa fatta due anni prima.

Mary aveva già ventun anni e, benché a Lexington avesse collezionato molti corteggiatori entusiasti, nessuno di loro era stato abbastanza arguto, intelligente o affascinante per attirare a lungo la sua attenzione. *Tra i suoi pretendenti ci sono molti uomini colti e perspicaci*, aveva scritto la cugina Betsey a Elizabeth non molto tempo prima, con sgomento ed esasperazione evidenti in ogni riga. *Eppure non mostra mai la minima predilezione per nessuno di loro. Anzi, a volte la sua espressione indica una chiara mancanza di interesse, e lei riceve le loro premure senza entusiasmo. Senza volerli offendere, spesso non riesce a trattenere un commento ironico o sarcastico che li ferisce più di quanto intenda. Non c'è malignità nel suo cuore, ma è impulsiva e non si sforza di nascondere i propri sentimenti. A dire il vero, sarebbe impossibile, giacché il suo viso tradisce ogni fugace emozione.*

La cugina Betsey temeva che Mary non avrebbe mai trovato marito se non avesse mitigato il suo senso dell'umorismo e imparato a parlare più con uno sguardo pudico anziché con una lingua affilata. Elizabeth non poté fare a meno di ridere immaginando sua sorella che, per quanto a scuola fosse stata brava a recitare, ricorreva a un simile stratagemma. Semplicemente, Mary non aveva ancora incontrato un uomo capace di adorarla così com'era e di tenere testa alla sua arguzia.

Forse l'avrebbe conosciuto a Springfield.

9

Agosto-settembre 1875

EMILIE

Emilie era grata che Robert e le sue sorelle a Springfield la tenessero aggiornata sulle condizioni di Mary, perché quest'ultima non poteva o non voleva rispondere alle sue lettere, ma con il passare dell'estate i loro resoconti frammentari divennero sempre più frustranti. Ricostruire il quadro completo della situazione diventava pressoché impossibile quando una sorella contraddiceva senza volerlo le affermazioni di Robert, o quando le vaghe ellissi nelle loro missive indicavano che le altre non le stavano dicendo tutto ciò che sapevano o sospettavano.

Forse volevano essere gentili, evitando di turbarla. Dovevano aver intuito quanto l'avesse ferita scoprire che Mary chiedeva spesso a Elizabeth di farle visita – mai direttamente, sempre usando Robert o Mrs Bradwell come intermediari – mentre le sue offerte di andare al Bellevue erano state respinte con un silenzio sdegnoso.

Offesa e sconcertata, Emilie aveva rimuginato su quegli affronti e alla fine aveva concluso che Mary non intendeva insultarla. Elizabeth ed Emilie svolgevano semplicemente ruoli molto diversi nella sua vita e in quel periodo, dato il suo stato di fragilità, Mary aveva bisogno di Elizabeth, la sorella maggiore, la più materna, quella di cui tutti cercavano l'abbraccio nei momenti di paura o afflizione. Per Mary, Emilie sarebbe sempre stata la Sorellina, smarrita e bisognosa di protezione, anche se era una donna di quasi trentanove anni con figli. L'incapacità dei fratelli maggiori di considerarla più di una bambina impotente la irritava oltremodo, soprattutto perché aveva dato prova di sé allevando tre bambini, usando la sua preparazione musicale per mantenere la famiglia e gestendo benissimo una casa, il tutto senza un marito al fianco.

Forse gli altri restavano della loro idea perché Emilie era la penultima dei fratelli Todd ed era difficile vederla come qualcosa di diverso dalla piccola di casa. Forse dipendeva dal fatto che era rimasta vedova tanto presto e, all'epoca, la sua situazione era così disperata che aveva davvero avuto bisogno di essere salvata dalla madre e dalle sorelle.

O forse dal fatto che non avevano mai dimenticato come, anni prima, avessero rischiato di perderla per sempre, e ora la loro iperprotettività era un involontario tentativo di rimediare alla negligenza di allora.

Elizabeth era già sposata e William stava corteggiando Frances nel giorno in cui Emilie, che al tempo aveva due anni, era scomparsa. Un momento era con Mammy Sally, quello dopo era svanita nel nulla. Quando l'ispezione della casa e del giardino si era rivelata vana, il papà aveva contattato la polizia. Era stato dato l'allarme e quasi tutti gli abitanti di Lexington avevano partecipato alle ricerche. Levi, George e Nelson si erano uniti ai gruppi che rastrellavano i campi e le sponde del fiume, mentre il papà, Mary, Ann e centinaia di altre persone avevano setacciato la città, sparpagliandosi dalla casa dei Todd per bussare alle porte, avvertire i vicini e interrogare i ragazzini che incontravano lungo la strada. Avevano percorso vicoli e sbirciato in luoghi bui e sudici dove una dolce bambina non sarebbe mai entrata di sua spontanea volontà. Nel frattempo, la mamma era rimasta a casa con i più piccoli e i domestici, camminando avanti e indietro sempre più nervosa, in attesa di notizie, temendo il peggio.

A metà pomeriggio, il papà aveva perlustrato i dintorni nel raggio di quasi un chilometro, spingendosi molto più in là di quanto Emilie avrebbe potuto fare da sola. Stava ispezionando un'angusta viuzza quando, alzando lo sguardo, l'aveva vista che lo guardava da una finestra. Correndo verso la porta, aveva bussato finché gli avevano aperto. L'uomo sulla soglia aveva qualche anno più di lui, gli occhi arrossati e la bocca piegata in una smorfia di dolore. Superandolo, il papà aveva preso Emilie e, dopo essersi assicurato che fosse incolume, si era rivolto allo sconosciuto in tono furente, pretendendo spiegazioni. Tremando, l'altro aveva detto di aver trovato la bambina che vagava per le strade, e siccome lui e sua moglie non avevano figli aveva deciso di portarla a casa e crescerla come se fosse loro. «È talmente bella» aveva aggiunto piangendo «che ho perso il senso di ciò che è giusto e di ciò che è sbagliato.»

Mosso a compassione, il papà aveva rinunciato a denunciarlo. A casa, la famiglia, scossa ma sollevata, era stata felice di riabbracciare Emilie, che da quel giorno in poi era stata sorvegliata attentamente.

Anni dopo, quando era tornata dal conservatorio per le vacanze di fine quadrimestre, aveva chiesto a Frances di quel giorno. «I miei ricordi sono assai vaghi» aveva ammesso. «Rammento che giocavo con una bambola mentre una donna cantava, e il papà che urlava contro quell'uomo, ma non ricordo di essere stata portata via né come sia finita a vagare da sola per le strade.»

«Non abbiamo mai capito come ti sia persa» aveva replicato Frances. «Ho sempre ipotizzato che Mammy Sally ti avesse portata fuori per sbrigare qualche commissione o per giocare al parco e che ti abbia smarrita tra i fumi dell'alcol.»

«Mammy Sally beveva?»

«Non te lo ricordi?»

Emilie aveva scosso la testa, sbalordita. La sua amata balia, un'ubriacona irresponsabile? Il solo pensiero era in netto contrasto con ogni suo ricordo infantile.

«Si sbronzava ogni volta che ne aveva l'occasione, cosa che per fortuna non accadeva spesso. La zietta Chaney teneva i liquori del papà sotto chiave e Mammy Sally di rado racimolava abbastanza denaro per comprarne di tasca propria.»

«Non capisco. Perché avrebbe dovuto cominciare a bere?»

Frances l'aveva fissata con sguardo impassibile. «Non riesci proprio a immaginare il perché? Forse era l'unica via d'uscita che aveva.»

Emilie aveva colto immediatamente la tesi che la sorellastra abolizionista stava cercando di sostenere, ma non era riuscita a crederci. I Todd erano gentili con la servitù. I domestici erano una parte amata ed essenziale della famiglia. Come diavolo poteva Mammy Sally essere stata così infelice da voler annegare i dispiaceri nell'alcol?

Emilie aveva deciso che Frances doveva essersi sbagliata – dopotutto, all'epoca era a Springfield – ma non aveva mai trovato altre spiegazioni ragionevoli per l'accaduto. Grazie al cielo, il papà l'aveva rintracciata, sventando il rapimento, anche se la povera coppia senza figli non aveva voluto farle alcun male. I suoi genitori e fratelli maggiori non avevano mai dimenticato come avessero rischiato di perderla, e l'istinto di proteggerla aveva resistito fino al presente, il che spiegava forse perché le nascondessero i dettagli più sconvolgenti del ricovero di Mary al Bellevue.

Se non fosse stato per Robert, Emilie si sarebbe sentita totalmente all'oscuro. Per tutta l'estate, il nipote le aveva scritto lunghe lettere confidando senza riserve la sua crescente preoccupazione per i Bradwell. Sua madre aveva vissuto serena in manicomio finché non avevano iniziato a farle visita, si lamentava, e la loro battaglia per la sua liberazione la rendeva nervosa ed eccitabile, vanificando tutti i progressi che aveva fatto all'inizio di quella primavera. Robert si era adirato quando aveva scoperto che in un'occasione i Bradwell avevano portato con sé un conoscente: tale Mr Franc Wilkie, fondista del giornale scandalistico *Chicago Times*, nonché emerito sconosciuto per Mary, Robert e il dottor Patterson. Il fatto che per la visita avessero scelto un sabato, quando sapevano che il medico non sarebbe stato presente, era particolarmente riprovevole. Il dottor Patterson aveva quindi avvisato Mrs Bradwell che in seguito avrebbe dovuto chiedere il permesso di Robert per vedere Mary, soprattutto se si fosse fatta accompagnare da qualcuno estraneo alla famiglia. Per chiarire quel punto, Robert l'aveva incontrata di persona e, dopo aver ringraziato educatamente, l'aveva pregata di diradare le visite, di non portare mai con sé sconosciuti e di non consegnare lettere di sua madre a persone diverse dai familiari.

Purtroppo il colloquio non era servito a scoraggiare l'irriducibile paladina autoproclamata di Mary. Quando

Robert e la sua famiglia erano partiti per un'agognata vacanza a Rye Beach, nel New Hampshire, Mrs Bradwell aveva preso di mira Elizabeth. Nella terza settimana di agosto si era presentata a casa degli Edwards per perorare la causa della liberazione di Mary, cosa che, essendo un avvocato abile e molto motivato, aveva fatto con disinvoltura. Quello stesso pomeriggio, Elizabeth aveva scritto a Robert affermando di non essersi espressa bene nelle lettere precedenti e che, in realtà, non aveva alcuna obiezione alle dimissioni di Mary dall'istituto psichiatrico. *Può darsi che il rifiuto di assecondare i suoi desideri in questa fase critica aggravi notevolmente il suo disturbo*, aveva fatto notare. *Ora dico che se la condurrai a Springfield e ti senti disposto a tentare questo esperimento, prometto di fare tutto ciò che è in mio potere per la sua serenità e guarigione.*

Quello stesso giorno, Robert aveva ricevuto un'inquietante missiva del dottor Patterson, scritta dopo l'ultima visita dei Bradwell al Bellevue. Avevano avuto un incontro privato di un'ora con Mary e poi, mentre uscivano, si erano fermati nello studio del medico per esortarlo a dimetterla e permetterle di raggiungere immediatamente sua sorella a Springfield. Quando il dottor Patterson aveva mostrato loro una lettera che Elizabeth aveva scritto a Robert spiegando che non poteva ospitare Mary a causa del recente intervento chirurgico, i Bradwell avevano ribattuto che *Mrs E. doveva aver subito un'influenza nefasta*, altrimenti non si sarebbe mai rifiutata di accogliere la sorella.

Tutto questo parlare di dimissioni con Mrs Lincoln tende a metterle la mente in subbuglio e a renderla più insoddisfatta, dunque va fermato, aveva concluso il dottor Patterson. *Dovrebbe essere lasciata in pace e l'ho fatto presente al giudice Bradwell. Non avrebbe mai do-*

vuto essere sottoposta a questa agitazione inutile. Ormai è evidente che le frequenti visite di Mrs B. hanno suscitato malcontento, dimostrandosi pertanto dannose.

Robert non era più riuscito a trattenersi. Prima aveva telegrafato al dottor Patterson ordinandogli di tenere sua madre in cura al Bellevue e di interrompere *qualunque contatto con persone moleste*. Poi aveva scritto a Elizabeth per riferirle che, secondo il medico, le interferenze dei Bradwell erano nocive per Mary e per esortarla a non dedicare più nemmeno un minuto a loro e alle loro idee. Infine aveva spedito una lettera a Emilie per informarla dei suoi scambi con gli altri e per sfogare la rabbia riguardo a quell'estenuante vicenda.

Sicuramente è un capitolo chiuso, aveva risposto Emilie. *Come minimo, hai ottenuto una tregua. Le restrizioni che hai imposto daranno a tua madre il tempo per riprendersi dalle ricadute provocate dai Bradwell. Quando tornerai a Chicago a settembre, potrebbero chiedere nuovamente di vederla e convincerti a farla dimettere, ma fino ad allora non potranno cagionare a te, e a lei, ulteriori problemi.*

Con ogni probabilità la sua missiva non aveva ancora raggiunto Robert quando Emilie si rese conto di quanto si fosse sbagliata.

In una calda mattinata di agosto, tra la colazione e l'arrivo del primo allievo della giornata, si stava esercitando a suonare una sezione particolarmente difficile della *friska* della *Rapsodia ungherese n. 2* di Liszt quando, con la coda dell'occhio, percepì la presenza di qualcuno. Tutti sapevano che non dovevano interromperla al pianoforte a meno che non fosse molto importante, così dopo aver finito un tempo, staccò le mani dai tasti e, girandosi sulla panca, vide sua figlia Katherine che indugiava sulla soglia con un giornale in mano e l'espressione incerta.

Emilie trasalì. A volte Katherine assomigliava così tanto alla sua cara mamma, morta poco più di un anno prima all'età di settantaquattro anni, che lei fu sopraffatta da un'emozione improvvisa, un'ondata di amore e malinconia. «Cosa c'è, cara?» Le fece segno di entrare.

«Non devi aver letto i giornali questa mattina, altrimenti lo sapresti.» Avvicinandosi, Katherine piegò a metà il quotidiano e indicò un articolo appena sotto la testata. «Se è vero, è una magnifica notizia, ma perché il cugino Robert non ha telegrafato per comunicarcela?»

Emilie esitò prima di prendere il giornale, poi si fece animo e cominciò a leggere.

MRS LINCOLN RINSAVISCE

> *Mrs M.L. Rayne scrive quanto segue al* Post and Mail *di Chicago da St. Charles, nei pressi del Bellevue Hospital, dove Mrs Lincoln è stata ricoverata.*
> *Sarete lieti di apprendere – e questo è il primo annuncio pubblico al riguardo – che Mrs Lincoln è stata dichiarata in condizioni di lasciare il manicomio e far visita alla sorella, Mrs Edwards, a Springfield. È improbabile che torni al Bellevue Place, giacché il suo confinamento ha destato un certo scalpore tra alcuni amici che si rifiutano di ritenerla pazza. Un'illustre avvocatessa di Chicago l'ha frequentata spesso negli ultimi tempi e, con l'aiuto del marito giudice, agevolerà il rientro di Mrs Lincoln nella società. La paziente sta molto meglio, dorme e mangia bene, e non manifesta la minima tendenza ad alcun genere di mania, ma soltanto*

il tempo e la vita attiva ci diranno se la guarigione sia definitiva oppure no.

«Un'illustre avvocatessa» lesse Emilie ad alta voce. «Chi altri se non quell'orribile Mrs Bradwell? Robert le ha impedito di sollecitare le dimissioni di sua madre in privato, sicché i Bradwell cercano di farsi ascoltare tramite la stampa.» Posò il giornale all'estremità opposta della panca, resistendo alla tentazione di gettarlo via. «Katherine, cara, temo che tua zia Mary stia ancora molto male. I Bradwell provano semplicemente a costringere tuo cugino Robert e il dottor Patterson a dimetterla con questo annuncio molto prematuro. Quando tua zia Mary non comparirà presto a Springfield, i Bradwell si aspetteranno che il pubblico chieda perché le dimissioni sono state annullate all'improvviso.»

«Cos'è saltato in mente a questi due intriganti? Non si rendono conto dei danni che la zia Mary potrebbe subire se lasciasse l'istituto prima di essere guarita?»

«Forse credono sinceramente che non sia pazza e che non lo sia mai stata.» Sospirando, Emilie si massaggiò la fronte, dove iniziava ad avvertire un dolore sordo. Poteva solo sperare che i Bradwell non avessero scopi più sinistri.

Ormai Robert doveva essere a conoscenza della loro soffiata alla stampa; nell'Est, i giornali avevano sicuramente ripreso l'articolo del *Post and Mail*, come avevano fatto quelli del Kentucky. Emilie riuscì a immaginare il nipote che passeggiava lungo un sentiero nelle foreste del New Hampshire, in preda a una rabbia cieca, domandandosi come reagire, o se fosse meglio mantenere un silenzio dignitoso. I suoi pensieri volarono a lui. Il fardello della malattia di sua madre era già abbastanza pesante senza le calunnie dei Bradwell e di Mrs Rayne e i loro tentativi di forzargli la mano.

Due giorni dopo, a colazione, Katherine la accolse con un'espressione ansiosa, facendo scivolare il giornale verso il suo piatto.

«Cosa c'è ora, tesoro mio?» chiese stancamente Emilie, facendo segno alla cameriera di riempire le tazze. Le cattive notizie si digerivano meglio a stomaco vuoto, ma senza caffè non sarebbe riuscita ad affrontare qualunque cosa la aspettasse.

«Una seconda bomba.» Katherine indicò un articolo al centro della pagina, sopra la piega.

Emilie mescolò la panna e lo zucchero con calma, portandosi la tazza alle labbra e bevendo un lungo sorso. Poi non poté più rimandare.

MRS LINCOLN

Il giudice Bradwell spiega a una giornalista del Post and Mail *cosa pensa del suo internamento*

Chicago, 23 agosto – Oggi il giudice Bradwell ha detto a una reporter del Post and Mail: *«Non ho la minima esitazione a dire che Mrs Lincoln non dovrebbe essere dove si trova ora, e che non avrebbe mai dovuto essere portata lì dentro. È stata una vera indecenza imprigionarla dietro grate e sbarre, in un luogo pensato per i pazzi. Be', essere rinchiusa e sorvegliata, e messa sotto chiave di notte, con la sensazione che potrebbe durare per tutta la vita, è sufficiente per spingere sull'orlo della follia praticamente qualunque donna anziana e fragile. Oggi non è più pazza di quanto lo siamo io e voi.*

Ne sono assolutamente convinto, come lo sono della mia esistenza. Ho ricevuto da lei diverse lettere d'affari da quando è ricoverata, e Mrs Bradwell ne ha ricevute altrettante colme di solidarietà femminile. Mrs Lincoln scrive lettere d'affari chiare e intelligibili come ha sempre fatto, e belle lettere amichevoli come ci si potrebbe aspettare. Non c'è la più piccola traccia di follia o di labilità mentale nei suoi scritti. L'ultima volta che le ho fatto visita, una settimana fa, sospirava e implorava la libertà come una donna rinchiusa senza motivo. Mi ha detto: "Mr Bradwell, cosa ho fatto per meritare di essere trattenuta in questa prigione, dietro queste grate, seguita a ogni passo e sorvegliata in ogni azione durante il giorno, con la porta della camera chiusa durante la notte e la chiave portata via dal mio carceriere? Sicuramente non sono pazza, ma lo sarò presto. Voglio la libertà di andare dai miei amici".»

Emilie fremeva ormai di sdegno quando lesse l'ultima riga. Che stratagemma impudente dichiarare in pubblico che Mary era vittima di una detenzione ingiusta! Come osavano accusare Robert e il dottor Patterson – anzi, l'intero comitato di esimi medici che avevano preso parte al processo – di incompetenza nella migliore delle ipotesi, e di malevolenza e crudeltà nella peggiore?

Nonostante l'angoscia e l'indignazione, tuttavia, Emilie sentì anche una punta di gelosia. Evidentemente Mary aveva scritto molte lettere ai Bradwell. Emilie avrebbe voluto che sua sorella avesse trovato un momento per spedirne una anche a lei, anche solo per potersi accertare di persona che le affermazioni del giudice Bradwell sulla lucidità dei suoi scritti – e dunque della sua mente – fossero vere.

Per timore che qualcuno dubitasse della determinazione dei Bradwell, l'indomani Franc Wilkie, il giornalista del *Chicago Times* che aveva accompagnato la coppia al Bellevue all'inizio di quel mese, pubblicò un'intervista esclusiva con l'ingombrante titolo *LA SALUTE MENTALE RESTITUITA: Mrs Lincoln tornerà presto dal suo breve ricovero in manicomio, giacché i medici la dichiarano sana di mente e aspetta soltanto il rientro del figlio Robert dall'Est per tornare in libertà.* A quanto pareva, il resto dell'articolo conteneva un'analisi oggettiva della salute di Mary, basata su dati scientifici e sulle osservazioni personali di una terza parte disinteressata. La conclusione era che Mary, detenuta ingiustamente, non era più pazza degli uomini che l'avevano condannata al manicomio.

Era troppo, ma non era ancora finita.

Nei giorni seguenti, l'intervista al giudice Bradwell e l'articolo falsamente ottimista di Mr Wilkie furono ristampati nei giornali di tutto il paese. Altri reporter approfittarono dello scoop, arricchendo l'originale con dettagli biografici sui diretti interessati, facendo speculazioni sulle condizioni di Mary, interrogandosi sul ruolo del giudice Bradwell e difendendo Robert come onesto cittadino e figlio devoto che mai e poi mai avrebbe fatto ricoverare sua madre senza una giusta causa. Diversi editoriali si domandarono come mai i Bradwell si fossero intromessi con tanta prepotenza in una questione privata, soprattutto perché la famiglia aveva espresso chiaramente il desiderio di essere lasciata in pace. Un giornale li definì *Intriganti seminatori di zizzania*, un epiteto che li descriveva a pennello quanto quelli che vennero in mente a Emilie.

Alla fine il dottor Patterson si sentì in dovere di mettere le cose in chiaro in una lettera al direttore del *Chicago*

Tribune, perché, diceva, *ora che sono state fatte molte affermazioni errate, ritengo opportuno correggerne alcune. Mrs Lincoln è sicuramente molto migliorata, sul piano sia mentale sia fisico, ma non l'ho mai considerata una persona sana di mente. Credo sia tuttora pazza.* Nonostante ciò, non aveva nulla in contrario a una visita alla sorella a Springfield, ma non pensava che le avrebbe restituito la salute mentale. Quanto alle accuse di detenzione ingiusta, i detrattori erano liberi di adottare approcci diversi dalle semplici critiche sulla stampa: *Mrs Lincoln è stata condotta dov'è in base alla legge e, se qualcuno ha delle rimostranze, può adire le vie legali.*

La lettera del dottor Patterson era una confutazione così accurata e ben argomentata che avrebbe dovuto mettere fine a quella controversia fin troppo pubblica, e il crescente disgusto da parte della stampa e della cittadinanza avrebbe dovuto indurre i Bradwell a uscire di scena. Emilie, però, aveva imparato ad aspettarsi il peggio da quei due, perciò non si concesse di essere troppo ottimista.

Così rimase sgomenta ma non stupita il mattino successivo, quando gli aspiranti paladini di Mary pubblicarono l'articolo più sfrontato e osceno che avessero mai scritto fino a quel momento: *MRS LINCOLN. La vedova del presidente Lincoln è tenuta prigioniera? Nessuno è autorizzato a vederla senza il permesso del figlio.* Il cosiddetto *resoconto assolutamente veritiero di una testimone oculare*, la descrizione di una visita alla tormentata e meschina ex first lady, era chiaramente opera di Myra Bradwell. Emilie era così nauseata e indignata dal ritratto fortemente romanzato di Robert come crudele carceriere e figlio ingrato che non riuscì a finire di leggerlo.

All'inizio di settembre ricevette un'altra lettera dal nipote, spedita da Chicago. Era tornato a casa dopo una vacanza che si era rivelata molto meno riposante di quanto lui e sua moglie avessero sperato, riferiva in tono sarcastico, e non aveva nemmeno avuto il tempo di disfare i bagagli prima di venire a conoscenza delle *straordinarie imprese dei Bradwell.*

Dopo avervi comunicato che sono rientrato sano e salvo, il mio prossimo dovere sarà scrivere al dottor Patterson per chiedere se sarebbe prudente concedere a mia madre una visita alla zia Elizabeth a Springfield, scriveva. *Una volta che l'idea le è stata inculcata dai suoi incauti difensori, mia madre è caduta in un tale stato di agitazione che, sebbene sia cessato qualunque contatto con loro, il turbamento persiste. Temo che se questa condizione di inquietudine e insoddisfazione costante continuerà, non solo non ci saranno miglioramenti, ma mia madre potrebbe peggiorare più di prima.*

Per colpa dei Bradwell, spiegava Robert, il Bellevue non era più il luogo tranquillo e silenzioso dove Mary avrebbe potuto riposare e rimettersi completamente. Ora lei lo considerava una prigione ed era arduo immaginare come potesse recuperare la salute mentale in simili circostanze. Perciò, se il dottor Patterson avesse confermato che sarebbe potuta uscire senza rischi, e se Elizabeth avesse accettato di ospitarla, lui avrebbe fatto sì che sua madre lasciasse il manicomio e tornasse a Springfield.

Aveva chiesto di ricoverare Mary per la sua salute e la sua incolumità, e ora la stessa preoccupazione lo costringeva a prendere in considerazione l'idea di farla dimettere, nonostante i fondati timori che fosse ancora pazza come il giorno in cui era stata internata.

10

1839-1842

ELIZABETH

Quando Mary varcò la soglia della casa su Aristocracy Hill nell'ottobre del 1839, dopo aver accettato volentieri l'invito di Elizabeth a trattenersi a tempo indeterminato, i suoi limpidi occhi azzurri brillarono di gioia e le sue guance lisce si tinsero di un rossore soffuso. «Ann è verde d'invidia perché io sono qui e lei no» confidò a Elizabeth nella camera degli ospiti. «Non solo verde, bensì un'intera tavolozza di smeraldo, oliva e muschio!»

«Ann potrà venire molto presto, se lo desidera» replicò Elizabeth, pacata, sospirando per l'esultanza palese nel tono di sua sorella. Era troppo chiedere un poco di compassione per la povera Ann, l'unica figliastra rimasta a contorcersi e adirarsi sotto il vigile sguardo critico della mamma?

Mary aveva molte ragioni per essere contenta, e l'infelicità della sua rivale non avrebbe dovuto essere fra quelle. Anche nella sofisticata Springfield, l'Atene dell'Ovest, il suo arrivo suscitò un certo scalpore. Tutti i membri della Cricca – oltre a molti di coloro che, ai margini, desideravano essere invitati a farne parte – erano ansiosi di conoscerla. Ninian si era affermato come giovane politico in ascesa, Elizabeth era ormai considerata una delle padrone di casa più affabili della città, e il fatto che Mary fosse una Todd stuzzicò la curiosità generale.

Elizabeth fu felice e orgogliosa di notare che sua sorella non deluse nessuno. Mary si ambientò con grazia, fascino e compostezza da vendere, deliziando le giovani signore e conquistando l'ammirazione dei gentiluomini. Di lì a poco tutti gli abitanti di Springfield avevano visto o sentito parlare della seducente intensità dei suoi luminosi occhi azzurri orlati da ciglia scure, del suo incarnato impeccabile e dei suoi folti e setosi capelli castani dai riflessi dorati, spesso ornati di fiori. Si abbandonò all'allegria dei balli, delle cene e delle serate mondane, distinguendosi tanto nella danza quanto negli animati dibattiti e discussioni politiche in cui l'intelligenza e l'arguzia erano doti indispensabili. In un baleno trovò una miriade di ammiratori, ed era ovvio che si divertiva a civettare, punzecchiando e stuzzicando, incoraggiando molti senza donare il proprio cuore a nessuno in particolare.

«Potrebbe far dimenticare a un vescovo le sue orazioni» disse una sera Ninian a Elizabeth in tono asciutto mentre osservavano Mary che teneva banco nel salotto di un senatore, con i capelli magnificamente raccolti in cima alla testa e adornati di fiori di serra, il collo liscio dalla curva elegante, le belle spalle scolpite messe in risalto dalla scollatura bassa e arrotondata del vestito di seta rosa marezzata. Elizabeth avrebbe potuto essere gelosa, ma Ninian non sembrava approvare la popolarità della cognata, a meno che a infastidirlo non fossero la sua schiettezza, la sua caparbietà o il suo evidente desiderio di essere sempre al centro dell'attenzione.

Quanto a Elizabeth, non la turbava affatto che sua sorella si crogiolasse in quella situazione. A casa, Mary aveva passato fin troppi anni sentendosi una presenza sgradita perché lei le invidiasse quel breve e prezioso periodo nel ruolo della giovane più desiderabile di Springfield. Lo scopo della visita non era forse renderla desiderabile, e una donna affascinante, incantevole e arguta non aveva almeno le stesse probabilità di trovare un bravo marito di una ragazza timida e pudica?

In effetti, Mary attirò gli sguardi di quasi tutti gli scapoli appetibili della città. Il legislatore statale Stephen Douglas era uno dei suoi preferiti, anche se purtroppo era democratico e sosteneva il presidente Jackson. A parte quel notevole difetto, era intelligente, ambizioso e molto sveglio, pertanto Mary apprezzava la sua conversazione e passava più tempo in sua compagnia che in quella di qualunque altro membro della loro cerchia. Tuttavia aveva una predilezione anche per un gentiluomo del Missouri, un simpatico avvocato nipote di Patrick Henry, oltre che per altri bei giovanotti che l'avevano colpita con i loro passi di danza o la loro arguzia.

Per qualche tempo, Elizabeth – e molti altri membri della Cricca dotati di spirito d'osservazione – pensò che Mary sperasse nella proposta di matrimonio di un altro legislatore, Mr Edwin Webb. Elizabeth li aveva visti spesso parlare fitto fitto durante le serate mondane, con le teste vicine e il tono serio. Aveva anche sentito Mary e Mercy Levering, la loro vicina e la più cara amica di sua sorella a Springfield, soprannominarlo *il vedovo irresistibile*. Quando Ninian accennò che i nomi di Mr Webb e di

Mary venivano associati nei pettegolezzi e nelle conversazioni in città, Elizabeth decise di chiedere direttamente a sua sorella se avessero un accordo.

«Santo cielo, no, nulla del genere.» Mary rise. «Mr Webb è davvero un vedovo meritevole, la principale celebrità della nostra assemblea legislativa, ma un'unione tra noi è fuori questione, giacché sussiste una leggera differenza d'età di diciotto o vent'anni!»

«Da simili unioni sono derivati molti matrimoni felici.»

«Sì, ma per me una differenza così grande precluderebbe la possibilità di una sintonia di sentimenti.» Con un sorriso beffardo, Mary aggiunse: «E non dimentichiamo i suoi due piccoli adorabili intralci».

Elizabeth annuì, sforzandosi di capirla senza giudicarla. Dati i precedenti di Mary con la mamma, non poteva criticare i suoi timori all'idea di crescere dei figliastri.

Un altro giovanotto che cercò invano di ingraziarsi Mary era William Herndon, il figlio di un locandiere che si era iscritto al college a Jacksonville, una sessantina di chilometri a ovest, anche se aveva abbandonato gli studi dopo un anno. Era membro dello Young Men's Lyceum e aspirava a diventare avvocato, ma nel frattempo faceva il commesso nel negozio di Mr Joshua Speed e perfezionava le sue tesi legali durante i dibattiti intorno alla stufa con uomini come il cugino John Todd Stuart e Abraham Lincoln. In realtà non apparteneva alla cerchia esclusiva degli Edwards, ma lui e Mary si incrociavano di tanto in tanto e quelle poche occasioni bastarono perché si infatuasse di lei. Non ne venne fuori nulla, però, perché all'inizio della loro conoscenza, mentre ballavano insieme a una festa, Mr Herndon balbettò che Mary pareva «danzare il valzer con la facilità di un serpente». Aveva voluto farle un complimento, ma Mary si offese e lo rimbeccò: «Il paragone con un serpente è un'ironia piuttosto dura, soprattutto per una nuova arrivata». In seguito non aveva più voluto avere nulla a che fare con lui e quelle parole avevano ben presto raffreddato gli ardori del corteggiatore.

A parte il povero Mr Herndon, tuttavia, Mary affascinò la stragrande maggioranza dei buoni partiti di Springfield. Fece persino emergere alcune qualità nascoste in Mr Lincoln, che Frances aveva liquidato definendolo privo di ogni raffinatezza e romanticismo. Sembrava incuriosito dalla conversazione di Mary, sempre ingentilita dall'arguzia e dall'intelligenza. Erano accomunati dalla passione per la poesia, la letteratura e Shakespeare, ed entrambi amavano recitare lunghi passi a memoria. Lui restò colpito dal modo in cui Mary discuteva i temi politici più sottili, inoltre conosceva personalmente Henry Clay, un leader whig che Mr Lincoln ammirava da tempo. Non c'era da meravigliarsi che apprezzassero così tanto la conversazione reciproca, pensò Elizabeth, perché avevano molte cose in comune, sebbene venissero da ambienti così diversi che non avrebbero mai potuto essere altro che amici. Frances se n'era resa conto e alla fine l'avrebbe fatto anche Mary, soprattutto perché era attorniata da molti altri gentiluomini più attraenti e adeguati.

Quando l'inverno finì e la loro conoscenza si consolidò anziché attenuarsi, fu Frances ad accorgersi per prima che Mary sembrava più condizionata dall'opinione di Mr Lincoln che da quella di qualunque altro corteggiatore. Se lo punzecchiava per aver trascurato qualche convenzione sociale, il suo sguardo di mite rimprovero la faceva avvampare in viso. Se lui la sorprendeva mentre si faceva beffe di un assente o mentre si rivolgeva a qualcuno con sarcasmo eccessivo, lei si zittiva all'improvviso, mortificata. «Non ho mai visto Mary così ansiosa di far colpo su un gentiluomo» disse Frances a Elizabeth. «Di solito è distaccata e aspetta che siano loro a cercare di far colpo su di lei.»

Leggermente allarmata, Elizabeth riferì le sue osservazioni a Ninian, che le disse di non preoccuparsi. Mary era astuta, le rammentò anche se non era necessario, ed era inimmaginabile che una giovane donna raffinata come lei rinunciasse al lusso e al prestigio a cui era abituata per condividere la povertà anche con l'uomo più gentile ed eloquente. Elizabeth voleva credere a suo marito, ma tutte le possibilità che ci riuscisse svanirono una sera all'inizio della primavera, quando il cugino Stephen Logan andò a trovarle e cominciò a stuzzicare Mary riguardo alla sua popolarità.

«Ho saputo che ieri sera sono venuti il settentrionale, l'irlandese e il nostro diamante grezzo del Kentucky.» Fece un sorriso obliquo. «Quanti altri ne tenete in pugno, Mary?»

«Non sono abbastanza?» replicò lei, maliziosa. «Quale di loro temete di più?»

Il cugino Stephen incrociò le braccia, riflettendo sulla domanda. «Ho paura di correre il grave rischio di dover dare il benvenuto a un cugino settentrionale.»

«Mai» esclamò Mary. «Il settentrionale, come chiamate Mr Douglas, è troppo lontano da me sul piano della politica. Litigheremmo per Henry Clay. E James Shields, l'irlandese, ha baciato la pietra di Blarney troppo tardi perché io creda anche solo alla metà dei suoi complimenti. Quanto al diamante grezzo...»

«Il diamante grezzo» la interruppe il cugino «è troppo

ruvido perché cerchiate di lucidarlo con le vostre morbide manine.»

«Ma lucidare una pietra come quella sarebbe un compito lungo una vita» disse Mary, con la voce che prendeva nuovo calore. «Che gioia vedere la bellezza e la brillantezza splendere ogni giorno più chiaramente! La cosa essenziale è il diamante, trasparente e perfetto sotto il suo rivestimento.»

Elizabeth e Frances si scambiarono un rapido sguardo allarmato.

Il cugino Stephen fissò Mary, sorpreso. «Non intendete che prendereste in seria considerazione questa idea, vero?»

«Perché no? È uno dei vostri migliori amici. Mi avete detto più volte di non aver mai conosciuto un uomo più capace e più intelligente.»

«Mary non vede Mr Lincoln come un innamorato, cugino» si affrettò a intervenire Elizabeth. «È soltanto uno dei suoi amici più simpatici, nemmeno un briciolo più simpatico di Mr Douglas o di chiunque altro.»

Mary tacque, limitandosi a stringere le labbra in una sottile linea ostinata, e il cugino Stephen fu così gentile da cambiare argomento. Fin là tutto bene, ma da quel giorno in poi Elizabeth e Frances notarono entrambe che Mary prendeva le parti di Mr Lincoln non appena qualcuno gli muoveva una critica, per quanto lieve, mentre faceva innocue battute divertenti su di lui quando non era presente.

Anche Ninian pensava che fossero segnali preoccupanti.

Nella primavera del 1840, all'interno della Cricca e in tutti i cerchi concentrici della società che si irradiavano da quel gruppo, molti ritenevano che Mary e Mr Lincoln fossero fidanzati, o lo sarebbero stati di lì a poco. Decisi a mettere a tacere quelle voci, Elizabeth e Ninian conclusero che, come suoi tutori a Springfield, avevano la responsabilità di farla ragionare. Un pomeriggio, verso la fine di marzo, convocarono Mary in salotto, dove la invitarono a sedersi, la informarono delle loro forti obiezioni ed evidenziarono, poiché lei sembrava determinata a ignorarla, l'assurdità di un simile matrimonio.

«Sebbene Mr Lincoln sia onorevole, capace e popolare» disse francamente Ninian, «il suo futuro è nebuloso, i suoi legami familiari su un piano sociale del tutto diverso.»

«Sono consapevole delle sue umili origini» rispose Mary. «Non fanno altro che rendere i suoi talenti ancora più straordinari.»

«La sua istruzione, a differenza della tua, è stata frammentaria» proseguì Ninian, come se lei non avesse parlato. «Non ha cultura, ignora le convenzioni e i costumi sociali ed è del tutto indifferente allo status.»

«Perché non può piacerti un gentiluomo con le qualità che mancano a Mr Lincoln?» domandò Elizabeth, odiando il tono supplichevole della propria voce, ma incapace di soffocarlo. «Perché non Mr Douglas o uno degli altri promettenti giovanotti innamorati di te?»

Mary la guardò con aria di sfida. «Nemmeno Mr Douglas ha un patrimonio degno di questo nome.»

«Forse no» ammise Ninian, «ma è un uomo istruito e raffinato, un giovane politico in ascesa con un futuro abbastanza brillante per soddisfare anche la donna più ambiziosa.»

«Ha quattro anni meno di Mr Lincoln, eppure ha già

ricevuto grandi onorificenze politiche ed è considerato un potenziale candidato al Congresso.» Ricordando il giuramento infantile della sorella, Elizabeth aggiunse: «Potrebbe diventare senatore, forse addirittura presidente. Da ogni punto di vista, nulla potrebbe essere più auspicabile del tuo matrimonio con lui, o offrire più garanzie sulla tua felicità futura».

Mary ascoltò impassibile, ma il vigore con cui sporse il mento disse a Elizabeth che le sue suppliche erano fiato sprecato.

Sempre più allarmata, Elizabeth confidò alle sue sorelle e agli altri Todd e Parker a Springfield e a Lexington il timore che Mary fosse sul punto di commettere un terribile errore matrimoniale. All'inizio si mostrarono divertiti, certi che fosse soltanto l'ennesimo flirt superficiale di Mary, ma quando Elizabeth insistette che la sua relazione con Mr Lincoln era di natura totalmente diversa, la loro preoccupazione superò la sua. Tempestarono Mary di lettere zeppe di consigli, avvertimenti e obiezioni, di aneddoti inquietanti e tristi lagnanze, finché la ragazza cominciò ad aspettare la consegna giornaliera della posta con un'espressione di torvo fatalismo.

Una conseguenza imprevista e deplorevole della disputa in corso fu che alla fine, attraverso la Cricca, Mr Lincoln apprese che i Todd non lo consideravano un acquisto desiderabile per la famiglia. Ma cosa ci si poteva fare? Elizabeth aveva un dovere nei confronti della sorella e se, per salvarla da un matrimonio sbagliato, avesse dovuto ferire l'orgoglio di Mr Lincoln, pazienza.

Elizabeth aspettò con orrore che Mary annunciasse il fidanzamento. Non temeva che la coppia fuggisse, perché Mr Lincoln era troppo onorevole e Mary avrebbe insistito per una vera cerimonia nuziale con tutti gli annessi e connessi, ma invece, come se qualcuno avesse esaudito le sue preghiere, il pericolo rientrò.

Alla metà di aprile, Mr Lincoln iniziò il suo annuale giro primaverile dell'ottavo distretto giudiziario dell'Illinois, seguendo il giudice del tribunale distrettuale mentre viaggiava di città in villaggio attraverso nove contee, raccogliendo clienti, difendendo cause e procacciando futuri affari per la Stuart & Lincoln. Lungo la strada condusse una campagna per William Henry Harrison, il candidato whig alla presidenza, facendo discorsi e conquistando gli elettori con l'eloquenza e l'umorismo. Lui e Mary si scrissero qualche lettera – di cui, ovviamente, lei si rifiutò di comunicare il contenuto alle sorelle – ma in sua assenza Mary si godette più che mai i balli e le serate mondane, senza rifuggire la compagnia di altri gentiluomini. In questo, Elizabeth trovò una ragione per essere ottimista.

Le sue speranze crebbero ancora di più verso la metà dell'estate perché, quando Mr Lincoln tornò a Springfield a giugno, la loro separazione si protrasse, poiché Mary partì per una lunga visita allo zio David Todd a Columbia, nel Missouri. Elizabeth e Frances ipotizzarono che i due continuassero a scriversi, e lo zio le informò che Mr Lincoln era andato a trovare Mary dopo aver presenziato a un raduno degli whig a Rocheport, venticinque chilometri a est, piuttosto fuori strada per un uomo a cavallo. Tuttavia, ragionarono le sorelle maggiori, il tempo e la distanza avrebbero consentito alla passione di raffreddarsi e alla ragione di riprendere il controllo.

Poi un altro dono del destino: quando Mary rientrò a Springfield a settembre, scoprì con sgomento che Mr

Lincoln era partito per un altro lungo viaggio nell'Illinois settentrionale. Non appena tornò alla fine del mese, trascorsero solo alcuni giorni insieme prima che ripartisse per il giro autunnale dei tribunali di contea, da cui sarebbe stato di ritorno solo a novembre.

Elizabeth sperava che Mary si stancasse di aspettarlo e concentrasse l'attenzione su un altro gentiluomo, ma lei si rifiutò categoricamente. I due continuarono a corrispondere e alla fine di ottobre, quando Elizabeth si fece coraggio e pretese di sapere se, contro il parere della famiglia, Mary si fosse legata a lui, l'altra la guardò negli occhi e rispose: «Abbiamo un accordo. Quando Mr Lincoln tornerà, riprenderemo il corteggiamento».

«Benissimo» disse Elizabeth, esasperata. «Fa' come vuoi, e subisci le conseguenze.»

Non si rivolsero la parola per alcuni giorni, ma il gelo passò quando la cugina di Ninian, Matilda Edwards, arrivò per una visita. Splendida e seducente, la diciottenne diventò la giovane dama più ammirata della Cricca, incantando gli uomini tanto con la sua novità quanto con la sua bellezza. Elizabeth si aspettava quasi che Mary fosse gelosa, invece le due diventarono ben presto amiche, forse perché Mary aveva dato il cuore a Mr Lincoln ed era sicura che fosse un uomo troppo onorevole per tradire la sua fiducia.

Elizabeth e Ninian si erano ormai rassegnati al fidanzamento quando Mr Lincoln rientrò a Springfield ai primi di novembre, ma, con loro sollievo, la coppia non ebbe fretta di rendere note le proprie intenzioni. Girò voce che si fossero fidanzati in segreto, tuttavia quando si incontravano agli eventi sociali non davano dimostrazioni esplicite di affetto. All'inizio di dicembre, Elizabeth cominciò a domandarsi se i loro sentimenti si fossero raffreddati, perché i due non sembravano affatto una coppia profondamente innamorata.

«Pensi che a Mr Lincoln piaccia Matilda?» sussurrò Frances all'orecchio di Elizabeth durante una festa di Natale dove Mary teneva banco da una parte della sala e Mr Lincoln deliziava un gruppetto di giovani avvocati con i racconti dei suoi viaggi dall'altra.

«Matilda piace a tutti.» Elizabeth scrutò la folla cercando la giovane cugina di suo marito. «È la ragazza più bella e affascinante di Springfield. Tutti gli uomini sono innamorati di lei, almeno un pochino. Le uniche eccezioni sono mio marito e il tuo.»

«Credo che per Mr Lincoln significhi molto di più.» Frances appoggiò il mento sulla mano mentre osservava la scena: signore dagli stupendi vestiti di velluto e seta che flirtavano con galanti gentiluomini, ragazze ingenue e giovanotti che si mescolavano a donne mature e statisti, con il sottofondo della musica di un quartetto d'archi. «O forse, semplicemente non gli va a genio che Mary sia ingrassata così tanto.»

«Frances!»

«Non voglio essere crudele, ma guardala. È diventata corpulenta. Le cuciture del vestito le tirano.»

«È una cosa orribile da dire.» Tuttavia Elizabeth non poté negare. «Potrei aspettarmelo da Ann, ma non da te.»

«Altri hanno detto di molto peggio, anche se, a quanto pare, non in tua presenza.» Frances inclinò la testa, riflettendo. «Comunque, suppongo che Mr Lincoln sia un uomo troppo onesto per rompere un fidanzamento per l'aspetto fisico di nostra sorella, sempre che *siano* fidanzati e che non sia solo una pia illusione da parte di Mary.»

«Basta così» disse aspramente Elizabeth, sottovoce. I bisticci tra sorelle mettevano a dura prova la sua pazienza. Non erano più bambine che facevano a gara per l'attenzione del papà e l'approvazione della mamma.

Però qualcosa era cambiato tra Mary e Mr Lincoln; questo era innegabile. Mary era ancora incantevole, seppure un po' paffuta, e se Mr Lincoln guardava Matilda con occhi pieni di ammirazione, la stessa cosa si poteva dire di quasi tutti gli uomini della città. Elizabeth desiderava che sua sorella si confidasse con lei come in passato, ma Mary, profondamente offesa dalla discussione del marzo precedente, si rifiutava sia di rivelarle alcunché sui propri sentimenti e sull'accordo con Mr Lincoln sia di comunicare quando, o se, ci sarebbe stato il fidanzamento.

Poi, a Capodanno, Mr Lincoln si presentò all'improvviso a casa degli Edwards, con la voce carica di amarezza e un'espressione cupa. Mary lo ricevette in salotto mentre Elizabeth, Matilda e Ninian si ritiravano per lasciarli soli. Non sapevano cosa aspettarsi, ma le urla che provenivano da dietro l'uscio chiuso li misero in allarme e i singhiozzi acuti che le seguirono suonarono ancora più funesti. Dopo un lungo silenzio, il rumore di passi in corridoio e lo scatto della porta d'ingresso indicarono che il visitatore se n'era andato senza salutarli. I tre si affrettarono a tornare da Mary, che si era accasciata sul sofà, con le lacrime che le scorrevano sulle guance. Con la voce soffocata dal dolore, annunciò che il fidanzamento era finito.

«Mi ha chiesto di lasciarlo libero» spiegò mentre Elizabeth si sedeva al suo fianco, prendendola tra le braccia. «Gli ho detto che l'avrei fatto, ma ho dichiarato che i miei sentimenti sono rimasti immutati, a differenza dei suoi, e che ha il dovere morale di sposarmi.»

«Oh, sorellina.» Elizabeth lanciò uno sguardo angosciato a Ninian. «Sarebbe meglio lasciarlo andare.»

«Sapevo che l'avresti detto.» Mary si divincolò. «Sono certa che la tua disapprovazione sia stato uno dei fattori che l'hanno spinto verso questa decisione.»

Addolorata, Elizabeth la cinse di nuovo con le braccia, dolcemente. «Andrà tutto bene.» La tenne stretta, dondolando piano come se stesse consolando sua figlia. «Andrà tutto bene.»

Nei mesi successivi, Mary si riprese a poco a poco dalla delusione amorosa. Tornò in società quasi subito per mettere a tacere i pettegolezzi, grata di non aver mai annunciato pubblicamente il fidanzamento, così non avrebbe dovuto spiegare cosa fosse successo. All'inizio le sue risate e la sua allegria suonavano forzate e superficiali, ma ben presto parve divertirsi sinceramente, seppure non con la stessa spensieratezza di prima.

Mr Lincoln, invece, aveva un aspetto orribile e distrutto, come un uomo sul punto di perdere la ragione. Ninian confidò a Elizabeth che i suoi amici temevano soffrisse di un esaurimento nervoso da cui non si sarebbe più ripreso. Si mormorava che vedesse il medico ogni giorno e che si definisse l'uomo più infelice della Terra. Saltò una riunione dell'assemblea legislativa e, quando finalmente uscì dalle sue stanze dopo una settimana di isolamento autoimposto, i testimoni che lo incrociarono in strada dissero che era smunto ed emaciato. Non andò più dagli Edwards, naturalmente, ma gli amici comuni tenevano informato Ninian. In primavera, a quanto sembrava, Mr Lincoln era guarito dalla sua profonda angoscia. Girò voce che quell'estate un soggiorno di cinque settimane nella casa di campagna di Mr Speed nel Kentucky gli avesse fatto un mondo di bene.

Passò un anno. Per Mary e Mr Lincoln, la vita continuò separatamente.

Frances e William si erano ormai trasferiti dalla stanzetta alla Globe Tavern in una graziosa casa sulla Sesta Strada, e fu lì che lei diede alla luce una bellissima bambina di nome Mary Jane. Poco dopo, i Wallace invitarono Ann, che all'epoca aveva diciotto anni, a vivere da loro con il pretesto di aiutarli con la neonata, ma anche per cercarle marito. Benché Mary fosse ancora nubile, e generalmente fosse auspicabile che le figlie maggiori si sposassero prima delle minori, i genitori ritenevano ingiusto costringere Ann ad aspettare. Inoltre la mamma aveva avuto altri due bambini da quando Mary era andata a Springfield, e la casa in Main Street era di nuovo troppo affollata.

Secondo Elizabeth, Mary era ben consapevole che il suo ventiquattresimo compleanno si stava avvicinando velocemente e che con il passare del tempo le sue probabilità di sposarsi si riducevano sempre di più. Aveva il morale ora alle stelle, ora sotto i piedi, passando dalla felicità più grande alla depressione più cupa. Quanto a Mr Lincoln, secondo i pettegolezzi, faticava persino ad accennare un sorriso. Era impossibile non avere sue notizie di tanto in tanto, non solo perché avevano molti amici in comune, ma anche perché il cugino Stephen Logan l'aveva preso come socio minoritario all'inizio di quella primavera.

Per mesi, Mary si era mescolata alla società mentre Mr Lincoln la evitava, concentrandosi sullo studio legale, sulle sue responsabilità nell'assemblea legislativa e sulla compagnia di amici comprensivi. A volte Mary diceva che avrebbe voluto vederlo rientrare in società, perché si sentiva molto la mancanza della sua conversazione intelligente e delle sue storielle, e i suoi conoscenti volevano assicurarsi che stesse bene. Elizabeth era orgogliosa che la sorella usasse un tono di amicizia sincera quando parlava in quel modo, senza tradire la tristezza o il rammarico che di certo albergavano nel suo cuore.

Poi, nel settembre del 1842, Mary e Mr Lincoln si incontrarono per caso a un matrimonio. Elizabeth li osservò da una distanza discreta mentre chiacchieravano amabilmente, facendo un ballo e separandosi con sorrisi cordiali. Un'ondata di sollievo si propagò tra i presenti; Miss Todd e Mr Lincoln si erano riconciliati e gli amici comuni non avrebbero più dovuto tenerli lontani o schierarsi con l'una o con l'altro.

In seguito, Mary non parlò mai di lui con la sua famiglia, se non con noncurante indifferenza. Dunque fu uno shock quando, un pomeriggio dei primi di novembre, Ninian si precipitò a casa dal lavoro, fece irruzione in salotto e annunciò a Elizabeth: «Mary e Lincoln si sposano!».

«Cosa?» Lei si alzò. «Sono fidanzati?»

«Sì, e non solo, si sposano oggi. Mi sono imbattuto in Lincoln sulla strada mentre usciva dalla porta del reverendo Dresser, il quale mi ha informato che celebrerà la cerimonia questa sera a casa sua.»

«Si sposano... oggi? Non può essere!»

«Naturalmente ho insistito affinché si scambino le promesse qui da noi.» Ninian si passò una mano tra i capelli. «Altrimenti che figura faremmo?»

Elizabeth annuì, con mille pensieri che le turbinavano nella mente. Come sarebbe riuscita a organizzare un matrimonio decoroso con poche ore di preavviso? «Dobbiamo convincerli a rimandare, anche se solo di un giorno.»

Ninian era d'accordo, così Elizabeth sollevò le gonne e

corse di sopra, in camera di sua sorella, dove trovò Mary che cantava felice mentre riempiva il baule. «Ti sei fidanzata?» riuscì a dire Elizabeth. «Senza dire una parola a me, alla mamma né a nessun altro?»

Mary reagì con un sorriso schivo e una leggera scrollata di spalle. «Dopo tutto ciò che è successo, abbiamo ritenuto che fosse meglio tenere per noi la notizia del rinnovato corteggiamento.»

«Quale corteggiamento? Quando vi siete visti?»

«Ci siamo incontrati a casa di Mrs Francis. È stata lei a farci riconciliare alle nozze di Martinette e Alexander, e ci ha offerto il suo salotto e il suo sostegno affinché potessimo parlare e riaccendere i nostri sentimenti.» Mary sorrise, abbassando gli occhi. «Soltanto noi due sapevamo che i tizzoni avevano continuato ad ardere in tutti questi lunghi mesi.»

Scuotendo la testa, Elizabeth si portò una mano alla fronte, esasperata. Supplicò Mary di rinviare le nozze di un giorno e, anche se all'inizio l'altra la guardò sospettosa, alla fine acconsentì. Poi Elizabeth si mise al lavoro, spedendo una trentina di inviti, reclutando tre damigelle e un testimone, scegliendo un semplice vestito di mussola bianca dall'armadio della sorella e allestendo adeguatamente il salotto.

«Non c'è tempo per organizzare una cena» disse, stizzita, quando si incrociarono sulle scale mentre correvano a sbrigare le varie commissioni. «Anziché preparare una torta, potrei dover ordinare del pan di zenzero.»

«Il pan di zenzero va benissimo per i plebei» la rimbeccò Mary, riferendosi alle precedenti obiezioni degli Edwards sulle umili origini di Mr Lincoln.

Resistendo alla tentazione di risponderle per le rime,

Elizabeth provò a fare una torta, ma la fretta e la distrazione la spinsero a commettere degli errori e il dolce venne male, sgonfio al centro e secco lungo i bordi. Irrecuperabile, insomma.

Il giorno delle nozze, la pioggia cadeva a catinelle, picchiettando contro le finestre del salotto mentre la coppia si scambiava le promesse, leggendole dal *Libro delle preghiere comuni* davanti agli amici e ai familiari riuniti in quattro e quattr'otto. Abraham – perché ormai era così che Elizabeth doveva chiamarlo – infilò al dito di Mary una fede d'oro con incise le parole DA A.L. A MARY, 4 NOVEMBRE 1842. L'AMORE È ETERNO.

Mary era raggiante, Abe sorridente ma solenne. Fu il finale inaspettato di un corteggiamento tumultuoso, ma si amavano, il dado era tratto e finalmente sua sorella sprizzava gioia da tutti i pori, così Elizabeth mise da parte le preoccupazioni e augurò alla coppia ogni felicità.

11
Settembre 1875
FRANCES

Frances sperava che Elizabeth sapesse cosa stava facendo.

Robert credeva che, per colpa dei Bradwell, il Bellevue non fosse più un luogo sereno per sua madre e, sebbene il dottor Patterson avesse asserito nella lettera al *Chicago Tribune* che la considerava ancora pazza, era disposto a dimettere la paziente, se non addirittura ansioso di vederla partire. Frances sospettava che il suo consenso fosse più egoistico che dettato dalla preoccupazione per il benessere di Mary, ma non poteva fargliene una colpa se desiderava una tregua dai Bradwell, dalle loro crociate e calunnie.

Benché il medico ritenesse che Mary dovesse partire subito, Robert aveva preferito essere cauto e chiedere un secondo parere. Su sua richiesta, il dottor Andrew McFarland, il sovrintendente dello State Hospital for the Insane a Jacksonville, nell'Illinois, era andato al Bellevue per visitare la malata, affermando che se si voleva avere una ragionevole speranza di guarigione, Mary avrebbe avuto bisogno almeno per qualche altro mese della pace, della quiete e dell'assistenza competente di un istituto psichiatrico. Secondo il dottor McFarland, un soggiorno a Springfield non avrebbe prodotto alcun vantaggio se non soddisfare l'ardente desiderio di Mary, il cui seme, a quanto pareva, era stato piantato da altri. «Il mio timore è che non appena sarà lontana dal controllo degli attuali tutori della sua incolumità, la sete di ulteriori avventure si impadronirà della sua mente» aveva detto. «Sete che, se assecondata, potrebbe rivelarsi pericolosa per la paziente.»

Robert aveva inviato una copia del referto a Elizabeth e a Ninian, che a loro volta l'avevano mostrata a Frances e Ann. Date le forti raccomandazioni del dottor McFarland, Frances aveva dato per scontato che Robert decidesse di lasciare Mary al Bellevue fin quando non fosse guarita completamente, allontanando allo stesso tempo i Bradwell affinché non potessero più condizionarla. Con suo stupore, invece, lui aveva organizzato il viaggio di sua madre a Springfield e il suo soggiorno da Elizabeth. Ancora cauto, il dottor Patterson aveva imposto due condizioni prima di dimetterla: Mary sarebbe stata seguita da un'infermiera per tutto il tempo e avrebbe dovuto interrompere qualunque contatto con i Bradwell.

In privato, Frances e Ann avevano concluso che il trasferimento di Mary sarebbe stato sconsiderato e potenzialmente rischioso. «Mary deve sempre ottenere tutto ciò che vuole, anche se è dannoso per lei?» aveva chiesto Ann, esasperata. «Se il dottor Patterson non può più aiutarla, mandiamola in un altro manicomio, ma non graviamo Elizabeth di questo fardello.»

«Elizabeth ha sempre creduto che Mary sarebbe stata meglio in un'abitazione privata» le aveva rammentato

Frances, «dove potesse essere assistita da qualcuno che le vuole bene.»

«Be', allora resta solo Elizabeth, no?»

Frances aveva trasalito, offesa. Anche lei voleva bene a Mary e doveva credere che, in cuor suo, anche Ann gliene volesse. Frances non si era offerta di ospitare Mary solo perché pensava che sua sorella sarebbe stata meglio al Bellevue. Era motivata dall'affetto quanto Elizabeth; semplicemente non erano d'accordo su quale fosse la soluzione migliore.

Certe volte Frances si domandava se fosse l'unica delle sorelle Todd a ricordare quanto Mary si fosse tormentata prima di decidere dove andare dopo la tragica morte di Abraham dieci anni prima. Il successore di suo marito, il presidente Andrew Johnson, aveva concesso alla vedova affranta di rimanere alla Casa Bianca per più di un mese dopo che la residenza ufficiale era passata a lui. Un gesto di grande generosità, aveva pensato Frances all'epoca, e lo credeva ancora, benché gli eventi successivi l'avessero indotta a nutrire una profonda antipatia per quell'uomo. Disaffezionata dalle sorelle, Mary non si era rivolta a loro in cerca di conforto in quel periodo angoscioso, perciò le altre avevano saputo solo per vie indirette che, quando era stata costretta a lasciare Washington, si era rifiutata categoricamente di tornare nella casa di cui era ancora proprietaria tra l'Ottava e Jackson Street a Springfield, dove lei e Abraham si erano imbarcati nella vita matrimoniale. L'edificio era troppo pieno di ricordi degli anni felici con suo marito, aveva scritto Mary alla cugina Betsey e, se avesse provato a vivere là, *privata della* sua *presenza e di quella del caro bambino che abbiamo perso a Washington, impiegherei meno di un giorno per perde-*

re del tutto il lume della ragione. Qualche anno dopo, Mrs Keckley aveva scritto nelle sue memorie – che Frances e Ann avevano letto di nascosto, contro la volontà di Mary e di Robert – che la loro sorella aveva giurato di non tornare a Springfield finché non fosse stata avvolta in un sudario, pronta per riposare nella tomba accanto a suo marito. *Che il cielo faccia arrivare presto quel giorno*, aveva aggiunto in tono fervido, parole che avevano procurato a Frances una fitta di dolore. Anche lei aveva perso il marito e seppellito due figli – l'ultimogenito, il quindicenne Charles, solo un anno prima – ma non desiderava morire. Come potevano due sorelle affrontare simili sofferenze in modo così diverso, una con rassegnata determinazione ad andare avanti, l'altra con la malinconica speranza che ogni cosa finisse il prima possibile?

Le affermazioni di Mary sulle proprie circostanze, passate e presenti, erano piene di contraddizioni. Frances sapeva per certo che non tutti i ricordi di Springfield conservati da Mary potevano essere felici – tutt'altro – e che la casa tra l'Ottava e la Jackson non era la prima in cui Mary e Abraham avevano vissuto come marito e moglie. Quella dimora, definita da Mary con gli eufemismi *accogliente* e *pittoresca* nelle lettere ad amici lontani che non l'avrebbero mai vista, era la stessa umile camera alla Globe Tavern che Frances e William avevano preso in affitto subito dopo le nozze. A quattro dollari la settimana per vitto e alloggio, era economica e pulita, ma quelle erano le sue uniche qualità positive, perché non era discreta né confortevole, né tantomeno silenziosa. Diverse aziende di trasporti avevano gli uffici nell'edificio e, ogni volta che arrivava una diligenza, una grossa campana sul tetto suonava forte sopra le teste degli inquilini, spaventandoli a morte. I membri dell'assemblea legislativa e gli avvocati che arrivavano in città per la stagione si riunivano nelle sale comuni al piano inferiore, chiassose e affollate da mattino a tarda sera. I pensionanti dovevano mangiare insieme in una sala da pranzo comune a orari precisi, a prescindere dagli impegni o dalle preferenze individuali. Frances e William avevano tollerato la Globe con buonumore, ripetendosi che era una sistemazione temporanea, ma Mary aveva odiato quel posto quanto Abraham l'aveva amato, abituato com'era ai viaggi faticosi e al vitto condiviso del tribunale distrettuale.

Anche se non potevano permettersi una bella casa, Mary aveva deciso di presentarsi in società come se una villa in cima alla collina, simile a quella della sua sorella maggiore, fosse l'habitat naturale e il destino dei Lincoln. Qualche giorno dopo il matrimonio aveva iniziato a lucidare quel diamante grezzo di suo marito, mandandolo dal sarto a ordinare dei vestiti nuovi – di taglio migliore rispetto a quelli che acquistava prima, fatti di tessuti più pregiati – e cercando di raffinare i suoi modi rozzi, come mangiare il burro con il coltello, sedersi a tavola in maniche di camicia o mettersi il cappello *alla campagnola*, con la mano sul retro della tesa. Abe ce l'aveva messa tutta per assecondare il piano della moglie, finalizzato a perfezionare il suo *aspetto esteriore*, ma spesso aveva ripreso le vecchie abitudini, scatenando le ire dell'aristocratica Mary. Una volta, dopo che, con le sue interminabili lamentele, Mary aveva rovinato un tè con le sorelle a casa di Elizabeth, Ann aveva interloquito in tono aspro: «Se avessi un marito con un cervello come il suo, non mi importerebbe di cosa indossa o di quale forchetta sceglie».

«Hai ragione, naturalmente» aveva ammesso Mary,

pentita. «È assurdo, il modo in cui mi lamento di queste sciocchezze.»

Eppure, dopo una tregua di qualche ora o di qualche giorno, ricominciava da capo.

Frances pensava che avessero ragione entrambe, fino a un certo punto. Sembrava meschino lagnarsi degli occasionali giri di parole fastidiosi e grossolani di Abe se quasi tutti gli uomini dell'assemblea legislativa ammiravano la sua eloquenza quando parlava di questioni legali, ma senza l'abbigliamento e le maniere di un gentiluomo colto non sarebbe mai stato preso sul serio e avrebbe avuto molte più difficoltà a farsi strada. E Mary era determinata a farne, forse fino ad Aristocracy Hill, forse ancora più su.

Nonostante le sue aspirazioni, era stato alla Globe che, nell'agosto del 1843, aveva partorito il loro primogenito, Robert Todd Lincoln, omonimo del papà. Frances l'avrebbe aiutata con il bambino, ma ormai aveva a sua volta un figlio piccolo e William era spesso malato. Se lei e Mary fossero state più legate, probabilmente Frances avrebbe trovato il modo di darle una mano e, col senno di poi, rimpiangeva di non averlo fatto, perché forse il loro rapporto si sarebbe consolidato. Invece Mary si era rivolta a una cameriera e alla moglie di un amico di Abe, che andava a trovarla di tanto in tanto per riordinare o per accudire il neonato mentre lei riposava o sbrigava altre faccende. Il loro aiuto era diventato ancora più indispensabile dopo che Abraham era ripartito per il giro dei tribunali, lasciandola praticamente sola con il bambino per più di sei settimane.

Doveva essersi sentita terribilmente abbandonata, rifletté Frances con una punta di rimorso. Le rincresceva essere stata così assorbita dai suoi crucci da non trovare tempo per sua sorella. Era possibilissimo che Mary avrebbe accettato l'offerta con gratitudine, o anche solo con semplice cortesia, ma era troppo orgogliosa per chiedere una mano.

Quando l'autunno aveva ceduto il passo all'inverno, i pianti notturni del piccolo Robert, seppure non più rumorosi o più frequenti di quelli di qualunque altro neonato, avevano iniziato a infastidire gli inquilini del pensionato, perlopiù uomini celibi non abituati ai bambini. Nel gennaio del 1844, consapevoli di non essere più graditi e avendo bisogno di più spazio e di una cucina tutta loro, Abraham e Mary avevano acquistato una modesta casa dal reverendo Dresser, un cottage di cinque stanze in stile neogreco a pochi isolati dallo studio legale, con una legnaia, una latrina e posto per una carrozza. Non aveva i lussi della dimora di Elizabeth e nemmeno di quella di Frances, ma era robusta ed era tutta per loro, un luogo dove finalmente Mary poteva respirare.

A quel punto aveva iniziato a sostituire l'arredamento, che si era rivelato più malleabile di suo marito. Frances ricordava di essere rimasta colpita da come Mary aveva trasformato il cottage in una casa signorile e confortevole con scaltri acquisti di mobili, suppellettili e metri di calicò economico da cui ricavare tende, tovaglie e così via. Dodici anni dopo, quando lo studio legale di Abe stava prosperando, i Lincoln avevano ampliato e ristrutturato la casa, tramutandola nella dimora che Mary desiderava da tempo. Tra tutti i luoghi in cui aveva vissuto, solo la Casa Bianca era più sfarzosa.

Frances sapeva che nonostante le parole pronunciate da Mary mentre si apprestava con riluttanza a lasciare

Washington, i ricordi che lei, Abe e i loro figli avevano collezionato nel cottage non erano tutti felici, bensì un misto di luci e ombre. Avevano festeggiato in salotto la magnifica notizia dell'elezione di Abe al Congresso nel 1846, ma si erano riuniti nella stessa stanza, scoraggiati dalla prospettiva di un futuro incerto, quando non era stato rieletto dopo un unico deludente mandato. Il loro secondogenito, un maschietto di nome Edward, era nato nel 1846 nel cottage, lo stesso posto in cui sarebbe morto di difterite tre anni e mezzo dopo. Poi, di lì a un anno, la casa aveva visto il ritorno della speranza e della felicità quando Mary aveva dato alla luce un altro figlio, chiamato William Wallace come il marito di Frances, che aveva assistito instancabilmente Eddie durante la terribile malattia. Poco più di due anni dopo, la coppia aveva dato il benvenuto al loro quarto e ultimo figlio – Thomas, ben presto soprannominato Tad – nella stessa stanza in cui erano nati due dei suoi fratelli maggiori. La famigliola era al completo e i genitori indulgenti avevano osservato i figli crescere, pieni di speranza, preoccupazione e ansia per il futuro.

Sotto quel tetto avevano preso forma molti ricordi felici, ma ormai Abe non c'era più da dieci anni e anche Willie e Tad avevano seguito il padre e Eddie nella tomba. Non c'era da stupirsi che Mary, devastata dal dolore e destinata a un futuro tetro, avesse rifiutato perentoriamente di tornare al cottage dopo aver lasciato la Casa Bianca, ed era ancora più strano che ora osasse rientrare a Springfield, con i nervi fragili quanto lo erano stati in quel terribile aprile del 1865.

Frances rifletté su quella curiosa contraddizione. Forse, nonostante ciò che Mary aveva detto dieci anni prima, aveva paura solo della sua vecchia casa, non di tutta la città. L'adorato cottage avrebbe riportato in superficie i ricordi troppo dolorosi delle persone care che aveva perso, mentre la villa degli Edwards aveva soltanto connotazioni positive, perché era stata teatro del suo splendido debutto nella società di Springfield e delle sue nozze, dove aveva donato per sempre il cuore al suo unico grande amore. Quanto a Elizabeth, nonostante il loro allontanamento, era ancora un'amorevole figura materna e di consolazione per Mary, come per tutti gli altri fratelli che aveva aiutato a crescere dopo la morte della loro madre.

Da quel punto di vista, il bisogno urgente, da parte di Mary, di cercare rifugio nella villa su Aristocracy Hill, che in passato era stata invitata a considerare propria fin quando l'avesse voluto, era del tutto logico e razionale, non l'impulso strano e pressante di una mente squilibrata, bensì il naturale desiderio di tornare a casa. Più difficile da capire era la disponibilità di Elizabeth a ospitare una sorella fragile e inquieta che da tempo aveva interrotto i contatti con lei.

Però Mary stava per arrivare. Frances e Ann non sapevano come aiutare Elizabeth. Quando le chiesero con esitazione se volesse che fossero presenti per dare il benvenuto a Mary, lei aveva riflettuto sulla proposta, per poi scuotere la testa. «Credo che dovremmo permetterle di ambientarsi tranquillamente, con la minore agitazione possibile. Un'accoglienza troppo chiassosa potrebbe metterla in subbuglio.»

«Ma Mary ha sempre amato essere al centro dell'attenzione» obiettò timidamente Ann. Tuttavia Frances era d'accordo con Elizabeth, così decisero che lei e Ann sarebbero andate dagli Edwards per un tè il secondo giorno dopo l'arrivo di Mary. Se quest'ultima fosse stata abbastanza bene per tentare una riunione più ambiziosa, il marito di Ann e i figli adulti delle sorelle avrebbero potuto unirsi a loro per cena la settimana successiva.

Il 10 settembre, dopo quattro mesi al Bellevue Place, Mary lasciò l'istituto psichiatrico sotto lo sguardo vigile di un'inserviente. Viaggiarono in carrozza fino a Chicago, dove incontrarono Robert alla stazione e presero il treno per Springfield. Il dottor McFarland aveva incaricato un'infermiera di andare dagli Edwards l'indomani; avrebbe dormito nella camera attigua a quella della paziente e si sarebbe presa cura di lei per l'intera durata della visita. Perché *era* una visita, sottolinearono tutti gli interessati; non era un trasferimento, bensì un esperimento per vedere come Mary se la sarebbe cavata fuori dall'ambiente protetto del manicomio.

Qualche ora dopo, Frances sentì il fischio del treno e, lanciando un'occhiata all'orologio sulla mensola del camino, ebbe un tuffo al cuore nel rendersi conto che Mary e Robert erano arrivati. Il resto della giornata passò tra curiosità e apprensione mentre cercava di immaginare cosa stesse accadendo dagli Edwards. Mary sarebbe stata calma o turbata? Lei ed Elizabeth si erano riconciliate a prima vista, oppure le loro conversazioni erano tese e cariche di vecchi rancori? Dibattuta tra l'impazienza e la paura, Frances fu grata del messaggio che Elizabeth le inviò quella sera per informarla che Mary era arrivata sana e salva e si era sistemata comodamente nella sua vecchia camera. Il mattino seguente, la premurosa sorella maggiore mandò la cameriera con un altro biglietto per comunicarle che Mary aveva dormito bene, aveva fatto un'abbondante colazione ed era impaziente di vedere lei e Ann l'indomani.

Il solo pensiero mise Frances in agitazione.

Il pomeriggio del 12 settembre, Ann andò a prenderla con la carrozza; dovette fare una deviazione, ma cadeva una pioggerella sufficiente a rendere molto sgradevole una camminata. Parlarono poco mentre attraversavano la città e risalivano Aristocracy Hill fino alla casa degli Edwards, che conoscevano bene quasi quanto le proprie.

«Pensi che farà una scenata?» domandò Frances, nervosa, quando si fermarono sul vialetto.

«Mary fa sempre scenate.» Ann si sistemò i guanti. «Resta solo da capire fino a che punto sarà orribile.»

«O piacevole» protestò Frances. «Mary sa essere irresistibile, quando vuole.»

Alzando gli occhi al cielo, Ann scese dalla carrozza. «Anni or sono, quando era necessario.» Si voltò per vedere se Frances avesse bisogno di aiuto per smontare.

Così premurosa verso una sorella, così sprezzante verso l'altra. Frances trattenne un sospiro mentre si avvicinavano alla porta d'ingresso. Rimpianse di aver mai fatto comunella con Ann per punzecchiare Mary o spettegolare alle sue spalle. Lei aveva perso quell'abitudine ma, a quanto pareva, l'altra non se ne sarebbe mai liberata.

Se Ann aveva sperato di trovare Mary farneticante o intontita, doveva essere rimasta molto delusa dalla scena calma e tranquilla che ebbe luogo in salotto quando le quattro sorelle Todd più grandi presero il tè insieme per la prima volta dopo anni. I lucidi capelli castani di Mary si erano ingrigiti e gli occhi azzurri, una volta luminosi, sembravano stanchi e gonfi. Le salutò gentilmente, ma con riserbo, a metà tra la familiarità di una sorella e la garbata condiscendenza di una first lady. Ninian aveva avvisato Frances di non menzionare il manicomio, così lei le chiese – in modo cauto e indiretto – come stesse.

«Un poco provata dal viaggio.» Mary fece un sorriso ironico. «Ma, per il resto, perfettamente in me.»

Incoraggiata dalla battuta spiritosa, Frances sorrise a sua volta.

Mary chiese educatamente dei loro figli e nipoti, e loro fecero altrettanto. Quando lei disse che Robert aveva ripreso il treno per Chicago quel mattino a causa di un urgente impegno di lavoro, Frances non notò la minima traccia di risentimento o ostilità nella sua voce. Mary sorrise, anzi, scoppiò addirittura a ridere nel raccontare un episodio divertente su Mamie, la primogenita di Robert, e ascoltò con interesse le notizie sui vecchi amici di Springfield che aveva perso di vista. Di tanto in tanto si dimenava o si torceva le mani, e in due occasioni sobbalzò sulla sedia e si guardò sopra la spalla come se avesse udito una porta sbattere o un vetro in frantumi, ma per il resto sembrava stare bene, anche se stanca, come lei stessa aveva ammesso.

Si separarono abbracciandosi e promettendosi di rivedersi presto. Siccome era filato tutto liscio, Frances non si sorprese quando, il giorno dopo, ricevette un invito per sé, Mary Jane, Will, Fanny e Ed a una cena di famiglia dagli Edwards per il martedì seguente.

Robert tornò a Springfield per l'occasione, che, contrariamente alle aspettative, si rivelò una serata piacevolissima. Sì, Robert tenne d'occhio sua madre per tutto il tempo, come se temesse che da un momento all'altro potesse mettersi a urlare o a piangere, ma Mary rimase calma per l'intera cena, un'ospite impeccabile, grata di essere in compagnia e di ricevere tutte quelle premure da Elizabeth.

«Questo comportamento irreprensibile non può durare» predisse Ann mentre Clark aiutava prima lei e poi Frances a salire sulla carrozza per tornare a casa. Eppure i giorni passarono senza che nulla confermasse i suoi timori. Accompagnata dal nipote Lewis, Mary fece passeggiate e gite in carrozza; si rallegrò delle visite di parenti e vecchi amici fidati; prese il tè da Frances e cenò da Clark e Ann. Per tutto il tempo, Frances ebbe l'impressione che lei, le sorelle e i loro mariti trattenessero il respiro, sperando che le cose continuassero ad andare bene. Con loro stupore e sollievo, fu così. Anzi, Mary sembrava migliorare di giorno in giorno.

«Non potevi sapere che sarebbe filato tutto liscio» disse Frances a Elizabeth un pomeriggio. Era arrivata di proposito in anticipo per il tè, in modo da poter parlare da sola con la sorella. «Dopo tutto ciò che avevamo letto nei giornali sulle sue condizioni e le raccomandazioni dei medici circa la sua permanenza in manicomio, perché le hai permesso di venire?»

Elizabeth allargò le mani, corrugando la fronte. «Per abitudine, suppongo. Sono la più grande. Mi prendo cura di lei da quando io stessa ero poco più di una bambina. Perché non ora, che ha più bisogno di me?»

«Avevi ogni ragione per rifiutare. Due specialisti le avevano sconsigliato di viaggiare. La tua decisione non può essere stata dettata dalla semplice abitudine.»

D'un tratto Elizabeth aveva le lacrime agli occhi. «Forse sono più incline a solidarizzare con Mary perché credo che la pazzia, pur essendo nuova nella nostra famiglia, non riguardi soltanto lei.»

«Cosa intendi?»

«Non ne parla mai nessuno, ma nostro nonno, Levi Owen Todd, è morto in manicomio.»

Frances la studiò, incredula. «No, è morto in ospedale, di consunzione.»

L'altra scosse la testa, rabbuiandosi. «Questa è la versione ufficiale. Il papà e la nonna Parker me ne hanno raccontata una diversa. Pensavo che forse l'avessero riferita anche a te.»

«Nemmeno una parola.» Scossa, Frances si premette la mano sulla fronte. Se Elizabeth avesse taciuto, lei avrebbe vissuto per il resto dei suoi giorni credendo in una menzogna.

L'altra giunse le mani all'altezza della vita. «Ho osservato segni di pazzia anche nella mia cara Julia.»

Trasalendo, Frances le prese la mano. «No, non Julia!»

Elizabeth le strinse forte le dita e annuì, con una lacrima che le scivolava lungo la guancia. «L'ho sospettato per la prima volta quando aveva solo tredici anni» riprese, con la voce ridotta a poco più di un sussurro. «Una malinconia e una mania che sono emerse e poi scomparse rapidamente, per poi ripresentarsi come accade con le stagioni. I sintomi si sono aggravati con la nascita di ogni bambino e sono stati notati chiaramente da tutti coloro che la circondano, soprattutto da me e da suo marito.»

«Ma... ma deve stare bene se le hanno permesso di accompagnare Edward all'estero, così lontano da casa...»

«Sì, è stata benissimo negli ultimi anni.» Elizabeth fece un profondo respiro tremolante. «Ma non si sa mai. Vivo nel terrore che la depressione la assalga di nuovo e che questa volta rimanga per sempre. Come posso abbandonare Mary quando, un giorno, potrei aver bisogno di una sorella o di una cugina che faccia per la mia amata figlia ciò che io sto facendo ora per lei?»

Frances la abbracciò in silenzio, accarezzandole dolcemente la schiena affinché potesse ricomporsi prima che arrivassero le altre sorelle. Non aveva mai immaginato che Elizabeth fosse tormentata da segreti così atroci. Ora la sua decisione di ospitare Mary aveva perfettamente senso, eppure non appariva più saggia. Ignorando gli avvertimenti espliciti del dottor Patterson e del dottor McFarland, Elizabeth aveva forse anteposto l'emotività alla sicurezza?

Per tutta la permanenza di Mary, aggiornò Robert sulle condizioni di sua madre con lettere giornaliere in cui descriveva le sue abitudini e i suoi umori. *Posso dire sinceramente che non era così serena da anni*, scrisse alla fine della prima settimana. L'esperimento sembrava riuscito e Frances sapeva che Robert aveva iniziato a domandarsi se forse Mary avrebbe avuto più probabilità di guarire dagli Edwards che al Bellevue Place.

Il 20 settembre pregò il dottor Patterson di visitarla di nuovo e di dargli un consiglio.

Non sono in grado di riferire molti cambiamenti nello stato mentale di Mrs Lincoln dall'ultima volta che l'avete vista, scrisse il dottor Patterson in una missiva che poi Robert mostrò alle zie. *Non esito ad asserire che è peggiorata in conseguenza dei suoi contatti con il giudice e Mrs Bradwell e che, da quando hanno interrotto visite e lettere, sta di nuovo meglio e continua a fare progressi.* Quanto al trasferimento permanente dal Bellevue Place alla casa di sua sorella, siccome Mary aveva rispettato tutte le condizioni imposte per la visita, il medico ammetteva che si sarebbe dovuto tentare un soggiorno più lungo.

Così il ritorno di Mary in istituto fu rinviato a data da destinarsi, anche se, come Frances osservò con apprensione, il dottore non l'aveva mai dichiarata guarita.

12

1854-1856

EMILIE

Benché Emilie fosse perfettamente soddisfatta e coccolata a Buena Vista con la mamma e i fratelli, desiderava seguire le sorellastre a Springfield come aveva seguito Mary alla Ladies' Academy di Madame Mentelle, seppure come studentessa diurna. I racconti delle sue sorellastre sulla Cricca e sulla società di Springfield l'avevano affascinata per anni, popolando la sua immaginazione di incantevoli giovani dame con abiti eleganti che si mescolavano a bei gentiluomini durante balli e feste, tra musica, danze, amoreggiamenti e vivaci conversazioni sulla letteratura e sulla politica. Emilie era poco interessata alla politica di per sé, ma rispettava gli uomini con l'ambizione di ottenere una carica, e ammirava le donne che sapevano discuterne e dibattere questioni di diritto con la stessa abilità di un membro dell'assemblea legislativa.

Adorava Mary e suo marito fin da quando avevano fatto visita ai Todd a Lexington per il primo – e, fino a quel momento, unico – mandato di Abe al Congresso. Quando Mary era tornata a Buena Vista nell'estate del 1851, aveva colpito e allietato Emilie con la sua arguzia e il suo brio. Lusingata dall'attenzione della sorellastra e affascinata dalla sua leggiadria, Mary aveva cominciato a nutrire un interesse particolare per lei e il loro legame d'affetto si era consolidato. Il giorno prima di partire, Mary aveva abbracciato l'amata Sorellina, promettendo che quando fosse diventata maggiorenne sarebbe potuta andare a Springfield e vivere con lei, Abe e i loro tre figli finché avesse voluto.

Emozionata, Emilie aveva desiderato che i mesi volassero rapidi fino al suo diciottesimo compleanno, quando la mamma aveva promesso di considerare l'invito. Erano passati tre anni da quando Ann, l'ultima delle sorelle Todd a trasferirsi a Springfield per trovare marito, aveva sposato Clark Moulton Smith. Nella loro bella casa in South Fifth Street, nello stesso isolato della Governor's Mansion, Ann aveva partorito due maschietti, Lincoln e Edgar. I tempi sembravano maturi perché un'altra sorella Todd conquistasse la società di Springfield. Con impazienza crescente, Emilie aveva contato i giorni che mancavano alla data fatidica, ma aveva dovuto faticare per convincere la mamma a darle il permesso di partire. Una volta ottenuta la sua benedizione, la ragazza aveva scritto a Mary che finalmente poteva accettare l'invito. Aveva preparato il baule ed era salita sul treno per Springfield, piena di fervide speranze e desideri ingenui che non vedeva l'ora di realizzare.

Varcò la soglia della casa dei Lincoln, dove Mary la accolse con un gridolino di gioia e un abbraccio sincero, in una fredda e luminosa giornata di dicembre. Abe le strinse la mano e le diede un caloroso benvenuto, con gli occhi scuri che brillavano di gentilezza e affetto. Robert era a scuola, ma Willie e Tad – gioiosamente rumorosi, allegri e turbolenti – si precipitarono a salutare la zia prima di correre via di nuovo.

Elizabeth, Frances, Ann e i loro mariti li avrebbero raggiunti per cena quella sera, ma Emilie ebbe il tempo di riscaldarsi accanto al fuoco con una tazza di tè prima che Mary le mostrasse la sua camera e la aiutasse a sistemarsi. «Sei arrivata in un periodo molto frenetico» disse mentre le dava una mano a disfare i bagagli. «Ti aspettano moltissime feste di Natale, balli e cene! Al paragone, la cena di questa sera ti sembrerà tranquilla.»

Tuttavia gli eventi mondani non erano l'unica cosa a tenerla impegnata in quei giorni, spiegò. Abe era nel bel mezzo di un'altra campagna.

«Pensavo che avesse lasciato la politica per concentrarsi sul nuovo studio legale» disse Emilie, sorpresa. Sapeva che dopo il mandato al Congresso suo cognato aveva sperato di ottenere certe cariche politiche; le nomine a cui era interessato erano andate ad altri uomini, però, e invece si era visto offrire il titolo di governatore del Territorio dell'Oregon. Spesso Mary aveva lampi di intuizione che, negli anni, si dimostravano quasi sempre azzeccati, e aveva dichiarato che accettare quell'incarico gli avrebbe precluso la possibilità di diventare, un giorno, presidente. Emilie non poteva sapere se Abe si fosse fidato della sua chiaroveggenza o se semplicemente non avesse voluto sradicare la famiglia, ma suo cognato aveva rifiutato la nomina. A quanto ne sapeva lei, da allora non aveva più cercato un ruolo attivo nel governo.

«È vero che la giurisprudenza occupa la maggior parte del suo tempo» disse Mary. «Si era stancato di essere il socio minoritario di nostro cugino, perciò ha deciso di aprire un nuovo studio legale e di assumere a sua volta un socio minoritario.» Fece una smorfia. «Purtroppo ha scelto l'orribile William Herndon, colui che ha provato a lusingarmi dicendo che danzavo con la grazia di un serpente.»

Emilie rise. «Spero che Mr Herndon sia più eloquente nell'aula del tribunale che nella sala da ballo.»

«Anche se non lo fosse, non credo che a Abe importerebbe. Si ostina a dividere tutti gli onorari con lui, cinquanta e cinquanta. Eppure, quando era il socio minoritario del cugino Stephen, a lui toccava solo un terzo.»

«Il tuo Abe è molto generoso.»

«Fin troppo. Mr Herndon non merita la metà degli onorari. Come avvocato non vale la metà del mio Abe, e come uomo nemmeno un quarto.»

Perplessa, Emilie alzò gli occhi dal cassetto del comò in cui stava sistemando le calze piegate. A quanto pareva, il commento infelice dell'ex corteggiatore infastidiva ancora Mary a distanza di anni. La mamma le aveva detto che la sua sorellastra non dimenticava mai un affronto; forse non aveva esagerato.

Liquidando l'argomento con un gesto della mano, Mary riprese ad appendere i vestiti di Emilie nell'armadio, spiegando come l'approvazione del Kansas-Nebraska Act avesse riacceso l'interesse di Abe per le cariche politiche. La legge ribaltava il Compromesso del Missouri del 1820, che aveva limitato la diffusione dello schiavismo ai territori a sud del confine meridionale del Missouri. Per decenni, la nazione era stata divisa da una linea che correva da est a ovest tra gli stati schiavisti del Sud e gli stati liberi del Nord, e la situazione nei nuovi stati dipendeva esclusivamente dalla geografia. Il Kansas-Nebraska Act stabiliva invece che i nuovi stati nati nelle zone territoriali avrebbero lasciato dirimere la questione al voto popolare.

«Ma non è auspicabile?» chiese Emilie. «Mettere simili decisioni nelle mani del popolo è democratico, no?»

«Non se il popolo desidera perpetuare una mostruosa ingiustizia.» Mary chiuse energicamente l'anta dell'armadio. «Bisogna impedire che lo schiavismo si diffonda oltre i confini attuali. Abe lo definisce un cancro.»

«Santo cielo.» Emilie si sedette sul bordo del letto. «Un cancro?» Cosa doveva pensare suo cognato dei Todd a Lexington, e dunque anche di lei, per averlo alimentato?

Mary la guardò calma. «Sono cresciuta in una famiglia di schiavisti, come te. Presumo di avere più esperienza e conoscenza di questa *peculiare istituzione* rispetto a mio marito. Dico che non ha tutti i torti, e riteniamo entrambi che la maggior parte delle persone la pensi come lui. Persino Ninian continua a essere assolutamente contrario allo schiavismo, pur avendo cambiato partito ed essendo diventato democratico. Peggio per lui.»

Emilie fece una risatina incerta. «Alla mamma non farebbe piacere sapere che Abe è abolizionista.»

«Non vedo alcuna ragione per dirglielo.» Mary scrollò le spalle con indifferenza. «Anche se non cambierebbe nulla. Non ci lasciamo condizionare dalle sue opinioni.»

Aggiunse che Abe si era sentito ispirato quando un altro cugino Todd, Cassius Clay, aveva condotto una campagna contro il Kansas-Nebraska Act nell'Illinois, dichiarando che i whig, i membri del Free Soil Party e i democratici dalle idee affini dovevano unirsi per impedire l'insidiosa diffusione dello schiavismo. Si era anche commosso leggendo le trascrizioni dei discorsi di Frederick Douglass, l'ex schiavo diventato attivista per l'abolizionismo, che lamentava come la sua gente non avesse Stephen Douglas dalla sua parte, ma solo la verità, la giustizia e l'umanità.

Guarda caso, l'ex corteggiatore di Mary e lo storico rivale di Abe era diventato uno dei più strenui difensori di quella legge.

Alla fine dell'estate, Abe si era imbarcato in una campagna per denunciare l'espansione dello schiavismo, e quei discorsi avevano convinto i suoi sostenitori a Springfield a candidarlo come rappresentante statale. Cosa ancora più importante, avevano pubblicato l'annuncio della sua candidatura senza informarlo né chiedere il suo consenso, mentre lui era fuori città e non poteva intervenire. Aveva altre ambizioni ma, quando l'annuncio non autorizzato aveva suscitato grande entusiasmo, amici e simpatizzanti l'avevano convinto a restare in gara. Il 7 novembre era stato rieletto all'assemblea legislativa dell'Illinois.

«È magnifico» esclamò Emilie. Anche se non erano d'accordo sulla questione dello schiavismo, sapeva che Abe era un uomo dall'intelligenza e dall'integrità impareggiabili e che meritava una posizione così illustre. «Quando si insedierà?»

«Mai. Meno di tre settimane dopo ha formalmente rifiutato la carica. Vedi, nel nostro stato è contro la legge che un membro dell'assemblea legislativa venga eletto al Senato degli Stati Uniti, ed è quella la carica a cui Abe aspira.»

Emilie trasalì. «Ha rifiutato il seggio nell'assemblea legislativa dell'Illinois per candidarsi al Senato?»

«È un azzardo» ammise Mary, con il viso che però splendeva della certezza che valesse la pena correre il rischio. «Sacrificando una carica per ottenere l'altra potrebbe ritrovarsi con un pugno di mosche. Eppure le folle entusiaste che incontra durante i giri di conferenze sono schierate così saldamente dalla sua parte che ritiene di avere ottime probabilità di vittoria.»

La questione si sarebbe risolta con una speciale elezione legislativa per sostituire il senatore in carica alla fine di gennaio. Nel frattempo, il compito di conquistare i membri dell'assemblea legislativa che avrebbero scelto il successivo senatore dell'Illinois era rimasto in sospeso. Per fortuna, Abe non avrebbe dovuto faticare da solo. Oltre agli amici e ai colleghi politici, aveva Mary, che gli mostrava articoli di giornale pertinenti, discuteva con lui dei problemi e lo aiutava a chiarire le linee d'azione e a ideare le strategie. Quando lui viaggiava, lei cercava di captare i pettegolezzi, distingueva tra verità e dicerie e, al suo ritorno, lo aggiornava sugli eventi principali. Abe preferiva provare i discorsi ad alta voce e Mary, che ascoltava attentamente, faceva domande perspicaci e dava consigli, era il pubblico ideale. Non poteva accompagnare suo marito lungo i corridoi della sede dell'assemblea legislativa statale, raccogliendo consensi e osservando i rivali, ma poteva aiutarlo a prepararsi.

Emilie assisteva spesso a quelle prove, stupendosi non solo della magistrale oratoria di Abe e dell'acuta comprensione di questioni complesse da parte di Mary, ma anche del modo in cui la coppia lavorava insieme, con personalità molto diverse eppure così armoniose. Non riusciva a immaginare il papà e la mamma che collaboravano in quella maniera, e si domandò se non dovesse aspirare a un matrimonio più egualitario del loro, l'esempio che conosceva meglio e che, fino a quel momento, aveva creduto di voler imitare.

Per quanto affascinata, Emilie passò relativamente poco tempo a osservare Abe e Mary che si preparavano per le elezioni perché, come aveva promesso sua sorella, era arrivata quando la stagione era in pieno fervore. Con

Mary come chaperon indulgente e consigliera su qualunque cosa – dall'abbigliamento alle pettinature, alla conversazione arguta – Emilie si imbarcò in un piacevolissimo vortice di cene, balli, serate mondane e gite in slitta. Fece amicizia con diverse incantevoli giovani dame e si ritrovò a essere molto ammirata da numerosi gentiluomini, tutti abbastanza gradevoli, abbastanza belli e abbastanza bravi a ballare, nessuno dei quali però le fece battere forte il cuore o diventò oggetto di squisite fantasticherie.

Per quanto amasse essere la più bella ragazza dell'alta società della stagione, come la definiva Mary con orgoglio, Emilie apprezzava anche le riunioni più tranquille e più intime con le sorelle e le loro famiglie. Le sorelle Todd si incontravano almeno un pomeriggio la settimana per il tè nel salotto di Ann, e ogni domenica, con i mariti e i bambini, cenavano insieme nella sontuosa sala da pranzo di Elizabeth. Emilie, che adorava i suoi giovani nipoti, fu lieta di prendere in mano l'ago per aiutare a preparare il corredo per le nozze di Julia a giugno.

«Per allora potresti avere il tuo fidanzamento da annunciare» la punzecchiò Ann quando le sorelle si radunarono per cucire in un nevoso pomeriggio di metà gennaio. Emilie arrossì e le altre sorrisero, ma lei ebbe un piccolo tuffo al cuore. Aveva conosciuto quasi tutti i buoni partiti di Springfield e, benché molti di loro fossero perfettamente accettabili, in realtà non aveva un debole per nessuno, non nel modo che aveva immaginato romanticamente quando contava i giorni che mancavano al suo diciottesimo compleanno e all'inizio della sua splendida avventura a Springfield.

Intanto le elezioni furono un'interessante distrazione. Il senso di trepidazione che aveva caratterizzato la sua visita fin dall'inizio si intensificò verso la fine di gennaio. Il giorno delle elezioni, Emilie si svegliò scoprendo che fuori dalla finestra imperversava una bufera, ma ben presto smise di angosciarsi quando Abe le disse che il voto era stato rimandato di una settimana e un giorno. Il tempo passò lentamente, portando ansia e paura in una famiglia in cui prima sentimenti simili non erano quasi esistiti.

Alla fine, l'8 febbraio, Emilie raggiunse Mary per seguire le elezioni dalla galleria della sede dell'assemblea legislativa, che crepitava letteralmente di smania e impazienza, intensificate dal rinvio. Secondo le previsioni più ottimistiche, a Abe mancavano pochi voti per ottenere la maggioranza richiesta, ma sperava che aumentassero da uno scrutinio all'altro.

Dopo il primo turno, Mary afferrò il braccio di Emilie e strinse le labbra nel coraggioso sforzo di trattenere l'esultanza. Soltanto sei voti alla vittoria e, siccome nessun candidato aveva rivendicato la maggioranza, sarebbe stata indetta un'altra votazione, durante la quale Abe avrebbe sicuramente ottenuto altre preferenze. Dopo lo scrutinio successivo, tuttavia, con i cambiamenti di rotta dei membri dell'assemblea, suo marito registrò una perdita netta di due voti. Al terzo scrutinio ne vide svanire altri due. Si continuò così per ore, con l'atmosfera sempre più tesa e spasmodica, a mano a mano che i candidati guadagnavano e perdevano terreno e prima l'uno e poi l'altro parevano sul punto di ottenere la maggioranza.

Poi, al settimo scrutinio, uno dei quattro candidati si ritirò dalla competizione e si impegnò a cedere i suoi voti a Lyman Trumbull, che, come Abe, era contrario al Kansas-Nebraska Act. Ora Trumbull aveva più voti di quanti Abe ne avesse mai avuti in qualunque conteggio, e all'ottavo turno ne ricevette altri diciotto. Per tutto il tempo, il governatore Joel Matteson, il principale candidato democratico, aveva raccolto costantemente voti dai difensori della legge. Sembrava inevitabile che, se gli elettori contrari al Kansas-Nebraska Act non fossero riusciti a consolidare il loro appoggio a un unico candidato, l'avversario schiavista avrebbe vinto.

«Mio marito si sacrificherà» sussurrò nervosamente Mary all'orecchio di Emilie con voce incrinata. Qualche minuto dopo, infatti, Abe cedette i suoi quindici voti al rivale whig per assicurarsi che un abolizionista ottenesse la maggioranza e vincesse le elezioni.

Persino Emilie, una neofita politica, giudicò quel gesto una grande dimostrazione di lealtà al partito e un notevole sacrificio personale da parte di suo cognato. Fu solo in seguito, quando la seduta fu aggiornata e gli uomini iniziarono a lasciare l'edificio, che Abe scoprì come i suoi avversari avessero concordato in anticipo il dirottamento improvviso dei voti verso un singolo candidato, sperando che sarebbe bastato per avere la maggioranza. La loro manovra era stata vana, ma solo perché lui aveva anteposto il bene comune al proprio successo.

Aveva scommesso il suo seggio nell'assemblea legislativa statale sulle elezioni senatoriali, e aveva perso entrambe le cose.

Nei giorni seguenti parve più sollevato all'idea che quelle tribolazioni fossero terminate che dispiaciuto per non aver vinto. «L'agonia è finita, per fortuna» disse in tono mesto il mattino dopo, quando Emilie gli chiese dolcemente come si sentisse. «È stata molto dura, ma forse l'elezione di Trumbull sarà più utile per la causa.»

«Fatti coraggio» lo consolò Emilie. «Dalle ceneri della delusione può ancora derivare un grande trionfo.»

«Lo terrò a mente, Sorellina.» Lui fece un sorriso affettuoso.

Emilie ricordò quell'aforisma quando iniziò l'estate e lei non era più vicina al fidanzamento di quanto lo fosse stata il giorno del suo arrivo. A giugno, le sorelle Todd e le loro famiglie festeggiarono il matrimonio di Julia Edwards con Edward L. Baker, avvocato amico di Abe e direttore e comproprietario dell'*Illinois State Journal*. Poi, nelle sue lettere, la mamma cominciò prima ad accennare, e poi a dichiarare apertamente, che forse la ragazza stava approfittando dell'ospitalità dei Lincoln. Nonostante i dinieghi di Mary, Emilie si rese conto che il suo soggiorno a Springfield doveva terminare.

Tornò a Lexington senza una promessa di matrimonio, senza neppure la probabilità di una proposta. Nelle settimane successive, Mary le spedì molte lunghe lettere fitte di notizie sulla famiglia e sui suoi nuovi conoscenti. Non mancava mai di concludere invitando Emilie a tornare a Springfield ogni volta che avesse voluto, ogni volta che la mamma glielo avesse permesso.

Guarda caso, la ragazza non ne ebbe bisogno, almeno non per le ragioni sottintese.

Una volta che si fu riabituata alla vita a Buena Vista dopo tutti quei mesi di assenza, durante un ballo le presentarono un giovanotto, un gentiluomo che, ai suoi occhi, superava tutti quelli che aveva conosciuto a Springfield. Benjamin Hardin Helm, laureato a West Point e proveniente dalla contea di Hardin, nel Kentucky, era così bello – un metro e ottanta, forte e atletico, portamento militare, carnagione rosea, lineamenti armoniosi e penetranti occhi azzurri – che, quando si inchinò verso la sua mano per la prima volta, le tolse quasi il respiro. Iniziarono il corteggiamento e, nel giro di qualche mese, Mr Helm dichiarò di essere profondamente innamorato di lei. Non più di quanto lei lo fosse di lui, si disse Emilie.

Si sposarono a Buena Vista meno di un anno dopo, nel marzo del 1856, sicuri che la gioia e la soddisfazione avrebbero riempito i loro cuori e la loro casa per il resto della vita. Come aveva fatto Abe una volta, Ben prestava servizio nel tribunale di contea. Lui ed Emilie apprezzavano così tanto la compagnia reciproca da decidere che lei l'avrebbe seguito nei viaggi anziché permettere al lavoro di suo marito di separarli, come era accaduto fin troppo spesso a Abe e Mary.

Così dalle ceneri della delusione a Springfield derivò il grande trionfo del matrimonio con l'uomo che Emilie amava di più al mondo.

La ragazza pregò con fervore che il vecchio adagio si dimostrasse vero per Abe quanto lo era stato per lei.

13
Ottobre-novembre 1875
ANN

Dal suo ritorno a Springfield, Mary era stata così gentile, allegra e cordiale con Ann che quest'ultima si insospettì. Non erano mai state legate come dovrebbero esserlo due sorelle, anche se i loro rapporti erano migliorati negli anni del matrimonio tra Mary e Abe. Ann aveva sempre stimato il cognato, anche quando Elizabeth l'aveva convinta che non fosse adatto per Mary. Una preoccupazione infondata, come era emerso in seguito. Quanto a suo marito, Clark aveva ammirato Abe quasi al punto di idolatrarlo, soprattutto dopo che era diventato presidente. Forse, rifletté Ann, il loro affetto per Abe l'aveva aiutata a vedere Mary sotto una nuova luce. Forse avrebbero potuto essere molto affiatate se l'altra non avesse rovinato ogni cosa acquisendo un'insopportabile arroganza quando era diventata first lady. Ann si era lamentata con amici comuni della pretesa di Mary che gli altri si rivolgessero a lei come se fosse la regina Vittoria. Alla fine quella voce era arrivata all'orecchio di sua sorella, che si era offesa e aveva assunto un atteggiamento ancora più altezzoso.

Ora Ann non sapeva cosa pensare. All'inizio di quella primavera aveva creduto che Mary avesse finto di essere malata per suscitare la compassione della famiglia e del pubblico, ma soprattutto del Congresso, affinché accettasse di aumentarle la pensione. Vedendola dopo le dimissioni dal manicomio, tuttavia, era rimasta scioccata dal suo viso pallido e invecchiato e dai suoi modi remissivi. Mary era sempre stata vanitosa e non si sarebbe mai lasciata andare, neppure per portare avanti un piano remunerativo. L'unica spiegazione plausibile era che fosse troppo depressa per curarsi dell'aspetto esteriore, a cui un tempo aveva tenuto moltissimo.

Sì, Mary si interessava ancora alla moda, ma il suo desiderio di nuovi abiti e tessuti pregiati sembrava ossessivo, un sintomo della malattia mentale. Ordinava capi su misura che non indossava mai, poi cambiava idea e acquistava metri di stoffa – sempre nel nero del lutto – che lo stesso non usava per confezionare abiti. Allorché Ann disse a Elizabeth che quel bisogno urgente e incessante di fare compere poteva essere una mania, l'altra dissentì nettamente. «I suoi acquisti, seppure superflui, non sono eccessivi, considerando quanto può permettersi. Se tutti ci limitassimo a adottare un atteggiamento di indifferenza verso le sue spese, forse si metterebbe meno sulla difensiva e sarebbe più disposta a discuterne.»

Quando Ann continuò a essere scettica, Elizabeth si affrettò a ricordarle quanti progressi Mary avesse fatto dalla sua uscita dall'istituto psichiatrico. Il suo colorito era molto più roseo e gli occhi più limpidi. Non si agitava più sulla sedia e aveva smesso di sobbalzare al minimo suono. Amava far visita ad amici e familiari, era cordiale e lucida quando conversava con gli ospiti e, con le sorelle, era più dolce e ragionevole di quanto fosse da anni. «Non ho esitazioni a dichiararla sana di mente» concluse Elizabeth.

Ann non insistette. L'altra sembrava decisa a vedere solo il buono in Mary. Robert, invece, era incline a dubitare che sua madre stesse meglio rispetto a quando aveva lasciato il Bellevue. *Il suo comportamento dopo il processo dimostra che, in generale, è in grado di controllare i suoi impulsi se ha motivo di farlo*, rispose dopo che Ann gli scrisse per avvisarlo che Elizabeth aveva cambiato idea sulla salute mentale di sua madre. *Appare razionale fintantoché non si tocca l'argomento del denaro, che fa affiorare la sua mania.*

Ann era d'accordo con il nipote, ma evidentemente Robert ignorava che ci fosse un altro tema, a parte il denaro, riguardo al quale Mary non era del tutto razionale. Di recente, al contrario delle sorelle, Ann aveva notato come Mary si irritasse ogni volta che qualcuno pronunciava il nome di suo figlio. L'irritazione non era sintomo di mania, ma pareva piuttosto irrazionale. Tuttavia, se Ann ammetteva che Mary non era totalmente razionale ora, non avrebbe dovuto riconoscere la stessa cosa in primavera? Soltanto uno stolto avrebbe creduto che sua sorella avesse finto di essere pazza allora, ma che lo fosse davvero adesso.

Confusa, Ann rifletté sugli inquietanti eventi che erano sfociati nel processo, non solo le strane visioni che Mary aveva confessato al medico e il tentato suicidio, ma anche l'inspiegabile attacco di paura che l'aveva assalita un mese prima che Robert consultasse per la prima volta il dottor Patterson e due mesi prima che il comitato di medici la dichiarasse pazza.

Nel gennaio del 1875, Mary era andata a passare l'inverno a Jacksonville, in Florida. Un'infermiera l'aveva accompagnata per lenire i suoi numerosi acciacchi e le prime lettere della paziente erano state lucide e vivaci, con descrizioni dei viaggi, del clima, del paesaggio e delle sue condizioni di salute. Mary si era goduta le temperature miti, aveva visitato le bellezze del luogo e ricevuto visite nell'elegante salotto del suo appartamento in albergo.

Secondo Robert, e secondo i numerosi articoli che Ann e Clark avevano letto con orrore e curiosità nei giorni seguenti, era sembrato filare tutto liscio fino alla metà di marzo, quando d'un tratto Mary si era inspiegabilmente convinta che suo figlio fosse moribondo, e le rassicurazioni dell'infermiera e dei conoscenti di Jacksonville non erano servite a liberarla dalla paura. Aveva inviato un telegramma angosciato al socio di Robert, chiedendo del suo stato di salute ed esprimendo l'intenzione di partire subito per Chicago. Novanta minuti dopo aveva telegrafato direttamente al figlio: *Mio amatissimo figlio Robert T. Lincoln, svegliati e vivi per amor mio. Tutto ciò che ho è tuo da questo momento. Prego ogni istante affinché la tua vita venga risparmiata per tua madre.*

Allarmandosi, Robert aveva telegrafato all'ufficio della Western Union a Jacksonville per domandare, con discrezione, se Mrs Lincoln sembrasse in difficoltà, *mentali o di altro genere*. Il direttore aveva risposto senza indugio che appariva nervosa e alquanto agitata e che, secondo l'infermiera, sarebbe dovuta tornare a casa il prima possibile. Nel frattempo, Mary aveva scritto un altro telegramma al figlio. *Parto per Chicago questa sera. Spero tu stia meglio oggi. Avrai denaro al mio arrivo.*

Turbato dall'ansia eccessiva e dal comportamento irrazionale della madre – uniti alla sua palese convinzione che la promessa dei soldi l'avrebbe persuaso a vivere – Robert si era reso conto di come le stranezze e le manie di Mary nel passato non l'avessero preparato alle scelte difficili che presto avrebbe dovuto affrontare.

Quando l'aveva incontrata alla stazione di Chicago, lei era parsa scioccata vedendolo in perfetta salute. Robert l'aveva invitata ad andare a casa con lui, ma Mary aveva rifiutato, perché tra lei e la nuora non correva buon sangue. Così il figlio l'aveva accompagnata al Grand Pacific Hotel, dove aveva preso una stanza e ordinato la cena; mentre mangiavano, Mary aveva affermato che, in treno, un uomo le aveva avvelenato il caffè. Profondamente sconvolto, Robert aveva prenotato la camera attigua per starle vicino se avesse avuto una crisi durante la notte.

Si era ripromesso di portare la madre a casa il mattino dopo, ma erano rimasti in hotel per due settimane.

Ogni notte Mary si era svegliata da un sonno irrequieto e, terrorizzata all'idea di essere sola, aveva bussato alla porta di Robert, in lacrime, pregandolo di farla restare da lui. Una mattina, aveva tentato di scendere in ascensore seminuda, e quando il figlio e un dipendente dell'hotel glielo avevano impedito si era dimenata urlando: «Volete uccidermi!». Dopo essere riusciti a riportarla in camera, Mary aveva raccontato loro una storia inverosimile su un uomo che le aveva rubato il portafogli in treno e che intendeva restituirglielo quel pomeriggio. Di lì a qualche ora aveva avvicinato il direttore dicendo che nell'edificio qualcosa non andava: lei udiva strani rumori in camera sua a tutte le ore e aveva paura di restare sola. Le persone le parlavano attraverso le pareti, aveva aggiunto; il South Side della città era in fiamme, la loro vita era in pericolo e uno sconosciuto voleva molestarla in corridoio. Quando i dipendenti avevano segnalato altri comportamenti bizzarri, il direttore li aveva avvertiti che la cliente era squilibrata.

Con il passare dei giorni era parsa sempre più agitata e paranoica e, con l'avvicinarsi del decimo anniversario dell'assassinio di Abe e il riaffiorare di quei terribili ricordi, Robert aveva temuto che crollasse del tutto. Ritenendo che la prudenza non fosse mai troppa, aveva assunto due investigatori privati che la pedinassero ogni volta che lasciava l'hotel. Non appena Robert si assentava, Mary correva nei negozi vicini e si abbandonava a spese sconsiderate, acquistando quaranta paia di tendine di pizzo per seicento dollari, tre orologi per quattrocentocinquanta, saponette e profumi per duecento e gioielli per settecento. Siccome non aveva una casa da arredare e si vestiva solo di nero senza usare gioielli, Robert aveva giudicato i pacchetti strapieni totalmente superflui e aveva restituito tutti gli articoli che i commercianti erano stati disposti ad accettare.

Le cose erano andate avanti così finché non ce l'aveva più fatta. Rassegnandosi all'assoluta mancanza di alternative, aveva consultato degli specialisti e avviato l'iter per far processare e ricoverare sua madre.

Come accadeva sempre con Mary, quell'episodio doloroso, atroce e imbarazzante era stato analizzato e valutato nel minimo dettaglio dalla stampa. Ann ricordava bene gli sguardi di commiserazione e le occhiate oblique che aveva ricevuto mentre sbrigava commissioni o andava in visita da qualcuno a Springfield, come se i conoscenti volessero darle conforto ma ritenessero fosse meglio far finta di niente, come se gli estranei si domandassero se anche Ann, al pari della sorella, potesse impazzire all'improvviso davanti ai loro occhi.

Se Mary non era mai stata pazza, come sosteneva, come spiegava il suo comportamento anomalo di quelle terribili settimane? E se fosse stata tutta una farsa, non avrebbe rivelato uno squilibrio di altro tipo?

Tormentata dalla curiosità insoddisfatta, alla fine Ann decise di uscire allo scoperto e di chiedere spiegazioni alla diretta interessata.

Lo fece un pomeriggio mentre passeggiavano nel giardino degli Edwards, rigoglioso di fiori autunnali e di foglie cadute. Con suo stupore, l'altra non si offese, bensì rifletté in silenzio per un lungo momento. «I segni di follia che ho mostrato la primavera scorsa devono essere scaturiti da un disturbo fisico» rispose a voce bassa, con espressione pensierosa. «La mia salute era precaria prima che partissi per la Florida – da qui la necessità di assumere un'infermiera come compagna di viaggio – ed è peggiorata dopo essere stata sorpresa da un acquazzone ed essermi buscata un tremendo raffreddore. Sentivo di avere la febbre e all'epoca prendevo generose dosi di idrato di cloralio per conciliare il sonno. Senza dubbio questi fattori hanno contribuito a generare i comportamenti inopportuni.»

Ann la studiò con attenzione, incapace di capire se stesse dicendo la verità, o meglio, di credere che lo stesse facendo. Le guance arrossate di Mary indicavano che aveva fatto una confessione imbarazzante. Ann era sul punto di prendere per buona quella giustificazione, ma poi ricordò che in quel momento l'altra non aveva la febbre e che, a quanto ne sapeva, non prendeva l'idrato di cloralio, e nonostante ciò mostrava ancora sintomi maniacali. Forse quella presunta giustificazione era soltanto una menzogna elaborata, abilmente architettata per ingannare la più scettica delle sorelle Todd. Se Mary fosse riuscita a convincere Ann, persuadere le altre sarebbe stato un gioco da ragazzi.

Se Mary sapeva fingere, Ann non era da meno. Avrebbe fatto finta di crederle, ma l'avrebbe tenuta d'occhio di nascosto per tutto il tempo, provando a individuare eventuali segni di follia.

Alla fine di ottobre non era ancora in grado di decidere se la crescente stizza di sua sorella verso Robert fosse una mania o derivasse da un banale e deplorevole diverbio tra madre e figlio.

L'oggetto del contendere era il controllo dei beni di Mary.

Nonostante le dimissioni dal manicomio, dal punto di vista legale la paziente era ancora pazza e Robert era rimasto il suo tutore. Secondo la legge statale, Mary non avrebbe potuto presentare ricorso per modificare il proprio status se non dopo che fosse trascorso almeno un anno dal processo. Quel fatto immutabile la torturava. Non era stato Robert a scrivere la legge, ma lei lo incolpava delle proprie circostanze legali e, con il passare delle settimane, il suo risentimento crebbe in maniera palese e costante. Mary era orgogliosa e amava considerarsi indipendente, e le seccava che il figlio controllasse le sue obbligazioni e avesse in custodia quasi tutti i suoi bauli e averi.

Il suo scontento emerse con maggiore frequenza tra la fine di ottobre e novembre inoltrato. In compagnia sembrava perfettamente amabile, educata, allegra e affettuosa ma, se qualcuno toccava l'argomento dei suoi beni, d'un tratto appariva agitata e irritabile. Sparlava di Robert con le sorelle come aveva fatto raramente in passato, suscitando blande rimostranze da parte di Elizabeth. «Sono convinta che l'unica alternativa, per il bene della pace e della tranquillità, sia che Robert ceda a Mary il diritto di controllare i suoi averi» disse stancamente a Ann e Frances un pomeriggio in cui Mary non c'era.

«Intendi anche le obbligazioni e i conti correnti?» chiese Frances.

Elizabeth esitò. «Sì, credo di sì. A prescindere dal suo status legale, Mary non è più pazza...»

«A tuo giudizio» replicò Ann in tono pungente, sottolineando che non era il parere competente di un medico.

«A mio giudizio, basato su un'attenta osservazione» ribatté Elizabeth. «In circostanze così anomale, Robert dovrebbe permettere a Mary di fare qualunque cosa desideri: compere, viaggiare, vivere dove vuole, gestire il proprio denaro. Nostra sorella ha affermato che se riavesse le obbligazioni, le affiderebbe a Mr Bunn della Springfield Marine Bank. Era un caro amico di Abe, una persona in cui lei ripone la sua fiducia. Non intende portare le obbligazioni con sé come ha fatto in passato.»

«Non ci vedo nulla di male nel restituirle i bauli e gli effetti personali, ma i soldi sono un altro paio di maniche.» Frances corrugò la fronte. «Li spenderebbe tutti in frivolezze e vestiti che non indosserà mai. Non le resterà nulla di cui vivere negli anni a venire.»

«Se ho imparato qualcosa nella vita, è che dopo aver fatto tutto il possibile per le persone, devi lasciarle stare.» Elizabeth sollevò il mento. «Scriverò a Robert per farglielo presente.»

Frances la guardò tranquilla, con gli angoli della bocca

leggermente piegati all'ingiù. «Allora mi costringi a scrivergli a mia volta, per comunicargli la *mia* opinione.»

Elizabeth inclinò la testa, riconoscendo che ne aveva tutto il diritto.

Ann spostò lo sguardo dall'una all'altra, cauta e perplessa, finché un vago moto di rabbia prese il sopravvento. Le tre sorelle Todd che vivevano a Springfield avevano sempre condiviso un legame molto stretto, non solo perché si vedevano più spesso, ma anche perché avevano una profonda affinità, nata da prospettive analoghe ed esperienze condivise. Mary aveva sempre vissuto fuori dalla loro piccola cerchia o, come probabilmente preferiva credere, al di sopra.

Nella vita aveva distrutto quasi ogni rapporto. Ora si sarebbe forse intromessa tra loro, aizzandole una contro l'altra e cancellando la loro lunga amicizia?

14

Agosto 1856-novembre 1860

FRANCES

Dopo aver subito la più amara sconfitta della sua carriera politica, Abe raccolse «le briciole perdute dell'anno scorso», come disse mestamente, e si dedicò allo studio legale. Le prospettive e i guadagni migliorarono a mano a mano che la sua carriera prosperava e, nell'aprile del 1856, Mary decise notevoli ampliamenti e ristrutturazioni per il cottage. Aggiunse un intero piano, con nuove camere per la famiglia, una stanza degli ospiti, una per la cameriera e una scala di servizio sul retro. Anche il pianterreno fu totalmente rinnovato. La porta principale si apriva su un ampio ingresso, con un salotto formale sulla sinistra e un soggiorno informale per la famiglia sulla destra. Una doppia porta scorrevole conduceva dal salotto alla biblioteca e allo studio di Abe, collocati di fronte a un'elegante e spaziosa sala da pranzo dove Mary poteva finalmente ricevere ospiti in grande stile. Ogni stanza, inoltre, era lussuosamente arredata con tappeti floreali, sfarzosi tendaggi decorati di pesanti festoni ed elaborata carta da parati.

Mary era molto felice di fare spese e arredare, ed era

soddisfattissima di se stessa la sera in cui festeggiò il completamento del progetto con un party per trecento persone. Mentre facevano il giro della casa con una folla di amici, familiari e lontani conoscenti che in qualche modo avevano rimediato un invito, Frances e le sue sorelle ammirarono il lavoro di Mary, dichiarando che lo splendido risultato della ristrutturazione denotava molto buon gusto. La casa degli Edwards rimaneva ancora la più grande e, secondo Frances, anche la più raffinata, ma per il quieto vivere tenne per sé le sue osservazioni.

A inaugurare la nuova camera degli ospiti al primo piano fu, inaspettatamente, Benjamin Hardin Helm, arrivato a Springfield dal Kentucky per motivi di lavoro. Mary e Abe erano impazienti di conoscere il marito dell'amata Sorellina e, quando scoprirono che aveva preso una stanza in albergo per una settimana, insistettero perché alloggiasse da loro. Come Mary disse a Frances in seguito, nonostante i ventitré anni di differenza, Abe e Ben erano diventati subito buoni amici, legati da un affetto fraterno. Ben ammirava il buon cuore di Abe, la sua eloquenza, l'intelligenza e l'arguzia, mentre Abe apprezzava la premurosità e l'erudizione di Ben. Erano entrambi dispiaciuti quando l'ospite concluse il suo affare e ripartì per il Kentucky, ma promise di tornare con Emilie per un soggiorno più lungo dopo la nascita del bambino.

Emilie sarebbe stata contenta di vedere che Abe non si era lasciato scoraggiare dalla dolorosa sconfitta a cui lei e Mary avevano assistito dalla galleria della sede dell'assemblea legislativa due anni prima. Come il Kansas-Nebraska Act l'aveva spinto a rientrare in politica nel 1854, il caso Dred Scott e l'elezione di James Buchanan a presidente lo indussero a rinnovare il proprio impegno verso il Partito repubblicano, ormai in rapida ascesa. Decise di sfidare il senatore in carica, il vecchio rivale Stephen Douglas, e nel giugno del 1858 ricevette il sostegno unanime del proprio partito.

Frances, Elizabeth e Ann raggiunsero Mary nella galleria della Camera dei Rappresentanti per osservare Abe che teneva il discorso di accettazione davanti agli oltre mille delegati riuniti per il congresso statale repubblicano. Ninian e altri amici l'avevano avvertito che il contenuto era troppo radicale. Il suo socio, William Herndon, dichiarò che Abe era coraggioso sul piano morale, ma imprudente su quello politico. Lui, tuttavia, decise di non modificare il testo nemmeno di una virgola.

Fu un discorso indimenticabile. Significativo, profetico, logico e profondo, un avvertimento sulle crescenti tensioni tra stati schiavisti e liberi, capace di colpire Frances come nessun altro dibattito sull'argomento era riuscito a fare. «Una casa divisa contro se stessa non può stare in piedi» dichiarò Abe all'inizio. «Credo che questo governo non possa sopportare in via permanente una nazione per metà schiavista e per metà libera. Non mi aspetto che l'Unione si sciolga. Non mi aspetto che la casa crolli, ma mi aspetto che cessi di essere divisa. Diventerà una cosa o l'altra.»

Da agosto a ottobre, Abe e Mr Douglas viaggiarono insieme in tutto lo stato per una serie di dibattiti. Li accompagnò una moltitudine di giornalisti provenienti da tutto il paese, così i loro discorsi furono spesso pubblicati parola per parola nelle città dell'intera nazione. Non solo i dibattiti permisero agli elettori dell'Illinois di capire a fondo le opinioni dei candidati, ma portarono anche la controversia sull'estensione dello schiavismo all'attenzione di un pubblico nazionale. Frances e William erano concordi nell'affermare che l'attenzione nazionale aveva reso Abe una figura familiare a quello stesso vasto pubblico, che comprendeva potenti gruppi politici nell'Est. Quasi tutti risiedevano fuori dall'Illinois e in quell'occasione non avrebbero potuto votare per lui, ma Abe stava piantando semi da raccogliere in futuro.

Emozionate, speranzose e preoccupate, Frances e le sue sorelle seguirono i dibattiti sulla stampa. Il 2 novembre 1858, Abe vinse le elezioni popolari per quattromila voti, ma nell'Illinois era l'assemblea legislativa a scegliere i senatori e, pur dovendo orientarsi in base al voto dei cittadini, non lo considerò vincolante.

Purtroppo per Abe e i repubblicani, i democratici, che avevano la maggioranza, non esitarono a rieleggere Stephen Douglas per un secondo mandato.

Forse era una sconfitta prevedibile ma, come Frances e William avevano notato mesi prima, Abe continuò a essere molto influente nel suo stato, e ora anche il resto del paese conosceva il suo nome. Continuò a fare discorsi e a sostenere altri candidati repubblicani e, all'inizio del 1860, era ormai considerato un concorrente per la presidenza insieme ai famosi statisti William Seward, Salmon Chase e Edward Bates. Mentre Mary gongolava alla sola idea, Frances era stupita che il desiderio giovanile della sorella minore potesse essere sul punto di avverarsi.

In aprile, la città di Springfield dichiarò ufficialmente che Abraham Lincoln era il suo favorito per la corsa alla presidenza degli Stati Uniti. «Ci riteniamo onorati» diceva la dichiarazione «di poter attestare che, in quanto amici e vicini, ne abbiamo conosciuto personalmente, nella vita di tutti i giorni, l'inestimabile valore come privato cittadino, il fedele e capace adempimento di ogni dovere pubblico a lui affidato, nonché le doti straordinarie e i brillanti risultati che non solo hanno reso il suo nome familiare nello stato della prateria, ma hanno anche fatto di lui l'orgoglioso collega dei giuristi più preparati, degli statisti più saggi e degli oratori più eloquenti dell'Unione.»

Mary andò in brodo di giuggiole.

Nella seconda settimana di maggio, i delegati al congresso repubblicano dell'Illinois a Decatur non solo candidarono Abe – soprannominandolo *Rail Candidate* ed entrando con grande clamore nella sala con due assi per recinzioni che, secondo la leggenda, aveva spaccato da ragazzo – ma approvarono anche una risoluzione secondo cui *i delegati di questo stato hanno istruzioni di usare ogni mezzo onorevole per garantire la sua nomina da parte del congresso di Chicago, e di votare per lui all'unanimità.*

«Non posso sottolineare abbastanza quanto ciò sia essenziale per il suo successo» disse Mary alle sorelle mentre prendevano il tè qualche giorno dopo. «Abe sa di non poter conquistare la candidatura alla prima votazione. Il favorito è William Seward, con un vantaggio notevole. Il senatore di New York, tuttavia, non è amato da tutti. Se Abe sopravvive al primo scrutinio, i delegati degli altri stati potrebbero orientarsi verso di lui come alternativa a Mr Seward.»

Il 16 maggio, a Chicago iniziò il congresso repubblicano. Siccome Abe intendeva rispettare l'usanza consolidata di non presenziare di persona, lui, Mary e il resto della famiglia estesa dovettero aspettare che le notizie raggiungessero Springfield via telegrafo.

I primi due giorni furono riservati ad altre importanti

questioni di partito. Il terzo giorno, allorché cominciarono le nomine, Abe fu candidato e appoggiato insieme a Mr Seward, Mr Chase e altri degni gentiluomini.

Poi si aprirono le votazioni.

Sapendo che probabilmente Mary sarebbe stata nervosa ed eccitabile per tutta quella lunga giornata, scandita da molteplici scrutini, le sue sorelle fecero a turno per farle compagnia. Frances era a casa con i bambini quando arrivarono notizie del primo turno: Seward 173 ½, Lincoln 102, Cameron 50 ½, Chase 49, Bates 48, McLean 12, Collamer 10, Wade 3, Sumner 1, Fremont 1.

«Lo zio Abe è secondo solo a Mr Seward» si meravigliò Mary Jane, scuotendo graziosamente la testa. «Tutti quegli uomini importanti, e lui li ha battuti.»

«Ora le posizioni cambieranno» spiegò Frances. «Se la sconfitta sembra inevitabile, i sostenitori di un candidato potrebbero votare per qualcun altro al prossimo giro.»

In seguito fu Ninian a portare notizie del secondo scrutinio: Seward 184 ½, Lincoln 181, Chase 42 ½, Bates 35, Dayton 10, McLean 8, Cameron 2, Clay 2. «Abe ha guadagnato terreno, ma anche Seward» osservò Ninian.

«Sì, ma nota come Abe ha ridotto le distanze» esultò Frances. «Può ancora superare Seward.»

«Il terzo turno sarà decisivo. Gli altri candidati sono troppo indietro. Al prossimo scrutinio i loro sostenitori sceglieranno sicuramente tra i due favoriti. Resta da stabilire chi raggiungerà prima 231 voti, Abe o Seward?»

Poco dopo, Frances andò a casa di Mary per stare con lei finché non fosse stato reso noto l'ultimo esito. La trovò da sola, fatta eccezione per i bambini e i domestici, perché Abe aveva passato la giornata all'ufficio del telegrafo in attesa di aggiornamenti e risultati elettorali. Si fece tardi. Chiacchierarono e si tennero occupate cucendo o sferruzzando finché gli occhi non si stancarono di lavorare alla luce della lampada. I bambini furono messi a letto e scese il silenzio, ma nell'elegante salotto di casa Lincoln, Mary e Frances erano sveglie, con le orecchie tese per captare il suono dell'arrivo di Abe, sforzandosi di non guardare l'orologio.

Erano quasi le nove quando Mary si raddrizzò sulla sedia, improvvisamente all'erta. «Hai sentito?»

Frances rimase in ascolto finché udì una debole melodia. «Musica?»

Portandosi una mano al cuore, Mary annuì e saltò su. Frances la seguì nell'ingresso, dove sua sorella camminò avanti e indietro, torcendosi le mani e sorridendo incerta, finché sentirono gli inconfondibili passi di Abe sulla veranda.

Mary spalancò la porta, ed ecco suo marito, con gli occhi raggianti e un vago sorriso malinconico sulle labbra. «Ho detto agli uomini in attesa davanti all'ufficio del telegrafo che a casa c'era una donnina a cui probabilmente il contenuto di questo dispaccio interessa più che al sottoscritto.» Le mostrò un telegramma.

Sussultando, Mary glielo strappò di mano e Frances lesse i risultati del terzo scrutinio da sopra la sua spalla: Lincoln 231 ½, Seward 180 e Chase 24 ½, con i pochi voti restanti distribuiti tra gli altri. Una volta che Abe aveva ottenuto la maggioranza, i delegati avevano cambiato subito preferenza affinché la scelta fosse unanime.

Abraham Lincoln aveva vinto la candidatura del Partito repubblicano alla presidenza degli Stati Uniti.

Mentre Frances si stupiva e Mary piangeva di gioia abbracciando il marito, la musica fioca che avevano sentito da lontano si intensificò a mano a mano che una banda improvvisata si avvicinava al cottage suonando trionfanti brani patriottici. Ben presto si riunì una folla numerosa e Abe uscì per pronunciare un discorso, accettando l'onore della visita, che, pensò, non era tanto per lui quanto per il rappresentante del loro grande partito. Dopo uno scroscio di applausi, Abe li ringraziò di nuovo, osservando: «Vi inviterei tutti dentro, se pensassi che la casa sia abbastanza grande per contenervi».

«Ve ne daremo una più grande il prossimo 4 marzo» urlò un uomo. La folla rise tra acclamazioni e battimani.

«Siccome la mia casa attuale non può ospitare più di una piccola parte di voi» continuò Abe, «inviterò a entrare tutti coloro che riusciranno a trovare posto.»

Esplose un urlo e tutti si precipitarono verso la porta. Frances e Mary ebbero un momento per scambiarsi un'occhiata di panico e sgomento prima di affrettarsi ad accogliere gli ospiti inattesi.

Quando l'ultimo sostenitore se ne andò, era troppo tardi perché Frances tornasse a casa, così si fermò nella camera degli ospiti, ancora in preda allo stupore e all'emozione. L'indomani mattina lei e Mary dormirono fino a tardi. Dopo essersi svegliate, chiacchierarono allegramente davanti a una colazione tranquilla, l'ultima che con ogni probabilità sua sorella avrebbe consumato per qualche tempo, pensò Frances. Rincasò di lì a poco, perciò non era presente quando la delegazione ufficiale arrivò da Chicago per comunicare formalmente a Abe che il congresso repubblicano l'aveva scelto come candidato per le presidenziali. Poco dopo, lui accettò la nomina.

I repubblicani dell'intero paese esultarono, quasi tutta Springfield gioì e Frances ipotizzò che Mary avrebbe fatto la stessa cosa. Le sorelle Todd lessero nei giornali che a Chicago i delegati avevano festeggiato dopo la nomina di Abe, che i cannoni avevano sparato e quasi trentamila persone avevano riempito le strade, urlando e applaudendo, che gli edifici del *Press* e del *Tribune* erano stati illuminati dalle fondamenta al tetto e che le bande avevano suonato marce trionfali mentre i repubblicani sfilavano lungo le vie con assi per recinzioni sulle spalle, un'allusione alle origini umili di Abe.

Non passò molto tempo prima che la stampa spostasse l'attenzione su Springfield. I reporter si precipitarono a indagare sull'avvocato dell'Ovest che aveva sbalordito il paese sconfiggendo il favorito. Mary sapeva bene quanto fosse importante che suo marito facesse un'ottima impressione ai giornalisti, che presto l'avrebbero descritto a milioni di lettori curiosi e scettici. Trattandoli come ospiti d'onore, riceveva con garbo i reporter che varcavano la soglia, facendoli accomodare nella sua bella casa, offrendo loro cibo e bevande deliziosi, colpendoli con la sua grazia, le sue conoscenze e il suo fascino, e smentendo ben presto l'idea che i Lincoln fossero zoticoni di campagna. Quasi tutti gli articoli elogiarono i suoi modi impeccabili e la sua eleganza, ma un giornalista si guadagnò il suo odio eterno definendola *tarchiata* e altri osservarono sdegnati che era troppo disinvolta con le sue opinioni e che aveva un interesse *poco femminile* per la politica.

Altri uomini che arrivarono a Springfield per conoscere Abe erano politici, leader del partito e repubblicani illustri che non detenevano cariche ufficiali, ma erano rispettati per la loro capacità di decidere le sorti di un candidato. Nonostante la notorietà dei dibattiti Lincoln-Douglas di due anni prima, Abe continuava a essere un estraneo per moltissimi di loro, del cui voto aveva urgente bisogno. Era così poco conosciuto anche all'interno del suo partito che, durante il congresso, la stampa repubblicana non sapeva se il suo nome di battesimo fosse Abraham o Abram.

Quasi tutti quei politici chiesero un incontro privato con Abe e ne uscirono colpiti dalla sua intelligenza e dalla sua visione chiara delle crescenti tensioni tra Nord e Sud, oltre che delle scarse possibilità di risolvere pacificamente il conflitto. Altre decine andarono a presentarsi e a promettergli lealtà, alcuni mossi dalla sincera convinzione che fosse l'uomo migliore per portare il vessillo del Partito repubblicano, altri con la speranza di ricevere una nomina una volta salito in carica. La maggior parte lasciò Springfield con un'opinione positiva del candidato e della moglie, ma alcuni parvero contrariati quando Mary elencò le sue preferenze per le posizioni di gabinetto o fece domande ai leader sulla strategia per la campagna elettorale. I loro sguardi penetranti comunicavano con la stessa enfasi delle parole che il suo ruolo era quello di angelo devoto e altruista della casa di suo marito, non quello della consulente politica.

Frances sapeva che Mary stava lavorando instancabilmente per appoggiare Abe, cercando di conquistare la stampa e l'establishment repubblicano. Quello era il compito per cui si era preparata per tutta la vita, e lo svolgeva con il massimo entusiasmo, ma nelle settimane successive al congresso il suo grande impegno passò in secondo piano agli occhi di Frances, i cui pensieri furono occupati da altre preoccupazioni. Lincoln, il figlio di Ann, si ammalò di tifo all'età di dieci anni e soffrì per molti lunghi giorni di febbre alta, emicrania, sonnolenza e terribili mal di stomaco. William andava a trovarlo diverse volte al giorno, visitandolo minuziosamente e somministrandogli i migliori rimedi noti alla scienza medica. Frances faceva tutto il possibile per aiutare il marito, mentre Elizabeth sostituiva Ann ogni giorno al capezzale del bambino affinché sua sorella potesse concedersi qualche ora di sonno. Quando i sintomi si aggravarono all'improvviso, Elizabeth si trasferì nella camera degli ospiti degli Smith e gestì la casa in modo che Ann potesse dedicarsi a curare suo figlio. Nonostante le loro premure e la rinomata abilità di William, Lincoln diventava ogni giorno più debole. Il 12 giugno si spense mentre i genitori, in lacrime, gli stringevano le mani e pregavano finché ogni speranza svanì.

Frances sapeva di non poter dire nulla per alleviare il devastante dolore della sorella. Cos'altro poteva fare oltre ad abbracciarla e lasciarla piangere finché, sopraffatta dalla stanchezza, non si fosse addormentata?

Mary, che sapeva fin troppo bene quanto soffrisse Ann, andava a trovarla tutti i giorni, guardandola mentre, affranta, se ne restava distesa in una stanza buia. Nei momenti migliori, se Ann reagiva alle sue blandizie, Mary la accompagnava a fare lente passeggiate silenziose sotto il sole per mantenerla in forze. Elizabeth e Julia si occupavano della casa e dei bambini più piccoli, mentre William e Frances seguivano i preparativi del funerale. Persino le fondamentali attività politiche di Abe si interruppero bruscamente mentre la famiglia piangeva Lincoln.

Il giorno delle esequie, Frances cercò conforto nelle parole delle Scritture recitate dal sacerdote e provò a farsi coraggio osservando come la famiglia si fosse unita per dimostrare a Ann e a suo marito un affetto profondo e un appoggio incrollabile. Mentre la piccola bara veniva calata nel terreno, tuttavia, ebbe lo strano e sinistro presentimento che un giorno tutta Springfield si sarebbe vestita a lutto e che le sorelle Todd avrebbero pianto un altro morto, non insieme, ma separate da distanze incommensurabili.

La tragedia non fermò la corsa alla presidenza. Rispettando una tradizione consolidata, Abe non condusse alcuna campagna per se stesso. Furono invece altri repubblicani insigni a tenere comizi in suo favore: Charles Sumner e Cassius Clay, oltre ai suoi ex rivali Salmon Chase, Frank P. Blair e William Seward. Impossibilitato a sfruttare il suo più efficace mezzo di persuasione – le sue straordinarie capacità retoriche – Abe sapeva di aver bisogno di aiuto se voleva vincere le elezioni nazionali.

Un intervento provvidenziale arrivò da un fronte inaspettato: i democratici. Il loro congresso nazionale a Charleston era finito nel caos ad aprile, quando i delegati del Sud, indignati, erano usciti dopo un'accesa disputa sui principi programmatici ufficiali del partito riguardo allo schiavismo. Quando i democratici si riunirono di nuovo a Baltimora il 18 giugno, gli stati dei delegati insoddisfatti li sostituirono con uomini più disposti a collaborare. Com'era prevedibile, Mr Douglas fu scelto come candidato del partito. Cinque giorni dopo, i delegati esclusi si radunarono in un altro luogo della città e nominarono John C. Breckinridge, ex membro del Congresso e attuale vicepresidente, un uomo del Kentucky fermamente convinto che la Costituzione permettesse lo schiavismo in tutti gli stati e i nuovi territori. Nella rosa dei candidati presidenziali figurava anche Mr John Bell del Tennessee, selezionato dal Constitutional Union Party, un'alleanza tra Know Nothing e whig il cui semplice programma indicava che il suo approccio alla questione dello schiavismo era l'indifferenza più totale. Con i democratici così divisi, le prospettive di una vittoria repubblicana a novembre sembravano promettenti, ma Ninian, che era rimasto democratico benché cambiare partito nel 1851 non l'avesse aiutato a ottenere un seggio al Congresso, accarezzava ancora qualche speranza per i suoi beniamini. Credeva che la battaglia per i voti elettorali si sarebbe spaccata lungo i confini geografici, con Abe che si contendeva gli stati del Nord con Mr Douglas, e Mr Breckinridge e Mr Bell che si dividevano quelli del Sud. «Douglas ha battuto Abe in passato» disse Ninian, più allegramente di quanto Frances giudicasse educato. «I repubblicani non dovrebbero dare nulla per scontato.»

Nonostante i dissidi interni dei democratici, Frances ed Elizabeth concordarono in privato che Abe aveva il suo bel daffare. Secondo la stampa, la notizia della sua candidatura era stata accolta con incredulità a Washington, e i giornali democratici avevano ridicolizzato con malignità le sue origini umili, definendolo *un avvocato dell'Ovest di terza categoria* e un *oratore di quart'ordine che non conosce la grammatica* e i cui discorsi analfabeti erano *infarciti di battute rozze e volgari*, un'affermazione che chiunque l'avesse mai sentito parlare avrebbe riconosciuto come manifestamente falsa. Com'era ipotizzabile, i giornali del Sud sputarono il veleno più corrosivo, facendosi beffe non solo dell'intelletto di Abe, che consideravano erroneamente piuttosto insulso, ma anche del suo aspetto. *Lincoln è la più magra, allampanata e sgraziata massa di gambe, braccia e faccia affilata mai messa insieme su una singola ossatura*, dichiarò lo *Houston Telegraph* con orrore affascinato. *Ha abusato in modo ingiustificato del privilegio che tutti i politici hanno di essere brutti.* Commentando l'immagine di Abe nell'*Harper's Weekly*, il *Charleston Mercury* proclamò: *È un orrendo sventurato, dall'aspetto fuligginoso e furfantesco, un incrocio tra il mercante di spezie, un palafreniere e un guardiano notturno, una creatura palesemente adatta per il tradimento gretto, i piccoli stratagemmi e ogni tipo di clientelismo.* Elizabeth sapeva che Mary si era offesa molto per quelle descrizioni, e anche lei trovava quella prosa abominevole assolutamente ingiusta. Forse Abe non era ciò che la maggior parte delle persone avrebbe considerato bello, ma non era nemmeno l'uomo grottesco dipinto nei giornali. E cosa c'entrava l'aspetto fisico con la capacità di governare?

Purtroppo le meschine prese in giro ai danni di Abe si dimostrarono uno degli elementi più benevoli della copertura giornalistica nel Sud. Gli editoriali dei quotidiani di quasi ogni città meridionale misero in guardia dalle spaventose conseguenze che si sarebbero abbattute sulla nazione se fosse stato eletto, non le semplici dispute politiche dei giorni passati, ma violenti scontri nelle sale del governo e disordini cataclismici nelle città e nelle case del Sud. Sebbene Frances non potesse dimostrarlo, era sicura che gli allarmismi della stampa fossero ciò che ispirava le malevole e vigliacche minacce di morte che avevano iniziato ad arrivare nello studio legale di Abe e a casa Lincoln. I suoi pensieri volarono alla povera Mary, che oscillava ogni giorno tra euforia e terrore, a seconda dei giornali e della corrispondenza.

Con l'avvicinarsi di novembre, i risultati delle prime elezioni autunnali sembravano promettenti per Abe, con schiaccianti vittorie repubblicane nelle elezioni locali e statali in Vermont, Maine, Pennsylvania, Ohio e Indiana. Poi, finalmente, ma molto prima che Frances si sentisse pronta, arrivò il giorno delle elezioni. La giornata iniziò con un'alba limpida e suggestiva, e lei ebbe l'impressione che la frizzante aria autunnale fosse densa di tensione e trepidazione. Mary aveva detto alle sorelle che Abe intendeva passare le ore con gli amici e i sostenitori in una stanza a lui riservata nella sede dell'assemblea legislativa e che i primi risultati sarebbero arrivati solo dopo le sette di sera. Sapendo che, a casa da sola con i bambini, Mary si sarebbe agitata e preoccupata, Frances ed Elizabeth promisero di raggiungerla dopo cena e di restare fino alla fine.

Poco dopo che si erano accomodate in salotto, preparandosi a una lunga attesa carica d'ansia, un fattorino portò un messaggio di Abe, che aveva lasciato l'edificio rumoroso per andare all'ufficio del telegrafo ad aspettare i risultati nazionali con relativa tranquillità. Aveva conquistato gli stati del New England e la Pennsylvania, riferì il ragazzo; qualche ora dopo tornò per annunciare che Abe aveva ottenuto anche il Nordovest e l'Indiana. Non aveva espugnato neppure uno stato del Sud, né aveva probabilità di riuscirci, perché diversi avevano lasciato il suo nome fuori dallo scrutinio.

Frances tenne mentalmente il conto dei voti elettorali e, quando incrociò lo sguardo di Mary, capì che avevano avuto entrambe lo stesso terribile pensiero: Abe doveva prendersi New York, perché senza i preziosi voti elettorali di quello stato, gliene sarebbero mancati sette per ottenere la maggioranza.

Le ore passarono lente, con la stanchezza e il nervosismo che spegnevano il desiderio di chiacchierare. Poi, intorno alle due del mattino, le sorelle udirono una banda d'ottoni che si avvicinava, incurante dell'ora tarda e dei vicini addormentati che probabilmente si sarebbero svegliati di soprassalto, disturbati da quella marcia vivace e allegra.

In quel momento compresero che Abe aveva conquistato New York e dunque vinto le elezioni.

Di lì a poco, la porta d'ingresso si aprì e lui entrò. Correndogli incontro, Mary si lanciò tra le sue braccia, scossa dal pianto. «Pensavo volessi che diventassi presidente» disse Abe, accarezzandole la spalla e sorridendo a Frances ed Elizabeth da sopra la sua testa.

«Certo che lo voglio.» Mary sorrise tra le lacrime. «Sono molto felice, è per questo che piango.»

Mentre lei ed Elizabeth si congratulavano con il cognato e auguravano la buonanotte alla coppia, Frances pensò che, nonostante il sorriso, Abe pareva più cupo che mai.

Non appena spuntò il sole, Springfield si vestì a festa: bande, sfilate estemporanee, discorsi alla sede dell'assemblea legislativa. Frances partecipò ad alcuni eventi, ma trascorse la maggior parte della giornata a casa, contentissima per Mary e Abe, ma esausta e frastornata. Il mattino seguente, sentendosi più riposata, andò dalla sorella, trovandola agitata, con i lineamenti tirati, senza più traccia della gioia esuberante dei giorni precedenti. «Cosa c'è?» Frances le posò le mani sulle spalle, studiandola. «Stai male? Vuoi che vada a chiamare William? Hai ricevuto brutte notizie?»

L'altra si sforzò di sorridere, ma riuscì solo a fare una smorfia. «Penserai che sono tutte assurdità.»

«Dimmele ugualmente.»

Sospirando, Mary la condusse in soggiorno. «Ieri notte

Abe si è steso a riposare sulla poltrona nel suo studio.» Sedendosi sul sofà, con un gesto invitò Frances a imitarla. «Ha visto il proprio riflesso nello specchio, ma con due facce, una assai più pallida dell'altra. Quell'immagine l'ha turbato, ed è venuto a raccontarmelo.»

«Un gioco di luce, o uno specchio mal molato. Cosa c'è di così inquietante?»

«Credo sia stata una visione, anzi, una premonizione. Potrebbe significare che Abe sarà eletto due volte, ma non arriverà alla fine del secondo mandato.»

«Oh, Mary.» Frances le prese la mano, fredda e tremante. «Non è nulla del genere. Abe era stanco. Ha visto se stesso nello specchio da un'angolazione strana. Stai dando troppa importanza a questo episodio.»

«Ho già avuto visioni profetiche in passato.»

«Ma questa non lo è» disse Frances, ferma. «Non è neppure stata una tua visione, bensì di Abe. Perché rovinare questo trionfo con timori infondati? Non hai abbastanza di cui preoccuparti, tra il trasferimento a Washington e il dover diventare la padrona della Casa Bianca?»

Accennando un sorriso, Mary ammise che aveva ragione.

Al di fuori di Springfield, la reazione della stampa all'elezione di Abe fu rapida e inequivocabile, tanto nel bene quanto nel male. Un giornale del Kansas definì l'annuncio della sua vittoria *una splendida notizia*, mentre il *Richmond Dispatch* scrisse in tono lugubre: *Questo è l'evento più deplorevole mai accaduto nella storia del paese*. Il *Courier* di New Orleans era d'accordo, avvertendo i lettori che l'elezione aveva *risvegliato in tutto il Sud uno spirito di ostinata resistenza, impossibile da soffocare*. Il *New York Enquirer* rese omaggio al principio della democrazia e adottò un approccio conciliante, affermando: *Tendendo le mani verso il Sud dopo questa vittoria, non abbiamo parole di biasimo da pronunciare contro le minacce scissioniste che sono state usate per la nostra sconfitta. Che sprofondino pure nell'oblio.* Il direttore del *Semi-Weekly Mississippian* non volle sentire ragioni e, sotto un titolo che dichiarava *Il dado è tratto. La scissione è l'unico rimedio*, definì Abe e Hannibal Hamlin, il vicepresidente eletto, *due nemici - intolleranti, spietati e privi di scrupoli - della pace e dell'uguaglianza degli stati schiavisti, e uno dei due è fortemente segnato dal sangue della sua discendenza negra.* Ancora più sconvolgente era la conclusione secondo cui, siccome l'elezione dimostrava l'intenzione degli stati del Nord *di usare il complesso meccanismo del governo federale per distruggere le libertà degli stati schiavisti, diventa loro dovere sciogliere qualunque legame e creare un governo separato e indipendente tutto loro.*

Frances sapeva che il Sud minacciava la secessione da decenni e che dopo una battaglia elettorale così accanita ci si poteva aspettare una certa dose di subbuglio e di clamore spasmodico. Avrebbe voluto liquidare quelle accese diatribe come le ennesime minacce vuote, eppure sembravano rappresentare un nuovo stato d'animo della nazione, uno strano malumore che rischiava di distruggere una pace insostenibile.

Alla fine di novembre, Frances era a casa di Mary e la stava aiutando a spedire gli inviti per una cena quando arrivò un pacco. «Un altro regalo inaspettato» disse Mary, compiaciuta, mentre portavano la piatta scatola rettangolare in soggiorno, dove prese le forbici dal cestino del cucito e cominciò a tagliare lo spago e la carta marrone.

«Pensa un po', questo viene dalla Carolina del Sud. Dalle elezioni arrivano doni da tutto il paese...»

La sua voce sfumò quando la carta scivolò via, rivelando un dipinto su tela, un rudimentale ritratto di Abe, impeciato e coperto di piume, con una corda intorno al collo e catene ai piedi.

Frances trasalì. Impallidendo, Mary lasciò cadere il quadro e arretrò inorridita, con una mano sul cuore. «Chi dipingerebbe una cosa così mostruosa?» chiese con la voce tremante e le lacrime agli occhi. «Chi lo spedirebbe qui, dove vivono sua moglie e i suoi figli?»

«Non guardarlo.» Frances raccolse l'orrendo ritratto e lo portò fuori dalla stanza. «Non pensarci più.»

Tuttavia sapeva che quell'immagine ripugnante sarebbe rimasta impressa per sempre nella mente di sua sorella, come la malevola minaccia che sottintendeva.

15

Novembre-dicembre 1875

ANN

Per tutto novembre, lettere e telegrammi si susseguirono a ritmo serrato tra Springfield e Chicago, tra tre sorelle preoccupate e un nipote sempre più esasperato. Se sua madre fosse pazza o sana di mente era una domanda ancora senza risposta, oltre che poco attinente. Robert non si fidava del giudizio di Mary sulle questioni finanziarie, non per la diagnosi di un medico, ma per il suo comportamento impulsivo. In quanto tutore dei suoi beni, nonché figlio e capofamiglia, era responsabile della sua condotta, incolumità fisica e solidità economica. *Non c'è nessun altro, a parte il sottoscritto, su cui gravino la responsabilità e il dovere di proteggerla quando ne ha bisogno*, scrisse Robert a Ann verso la metà del mese, e anche a Frances, come le due sorelle scoprirono paragonando le lettere. *Voglio fare tutto ciò che è in mio potere per la sua felicità, e non ho alcuna intenzione di interferire con le sue spese, se non per assicurare che abbia denaro sufficiente per il resto della vita.*

Frances sapeva che, nel suo fragile stato mentale, Mary

avrebbe potuto rovinarsi finanziariamente senza volerlo. Ann riteneva molto più verosimile che finisse sul lastrico di proposito per umiliare il figlio, perché senza dubbio il pubblico avrebbe accusato Robert se la madre, vedova e malata, avesse sperperato la sua fortuna.

Ann provava pena per Robert, che aveva su di sé diverse grosse responsabilità: una madre rancorosa, forse folle; lo studio legale; e una famiglia, compreso un neonato, il suo terzogenito. Non aveva bisogno dell'ulteriore distrazione di una battaglia prolungata con la madre per i suoi beni. Non era nemmeno certo di essere autorizzato legalmente a consegnarle le obbligazioni e i conti correnti, come pretendeva Mary, perché il compito del tutore era proteggere quegli averi da una persona dichiarata legalmente pazza.

Una settimana dopo la nascita del figlio, Robert scrisse alle zie di Springfield per informarle che non avrebbe preso alcuna decisione senza consultare i suoi consiglieri più fidati. Tra loro c'era David Davis, un caro amico di Abe fin dai tempi dei giri nei tribunali e l'uomo che più aveva caldeggiato la sua candidatura nel 1860. Nel 1862, Abe l'aveva nominato alla Corte Suprema, e tre anni dopo Davis era diventato l'esecutore dei suoi beni. Alla fine di novembre, Robert scrisse per comunicare ai familiari di Springfield le raccomandazioni del giudice Davis, inviando una lettera a Elizabeth e pregandola di mostrarla agli altri. Secondo Davis, Mary sarebbe dovuta restare al Bellevue finché non fosse guarita completamente, e le interferenze dei Bradwell avevano avuto effetti disastrosi. Tuttavia, siccome ormai i giochi erano fatti, il giudice aveva suggerito a Robert di annullare tutte le limitazioni ai viaggi e ai soggiorni della madre e di restituirle i beni ma, anziché cederle le obbligazioni, avrebbe dovuto versarle un reddito mensile, che lei sarebbe stata libera di spendere come preferiva. *Intendo seguire questo consiglio*, scrisse Robert.

Di lì a poco, a casa degli Edwards giunsero casse e scatoloni pieni degli averi di Mary, compreso il portagioie e undici bauli di vestiti. Quando Ann andò ad aiutare Mary, Elizabeth, la governante e la cameriera a trovare un posto in cui riporre ogni cosa, Elizabeth, allarmata dall'enormità del compito, concluse stancamente che la maggior parte degli indumenti e dei ninnoli sarebbe dovuta rimanere nei bauli, perché negli armadi e nei comò non c'era abbastanza spazio.

All'inizio Mary parve felice di riavere i suoi effetti personali, ma con il passare delle ore e dopo un esame superficiale delle casse il suo viso si rabbuiò per la diffidenza e la delusione. «Non c'è tutto» si lamentò. «Robert ha trattenuto alcuni dei miei oggetti più preziosi, quelli con il maggiore valore affettivo.»

«Non ti basta, per il momento?» Ann indicò la camera degli ospiti, prima ordinata e ora zeppa di scatoloni. «Qui hai più vestiti di quanti tu ne possa indossare in un anno, e continui a comprarne di nuovi. Finirai per buttare Elizabeth e la sua famiglia fuori dalla loro casa.»

«È questione di principio» ribatté Mary. «Nulla di tutto ciò avrebbe importanza se Robert mi restituisse semplicemente le obbligazioni.»

Ann e le altre sorelle sapevano che il nipote non ne aveva la minima intenzione. «Mary ha accumulato molto risentimento contro Robert negli ultimi quindici giorni» sussurrò Elizabeth a Ann qualche ora dopo, mentre la accompagnava alla porta. «Più lui le concede, e più lei pretende.»

«Allora speriamo che questa volta nostro nipote rimanga saldo» commentò Ann, «altrimenti presto non riuscirai a camminare in casa tua senza inciampare in un baule.»

L'espressione desolata di Elizabeth rivelò che aveva considerato quella possibilità, ma che non vedeva come impedirla.

Quando Ann fece un'altra visita alla sorella maggiore alla fine del mese, Elizabeth confessò che la situazione era peggiorata. Mary continuava a esigere che Robert le aumentasse l'importo mensile e le spedisse il resto dei bauli, benché Elizabeth le avesse fatto presente che non avevano abbastanza spazio per riporli e che non ne aveva davvero bisogno. «Ancora più preoccupante» aggiunse, arricciando le labbra e guardandosi sopra la spalla per assicurarsi che Mary non la sentisse «è che stia distribuendo un'incredibile quantità di oggetti e denaro tra vecchi amici e conoscenti.»

«I soldi sono un problema» rifletté Ann, «ma non è un bene che si stia sbarazzando delle cose che non vuole o che non le occorrono più? Se le regala, prima o poi riavrai la tua casa.»

«Niente affatto. In realtà, molti degli oggetti di cui si è liberata erano di Robert. So per certo che li ha regalati a lui e a sua moglie anni or sono. Quanto al resto, quelle cose andrebbero considerate parte dell'eredità di nostro nipote. Io e Ninian siamo scioccati all'idea che Mary voglia sottrarre a suo figlio il futuro.»

«Robert non ha mai contato sull'eredità per provvedere a se stesso e alla sua famiglia. Grazie al suo impegno sta facendo molta strada e ha accumulato un bel gruzzolo.»

«Ciò non rende le azioni di Mary meno sbagliate.»

Elizabeth alzò le mani, facendo no con la testa. «Non sto parlando di un vestito che non indosserà più o di uno scialle fuori moda da dieci anni. Di simili cose dovrebbe essere libera di sbarazzarsi come crede. La mia preoccupazione riguarda preziosi cimeli di famiglia, manufatti del compianto padre di Robert. Non pensi che dovrebbero andare a lui e ai suoi figli?»

Ann esitò, sempre più a disagio. Di tanto in tanto, negli ultimi dieci anni, Mary aveva donato a cari amici o a colleghi leali di Abe alcuni ricordi di suo marito, per esempio un bastone da passeggio, un cappello a cilindro o un libro. Ma dare via bauli di oggetti personali per ripicca era un altro paio di maniche. Anche se Mary aveva il diritto legale di farlo, Robert meritava di essere informato.

L'eredità non mi interessa, rispose al messaggio urgente di Ann. *Anzi, avevo dato per scontato che mia madre mi avesse già escluso dal testamento. Quando si tratta delle sue ultime volontà, non voglio che il mio profitto o quello dei miei figli influenzi la decisione. L'unico scopo che desidero raggiungere tramite qualunque strategia si possa adottare è la sua protezione.*

Ann lo trovò molto generoso da parte sua, molto più di quanto meritasse quella dispettosa di sua madre. Si indignò ancora di più a dicembre, quando Mary, sempre più furiosa perché Robert si rifiutava di restituirle le obbligazioni, minacciò di assumere un avvocato che gli revocasse il mandato di tutela. Lo avvertì che l'iter legale l'avrebbe costretta a divulgare la verità sugli ultimi dieci anni del loro rapporto, dettagli che, se resi pubblici, avrebbero messo in imbarazzo più lui che lei, dal punto di vista sia personale sia professionale.

Elizabeth disse a Ann che lei e Ninian si erano sgolati cercando di dissuaderla. Con pazienza e chiarezza, Ninian aveva spiegato più volte alla cognata le regole della tutela, ma lei si era semplicemente rifiutata di credere che Robert non avesse la discrezionalità legale di ridarle il controllo dei beni fin quando il sistema giudiziario avesse continuato a considerarla pazza.

«Finirà per fare a pezzi questa famiglia» si lamentò Ann con Clark una sera, mentre si preparavano per andare a letto, tremando tanto per i nervi scossi quanto per il freddo. «Non ha già trascinato abbastanza la nostra reputazione nel fango? Cosa mai potrebbe ottenere rivelando il contenuto delle conversazioni private con suo figlio – conversazioni assai romanzate, ne sono certa – per coprirlo di vergogna agli occhi altrui? Le persone rispettano lui e detestano lei. Non le conquisterà mai e non convincerà anima viva di avere il diritto di amministrare il suo patrimonio. Dimostrerà solo che avrebbe dovuto evitare di lasciare il Bellevue.»

«Sicuramente pensa che non si arriverà a tanto.» Clark spense la lampada. «Dà per scontato che Robert preferirebbe cedere alle sue richieste che dare spettacolo.»

«Ma legalmente non può darle ciò che vuole.»

Sospirando, Clark si infilò a letto accanto a lei, tirando su le trapunte. «Qualcuno deve convincerla prima che passi il limite.»

La camera era buia e silenziosa, ma Ann rimase sveglia a rimuginare per un po'. Quando si svegliò l'indomani mattina, decise che siccome nessun altro sembrava avere qualche chance di persuadere Mary ad arrendersi, tanto valeva che ci provasse lei. Era improbabile che peggiorasse le cose.

Alcuni fiocchi di neve svolazzarono davanti alla finestra mentre Ann indossava un caldo vestito di lana e scendeva a colazione, annuendo al ritmo del chiacchiericcio dei bambini e ripetendo mentalmente cosa avrebbe detto alla sorella. Era tarda mattinata quando ebbe l'opportunità di mettersi gli stivali e la mantella e di incamminarsi verso la casa degli Edwards.

Quando arrivò, la governante la informò che la padrona stava riposando e che Mrs Lincoln era uscita a fare una passeggiata con il nipote Lewis. Invitata ad aspettare in salotto, Ann decise di andare loro incontro, in modo che Elizabeth potesse dormire indisturbata.

Inalando a fondo l'aria frizzante, profumata di neve, si avviò nella direzione indicata dalla governante. Aveva percorso appena due isolati quando distinse la figura familiare di Mary che, avvolta in un mantello con il cappuccio sollevato, camminava sul marciapiede verso di lei, da sola. Lewis non si vedeva da nessuna parte.

Insospettendosi all'istante, Ann sollevò le gonne e si affrettò verso la sorella. Raggiunse Mary prima che potesse svignarsela. A dire il vero, in una corsa sarebbe riuscita a batterla facilmente. «Dov'è Lewis?» chiese, fingendo che la domanda fosse dettata dalla semplice curiosità.

Mary si raddrizzò in tutta la sua statura. «Volevo restare da sola con i miei pensieri.»

«Mi hanno detto che è uscito con te.»

«Aveva degli affari da sbrigare, così ci siamo separati.»

Ann poté solo immaginare come Mary fosse riuscita a eludere il nipote e quanto il giovane si sarebbe sentito in imbarazzo quando avesse scoperto di essere stato ingannato. «Vedo che anche tu avevi delle commissioni da fare» osservò, adocchiando la spessa busta che l'altra teneva sotto il braccio. Fece un rapido passo indietro e, anche se Mary si voltò per ostruirle la visuale, non fu abbastanza veloce per nascondere il nome del mittente.

«Il giudice Bradwell?» si meravigliò Ann. «Sei in contatto con i Bradwell?»

«E con ciò?»

«Sai benissimo che l'interruzione di ogni contatto con quei due era una condizione per le tue dimissioni!»

«Per la mia *visita*, semmai» la rimbeccò Mary con voce dura. «Dopo le dimissioni definitive, le condizioni sono decadute.»

«Dubito che il dottor Patterson, Elizabeth o Robert sarebbero d'accordo.» Cogliendo uno sguardo circospetto nei suoi occhi, Ann aggiunse: «Se non lo ritenessi sbagliato, non l'avresti tenuto segreto e non avresti mentito sulle tue presunte commissioni e sul fatto di aver abbandonato Lewis lungo la strada».

«Il giudice Bradwell è il mio consulente legale. Se proprio vuoi saperlo, gli ho chiesto di spedirmi il testamento affinché possa modificarlo.»

Per escludere Robert, senza dubbio, pensò Ann. «Questo è l'unico contatto che hai avuto con Bradwell o con sua moglie? Se l'invio del testamento è l'unico scambio avvenuto tra voi e non hai intenzione di scrivere di nuovo a nessuno dei due, non mi sentirò in dovere di riferire ciò che so a Elizabeth e Robert.»

«Sciocchezze.» Mary le passò accanto, proseguendo verso la casa degli Edwards. «Dirai loro ciò che vuoi, infiorettandolo fino a renderlo irriconoscibile.»

Profondamente offesa, Ann si girò e la seguì, restia a lasciarla sola ma poco incline a camminare al suo fianco. Mary salì dritta in camera sua, mentre lei andava da Elizabeth, sollevata di trovarla sveglia. Sorpresa e allarmata dalla notizia del sotterfugio di Mary, Elizabeth mandò a dire a Ninian di rientrare subito dal lavoro. Riuniti dietro la porta chiusa dello studio, i tre dedussero ben presto che la rabbia di Mary verso Robert aveva iniziato ad aumentare più o meno nel periodo in cui lei aveva ripreso a corrispondere con i Bradwell. Concordarono anche – con una certa riluttanza da parte di Mary – che i nuovi contatti clandestini con quella coppia di ficcanaso non erano una ragione sufficiente per rimandarla al Bellevue. Nonostante ciò, Elizabeth lo considerava un tradimento personale. L'interruzione delle comunicazioni con i Bradwell era una condizione non solo per le dimissioni di Mary, ma anche per la sua permanenza dagli Edwards. Il fatto che una breve visita si fosse trasformata in un soggiorno a tempo indeterminato non aveva la minima importanza. Agendo a sua insaputa, Mary aveva tradito la sua fiducia.

Naturalmente occorreva informare Robert, anche se quella scelta avrebbe fatto infuriare sua madre ancora di più.

Alla fine di dicembre, nonostante le suppliche e le proteste delle sorelle, Mary assunse un avvocato, l'ex governatore dell'Illinois John M. Palmer, perché facesse ricorso contro la nomina a suo tutore di Robert. Nei pochi giorni che l'uomo impiegò per studiare gli statuti legali, diventò sempre più eccitabile e polemica, aspettando con ansia il momento in cui le avrebbe presentato gli estremi del caso. In quanto suoi tutori, Elizabeth e Ninian furono costretti ad assistere all'incontro, che si svolse nello studio di Ninian in un pomeriggio gelido. Su richiesta di Elizabeth, parteciparono anche Ann e Frances, pronte ad aiutare in qualunque modo fosse necessario, a seconda delle scoperte di Palmer e della reazione di Mary.

L'espressione speranzosa della loro sorella svanì lentamente a mano a mano che il governatore spiegava come Robert avesse interpretato la legge alla perfezione. La tutela non si poteva revocare finché legalmente lei non fosse più stata considerata pazza, e il ricorso si poteva presentare solo dopo un anno dal processo.

All'inizio Mary non capì le sue parole, ma si limitò a torcersi le mani, domandando quando le avrebbero restituito le obbligazioni. Ninian prese da parte Palmer e lo pregò di spiegarle il principio della tutela, se necessario mostrandole i riferimenti tratti dai libri di giurisprudenza, perché Mary sarebbe stata più propensa ad accettare la triste verità dal suo avvocato, piuttosto che dal figlio, dalle sorelle o dai cognati.

Alla fine Mary inspirò a fondo, fissando il governatore. «Un anno dal giorno di quel ripugnante processo?»

«Sì, Mrs Lincoln. Un anno.»

Lei si alzò rigidamente, trascinandosi dietro le gonne. «Annoterò la data e l'ora.» Con le spalle dritte e la testa alta, lasciò la stanza senza degnare di un'occhiata le sorelle, Ninian e nessun altro.

Dopo aver ricevuto un resoconto della riunione, Robert scrisse a Palmer offrendosi di rinunciare al mandato se il governatore fosse stato disposto ad accettarlo. L'altro rifiutò.

Non sono interessato ai beni di mia madre ora né desidero un'eredità in futuro, scrisse Robert a Ann poco dopo, con la stanchezza e la frustrazione che trasparivano dai tratti di penna. *È sempre stata generosa con me in passato. Le sono oltremodo grato per ogni cosa, e non esiterò mai ad ammetterlo, ma la riconoscenza non mi esonera dai miei doveri nei suoi confronti. Farò ciò che ritengo meglio per lei, anche contro la sua volontà, se occorre.*

Mentre si avvicinava la fine dell'anno e l'astio di Mary verso il figlio cresceva costantemente, Ann sospettò che qualunque cosa Robert decidesse di fare, a parte restituirle le obbligazioni, sarebbe stata proprio quello: un'azione intrapresa contro la sua volontà, a cui Mary si sarebbe opposta con tutta la propria forza e astuzia.

16
Dicembre 1860-marzo 1861
ELIZABETH

Qualche giorno prima di Natale, durante un congresso statale organizzato al Saint Andrew's Hall a Charleston, i delegati della Carolina del Sud votarono all'unanimità per la secessione dall'Unione.

Sebbene, dopo l'elezione di Abe, gli avvertimenti in tal senso fossero apparsi sempre più spesso nei giornali del Sud, molti abitanti del Nord, tra cui anche Elizabeth e Ninian, rimasero a bocca aperta quando la minaccia fu messa in pratica. Il mercato azionario si fece nervoso, i politici discussero invano e i cittadini di tutto il paese si chiesero con trepidazione o fervore quali altri stati avrebbero seguito l'esempio. Le speranze che la Carolina del Sud rientrasse presto nell'Unione si infransero quando i suoi leader, freschi di nomina, dichiararono che i tre forti federali all'interno dei suoi confini ricadevano sotto la loro giurisdizione. Mentre il presidente Buchanan decideva il da farsi, forse rimpiangendo che Abe non potesse sostituirlo subito sollevandolo da quella responsabilità, l'ufficiale federale a capo di uno dei forti entrò in azione. Nella notte del 26 dicembre, il maggiore Robert Anderson trasferì le truppe dalla loro vulnerabile posizione a Fort Moultrie, sulla terraferma, al più difendibile Fort Sumter, nel porto di Charleston. L'indomani, la milizia della Carolina del Sud si impadronì di Fort Moultrie e di Castle Pinckney, pretendendo la resa del maggiore Anderson, che rifiutò e mantenne risolutamente la posizione mentre l'esercito avversario si preparava per l'assedio.

Nel bel mezzo di disordini e allarmi nazionali senza precedenti, Abe dovette proseguire il lavoro della nuova amministrazione, il cui compito principale era la nomina del gabinetto. Invitò i suoi ex rivali per la candidatura repubblicana, compreso Mr Chase, a incontrarlo a Springfield, mentre altri, come Mr Seward, mandarono delle procure. Con suo disappunto, Mary non poté partecipare alle riunioni riservate, ma durante le cene e i ricevimenti che diede in quel periodo ebbe molte opportunità per parlare con i potenziali segretari di gabinetto e di valutarne i meriti. Elizabeth sapeva che Abe era obbligato a prendere in considerazione i vecchi concorrenti e altri uomini illustri del partito per quelle posizioni importanti, ma sperava che non trascurasse uomini leali e competenti più vicini alla famiglia, in particolare il caro Ninian. Sarebbe stato scortese se lui si fosse fatto avanti chiedendo una carica, ma poteva lasciar intendere – e lo fece – che era pronto a prestare servizio in qualunque ruolo suo cognato avesse ritenuto opportuno. In privato, Ninian ed Elizabeth convennero che procuratore generale sarebbe stato un titolo molto prestigioso, a cui lui avrebbe reso giustizia con le sue capacità e la sua esperienza, ma anche direttore generale delle poste non sarebbe stato da disdegnare.

Il loro entusiasmo fu frenato dai gravi resoconti provenienti dall'Est. Il 5 gennaio il *New York Herald* riferì che il piroscafo *Star of the West* era salpato da New York per Charleston con truppe e vettovaglie per dare il cambio al maggior Anderson a Fort Sumter. Altri giornali confermarono la notizia, precisando dove e quando il mercantile era stato avvistato mentre viaggiava verso sud lungo la costa. «Mi sentirei rassicurata dall'intervento, per quanto tardivo, del presidente Buchanan» disse Mary, sprezzante, «se non fosse che gli abitanti di Charleston possono ricevere le notizie dai giornali orientali con la stessa facilità con cui le riceviamo noi. Sicuramente il loro esercito sarà pronto quando arriverà lo *Star of the West*. Riesco a immaginare fin troppo bene quale orrore sarebbe se gli americani usassero le armi contro i loro connazionali!»

Le sue parole si rivelarono terribilmente preveggenti.

Il 10 gennaio Mary partì per New York – scortata da Clark, che conosceva bene la città e poteva far valere le proprie competenze commerciali – per acquistare un guardaroba adatto per la moglie del presidente eletto. Poi avrebbero proseguito verso Cambridge per far visita a Robert a Harvard e portarlo a casa, affinché potesse accompagnare la famiglia sul treno presidenziale per Washington il mese successivo. Mary confidò alle sorelle che lungo la strada voleva incontrare insigni repubblicani a cene e ricevimenti, perché potessero renderle omaggio, ma anche e soprattutto per valutare la loro lealtà verso suo marito e assicurarsi il loro sostegno per i propri candidati preferiti al gabinetto.

Elizabeth temeva che Abe ignorasse i progetti di sua moglie ed era certa che non li avrebbe approvati.

Mary e Clark salirono sul treno diretto a est mentre i giornali erano zeppi di notizie allarmanti dalla Carolina del Sud. Il giorno prima, lo *Star of the West* era entrato nel porto di Charleston, accolto dal fuoco della milizia e di giovani cadetti militari. Colpito all'albero ma senza danni ingenti, il piroscafo era stato costretto ad arretrare verso il canale, tornando in mare aperto.

Quello stesso giorno, nell'estremo Sud, i delegati nel Mississippi votarono a favore della secessione. L'indomani, la Florida uscì dall'Unione, seguita dall'Alabama il giorno successivo. Uno dopo l'altro, gli stati del Sud caddero come libri sistemati distrattamente su uno scaffale traballante. L'ex presidente John Tyler, che si stava godendo la pensione a Richmond, in Virginia, pubblicò un appello per una conferenza di pace, facendo un ultimo nobile tentativo per risolvere la crisi senza spargimenti di sangue. Facendosi beffe senza volerlo della sua iniziativa, la Georgia optò per la secessione due giorni dopo e, dopo altri due, cinque senatori dell'Alabama, della Florida e del Mississippi si alzarono per pronunciare discorsi d'addio prima di dimettersi dal Senato e lasciare Washington per tornare nel Sud.

I giornali raccontarono tristemente come il senatore Jefferson Davis, l'ultimo a parlare, avesse ribadito la sua opinione secondo cui gli stati avevano il diritto costituzionale di abbandonare l'Unione, e il suo stato d'origine, il Mississippi, aveva una ragione comprensibile per fare quella scelta. Nonostante ciò, era dispiaciuto per il conflitto che li aveva divisi. «Sicuramente non provo alcuna ostilità verso di voi, senatori del Nord» aveva detto. «Sono certo che non c'è nemmeno uno tra voi, qualunque aspro confronto possa esserci stato, a cui non possa dire ora, dinanzi al mio Dio, che gli auguro ogni bene; e tale è, credo, il sentimento delle persone che io rappresento verso quelle che voi rappresentate.» Fiaccato dalla malattia e dalla tensione, aveva espresso la speranza che prima o poi i governi separati avessero rapporti pacifici e aveva chiesto personalmente scusa per l'eventuale sofferenza che aveva cagionato ad altri senatori nella foga del dibattito.

Cinque giorni dopo, la Louisiana se ne andò.

Ormai Mary era tornata a Springfield, ancora al settimo cielo per le spese folli che aveva fatto e l'attenzione che aveva ricevuto sulla stampa, anche se non tutti gli articoli erano favorevoli. Nonostante ciò, quando le sorelle Todd si incontrarono nel salotto degli Edwards per condividere le notizie sulla famiglia, Elizabeth notò che Mary era nervosa quanto lei. La loro sorellastra Martha aveva sposato un medico e viveva a Selma, in Alabama; la loro sorellastra Elodie alloggiava da lei e intendeva rimanere nel Sud. Il fratello George e due fratellastri, Samuel e David, abitavano a New Orleans. Da quando nel Sud era scoppiata la febbre della secessione, Elizabeth aveva ricevuto una lettera da Elodie, ma nulla dagli altri.

Suo fratello Levi la esortò a non preoccuparsi. «I nostri fratellastri non sono mai stati scrittori di lettere prolifici. Probabilmente sono in imbarazzo per non aver sostenuto Abe durante le elezioni e, ora che ha vinto, restano in silenzio per non sembrare ipocriti. Rinsaviranno con il tempo, quando capiranno che Abe non è il tipo da serbare rancore.»

Elizabeth avrebbe voluto credergli, ma i loro fratellastri nel Sud non erano come Levi, che ammirava Abe e aveva condotto una campagna per lui a Lexington. Di recente si era persino impegnato a rinunciare ai liquori per fare un'impressione migliore e per emulare il cognato, che non beveva mai. Elizabeth sperava con tutto il cuore che

Levi restasse sobrio, perché lo sapeva un ubriacone rabbioso e negligente, e il suo matrimonio ne aveva risentito. Non aveva più la pronuncia strascicata e sembrava aver ritrovato interesse per la vita, ma le mani gli tremavano leggermente e la pelle aveva una sfumatura itterica. Forse, se la temperanza fosse durata, quelle spie dell'alcolismo cronico sarebbero scomparse con il passare del tempo.

In preda a un mutevole vortice di emozioni – straordinario orgoglio mentre Abe si apprestava a occupare la massima carica del paese, ansia per la nazione in sfacelo, felicità per Mary mentre il sogno della sua infanzia si realizzava, preoccupazione per i familiari che, a quanto pareva, avevano legato la propria sorte a quella del Sud secessionista – Elizabeth e le sue sorelle aiutarono Mary a prepararsi per il viaggio verso la Casa Bianca. C'erano bauli da riempire, oggetti da riporre, documenti privati da bruciare, accordi da prendere per la locazione della casa, ospiti da ricevere, regali da ricambiare, innumerevoli lettere da scrivere. Coloro che cercavano Abe a casa o allo studio legale per congratularsi o chiedere nomine erano così tanti che lui dovette ritirarsi in una stanza al secondo piano del negozio di Clark per scrivere in pace il discorso d'insediamento. Mary, nel suo elemento, faceva acquisti, imballava e dava ordini con gioia sfrenata, ma ogni volta che veniva a conoscenza di una nuova minaccia contro suo marito, impallidiva e tremava. Tra le lacrime, supplicò Abe di viaggiare con una guardia del corpo, ma lui era riluttante. A Springfield era tra amici e familiari, disse, e si rifiutava di credere che là la sua vita fosse in pericolo.

Il giorno in cui i Lincoln e il loro entourage sarebbero partiti per Washington si avvicinava rapidamente. Le sorelle assicurarono a Mary che anche se Abe non si fosse curato della propria incolumità, il responsabile della campagna, il giudice David Davis, e Mr Norman Judd, che era stato incaricato della sua sicurezza durante il viaggio, avrebbero preso tutte le misure necessarie. Mary si rabbuiò leggermente nel sentir menzionare il giudice. Quando Abe aveva smesso di darle educatamente retta ogni volta che gli suggeriva determinati gentiluomini per certi posti nel gabinetto, Mary aveva scritto a Davis per convincerlo dei loro meriti, sperando che spacciasse quelle raccomandazioni per proprie. Fino a quel momento, nulla indicava che l'uomo avesse interceduto per suo conto.

Nella prima settimana di febbraio, la loro sorellastra Margaret, moglie di Charles Kellogg, andò a Springfield da Cincinnati per poi accompagnarli a Washington; un giorno dopo, Martha arrivò da Selma. Elizabeth fu felice di vederle entrambe, ma la presenza di Martha in particolare fu di grande sollievo per lei, perché aveva immaginato la secessione come un violento terremoto capace di aprire una spaccatura incolmabile tra gli stati dell'Unione e i secessionisti, come se l'Alabama fosse stato cancellato dalla carta geografica. Elizabeth sperava che la ribellione nascente venisse soffocata di lì a poco, prima che potesse complicare i viaggi tra Nord e Sud, impedendo alle sorelle di muoversi liberamente.

Ora le sorelle Todd che si erano riunite a Springfield si stavano preparando per un altro giorno, e il 5 febbraio aiutarono Mary a dare una grande festa d'addio. Familiari, amici, sostenitori politici e alcuni membri della stampa furono invitati tra le sette e mezzanotte per un'ultima visita al presidente eletto e a sua moglie. Ci si aspettava l'arrivo di centinaia di persone, ma ne arrivarono migliaia.

Abe ricevette gli ospiti a mano a mano che entravano e si presentavano, poi li indirizzava verso il salotto, dove incontravano Mary. Elizabeth pensava che fosse assolutamente radiosa nel vestito di seta antica moiré bianco intenso, con lo strascico lungo e un piccolo colletto di pizzo francese. Il collo e le spalle eleganti erano ornati da un filo di perle, squisite nella loro semplicità, e i folti capelli castani accuratamente raccolti erano decorati da un sottile tralcio di fiori. Mary aveva gli occhi scintillanti e il sorriso raggiante, come se provasse soltanto gioia e impazienza per gli anni a venire, e in quel momento perfetto, con le sorelle che si crogiolavano nella sua gioia e il fior fiore di Springfield a casa sua per renderle omaggio, forse erano davvero quelle le uniche emozioni che sentiva.

Alle sette e mezzo dell'11 febbraio, Abe e il suo entourage di consiglieri, segretari e amici salirono sull'*Inaugural Express*, un treno speciale che avrebbe condotto il presidente eletto da Springfield a Washington attraverso un tortuoso viaggio di dodici giorni. In realtà, non avrebbe viaggiato su un solo treno, bensì su diversi convogli destinati a ricevere quel titolo a turno, perché gli scartamenti ferroviari variabili lungo il tragitto avrebbero costretto il gruppo a cambiare più volte. L'*Inaugural Express*, il primo a portare quel nome, era un raffinato e moderno miracolo di ottone e ferro luccicante, con una potente locomotiva e un altissimo fumaiolo che soffiava vapore nell'aria. Subito dietro c'era il bagagliaio e, da ultimo, una carrozza passeggeri gialla festosamente ornata di pavesi e bandiere, con le finiture in legno tirate a lucido. L'*Inaugural Express* si sarebbe fermato in numerose città lungo la strada affinché Abe potesse ringraziare i sostenitori, ricevere i loro elogi, partecipare a varie cerimonie civili e fare discorsi a favore dell'unità nazionale.

Elizabeth era entusiasta di far parte dell'entourage di Mary insieme alle figlie Julia e Lizzy; alle sorelle Frances, Margaret e Martha; e alla cugina Lizzie Grimsley. A causa dell'orario scomodo, Mary, Willie e Tad e le signore non sarebbero saliti sul treno con Abe e i gentiluomini – un gruppo formato da Robert, William, Levi e altri amici e consiglieri – bensì li avrebbero raggiunti l'indomani alla prima fermata, Indianapolis.

Per questa ragione, quando si avvicinò il momento della partenza di Abe, Mary, Elizabeth e Frances non erano a bordo dell'*Inaugural Express* ma sul marciapiede del Great Western Depot. Ben coperte contro il freddo tra l'entusiasmo e il trambusto della folla esultante, le sorelle Todd aspettavano il discorso di commiato del presidente eletto, che sicuramente sarebbe stato toccante anche se si sarebbero rivisti molto presto.

Gli astanti si zittirono quando Abe uscì sulla piattaforma posteriore del vagone. «Amici miei, chi non si trova nella mia situazione non può comprendere il mio sentimento di tristezza per questa separazione» esordì con voce echeggiante. «A questo luogo, e alla gentilezza di queste persone, io devo ogni cosa. Qui ho vissuto per un quarto di secolo, passando dalla gioventù alla vecchiaia. Qui sono nati i miei figli, ed è sepolto uno di loro. Ora me ne vado, senza sapere quando o se mai tornerò, con un compito dinanzi a me ancora più impegnativo di quello che gravava su Washington.»

Mentre continuava a parlare, Elizabeth lanciò un'occhiata furtiva a Mary e provò una fitta di compassione per la malinconia e l'incertezza che le scurivano il viso. Essere la moglie del presidente era ciò che Mary aveva sempre voluto, eppure quasi ogni giorno arrivavano alla loro porta raccapricciantі lettere minatorie e resoconti di complotti omicidi. Abe cercava di proteggerla dalle minacce più gravi, ma lei sapeva.

Elizabeth le prese la mano e, quando sua sorella si girò sussultando, le fece un sorriso incoraggiante. Mary parve farsi animo e, appena suo marito concluse, sorrise di vera felicità e batté le piccole mani guantate con la stessa foga della folla euforica.

Mary, i suoi due figli minori e gli altri accompagnatori raggiunsero l'entourage del presidente eletto a Indianapolis il giorno dopo, salendo su un treno ancora più opulento. Come il primo *Inaugural Express*, era una sorprendente opera dell'ingegneria moderna, guarnito di bandiere e pavesi. Il fumaiolo della locomotiva aveva trentaquattro stelle bianche in rilievo – una per ciascuno stato dell'Unione, a prescindere da eventuali dichiarazioni di secessione – e le fiancate tappezzate dai ritratti litografici dei predecessori di Abe. A bordo di quella meraviglia potente e sfavillante, viaggiarono fino a Cincinnati, dove una banda diede loro il benvenuto in città e dove li aspettava una giornata piena di discorsi, apparizioni ed eventi. Dopo aver trascorso lì la notte, il mattino successivo il gruppo proseguì per Columbus, facendo frequenti soste lungo il percorso perché Abe potesse rivolgersi alle moltitudini festanti che lo attendevano impazienti sventolando bandierine. Quella sera ci furono altri discorsi, un party a casa del governatore William Dennison e un ballo militare, durante il quale Mary danzò fino a tarda notte, chiacchierando e affascinando chiunque incontrasse.

Andò avanti così, giorno dopo lungo magnifico giorno,

da Columbus a Pittsburgh e, attraverso la Pennsylvania, fino a Buffalo. Pur essendo incantata dai paesaggi sconosciuti e dai festeggiamenti gioiosi nelle cittadine lungo il percorso – e pur traendo enorme piacere nel guardare le sue figlie che si crogiolavano in quell'esperienza – alla fine Elizabeth iniziò a trovare il viaggio estenuante. Sapeva che lo stesso valeva per Mary. Durante alcune soste, sua sorella partecipava al comitato d'accoglienza di un ricevimento, sorridendo e stringendo mani per ore; in altre occasioni, lamentava un'emicrania e restava nel suo vagone a riposare sul sofà con gli occhi chiusi e le tendine tirate contro la fioca luce del sole invernale. Ad Ashtabula, nell'Ohio, quando non comparve sulla piattaforma posteriore al fianco del marito, gli spettatori la chiamarono finché Abe fece un sorriso bonario e alzò le mani per zittirli. «Non posso sperare di indurla a presentarsi» disse, «giacché ho sempre trovato assai difficile farle fare ciò che non voleva.» I presenti scoppiarono in una risata e persino Elizabeth si sorprese a sorridere di quella battuta.

Le sorelle Todd sapevano che l'*Inaugural Express* aveva seguito un itinerario così lungo e tortuoso attraverso diverse città e cittadine non solo per permettere a Abe di salutare quanti più sostenitori possibili, ma anche per scoraggiare chiunque desiderasse fargli del male. Quando Mary scoprì che la Philadelphia, Wilmington and Baltimore Railroad aveva assoldato la Pinkerton National Detective Agency per indagare su un complotto volto a vandalizzare la proprietà della ferrovia durante la sosta a Baltimora, Elizabeth nascose il suo nervosismo mentre insieme alle altre signore confortava Mary.

«L'investigatore Allan Pinkerton è a conoscenza della minaccia» osservò Frances, sempre razionale. «Ogni guardia, poliziotto e agente sarà preparato, e pronto a riconoscere eventuali segni di pericolo.»

«Tuttavia mi sentirò meglio una volta che avremo superato quella città» disse Mary con voce tremante, torcendosi le mani e con il volto acceso dalla preoccupazione. «Il Maryland fa ancora parte dell'Unione, per il momento, ma è uno stato schiavista, e Baltimora è stata particolarmente ostile a mio marito.»

«Andrà tutto bene» la consolò Elizabeth, sperando che fosse vero. «Cosa potrebbe andare storto, con tutti questi galanti protettori che ci circondano?»

Il 21 febbraio partirono per New York a bordo del treno più lussuoso su cui fossero saliti fino ad allora, e fecero diverse fermate nel New Jersey prima di arrivare a Philadelphia, dove ricevettero una calorosa accoglienza, con tanto di folle esultanti, bande di ottoni e salve d'artiglieria. In seguito, Abe si rivolse a una vasta moltitudine dal balcone dell'hotel, quindi si ritirò in una camera privata per godersi una cena tranquilla con la famiglia prima di incontrare i suoi simpatizzanti durante un ricevimento pubblico nel salone dell'albergo. Dopo l'imbrunire, la città celebrò la sua elezione con uno splendido spettacolo pirotecnico, il cui gran finale prevedeva un muro di fuoco rosso, bianco e blu intorno alle parole, in lettere d'argento illuminate, BENVENUTO, ABRAHAM LINCOLN. L'INTERA UNIONE.

Non appena le luci nel cielo si spensero, Mr Judd prese in disparte Abe, il giudice Davis e qualche altro gentiluomo in una stanza privata. Mary riuscì a intrufolarsi prima che chiudessero la porta ed Elizabeth, dopo aver aspettato di vedere se la sorella sarebbe ricomparsa nel giro di pochi minuti, esclusa perentoriamente dalla riunione, si ritirò nella sua suite, dove le sue figlie si stavano preparando per andare a letto, ripercorrendo incredule gli eventi della giornata.

Più di un'ora dopo, Elizabeth stava per coricarsi a sua volta quando udì un colpo alla porta e, aprendola, trovò Mary in corridoio, con il viso pallido e gli occhi lucidi di lacrime. «Terribili notizie, semplicemente terribili» singhiozzò, attorcigliando un fazzoletto così forte da rischiare di strapparlo.

Elizabeth si affrettò a farla entrare in salotto e chiuse piano sia la porta principale sia quella della stanza attigua, dove dormivano le ragazze. «Cosa c'è?» Si sedette sul sofà accanto alla sorella sconvolta.

«Ricordi, naturalmente, che ti ho parlato del piano per danneggiare la ferrovia mentre attraversiamo Baltimora.»

«Certo.»

«Da allora, gli agenti della Pinkerton hanno scoperto un complotto più sinistro.» Facendo un respiro tremolante, Mary si tamponò gli occhi con il fazzoletto. «La stazione di Baltimora ha una struttura strana, assai scomoda. Per trasferirsi dai treni in arrivo a quelli in partenza i passeggeri devono attraversare uno stretto tunnel pedonale, lo stesso che le carrozze useranno per portarci nei nostri alloggi in città. Secondo gli investigatori, dopo che il treno si sarà fermato, i simpatizzanti del Sud intendono creare un diversivo lungo i binari per distogliere l'attenzione della polizia. Quando entreremo nel tunnel» continuò, trattenendo un singhiozzo, «ci saranno almeno otto uomini pronti a pugnalare mio marito o a spararagli!»

«Santo cielo» esclamò Elizabeth. «Fino a che punto gli investigatori sono certi che non siano voci infondate?»

«Così certi che l'esercito ha chiesto, anzi, preteso, che

Abe si separi da noi e attraversi Baltimora con il favore delle tenebre, travestito e accompagnato dagli agenti della Pinkerton.» Mary scrollò il capo, arricciando le labbra. «Io sono totalmente contraria. Mi rifiuto di dividermi da mio marito e sono sicura che questo timoroso ingresso clandestino a Washington lo farà apparire debole dinanzi al pubblico e a tutti quegli orribili secessionisti.»

«Forse, ma la sua incolumità deve essere la preoccupazione principale» disse Elizabeth. «Cosa ne pensa Abe?»

Mary aggrottò le sopracciglia. «A meno che, a parte il rischio di rendersi ridicolo, non ci siano altre ragioni che indichino che il piano è incauto, è incline ad approvarlo.»

Se Abe pensava che fosse meglio così, Elizabeth si sarebbe fidata del suo giudizio. Il mattino dopo, quando consultò Frances, Margaret e Martha, anche loro conclusero che probabilmente l'esercito sapesse cosa fare. Le parole delle sorelle erano coraggiose e le loro voci determinate, ma gli occhi rivelavano molta apprensione.

Nonostante le obiezioni di Mary, Abe proseguì senza di loro. Spostandosi a bordo di veicoli meno vistosi, attraversò Baltimora con un berretto e un mantello di tartan, curvando le spalle per nascondere la sua notevole statura, un travestimento di cui si sbarazzò molto prima di arrivare a Washington. Mary e gli altri partirono in un secondo momento, proseguendo sull'*Inaugural Express* ed entrando nella stazione tra New Jersey Avenue e C Street verso le quattro del pomeriggio, dieci ore dopo l'arrivo di Abe.

«Guarda chi è venuto ad accoglierci» sussurrò Mary a Elizabeth quando il treno si fermò. Accennò oltre il finestrino, verso il marciapiede sottostante. «Riconosci il gentiluomo a sinistra, il membro del Congresso Elihu

Washburne? È bello vedere un vecchio amico dell'Illinois. L'uomo esile al suo fianco, quello con i capelli color argento e il bastone, è il senatore William Seward. Abe l'ha scelto come segretario di Stato, nonostante le mie forti obiezioni. Privo di principi, aspira a essere il potere occulto, ma presto scoprirà che mio marito non è un giovane pivello da manovrare.»

Nonostante il tono sdegnato, quando Mary e il suo entourage scesero dal treno e Mr Washburne e Mr Seward si fecero avanti per dare loro il benvenuto nella capitale, lei accettò i loro complimenti con garbo e chiacchierò amabilmente mentre i due le accompagnavano alle carrozze che le avrebbero portate in hotel. Elizabeth salì con Mary, i bambini e i due gentiluomini, mentre Frances, William, Levi e le altre signore li seguivano su una seconda vettura e il resto degli accompagnatori di Abe su una terza.

La prima impressione incredula e inorridita di Elizabeth quando vide Washington fu che fosse uno squallido villaggio rurale dove mucche, maiali e oche vagavano liberi per le strade, che, come l'aveva avvisata Mary, erano piene di polvere nelle giornate asciutte e si trasformavano in fiumi di fango quando pioveva. Pennsylvania Avenue e alcuni isolati adiacenti sulla Settima Strada erano lastricati, ma le lastre di pietra erano spaccate e irregolari, e la melma filtrava tra le crepe. Il troncone del monumento a Washington si innalzava desolato al centro di un campo aperto dove brucava il bestiame, la costruzione bloccata da faide politiche, incertezze finanziarie e atti di vandalismo. Anche il Campidoglio era incompiuto, ma se non altro là i lavori continuavano; la cupola, tronca e incompleta, si stagliava sopra il paesaggio, circondata da gru e impalcature, fiancheggiata da nude e disadorne ali marmoree, e attorniata da attrezzi, baracche per gli operai, pile di mattoni e blocchi di marmo sparpagliati ovunque.

«Non è terribile come sembra» disse Mary sottovoce. «Quando Abe era al Congresso, ho scoperto che Washington si contraddistingue per un peculiare misto di magnificenza e squallore. Ho sempre scelto di concentrarmi sugli aspetti più piacevoli della città: le ville elaborate e i giardini incantevoli, le splendide tenute nelle campagne circostanti, gli opulenti edifici di marmo che ospitano i vari uffici federali, e non dimentichiamo i magnifici e dispendiosi ricevimenti, cene e balli. Occorre un po' di attenzione per camminare in città senza imbrattarsi le gonne e le scarpe di fango, ma è a questo che servono le carrozze.»

Quando Mary fece un sorriso luminoso, Elizabeth la imitò, ma d'un tratto il pensiero di essere là solo in visita la riempì di sollievo. Soltanto la proposta di una posizione nel gabinetto per Ninian avrebbe potuto prolungare il suo soggiorno a tempo indeterminato, ma era un'ipotesi sempre più remota.

Le carrozze li condussero lungo Pennsylvania Avenue, fiancheggiata da alberi che protendevano i rami spogli verso il cielo coperto, oltre il dipartimento di Stato, il più massiccio Treasury Building e la Casa Bianca, così lontana da essere appena visibile. Mary era stata invitata per il primo marzo affinché Miss Harriet Lane, nipote del presidente Buchanan, potesse farle fare una visita guidata dell'edificio. Elizabeth avrebbe voluto accompagnare la sorella, ma Mary avrebbe dato il benvenuto alle Todd nella sua nuova casa di lì a poco.

Arrivarono al Willard Hotel, un disarmonico edificio di sei piani che non era solo l'hotel più bello e più grande della città, ma anche un punto d'incontro per i membri dell'alta società e i politici di Washington. Mentre le aiutava a scendere dalla carrozza, Mr Washburne osservò che non sarebbe stato sbagliato definire il Willard il centro del governo federale più di quanto lo fossero il Campidoglio, la Casa Bianca o il dipartimento di Stato, perché nei suoi leggendari salotti e corridoi si discutevano linee d'azione e si trovavano compromessi. Di recente, i fratelli Willard avevano coraggiosamente cercato di mantenere la pace tra fazioni litigiose assegnando agli ospiti del Sud camere distribuite su un unico piano ed esortandoli a usare l'ingresso delle signore sulla Quattordicesima Strada, mentre coloro che venivano dal Nord erano stati invitati a usare la porta principale sul lato di Pennsylvania Avenue. Nonostante ciò, i rivali erano destinati a incrociarsi nelle sale pubbliche dell'hotel, illuminate a gas, lussuosamente arredate con palissandro, damasco, pizzo e velluto, e pervase dall'odore di fumo e whiskey versato. Un'occhiata fugace, ed Elizabeth decise di non permettere alle sue figlie di passare neppure un minuto da sole là dentro. Rimase delusa nel vedere Levi restare indietro e intrufolarsi all'interno quando credeva che nessuno lo guardasse.

Non appena li accompagnarono nelle loro camere, il primo desiderio di Mary fu ricongiungersi con il marito. Quel giorno, e i seguenti, mentre Abe organizzava il governo, lei si imbarcò in una campagna tutta sua, aiutando l'entourage a sistemarsi, dando il benvenuto a familiari e amici, e accettando visite di diplomatici, statisti e relative consorti. Elizabeth e Frances notarono la preoccupante assenza delle signore più in vista della società di Washington, perlopiù native degli stati meridionali, ma non dissero nulla a Mary, sperando che sarebbe stata troppo occupata per accorgersene e che non l'avrebbe considerato un affronto.

Le signore del Sud tendevano a essere più numerose agli eventi a cui partecipava anche Abe. Attirate dalla curiosità, ipotizzò Elizabeth. A un ricevimento, durante il quale Abe e Mary ricevettero i visitatori per più di due ore in un salotto umido e affollato al primo piano del Willard, un cameriere rovesciò il caffè sul vestito di Mary, uno stupendo abito di seta color lavanda che lei avrebbe voluto indossare la settimana successiva per una festa dopo l'insediamento. «Cosa devo fare?» si agitò Mary mentre Elizabeth e Martha la conducevano in un salottino adiacente, dove nessuno potesse sbirciare mentre le tamponavano spasmodicamente il vestito con i fazzoletti. Fu tutto inutile, perché ormai era macchiato. «Non ho nient'altro di adatto da indossare.»

Captando la nota convulsa nella sua voce, Elizabeth si rese conto che, dopotutto, Mary doveva aver percepito lo sdegno delle signore di Washington. Tutti avevano letto i commenti maligni sui giornali, l'insinuazione che i Lincoln erano villani e zoticoni ignoranti destinati ad abbassare il livello dell'ambiente sociale con i loro rozzi modi occidentali. Mary doveva assolutamente essere inappuntabile e alla moda ogni volta che compariva in pubblico, altrimenti non le avrebbe mai conquistate.

«Avrete bisogno di un vestito nuovo» disse Mrs McLean, la moglie del colonnello Eugene McLean del Maryland, che le aveva seguite nel salottino senza che se ne accorgessero. «Conosco una sarta bravissima. Mrs Elizabeth Keckley. È la più acclamata di Washington. Crea tutti i miei abiti migliori, e quelli delle altre signore raffinate. Mrs Douglas, per esempio.»

«La moglie di Stephen Douglas? È bellissima, e sempre impeccabile» rifletté Mary. «Il nome della sarta mi suona familiare.»

«È arrivata a Washington da St. Louis. Forse cuciva per le vostre conoscenti laggiù. Se volete, le chiederò di venire da voi per un colloquio.»

La proposta venne accettata senza indugio e Mary tornò al ricevimento con un ventaglio strategicamente aperto per nascondere la macchia.

Il primo marzo, il tour della Casa Bianca andò bene, o almeno così riferì Mary alle sorelle. Miss Lane aveva promesso di organizzare un pasto per i Lincoln e i loro ospiti dopo l'insediamento, quando la residenza presidenziale sarebbe passata nelle loro mani. Il personale aveva dato a Mary una lista dettagliata delle regole riguardanti la gestione della Casa Bianca, che lei era sicura le sarebbe stata molto utile. I suoi lineamenti tirati indicavano tuttavia che, per quanto la famiglia di Miss Lane l'avesse accolta gentilmente, non le aveva trasmesso né calore né cordialità sincera. «Una certa freddezza è prevedibile, suppongo, giacché lei è democratica e io repubblicana» confidò Mary a Elizabeth e Frances. «Dopotutto, sto per sostituirla nel ruolo di first lady a Washington.»

Forse quella non era l'unica ragione per quell'accoglienza gelida. L'indomani mattina, Frances andò di buon'ora nella camera di Elizabeth per mostrarle l'ultimo numero dell'*Harper's Weekly*, che conteneva un articolo in cui le *sorelle di Mrs Lincoln* erano definite *le beniamine del Sud.*

«Per l'élite di Washington, che proviene in gran parte dagli stati meridionali, noi sorelle Todd siamo rozze occidentali» disse Frances, corrucciata. «Per quelli del Nord siamo fanciulle del Sud che chiedono a gran voce la secessione.»

«Non credo che questo articolo arrivi a tanto.» Elizabeth gli diede una scorsa. «Ma non mostrarlo a Mary.»

«Non è il primo a sollevare dubbi sulla lealtà di Mary, e non sarà neppure l'ultimo. Temo che finché questa ribellione non verrà soffocata, nostra sorella si ritroverà tra l'incudine e il martello, spalleggiata da nessuno dei due fronti ma guardata con diffidenza da entrambi.»

«Spero che ti sbagli» replicò Elizabeth, ma in cuor suo era agitata.

Due giorni dopo, la mattina dell'insediamento, si alzò presto. Un brivido di orgoglio e impazienza scacciò il sonno con la stessa efficacia dei primi pallidi raggi di sole che filtravano dalla finestra. Elizabeth si lavò e si vestì con cura, quindi svegliò Julia e Lizzy e le costrinse a imitarla, indugiando sulla soglia finché fu certa che non si sarebbero rinfilate a letto. Ordinò la colazione in camera e, dopo aver mangiato, finirono di prepararsi, aiutandosi a indossare i bei vestiti nuovi e ad acconciarsi, mettendosi i gioielli, togliendoli, scambiandosi orecchini e collane, rimirandosi allo specchio. Quando finalmente furono soddisfatte, si complimentarono a vicenda con grande entusiasmo e sincerità, sicure che sarebbero state all'altezza delle snob più altezzose di Washington.

Lasciando la suite, raggiunsero le altre Todd nel salone numero 6 per aiutare Mary a prepararsi per quel giorno importante. Era magnifica nel suo vestito di raso rosa cenere, con un elaborato copricapo di fiori e nastri sui capelli splendenti e diamanti che sfavillavano sui lobi delle orecchie. Erano un gruppo molto allegro, di buonumore, compiaciuto della propria bellezza, vestito in modo appropriato per gli eventi che presto sarebbero iniziati al Campidoglio.

Poi qualcuno bussò alla porta. «Avanti!» urlò Mary, briosa.

Entrò un'incantevole donna di colore, con un vestito alla moda, di ottima fattura, che fasciava alla perfezione la sua figura elegante. Aveva un portamento quasi regale e, quando Mary si alzò per salutarla, la sconosciuta inclinò la testa con grazia, riconoscendo il suo status di first lady.

«Voi dovete essere Elizabeth Keckley» esordì Mary. «La sarta raccomandata da Mrs McLean, giusto?»

L'altra si inchinò. «Sì, signora.»

«Benissimo.» Mary tornò al tavolo da toeletta e si guardò allo specchio, toccando la pelle delicata sotto gli occhi, forse contrariata da una ruga appena scoperta o immaginata. «Ora non ho tempo di parlare con voi, ma vorrei che veniste alla Casa Bianca domattina alle otto.» Voltandosi sulla sedia, sostenne lo sguardo di Mrs Keckley, aggiungendo solennemente: «È lì che sarò per allora».

«Sì, signora.» Facendo un altro inchino, la sarta uscì.

«Chi era quella donna incantevole?» domandò Martha, che, accanto alla finestra dall'altra parte del salone, si era persa la breve conversazione. «Che portamento nobile! È una principessa straniera?»

«Mrs Keckley è la sarta che Mrs McLean mi ha raccomandato la settimana scorsa. Mi avevano detto che forse sarebbe passata oggi. Avrei voluto farle subito un colloquio, ma non abbiamo tempo. Spero di non essere stata troppo brusca.» Studiando il proprio riflesso allo specchio, Mary diede all'acconciatura un ultimo colpetto leggero e, alzandosi, si guardò intorno, sorridendo a turno a ciascuna delle altre. «Carissime, non riesco a esprimere appieno la gioia che provo al pensiero che siate venute fin qui per condividere questa splendida giornata con me. Ebbene, che ne dite di andare a vedere Mr Lincoln diventare presidente?»

Elizabeth e le altre signore convennero che era un'ottima idea.

All'inizio la mattinata era stata gelida, umida e coperta ma, quando Mary, i suoi figli e le sue accompagnatrici arrivarono al Campidoglio, raffiche di vento intermittenti avevano ormai spazzato via le nuvole. Migliaia di spettatori fiancheggiavano il percorso che il presidente e Mrs Lincoln avrebbero seguito per raggiungere la Casa Bianca dopo la cerimonia. Elizabeth non aveva ancora visto il cognato quel giorno; Mary aveva spiegato che Mr Buchanan sarebbe andato a prendere Abe con il suo lucido calesse nero e l'avrebbe scortato fino al Campidoglio.

All'interno del Senato, una guardia li accompagnò ai loro posti nella tribuna d'onore da cui seguirono gli ultimi discorsi del trentaseiesimo Congresso. Calò un silenzio carico di tensione quando il vicepresidente uscente Breckenridge – un altro cugino Todd del Kentucky – si alzò e pronunciò un garbato discorso d'addio, dopodiché chiamò Mr Hannibal Hamlin e gli fece prestare giuramento. Applausi e acclamazioni riempirono l'aula quando il nuovo vicepresidente assunse la carica e dichiarò aperto il trentasettesimo Congresso.

A uno a uno, i senatori neoeletti e confermati prestarono giuramento. Quando l'ultimo ebbe finito, l'intera assemblea uscì sul portico orientale, dove era stato montato un palco per la conclusione della cerimonia. Elizabeth prese le figlie sottobraccio nella ressa, grata per la guardia militare che aveva sgomberato un corridoio per Mary e il suo entourage.

Poco prima dell'una, la porta centrale si spalancò davanti a loro e Mary uscì sul portico con i figli, le signore Todd e diversi gentiluomini. Il cielo si era aperto e il sole splendeva luminoso sopra le circa trentamila persone che avevano riempito la zona fangosa sotto il Campidoglio per assistere a quell'evento storico. Mentre si dirigevano verso i loro posti, Elizabeth scorse altri dignitari seduti nelle prime file, ombreggiate da un baldacchino di legno vicino a un piccolo tavolo da cui Abe si sarebbe presto rivolto alla folla.

Dopo che l'entourage dei Todd si fu accomodato, comparve il corpulento cancelliere della Corte Suprema, stringendo una Bibbia in una mano e guidando Roger Taney, l'anziano e fragile presidente del massimo organo giudiziario, con l'altra. Quando Abe salì sul palco, con Mr Buchanan che appariva pallido, triste e nervoso al suo fianco, applausi assordanti lo accolsero e si protrassero fin quando praticamente l'intero Senato e tutti gli altri dignitari ebbero preso posto. Poi il senatore Edward D. Baker dell'Oregon fece un passo avanti annunciando: «Cari connazionali, Abraham Lincoln, presidente degli Stati Uniti, procederà ora a pronunciare il discorso d'insediamento».

Abe si alzò, calmo e sereno, inforcando gli occhiali mentre si avvicinava al baldacchino. Si tolse il cappello, poi si fermò di colpo, guardandosi intorno con un sorriso imbarazzato, come se solo allora si fosse reso conto di non sapere dove appoggiarlo mentre prestava giuramento. Il suo ex rivale, il senatore Douglas, si fece avanti senza esitazione, lo prese e lo tenne sulle ginocchia mentre Abe si rivolgeva alla folla.

Fu un intervento indimenticabile. Elizabeth aveva sentito il cognato parlare molte volte, ma in quell'occasione restò profondamente commossa dalla semplice eloquenza delle sue parole, dalla lucidità e dalla compassione del suo pensiero.

Abe accennò anzitutto ai timori delle popolazioni del Sud, sottolineando che non aveva intenzione di interferire con lo schiavismo negli stati in cui era in vigore perché, anche se la Fugitive Slave Law offendeva gravemente moltissimi americani, si sentiva vincolato al rispetto della Costituzione. Poi, usando frasi chiare, lineari ed evocative per guidare logicamente il pubblico da una verità all'altra, spiegò come, nonostante i pareri contrari, la Costituzione affermasse che l'Unione non poteva essere spezzata. «Avrò cura, come la stessa Costituzione espressamente mi impone, che le leggi dell'Unione siano fedelmente rispettate in tutti gli stati. Io ritengo che ciò sia solo un semplice dovere da parte mia e a esso mi conformerò il più possibile, a meno che il mio giusto padrone, il popolo americano, non ritenga di rifiutare i mezzi necessari, o, in modo perentorio, indichi una diversa direzione. Spero che questo non sarà considerato come una minaccia, ma solo lo scopo dichiarato dell'Unione che costituzionalmente devo difendere e mantenere.»

Il Nord e il Sud non potevano separarsi sul piano fisico, ricordò agli ascoltatori, e non dovevano farlo su quello spirituale. «Noi non siamo nemici, ma amici» disse con un vigore poetico che incantò i presenti. «Noi non dobbiamo essere nemici. Anche se le passioni possono averli allentati, non si devono rompere i nostri vincoli di affetto. Le corde mistiche della memoria, che si estendono da ogni campo di battaglia e da ogni tomba di patriota a ogni cuore pulsante e focolare in tutta questa nostra immensa terra, si uniranno al coro dell'Unione, quando ancora una volta saranno suonate, come sicuramente avverrà, dai più nobili angeli della nostra natura.»

Mentre, intorno a lei e nell'area circostante il Campidoglio, gli uomini sollevavano i cappelli, le donne sventolavano i fazzoletti e tutti acclamavano il nuovo presidente, Elizabeth rimase immobile, ipnotizzata dalla potenza inattesa di quelle parole. Quando Julia le diede di gomito, si alzò, con le lacrime agli occhi mentre Roger Taney si avvicinava a passi lenti e incerti al tavolo dov'era in piedi Abe. L'anziano giurista avviò il rito ufficiale e Abe posò la mano sulla Bibbia, recitando il giuramento e inchinandosi a baciare il libro.

Era fatta. Una banda d'ottoni e alcune salve di cannone annunciarono che Abraham Lincoln era diventato il sedicesimo presidente degli Stati Uniti.

17

Gennaio 1876

FRANCES

È impossibile ragionare con tua madre riguardo alle obbligazioni, scrisse Frances a Robert all'inizio dell'anno nuovo. *È davvero esasperata nei tuoi confronti.*

Semmai, quello era un eufemismo. Benché Mary fosse affabile, allegra e cordiale in qualunque altra circostanza con qualunque altra persona, si adirava ogni giorno per le obbligazioni e inveiva contro il figlio ingrato e sleale che le impediva di riaverle. Ogni volta che Frances difendeva Robert, l'altra la fissava minacciosa e diceva che i segreti di cui era a conoscenza sulle vicende professionali di suo figlio le avrebbero fatto cambiare radicalmente opinione. Frances non le chiese di rivelarli, perché sapeva che sarebbero stati distorsioni della verità, se non addirittura invenzioni bell'e buone. Robert era un giovanotto scrupoloso e di buoni principi, ed era ovvio che Mary voleva soltanto punirlo per averla fatta internare.

Forse potresti smettere di fare riferimento all'infermità mentale di tua madre nelle lettere e nelle conversazioni con gli altri, perché simili commenti arrivano inevitabilmente alle sue orecchie, suggerì Frances a Robert nella stessa missiva. *Mia sorella disprezza qualunque riferimento alla propria salute mentale, anche quando amici benintenzionati esprimono gioia vedendo che l'ha recuperata. Non si è mai considerata pazza, e sentire gli altri, soprattutto te, affermare il contrario ferisce i suoi sentimenti.*

Non sapeva cos'altro consigliare. Lei e Robert convenivano che Mary non avrebbe mai dovuto lasciare il Bellevue finché non fosse completamente guarita ma, ora che era stata dimessa, era inverosimile che accettasse di tornare in istituto, o di essere mandata in qualunque altro luogo dove non volesse andare. Se Robert avesse deciso di fare un tentativo, era improbabile che Elizabeth e Ninian lo aiutassero. Ritenevano che Mary fosse rinsavita e, a eccezione del distacco tra lei e il suo unico figlio sopravvissuto, non sembravano allarmati dal suo comportamento. Entrambi ripeterono più volte al nipote che sicuramente sua madre gli avrebbe serbato rancore finché non le avesse restituito le obbligazioni, ma le loro insistenze erano inutili, perché la legge gli imponeva di non farlo almeno per altri cinque mesi.

Ann pensava che Mary dovesse essere sorvegliata in ogni momento e che la sua libertà di scelta andasse limitata, mentre gli Edwards erano del parere che dovesse poter fare ciò che desiderava e riavere ciò che voleva. Frances non riusciva a capire come avrebbero potuto aiutarla controllandola o assecondandola. E non avrebbe dovuto essere quello il loro obiettivo, ossia aiutare Mary? Tra quei due estremi doveva pur esserci una via di mezzo che le restituisse la ragione e la tranquillità. Al Bellevue aveva fatto molti progressi prima che i Bradwell interferissero.

Era difficile non imputare, almeno in parte, la sua crescente irascibilità alla ripresa dei contatti con il giudice.

Frances non riusciva tuttavia a ritenere i Bradwell responsabili dell'ossessione di Mary per gli acquisti maniacali che la contraddistingueva da molto prima di conoscere la coppia. Persino nei primi anni di matrimonio si era consolata e distratta facendo spese ogni volta che era preoccupata o arrabbiata. Quando Abe era impegnato nei tribunali di contea, lei attenuava la solitudine andando nei suoi negozi preferiti di Springfield a comprare tessuti, nastri o passamanerie per un cappello nuovo. Piccole cose, insomma, che le davano conforto e non danneggiavano il limitato bilancio familiare. A Springfield, dove tutti la conoscevano, la paura della vergogna e i modesti mezzi di Abe le avevano impedito di accumulare debiti, ma non si poteva dire lo stesso del periodo in cui l'aveva accompagnato a Washington per il mandato al Congresso. In un'occasione, Abe era tornato in albergo dopo aver ricevuto in ufficio le fatture insolute di due negozianti. «Ho esitato a pagarle» aveva detto in tono severo «perché ricordavo che mi avevi assicurato di non aver lasciato conti in sospeso.» All'inizio Mary aveva negato che fossero sue – Frances poteva soltanto fare congetture sul perché l'avesse fatto, quando sarebbe stato così facile smentirla – ma alla fine aveva confessato la verità. In seguito, nelle sue lettere addolorate alle sorelle aveva rivelato fino a che punto l'episodio l'avesse turbata, e le altre avevano capito che per lei era stato un momento imbarazzante. Infatti ce l'aveva messa tutta per limitare le spese finché era rimasta in città.

Purtroppo la sua determinazione aveva vacillato quando era tornata a Washington anni dopo come moglie del presidente. All'inizio del primo mandato di Abe, quando

Mary aveva scoperto che il Congresso assegnava ventimila dollari a ciascuna amministrazione per ristrutturare la Casa Bianca, si era apprestata a spendere quei fondi con gioia sfrenata. Certo, come Frances sapeva per certo, l'edificio era in pessime condizioni e aveva un disperato bisogno di migliorie. Persino durante la prima visita, quando l'emozione per l'insediamento di Abe e lo stupore per l'ascesa della sorella l'avevano distratta, aveva notato la trasandatezza della residenza presidenziale: tappeti logori, mobili rotti, carta da parati strappata e tendaggi sbrindellati dai collezionisti di souvenir.

Allorché Mary era venuta a sapere di quei sussidi, Frances e gli altri compagni di viaggio erano ormai tornati a casa, tutti tranne la cugina Lizzie Grimsley. La first lady non poteva nemmeno passeggiare lungo Pennsylvania Avenue senza che i reporter mandassero in tilt le linee del telegrafo, così quando Mary e Lizzie erano andate a New York per fare spese i primi di maggio, i giornalisti le avevano seguite come ombre. Gli articoli che descrivevano come assistessero a spettacoli teatrali, ispezionassero carrozze presso un produttore, andassero a cena, si godessero le serate mondane e facessero visita a luminari avevano riempito le pagine dei giornali, suscitando commenti sprezzanti. Appena Frances aveva letto delle spese di Mary per tappeti, porcellane, ornamenti per le mensole dei camini e altri arredi destinati alla Casa Bianca, aveva fatto una smorfia compassionevole, rimpiangendo che la sorella non sapesse essere più discreta. Si era preoccupata anche per l'apparente entità delle spese, non solo perché i giornali la definivano prodiga, ma anche perché Frances non riusciva a immaginare come i fondi del Congresso potessero coprirle.

Eppure era stato impossibile non lasciarsi trascinare dalla gioia di Mary quando era tornata a Washington da New York e aveva scritto a casa, contenta ed entusiasta, per elencare gli oggetti che aveva acquistato e spiegare dove intendesse collocarli. Prima della fine dell'anno, aveva ordinato una carta da parati personalizzata da Parigi; una splendida carrozza; un servizio di porcellana da centonovanta pezzi viola e oro decorato con il gran sigillo degli Stati Uniti, e un secondo servizio per se stessa, con le sue iniziali al posto dello stemma nazionale; cristalleria e argenteria; tappeti personalizzati, mensole per camini, tendaggi, lampadari e libri; e rare piante esotiche per la serra. Aveva fatto installare impianti di riscaldamento, lumi a gas e acqua corrente, e ordinato che ogni cosa venisse strofinata, lucidata e riparata dalla soffitta alla cantina. «Sono decisa a trasformare la Casa Bianca in un'autentica attrazione, degna della nostra grande nazione» aveva detto alle sorelle, e Frances non aveva avuto il minimo dubbio che l'avrebbe fatto.

Ma pur avendo condiviso l'euforia di Mary e avendo sperato di essere invitata per un'altra visita all'edificio ristrutturato, Frances aveva capito quanto sembrasse insensibile, da parte della first lady, spendere così tanto in tappeti e porcellane quando i poveri e coraggiosi soldati nordisti non avevano né tende né coperte. Purtroppo, o Mary non aveva considerato la loro situazione oppure non ne era rimasta abbastanza colpita per convincersi a ridurre le spese. In autunno, i lavori non avevano solo sforato il budget, ma le erano anche valsi aspre critiche sulla stampa. Frances aveva scoperto molto più tardi che John Watt, il giardiniere della Casa Bianca, le aveva insegnato a gonfiare le fatture e a nascondere gli esborsi. Ignorando gli avvertimenti del commissario degli edifici pubblici, secondo cui i soldi erano esauriti, Mary aveva continuato ad accumulare debiti finché era diventato impossibile tenerli nascosti a Abe. Avevano avuto una lite furibonda nel giorno del quarantatreesimo compleanno di Mary, che poi aveva implorato il commissario di intercedere per suo conto presso il presidente. L'uomo l'aveva assecondata con riluttanza, e benché Frances non avesse udito con le proprie orecchie l'esplosiva risposta del cognato – «Giuro che non approverò mai le fatture per i frivoli ornamenti di questa maledetta catapecchia!» – tutti ne avevano sentito parlare poco dopo.

Una donna più cauta avrebbe imparato la lezione, ma non Mary. Dopo aver ultimato i lavori – con un gusto così squisito che persino i critici più severi avevano ammesso a malincuore che la Casa Bianca si era trasformata in una bellissima dimora, elegante e sontuosa, degna di una nazione illustre – aveva continuato ad avere le mani bucate. Ogni volta che andava a New York, i giornali pubblicavano articoli maligni sulla first lady che saccheggiava i negozi di Broadway, riempiendo la carrozza di scialli, boa, mantelle, fazzoletti, parasole, ventagli, cuffiette, stivali e guanti. Frances non poteva sapere fino a che punto quei resoconti fossero accurati, ma quando aveva letto di un fazzoletto da ottanta dollari e di uno scialle da duemila aveva sussultato, mettendosi una mano sul cuore e pregando che il giornalista avesse esagerato. Non riusciva a capire come Mary potesse permettersi tutti quegli acquisti quando, secondo un calcolo approssimativo, le sue spese personali nell'arco di qualche mese avevano superato il budget per la ristrutturazione della Casa Bianca.

Un membro del personale aveva ricevuto l'ingrato compito di approvare tutti i suoi esborsi ufficiali ma, a quanto pareva, nessuno aveva monitorato quelli personali. Forse tutti avevano dato per scontato che i limiti del salario di suo marito l'avrebbero tenuta a freno, ma non era stato così fin dai primi anni di matrimonio a Springfield. Ogni volta che la first lady ordinava merci lussuose in una boutique a Broadway o in Pennsylvania Avenue, i negozianti erano fin troppo felici di farle credito, ma alla fine le fatture dovevano essere saldate, per l'intero importo.

Mary era diventata molto brava a nascondere i debiti al marito, anzi, Abe era morto senza conoscere la verità. Frances dovette chiedersi se sua sorella stesse usando quelle capacità collaudate anche ora, per tenere Robert, Elizabeth e Ninian all'oscuro delle sue spese. Ann si ostinava a ripetere che gli acquisti incessanti erano diventati una mania e, sebbene fosse sempre stata il critico più severo di Mary, Frances trovava difficile ignorare le sue osservazioni. Dopotutto, Mary passava diverse ore al giorno con le sarte o nei negozi più eleganti di Springfield, e sicuramente quegli incontri e quelle uscite sfociavano in alcune compere. Una donna astuta e determinata come lei non avrebbe avuto difficoltà a introdurre pacchi di nascosto nella casa degli Edwards e a occultarli tra i bauli e gli scatoloni già impilati nelle stanze e negli armadi.

I sospetti di Frances si acuirono dopo che Elizabeth le ebbe raccontato un recente episodio allarmante. A metà di gennaio, gli Edwards avevano ricevuto una lettera in cui Robert chiedeva informazioni su una fattura insoluta a nome di sua madre, inviata al suo studio legale dalla migliore modista di Springfield. Quando Elizabeth e Ninian avevano interpellato Mary, lei si era abbandonata a un torrente di critiche al vetriolo contro suo figlio. Poi l'espressione di Elizabeth si fece pensosa. «Mary ha detto un'altra cosa davvero sconvolgente» aggiunse, abbassando la voce benché fossero sole nel salotto di Frances. Will e Ed erano al lavoro, Mary Jane si era sposata e aveva una casa tutta sua, e Fanny, che era indisposta, stava riposando nella sua camera.

«Cosa?» la incalzò Frances.

L'altra inspirò a fondo, facendosi forza. «Che ha assoldato due sicari per uccidere Robert.»

«Cosa?»

«Naturalmente è un'assurdità» si affrettò ad aggiungere Elizabeth. «Mary non farebbe mai una cosa simile, non al suo unico figlio ancora in vita...»

«Al figlio di nessuno, vorrei sperare!»

«E anche se fosse abbastanza squilibrata per volerlo fare – e non credo che lo sia – be', come potrebbe? Come farebbe Mrs Lincoln a trovare un sicario professionista a Springfield, nell'Illinois?»

«Non penso ce ne siano molti tra qui e Chicago.» Frances si portò una mano alla fronte, incredula, ma anche molto preoccupata. «Santo cielo. Non può aver detto sul serio. Deve aver parlato sulla spinta della rabbia, cercando di suscitare una tua reazione.»

«Ti darei ragione, se non fosse che l'ha ripetuto in diverse occasioni.»

Per un momento, Frances riuscì solo a fissarla, scioccata. «È pura follia. Letteralmente, intendo. So che vuoi credere che Mary sia tornata in sé, ma minacciare di uccidere Robert?»

«Non penso che lo farebbe.»

«La minaccia è già abbastanza folle.» Frances si sentì male al pensiero di dire una cosa così odiosa riguardo a uno dei suoi amati figli. «Non sappiamo cosa potrebbe fare Mary, se è davvero pazza. Dovremmo contattare subito il dottor Patterson e avvertire Robert.»

«Non tocca a noi scrivere al dottor Patterson. Sì, Mary vive con me e Ninian, ma è sotto la responsabilità di Robert. Gli scriverò, e lui potrà informare il medico se lo riterrà opportuno.»

«Nel frattempo» disse Frances in tono fermo, «se Mary se ne esce con altre minacce di morte contro Robert, o chiunque altro, prometti di riferirmelo, anche se non credi che dica sul serio.»

Elizabeth acconsentì, ma le fece promettere di non contattare il dottor Patterson di sua iniziativa. Frances accettò con riluttanza quella condizione, ma decise di tormentare la sorella ogni giorno finché non avesse scritto a Robert, e anche di passare più tempo con Mary perché il fardello di sorvegliarla non ricadesse sempre sulle spalle di Elizabeth. Quest'ultima non aveva forse già fatto abbastanza ospitando Mary e i suoi bauli?

Due giorni dopo, Frances andò dagli Edwards con Fanny e Mary Jane per invitare Mary a fare una gita in slitta, così da godersi l'aria frizzante e la meravigliosa coltre bianca di neve fresca. Era una limpida giornata di sole e la temperatura era scesa solo di qualche grado sotto lo zero, perciò se si fossero imbacuccate per bene e infilate sotto una pila di trapunte pesanti, il buonumore e la compagnia reciproca le avrebbero tenute al caldo mentre sfrecciavano lungo il loro itinerario preferito, un pittoresco percorso circolare dalla città fino alla campagna, e ritorno.

Mary accettò volentieri l'invito e corse a infilarsi un vestito e un paio di calze più pesanti prima di mettersi gli stivali e la mantella. Frances e le sue figlie ingannarono l'attesa chiacchierando con Elizabeth nell'ingresso, poi, vedendo che Mary tardava, Frances andò a vedere se avesse bisogno di aiuto. Forse gli indumenti più pesanti erano andati smarriti tra le montagne di bauli.

La trovò seduta sul bordo del letto, impegnata a indossare un secondo paio di calze sopra il primo. Si era già messa il suo vestito di lana più caldo, posando sul materasso quello che si era tolta. «Non stiamo andando al Polo Nord» la canzonò Frances.

«Ridi pure, ma rimpiangerai di non avere due paia di calze quando avremo percorso due chilometri e avrai le dita dei piedi intorpidite.» Sorridendo, Mary si alzò e si lisciò le gonne. «Credi che i cappucci e le sciarpe delle ragazze siano abbastanza pesanti? Mi sono sembrati un poco logori. Gliene posso prestare altri.»

«Le mantelle vanno benissimo, ma mentre venivamo qui Mary Jane ha scoperto un buco in una muffola. Ne hai un paio di scorta?»

«Certo.» Aprendo un cassetto del comò, Mary iniziò a frugare.

«Tu cercale. Io intanto ti appendo il vestito.» Frances lo prese dal letto. «Si sgualcirà se lo lasci...»

Si zittì all'improvviso. L'abito aveva un peso insolito. Confusa, passò la mano lungo il corpetto fino alla gonna, finché trovò una tasca, che si aprì rivelando un oggetto metallico...

Una pistola.

Forse trasalì, o forse fu il suo silenzio a spingere Mary ad alzare gli occhi dal cassetto. «Sta' attenta con quella» disse con una punta di irritazione nella voce. «È carica.»

Dopo un attimo di incertezza, con il cuore che le

martellava nel petto, Frances appese con cura il vestito nell'armadio, facendo attenzione a non sballottare l'arma. Quindi si voltò. «Mary» iniziò con calma forzata, «perché hai una pistola carica nella tasca del vestito?»

Raddrizzandosi, l'altra la guardò tranquilla. «Sai il perché.»

«Veramente, no.»

«Robert, naturalmente» sbottò Mary, spazientita. «Non gli permetterò mai più di comparire al mio cospetto. Diglielo pure.»

Frances ebbe un tuffo al cuore. «Non puoi dire sul serio. È tuo figlio!»

Superandola, Mary recuperò la pistola e se la fece scivolare nella tasca dell'abito di lana. «Non farò nulla a meno che non sia lui a provocarmi. Puoi dirgli anche questo.»

18
Aprile 1861
EMILIE

Quando Emilie lesse i resoconti delle sorelle e sorellastre sulla magnifica avventura a Washington – il memorabile discorso che Abe aveva tenuto dal portico orientale del Campidoglio; la splendida festa di insediamento organizzata nel White Muslin Palace of Aladdin, un'enorme sala da ballo temporanea costruita in Judiciary Square; l'emozione di alloggiare alla Casa Bianca e lo stupore per come si era avverato il sogno dell'infanzia di Mary – rimpianse con tutto il cuore che lei e Ben non avessero accettato l'invito dei Lincoln ad accompagnarli a Washington sull'*Inaugural Express*. Purtroppo Ben aveva ritenuto che sarebbe stato inopportuno perché, per quanto volesse bene a Abe e lo rispettasse, era un democratico incallito e aveva condotto una campagna a favore di Mr Douglas.

«A Abe non importa» aveva protestato Emilie, abbattuta. «Altrimenti lui e Mary non ci avrebbero invitati. Ninian ci sarà, e anche lui è democratico. Ci sarà persino Martha, e l'Alabama sta per uscire dall'Unione. Siamo anzitutto una famiglia, sempre. Non possiamo festeggiare la grande impresa di Abe unicamente per questa ragione, dimenticando le differenze?»

Tuttavia Ben aveva ribadito che sarebbe stato scortese accettare l'ospitalità di Abe quando lui, al contrario degli altri cognati, non l'aveva sostenuto durante le elezioni. Così, seppure a malincuore, aveva rifiutato. In seguito, allorché i giornali avevano annunciato che Mr Douglas aveva accettato un posto d'onore vicino a Abe sul palco e che gli aveva tenuto il cappello durante il discorso d'insediamento, Ben aveva ammesso mestamente che forse, dopotutto, avrebbero potuto accettare l'invito. Ormai era troppo tardi e l'unica consolazione di Emilie erano le entusiastiche descrizioni dei meravigliosi festeggiamenti descritte dalle sue sorelle.

Così, in aprile, quando Abe mandò a Ben un invito personale per una visita alla Casa Bianca, Emilie fu percorsa da un brivido di emozione. Sapeva che Mary desiderava vederli ancora più di quanto lo volesse Abe. Ormai, a eccezione di Lizzie Grimsley, tutti gli amici e i familiari erano tornati a casa, e di tanto in tanto persino la loro buona e nobile cugina accennava a quanto le mancassero i suoi figli a Springfield. Leggendo tra le righe delle lettere di Lizzie, Emilie ipotizzò che Mary si sentisse sempre più sola perché l'élite di Washington continuava a snobbarla. Quanto era strano immaginare che la sua disinvolta, generosa e vivace sorella maggiore si sentisse disorientata nel nuovo ambiente e nel prestigioso ruolo tanto agognato! Mary, tuttavia, non aveva mai vissuto tra estranei del tutto indifferenti al suo cognome, che aveva sempre avuto una grande influenza a Lexington e a Springfield. Abe, occupato con gli impegni della sua alta carica, si era attorniato di colleghi che consideravano irritanti e inopportune le osservazioni di sua moglie su strategie e nomine. I suoi assistenti la costringevano a competere con loro per il controllo delle funzioni della Casa Bianca che sarebbero state responsabilità della first lady. Esclusa dalla cerchia interna del marito, lontana dalle sorelle e dalle nipoti, disprezzata dalle signore più in vista di Washington, Mary aveva confidato a Lizzie che, a parte lei, la sua unica vera amica nel raggio di centocinquanta chilometri era la sarta, Mrs Keckley.

Immedesimandosi con Mary, Emilie era ancora più impaziente di andare a Washington, perché tirare su il morale di sua sorella era molto più importante che presenziare a balli e feste e ricevere un trattamento da regina alla Casa Bianca. Con sua gioia, Ben acconsentì alla partenza. «Questo è un invito personale non solo da parte di mio cognato, ma anche del mio presidente. Entrambi vogliamo far loro visita, e rifiutare equivarrebbe a offendere senza ragione due persone che ci stanno molto a cuore.»

Euforica, Emilie gli gettò le braccia al collo e lo baciò sulla guancia. «Io scrivo a Mary, e tu a Abe. Subito, per favore, così non dovrò temere che cambi idea!»

Avevano appena cominciato i preparativi per il viaggio quando dalla Carolina del Sud arrivarono notizie scioccanti. All'inizio i resoconti erano frammentari e contraddittori, ma spaventosi; a Lexington, gli uomini affollavano gli hotel e gli uffici del telegrafo, chiedendo notizie e diffondendo pettegolezzi, ma nessuno sapeva esattamente cosa stesse succedendo, o cosa potesse essere già successo. Aspettando con ansia che Ben le portasse notizie da fonti attendibili, ben presto Emilie apprese il quadro sinistro che emergeva dai recenti fatti a Fort Sumter.

Da dicembre, quando era iniziata la crisi al porto di

Charleston, Ben aveva affermato in diverse occasioni che se il presidente avesse ordinato alle truppe federali di abbandonare Fort Sumter e una seconda roccaforte – Fort Pickens, sull'isola di Santa Rosa, vicino a Pensacola – il Sud si sarebbe riconciliato pacificamente con l'Unione. Suo padre, un ex governatore del Kentucky, gli aveva dato torto con enfasi, dichiarando che rabbonire i secessionisti li avrebbe soltanto imbaldanziti, scatenando conflitti analoghi altrove. D'istinto, Emilie tendeva sempre a schierarsi dalla parte del marito ma, ascoltando padre e figlio, si era resa conto che il paese si trovava in una terribile impasse: consegnare i forti avrebbe messo Abe in imbarazzo, indebolendo l'autorità della sua amministrazione e dunque la sua capacità di tenere insieme l'Unione, mentre mandare provviste al maggiore Anderson avrebbe potuto provocare un'aggressione che sarebbe sfociata in una guerra civile.

Nelle settimane trascorse da allora, i cittadini del Nord e del Sud avevano aspettato, con timore o con impazienza, che l'uno o l'altro fronte entrasse in azione. Il giorno dopo l'insediamento di Abe, il primo oggetto posato sulla sua scrivania era stata una lettera con cui il maggiore Anderson lo informava che i viveri dei soldati si sarebbero esauriti entro un mese, benché le razioni fossero già state dimezzate. I primi di aprile, Abe aveva ordinato l'invio di navi di rifornimento a Fort Sumter e Fort Pickens, e sebbene la notizia non fosse stata resa di dominio pubblico, il presidente l'aveva comunicato al governatore della Carolina del Sud tramite altri canali. L'altro aveva risposto con un ultimatum, esigendo l'evacuazione immediata delle truppe federali da Fort Sumter. Il maggiore Anderson aveva rifiutato, mantenendo risolutamente la propria posizione. La mattina del 12 aprile, i cannoni confederati avevano bombardato il forte dalle batterie d'artiglieria installate intorno al porto. Dopo uno scambio di fuoco di trentaquattro ore con i cannoni confederati, il maggiore Anderson – assediato e con le scorte quasi esaurite – era stato costretto ad arrendersi.

A Emilie, Lexington sembrava altrettanto divisa tra coloro che erano indignati dall'aggressione e coloro che ne gioivano. Mentre i secessionisti acclamavano l'inizio della guerra, le famiglie dell'Unione decoravano finestre e balconi con pavesi rossi, bianchi e blu ed esponevano la bandiera a stelle e strisce su ogni asta e pennone. I simpatizzanti del Sud cercavano apertamente reclute per l'esercito confederato, mentre gli uomini leali all'Unione si precipitavano ad arruolarsi nelle milizie. Il 15 aprile il presidente Lincoln ordinò l'intervento di settantacinquemila soldati per soffocare l'insurrezione, con una certa quota necessaria da ciascuno stato. Il suocero di Emilie conveniva con il presidente che quelle truppe, arruolate per novanta giorni, sarebbero bastate per reprimere la ribellione, ma Ben non era convinto. Laureato a West Point nel 1851, aveva prestato servizio nell'esercito finché alcuni problemi di salute l'avevano costretto a congedarsi. Aveva studiato sotto o accanto a molti degli uomini che ora si stavano affermando come leader su entrambi i fronti del conflitto, e sapeva che nessuno di loro si sarebbe lasciato intimidire o sconfiggere facilmente.

Mentre New York e altri stati dell'Unione organizzavano rapidamente le truppe volontarie in risposta alla chiamata alle armi presidenziale, i governatori del Kentucky, del Missouri, della Carolina del Nord e della Virginia dichiararono che non avrebbero fornito reggimenti per entrare in guerra contro i fratelli del Sud. Poi, il 17 aprile, due giorni dopo il proclama di Abe, la Virginia uscì dall'Unione. Quel colpo devastante al Nord suscitò grande euforia nel Sud secessionista. Sicuramente era solo questione di tempo prima che il nuovo stato indipendente della Virginia aggiungesse la sua potenza militare ed economica alla Confederazione.

Emilie e Ben erano consapevoli che sarebbero arrivati alla Casa Bianca in un momento di particolare tensione. Benché Washington fosse la capitale dell'Unione, era sostanzialmente una città del Sud, circondata dal Maryland a nord e a est, sull'altro lato di Chesapeake Bay, e separata dalla Virginia a ovest e sud soltanto dal fiume Potomac. Il Maryland non aveva aderito alla secessione ma, come il Kentucky, era uno stato schiavista, con sacche di forte sostegno al Sud. Senza dubbio Abe sarebbe stato assorbito dai suoi doveri, e Mary dalle necessità del marito, ma né Emilie né Ben erano propensi ad annullare il viaggio. Avevano promesso di andare, Ben non poteva ignorare un invito personale del presidente, Mary avrebbe avuto più che mai bisogno della presenza allegra e incoraggiante di Emilie, e pareva improbabile che si presentasse un'occasione migliore nell'immediato futuro.

Alla vigilia della partenza, quando portarono i bambini a Buena Vista, la mamma implorò Emilie di rimandare il viaggio, anche solo di qualche mese, finché l'insurrezione si fosse placata. «I giornali dicono che Washington si prepara a un'invasione, che i confederati vogliono farne la capitale del Sud» disse con un'espressione tesa e preoccupata. «La città è accerchiata dai nemici e non si sa chi arriverà per primo, le compagnie addestrate della milizia dal Nord o gli invasori dal Sud.»

«Mi dispiace, mamma, ma devo andare. Mary mi aspetta» rispose dolcemente Emilie, facendo un sorriso di scuse e baciandola sulla guancia. «Per favore, non stare in pensiero. Se Washington non fosse sicura, Abe avrebbe mandato Mary e i ragazzi a New York.»

L'altra tacque, ma le sue labbra contratte e gli occhi velati di lacrime indicavano che non era affatto rassicurata.

L'indomani mattina, come concordato, un vicino portò Ben, Emilie e i loro bauli alla stazione ferroviaria, da cui partirono verso nord per Cincinnati, quindi in direzione est attraverso l'Ohio sudorientale. Furono costretti a cambiare in una cittadina sul fiume Ohio, così Emilie andò a fare una passeggiata per sgranchirsi le gambe e respirare l'aria fresca mentre Ben pensava al trasferimento dei bagagli. La vista del largo fiume e delle verdi colline della Virginia sulla sponda opposta era stupenda, ma Emilie provò una fitta di nostalgia mentre ammirava il paesaggio. L'idea che stesse guardando un paese straniero e che, quando avessero attraversato il fiume, avrebbero lasciato gli Stati Uniti le sembrava surreale. Abe avrebbe detto che non era così, ma Ben avrebbe sostenuto il contrario.

Il treno fischiò. Riscuotendosi dalle fantasticherie, Emilie si allontanò dalla riva e tornò verso la stazione. Aveva quasi raggiunto le scale della banchina quando vide Ben correrle incontro, così si sollevò leggermente le gonne e allungò il passo. «Ho capito male l'orario?» domandò quando lui le offrì il braccio, sospingendola verso il convoglio.

«No, è solo che...» Lanciandosi un'occhiata sopra la spalla, Ben la aiutò a salire sul treno e la seguì velocemente. «Non agitarti, ma gira voce che ci siano problemi più avanti, a Baltimora.»

Emilie si fermò, voltandosi mentre lo precedeva sulla carrozza. «Che tipo di problemi?»

«Naturalmente» disse Ben mentre percorrevano il corridoio, parlando a voce bassa perché nessuno lo sentisse «sai che le truppe dell'Unione in viaggio verso Washington dagli stati settentrionali devono attraversare Baltimora, una sessantina di chilometri a nordest della capitale.»

Emilie annuì, anche se fino a quel momento non aveva prestato molta attenzione all'itinerario.

«Perché è allarmante?» chiese con un filo di voce, controllando i numeri sulle porte degli scompartimenti. «Il Maryland fa ancora parte dell'Unione. Se dovessimo incappare in qualche problema, mi aspetterei che succedesse sull'altra riva del fiume, in Virginia.»

Risuonò un altro fischio mentre entravano nello scompartimento e chiudevano la porta; lentamente, ma guadagnando velocità, il treno lasciò la stazione.

«Sta di fatto» disse Ben, guardando fuori dal finestrino «che il nostro percorso attraversa una regione della Virginia che non voleva uscire dall'Unione. In questo momento, alcuni politici stanno chiedendo a gran voce che le loro contee si separino dalla Virginia per formare uno stato tutto loro, affinché possano rimanere.»

Emilie scosse la testa, incredula. Cosa ne era stato del suo paese? L'inimmaginabile stava accadendo davanti ai loro occhi, ogni giorno. «Anche se il Maryland resta nell'Unione, gran parte di Baltimora vuole il contrario.»

«Esatto. Si vocifera che migliaia di abitanti del Maryland con simpatie per il Sud vogliano bloccare il passaggio delle truppe del Nord attraverso la città e, siccome Baltimora ha trascorsi di violenze di piazza, le autorità devono prendere sul serio la minaccia.» Ben si strofinò la mascella barbuta, aggrottando la fronte e appoggiandosi allo schienale del sedile di cuoio. «Tanto per complicare la situazione c'è anche una stranezza del sistema ferroviario di Baltimora.»

«Una stranezza?» gli fece eco Emilie, stupita. «Come quella che ha minacciato l'*Inaugural Express*?»

Ben fece sì con la testa. «In questo caso, i treni per Washington arrivano in President Street Station, ma poi devono essere trainati da tiri di cavalli per diversi isolati verso ovest, lungo le vie della città fino a Camden Station, da dove possono riprendere il viaggio. In tempo di pace, il sistema è semplicemente scomodo.»

Emilie sentì un brivido mentre finiva la frase da sola. In tempi di guerra, era potenzialmente disastroso. «Siamo a bordo di un treno passeggeri, non di un convoglio militare» disse, sforzandosi di usare un tono fiducioso. «Sicuramente non corriamo alcun pericolo.»

Ben la fissò con i suoi penetranti occhi azzurri. «Cara, se pensassi che tu fossi in pericolo, non ti avrei mai permesso di salire su questo treno.»

Emilie si sentì pervadere da una calda ondata di affetto. Si accoccolò vicino a lui e, quando Ben alzò il braccio, vi si infilò sotto. Fin dai primi giorni di matrimonio, aveva deciso che ovunque Ben andasse, lei l'avrebbe seguito, a prescindere che dovesse fare l'estenuante giro dei tribunali di contea o visitare una città ribollente di rabbia politica. Credeva con tutto il cuore che per lei non ci fosse luogo più sicuro al mondo del suo abbraccio.

Il treno sfrecciò attraverso la Virginia, entrando nel Maryland. Emilie e Ben ingannarono il tempo conversando, leggendo, sonnecchiando o guardando il panorama fuori dal finestrino. I pensieri di Emilie oscillavano tra piacevoli fantasticherie di cene, balli e visite a Mary alla Casa Bianca e la vaga preoccupazione sui disordini latenti a Baltimora. Avrebbero dovuto attraversare la città non solo una volta, per raggiungere Washington, ma anche durante il viaggio di ritorno, a meno che, a Dio piacendo, il conflitto non si fosse placato prima.

Emilie stava dormendo sulla spalla di Ben quando fu svegliata dalla vaga consapevolezza di un improvviso silenzio assoluto. «Dove siamo?» chiese assonnata, raddrizzandosi e coprendo uno sbadiglio con la mano.

«Sykesville, e siamo fermi da un po'.» Ben si alzò, confuso. «Vado a chiedere al controllore perché non ci muoviamo.»

Colta da un'inquietudine improvvisa, Emilie annuì, e non appena Ben fu uscito, si avvicinò al finestrino per sbirciare lungo la banchina, sorprendentemente affollata. Uomini, coppie e famiglie con bambini erano in piedi tra pile di bagagli o sedevano stancamente sui bauli, con espressioni e gesti pieni di impazienza, frustrazione e, qua e là, tracce di paura. Sembravano voler salire sul treno diretto verso est, ma i controllori li scoraggiavano. Mentre Emilie guardava, alcuni passeggeri scesero, osservarono la scena e cercarono di attirare l'attenzione di chiunque indossasse l'uniforme della ferrovia, ma senza allontanarsi troppo dal convoglio, forse temendo di non riuscire a risalire. Emilie scrutò la folla in cerca del marito, ma non lo vide, e sentì il cuore che batteva forte quando un improvviso moto di allarme serpeggiò tra le persone da un capo all'altro della banchina, come un'onda che si allarga su una spiaggia. Quale notizia le aveva turbate così tanto?

Stava per andare a cercare il controllore quando Ben aprì la porta dello scompartimento. «Problemi a Baltimora» disse, confermando i suoi timori. «Potremmo avere qualche ora di ritardo.»

Quel mattino, raccontò, un reggimento dell'Unione, il 6° Massachusetts, aveva lasciato Philadelphia su un convoglio diretto a Washington. I soldati avevano sperato di attraversare Baltimora senza intralci, ma erano stati avvertiti che tra una stazione e l'altra avrebbero dovuto aspettarsi di essere coperti di insulti e offese, o forse addirittura aggrediti, tuttavia avevano ricevuto istruzioni di ignorare gli affronti. Anche se il nemico avesse sparato, non avrebbero dovuto aprire il fuoco a meno che gli ufficiali non l'avessero ordinato esplicitamente.

Il treno che trasportava il 6° Massachusetts era arrivato a Baltimora senza preavviso e i vagoni, con sette compagnie a bordo, erano stati trainati attraverso la città senza impedimenti. Ma la voce della presenza dei soldati si era sparsa rapidamente e ben presto una folla aveva invaso le strade, urlando improperi e minacce. La moltitudine aveva staccato le rotaie e bloccato il passaggio con pesanti ancore recuperate dai moli in Pratt Street, costringendo le ultime quattro compagnie del 6° ad abbandonare i vagoni e a marciare lungo le vie. Di lì a poco, diverse migliaia di uomini e ragazzi le avevano circondate, scagliando mattoni e pietre da lastrico, mentre dalle finestre piovevano piatti e bottiglie. Quando la rabbia dei manifestanti era esplosa, alcuni cittadini avevano fatto irruzione in un negozio di armi e subito dopo i soldati avevano udito dei colpi di pistola. Le compagnie avevano proseguito spedite, ma quando i dimostranti furiosi avevano bloccato le strade tra loro e la stazione in Camden Street i militari avevano aperto il fuoco. Allorché la folla aveva indietreggiato, finalmente i soldati avevano raggiunto la stazione, per scoprire che le rotaie erano state sabotate, impedendo loro di proseguire verso Washington.

«Un capostazione qualche fermata più avanti ha telegrafato che i soldati stanno cercando spasmodicamente di riparare le rotaie, ma i manifestanti continuano a riorganizzarsi e a sabotarli» disse Ben. «La ferrovia non manderà altri treni a Baltimora finché i disordini non cesseranno.»

«Per quanto tempo ci tratterranno qui?» domandò Emilie. «Ore? Giorni?»

Impossibile a dirsi, rispose lui, e quando sua moglie si fece forza e gli domandò se Washington fosse sotto attacco, la risposta la fece rabbrividire; il capostazione di Sykesville diceva di non aver ricevuto notizie dalla capitale da poco prima dell'esplosione delle sommosse.

Aspettarono un'ora, guardando a turno fuori dal finestrino e lasciando la porta aperta per poter chiedere informazioni al controllore se fosse passato là davanti. Alla fine lo scompartimento cominciò a sembrare così angusto e opprimente che Emilie dovette uscire a prendere una boccata d'aria. Incontrarono il capostazione sulla piattaforma e, quando l'uomo assicurò loro che non rischiavano di essere lasciati indietro, si allontanarono verso la città in cerca di un caffè bollente e di un buon pasto.

Tornando in stazione, scoprirono che il 6° Massachusetts aveva riparato le rotaie danneggiate nella mischia ed era arrivato a Washington, ma le speranze che anche loro potessero riprendere il viaggio si infransero rapidamente quando il capostazione riferì con espressione cupa che almeno tre soldati e nove civili erano rimasti uccisi negli scontri e decine di persone erano state ferite. I danni alle proprietà della ferrovia erano ancora più gravi di quanto stimato all'inizio: dopo che le truppe federali erano fuggite, i simpatizzanti del Sud avevano distrutto le rotaie che conducevano al Nord, bruciato i ponti e tagliato le linee del telegrafo, isolando Washington dal resto dell'Unione.

La capitale indifesa era abbandonata e in pericolo, assediata dai nemici.

Sentendosi mancare, Emilie si sforzò di inspirare a fondo per calmarsi, ma il corsetto glielo impedì. «I confederati stanno cannoneggiando Washington, come hanno fatto con Fort Sumter?» domandò con voce tremante.

«No, signora, non che io sappia» rispose il capostazione.

«Abbiamo dei familiari laggiù, sapete.» Emilie si premette il palmo della mano contro lo stomaco.

«Signore» ricominciò l'uomo, rivolgendosi a Ben, «se posso darvi un consiglio, dovreste trovare un buon albergo per voi e vostra moglie, prima che i migliori siano tutti occupati. Non partiremo né stasera né domani, temo, e starete assai più comodi in una vera camera che in uno scompartimento.»

Ben gli diede ragione e, mentre Emilie tornava sul treno per riordinare le loro cose, andò in città a cercare un alloggio adatto. All'imbrunire si erano ormai sistemati in una suite pulita e confortevole a soli tre isolati dalla stazione. Speravano di passarvi solo una notte, ma una diventò prima due e poi tre. Scherzarono dicendo che avrebbero dovuto considerarla una seconda luna di miele e finsero di essere più allegri di quanto fossero in realtà. Trascorsero le giornate esplorando Sykesville finché Emilie credette di poter disegnare una mappa della città a memoria, e raccolsero tutte le informazioni possibili dal capostazione, dagli altri clienti dell'albergo e dai giornali. La notizia che Washington era isolata e vulnerabile aveva provocato un brivido di paura in tutto il Nord. Mentre i giovani si precipitavano ad arruolarsi nei reggimenti e i genieri correvano a riparare i ponti e le rotaie danneggiati, i governatori settentrionali ordinarono alle compagnie appena chiamate a raccolta di raggiungere Washington, e gli ufficiali dell'esercito escogitarono altri modi per trasportarle fin là, perché Baltimora rimase inaccessibile.

«Visto?» Ben fece un sorriso incoraggiante. «Mary, Abe e i bambini sono al sicuro. Se non lo fossero, sarebbe scritto in prima pagina, e mentre parliamo i reggimenti di bravi soldati dell'Unione sono diretti verso la capitale per proteggerli.»

Mentre pronunciava quelle parole il suo sorriso era cordiale e i suoi occhi gentili come sempre, ma una nuova tensione nella sua voce spinse Emilie a temere quasi che proponesse di rinunciare e tornare a Lexington. Tuttavia, se mai Ben aveva preso in considerazione l'idea, non vi accennò.

Finalmente il servizio ferroviario fu ripristinato e, poco dopo mezzogiorno del 25 aprile, arrivarono alla stazione di Baltimore & Ohio a Washington. Avevano telegrafato ma, con la riparazione delle linee ancora in corso, non furono sicuri che i Lincoln avessero ricevuto il messaggio finché non trovarono Mary ad attenderli in una carrozza davanti alla stazione. Dopo aver caricato rapidamente i bauli, salirono a bordo ed Emilie si ritrovò tra le braccia della sorella, entrambe con gli occhi pieni di lacrime di sollievo mentre i cavalli li portavano velocemente verso la Casa Bianca.

Il 7° reggimento New York era arrivato nella stessa stazione appena qualche ora prima, disse Mary. Davanti a folle di cittadini allegri e sollevati, i soldati, con indosso uniformi nuove di zecca, avevano sfilato in direzione della Casa Bianca per incontrare Abe, poi si erano avviati verso il bivacco nella Camera dei Rappresentanti. Quel pomeriggio, Mary era uscita con Abe, con il segretario di Stato Seward e con il ministro della Guerra Cameron per passare in rassegna le truppe, e li definì coraggiosi e magnifici, pronti ad affrontare qualunque cosa potesse accadere. Da un momento all'altro sarebbero arrivati altri reggimenti dal Massachusetts, dall'Ohio, dal Rhode Island e altrove, e si mormorava che alcuni si sarebbero accampati nella rotonda del Campidoglio e altri nella Casa Bianca. Con la presenza militare che aumentava di ora in ora, i timori di un'imminente invasione confederata erano diminuiti, ma Baltimora rimase un pericoloso nido di collusione sudista, e il servizio ferroviario non era ancora del tutto ripristinato.

Mentre percorrevano Pennsylvania Avenue superando soldati che marciavano qui, che si addestravano là e che piantavano tende in file ordinate su una distesa di prati verdi nel mezzo, Emilie si rese conto che stava visitando una città molto diversa da quella che le altre sorelle Todd avevano visto solo qualche settimana prima.

«Siccome siete arrivati in ritardo, potremo passare insieme molto meno tempo del previsto» si lagnò Mary in seguito, facendo fare a Emilie un giro della Casa Bianca mentre Ben e Abe conferivano nello studio del presidente. «Non ci saranno balli, temo, e nemmeno ricevimenti, ma la banda del 7° reggimento New York si esibirà sul South Lawn sabato mattina, e in quell'occasione ti presenterò a molti gentiluomini e signore eleganti.»

«Posso soltanto immaginare quanto tu e Abe dobbiate essere impegnati.» Emilie la prese sottobraccio. «Siamo felici che abbiate un poco di tempo da dedicarci. Ben era ansioso di discutere con Abe del conflitto di diritti tra stati. Sai quanto rispetta la sua opinione.»

Mary sorrise, con gli occhi che brillavano come se fosse impaziente di rivelare un segreto. «In futuro potrebbero esserci più occasioni per conversare di quanto immagini.»

«Cosa intendi?» chiese Emilie, ma Mary si limitò a una piccola scrollata di spalle, dichiarando che l'altra doveva vedere le serre e guidandola in quella direzione.

Di lì a due giorni, dopo che la banda del 7° New York si fu esibita e gli invitati se ne furono andati, Emilie scoprì cosa si nascondesse dietro le misteriose parole di sua sorella.

Erano seduti nel salotto privato della famiglia quando Abe si alzò dalla poltrona e tirò fuori una busta da un cassetto della scrivania. «Ben» disse, porgendogliela, «questa è per te. Pensaci su e fammi sapere cosa hai deciso.»

Dopo un attimo di esitazione, Ben aprì la busta ed estrasse uno spesso foglio di carta con impresso il sigillo presidenziale. Leggendo al suo fianco, Emilie trattenne un sussulto quando vide che suo marito aveva ricevuto la proposta di una nomina a furiere dell'esercito degli Stati Uniti, con il grado di maggiore. Persino Emilie sapeva che era una delle posizioni più ambite nelle forze armate e che era raro che un uomo di soli trent'anni si vedesse offrire quel rango.

Emilie era certa che suo marito fosse profondamente commosso e che, dopo aver ringraziato Abe per quel grande onore, fosse addolorato di dover aggiungere: «Ma sai che sono un democratico, nonché uno strenuo difensore dei diritti del Sud».

«Lo so.» Abe pareva divertito.

«Questa nomina va oltre le mie più rosee aspettative.» Incredulo, Ben scosse la testa mentre rileggeva la pagina. «È il ruolo in assoluto più adatto a me.»

«È per questo che te l'ho offerto. Per le tue qualifiche, e perché per questo incarico mi serve una persona della tua integrità e intelligenza.»

«Sei stato straordinariamente gentile e generoso.» Ben arrossì. «Non ho nulla da pretendere. Ho osteggiato la tua candidatura e ho condotto una campagna a favore del tuo avversario.»

«Così avrò la certezza che farai sempre ciò che ritieni giusto e non ciò che credi io voglia sentire.»

«Vorrei pensarci su» disse Ben, ragionando ad alta voce. Dopo un istante raddrizzò le spalle e, sostenendo lo sguardo del cognato, aggiunse: «Cercherò anche questa volta di fare ciò che ritengo giusto. Avrai la mia risposta tra qualche giorno».

Piegando la testa, il presidente rispose che avrebbe aspettato la sua decisione.

Emilie sapeva che Ben si era congedato dall'esercito con grande riluttanza, e ora che era guarito e che c'era urgente bisogno di ufficiali esperti, desiderava tornarci. Molti dei suoi ex commilitoni erano tra i soldati schierati a difesa della capitale e lui li aveva rintracciati negli accampamenti, dove avevano ricordato i vecchi tempi e parlato degli scherzi del destino che avevano messo molti amici di lunga data su fronti opposti di un conflitto in rapida escalation. Ora, forse, quegli stessi amici avrebbero potuto consigliarlo.

Dopo che Abe ebbe lasciato il salotto per tornare al lavoro, Ben andò a fare una lunga passeggiata per riflettere sul da farsi. Rientrò più di un'ora dopo, con un'aria pensierosa, e benché quella sera a cena sembrasse di buonumore, Emilie percepì la sua indecisione e il suo nervosismo.

In seguito, quando lei e Ben si stavano preparando per coricarsi, lui rivelò che mentre era fuori aveva incontrato il colonnello Robert E. Lee del II cavalleria, conosciuto all'accademia militare. Vedendo che il venerabile soldato arrancava sotto un pesante fardello spirituale, gli aveva domandato: «Non state bene, colonnello?».

«Nel corpo sì, ma nella mente no» aveva risposto tristemente l'altro. «Ho appena rinunciato alla mia nomina nell'esercito degli Stati Uniti. Nel fior fiore degli anni lascio un incarico in cui avevo riposto tutte le mie speranze e aspettative in questo mondo.»

«Mi trovo dinanzi a un dilemma analogo» aveva ammesso Ben, porgendogli la lettera di Abe. Lee l'aveva letta in silenzio. Quando aveva finito, Ben aveva chiesto: «Sapevate che Mr Lincoln è mio cognato?».

«No, ma permettetemi di dire questo: non dubito delle sue buone intenzioni, ma non può controllare le forze che sono all'opera qui. Deve esserci una grande guerra. Non posso attaccare i miei connazionali, sicché oggi ho firmato le mie dimissioni e pregato il generale Scott di renderle immediatamente effettive. La mia mente è troppo turbata per darvi un consiglio che non sia dirvi di fare ciò che vi suggeriscono l'onore e la coscienza.»

Quando Ben ebbe finito il racconto, Emilie domandò esitante: «E cosa ti suggeriscono di fare l'onore e la coscienza?».

«Non sono sicuro. Non dubito delle buone intenzioni di Abe, né della sua benevolenza verso il Sud. Ma come può un uomo arginare l'ondata d'odio e rancore che sta trascinando queste due regioni opposte verso un conflitto mortale?»

«Il colonnello Lee ha seguito la sua amata Virginia fuori dall'Unione» sottolineò Emilie. «Il Kentucky non ha aderito alla secessione. Se seguissi il suo esempio, rimarresti nell'Unione insieme al tuo stato.»

«Il Kentucky non si è schierato da nessuna delle due parti, ma l'opinione pubblica è fortemente a favore del Sud. Tuttavia mio padre è un fedele sostenitore dell'Unione e io so che Abe è saggio.» Ben scrollò il capo, facendo un sospiro stanco. «Non è una decisione che possa prendere questa sera, e neppure domani, anche se sono sicuro che Abe preferirebbe avere la mia risposta prima della nostra partenza.»

«Sono certa che lo stesso vale per Mary.»

Infatti, quella sera a cena, sua sorella non aveva fatto mistero di quanto desiderasse che Emilie restasse a Washington con lei. «Sei così bella e incantevole che sarai la donna più ammirata a ogni ricevimento della Casa Bianca e a ogni ballo a cui parteciperai» si era entusiasmata e, sorridendo a Ben, aveva continuato: «E il nostro esercito deve potersi fregiare di giovani eruditi e dignitosi come te».

Emilie era certa che Ben sapesse di avere un'opportunità fantastica, la possibilità di intraprendere una brillante carriera per la quale aveva tutte le carte in regola. Provava anche un affetto sincero per Abe e Mary ed era commosso dal loro attaccamento e grato della loro fiducia.

Tuttavia era dibattuto.

Il mattino dopo, Emilie e Ben dissero un mesto addio ai Lincoln, con calorose strette di mano e promesse di scriversi. «Speriamo di rivedervi molto presto a

Washington» sussurrò Mary a Emilie mentre si abbracciavano.

«Mi è piovuta dal cielo la massima posizione professionale per la quale sono stato istruito» rifletté Ben mentre il treno lasciava la capitale. «Non solo sarei il più giovane ufficiale del mio grado nell'esercito, ma presto potrei anche essere trasferito in un reggimento di cavalleria. Con tutti questi ufficiali del Sud che si dimettono per unirsi alla Confederazione, probabilmente potrei diventare colonnello prima della fine dell'anno.»

«Sembra promettente.» Emilie si domandò perché, allora, non cogliesse al volo quell'occasione.

Il viaggio di ritorno fu molto meno movimentato di quello di andata, e presto furono di nuovo a Lexington, circondati dai figli, dagli amici e da tutte le comodità di casa. Ben chiese subito consiglio a mentori e commilitoni fidati, parlando con passione dei diritti degli stati e scoprendo che molti conoscenti avevano già deciso di schierarsi con la Confederazione.

«Sono d'accordo con il colonnello Lee. Non posso attaccare i miei connazionali» confidò a Emilie. «È stato arduo arrivare a questa decisione.»

«Lo so.»

«Le divergenze di opinione non potrebbero mai diminuire l'affetto che provo per tua sorella e per mio cognato.»

«So anche questo» disse dolcemente sua moglie, posandogli la mano sulla spalla. «E lo sanno anche loro.»

Quel pomeriggio, Ben scrisse al presidente Lincoln per rifiutare la proposta. Era stato il momento più doloroso della sua vita, disse in seguito a Emilie.

Lei gli credeva, perché comprendeva la sua sofferenza,

proprio come comprendeva la sua fedeltà verso il Sud. Al di là di tutti gli altri legami di amicizia e parentela, infatti, la sua prima lealtà andava a suo marito. Avrebbe condiviso il suo destino, nella buona e nella cattiva sorte, finché morte non li avesse separati.

19

Gennaio 1876

ANN

Anche se Mary si rifiutava di consegnare la pistola perché potessero ispezionarla, le sorelle Todd ipotizzarono che fosse la stessa che lei e Abe avevano regalato a Tad nel 1863, quando il bambino aveva dieci anni. Il loro ultimogenito ammirava molto i soldati che aveva conosciuto alla Casa Bianca e negli accampamenti intorno alla città e, come molti ragazzini senza la minima idea della realtà bellica, era rimasto affascinato da tutto ciò che era marziale. I soldati che Willie e Tad avevano incrociato a Washington erano stati molto gentili con loro e, dopo la morte di Willie, alcune guardie militari di Abe avevano adottato il suo fratellino affranto come mascotte, invitandolo di tanto in tanto a mangiare le razioni con la truppa e assegnandogli il grado ufficioso di terzo tenente. Assecondando il suo interesse crescente, Abe aveva emanato alcune richieste ufficiali per suo conto, per esempio chiedendo al ministro della Marina di procurargli una spada, scrivendo al ministro della Guerra per avere le bandiere di alcune compagnie e incaricando un capitano dell'esercito di recuperare una piccola pistola con cui Tad non potesse farsi male.

Ann non riusciva a immaginare una pistola che rispondesse a quel requisito a meno che non fosse scarica ma, a quanto pareva, Abe e Mary non avevano pensato di prendere quella semplice precauzione. Come aveva saputo in seguito da amici e familiari che erano stati alla Casa Bianca, Tad non si era mai ferito, ma era diventato ugualmente una piccola minaccia. Una volta, Abe l'aveva rimproverato per aver puntato l'arma per gioco contro un amico, e in un'altra occasione Tad aveva dovuto separarsi dalla pistola per una settimana perché aveva sparato per errore a una finestra mentre era a casa dei suoi compagni Bud e Holly Taft in L Street. Abe e Mary erano stati genitori famigerati per la loro indulgenza, ma permettere al bambino di andarsene in giro con una pistola carica a mo' di giocattolo sembrava una negligenza eccessiva persino per loro.

Con molta probabilità, l'arma era sepolta in fondo a uno dei numerosi bauli di Mary da quando Tad era morto circa quattro anni e mezzo prima. Ora Mary – accusata di infermità mentale, furiosa con l'unico figlio sopravvissuto e impulsiva per natura – la portava in tasca. Carica, se si voleva darle credito, anche se avrebbe benissimo potuto essere una bugia per spaventare le sorelle.

Per Ann era ovvio che dovevano togliergliela. Ninian e Frances erano d'accordo, ma Elizabeth tentennò. «Stento a credere che Mary voglia davvero fare del male a Robert» insistette. «Ha sepolto suo marito e tre figli. Non ucciderebbe mai il suo unico figlio ancora in vita.»

«Anche se non rappresenta una minaccia per Robert, potrebbe essere un pericolo per se stessa» precisò Ann, irritata. Elizabeth si ostinava a credere che accontentare Mary in ogni caso sarebbe servito a calmarla, aiutandola a ritrovare il lume della ragione. Ma su quali basi? Fino a quel momento, la strategia dell'indulgenza non aveva certo prodotto miglioramenti. A funzionare erano state la pace e la solitudine del Bellevue e le cure di bravi medici, ma i progressi stavano svanendo rapidamente, se non si erano già vanificati del tutto.

Ann non aveva più dubbi sulla follia di Mary, e dunque sulla necessità di privarla immediatamente di quell'oggetto pericoloso. Con suo sollievo, com'era prevedibile, alla fine Elizabeth si convinse. Restava da stabilire come procedere. Se avessero provato a prendere la pistola con la forza, sarebbe potuto partire un colpo accidentale, capace di uccidere qualcuno. Se, come capofamiglia, Ninian avesse preteso la consegna dell'arma, Mary avrebbe potuto adirarsi e rivolgerla contro di sé. Aveva già tentato il suicidio in passato e l'implicazione che non fosse abbastanza sana di mente per girare armata avrebbe potuto, con crudele ironia, spingerla a riprovarci.

«Credo di poterla convincere a liberarsene» disse Elizabeth, pensierosa. «Farò appello alla sua indole protettiva ricordandole il possibile pericolo per i miei giovani nipoti. I bambini sono curiosi, come lei ben sa, e se uno di loro trovasse la pistola, le conseguenze potrebbero essere tragiche.»

«E se non dovesse funzionare?» chiese Ann, dubbiosa.

«Allora le proporrò un compromesso: potrà tenere l'arma se permetterà a Ninian di chiudere le munizioni in cassaforte.»

Anche Frances parve scettica, ma decisero che Elizabeth avrebbe dovuto fare un tentativo. Lei pensava fosse meglio affrontare Mary da sola, perciò Ann non assistette alla conversazione strana e impacciata tra le due, ma non si meravigliò quando, due giorni dopo, Elizabeth ammise la sconfitta. Mary aveva liquidato le sue preoccupazioni, e la sua richiesta di consegnarle la pistola o anche solo i proiettili, con una risata stridula. «La porto sempre con me, dunque non rischia di finire tra le mani di un bambino» aveva dichiarato. «E nel momento del pericolo, a cosa serve un'arma scarica?»

Frustrata, Elizabeth decise di chiedere a Robert di scrivere a sua madre ordinandole di consegnare la pistola a Ninian. «Così Ninian avrà un pretesto per confiscarla senza scatenare la furia di Mary su di sé o su di me» disse in una nevosa mattina ai primi di gennaio, quando lei e Frances si incontrarono in segreto a casa di Ann. Lewis aveva promesso di accompagnare la prozia a fare un giro in slitta in campagna; Elizabeth sarebbe rincasata per prima e, con un po' di fortuna, Mary non avrebbe mai scoperto che era uscita.

«Sì, ma poi Mary se la prenderà con Robert» osservò Frances. «Ha già minacciato di farlo uccidere. È imprudente darle altri incentivi.»

Elizabeth alzò gli occhi al cielo, sospirando. «Mary non ha assoldato alcun sicario. Non saprebbe nemmeno come fare. A ogni modo, è arrabbiata con Robert, ma non è un'assassina.»

«Dovremmo assumere un agente della Pinkerton che si spacci per un sicario» suggerì Ann, ispirata. «Lui e Mary potrebbero incontrarsi per caso in uno dei negozi preferiti di nostra sorella. L'uomo potrebbe lasciarsi sfuggire la natura della sua professione e dirle che sarebbe un grande onore rendersi utile per la vedova del grande Abraham

Lincoln – sapete, il genere di elogi esagerati che Mary adora ricevere – se mai dovesse avere bisogno dei suoi servigi. Se lei cercasse di assoldarlo per uccidere Robert, le autorità avrebbero le prove che non è sana di mente e la rimanderebbero al Bellevue.»

«No» si oppose Frances, incredula. «Le autorità avrebbero le prove che ha tramato un omicidio. Non finirebbe al Bellevue, ma in prigione!»

«Nessun giudice di questo paese manderebbe in prigione la vedova squilibrata di Abraham Lincoln. Soprattutto se non si facesse male nessuno. La rinchiuderebbero al Bellevue o in un posto analogo.»

«Oh, buon Dio.» Frances sospirò, coprendosi il viso con le mani. «Certe volte non capisco cosa ti salti in mente.»

Elizabeth lanciò un'occhiataccia a Ann. «Certe volte penso che tu sia troppo irrispettosa verso le sofferenze di Mary.»

«Il mio suggerimento era in buona fede» protestò l'altra. «Credetemi, prendo molto sul serio le sofferenze di Mary. Talvolta sospetto di essere l'unica a farlo. Non sta bene e deve essere internata. Ha minacciato Robert di morte e voi due sembrate più interessate a non ferire i suoi sentimenti che a toglierle un'arma letale dalle mani!»

«Cosa faresti *tu* per portargliela via?» chiese Frances.

«Oh, no, no.» Ann fece una breve risata. «Vi ho già detto cosa farei. Lascerei questo compito a un agente della Pinkerton, ma sono troppo irrispettosa, perciò non merito di essere ascoltata.»

«Per favore» implorò Elizabeth, alzando le mani, «non litighiamo. Tutte vogliamo aiutare Mary.» Si lasciò cadere le braccia lungo i fianchi. «Scriverò a Robert per avvertirlo della pistola. Ci dirà cosa vuole che facciamo oppure consulterà il dottor Patterson e seguiremo le sue raccomandazioni.»

«Nel frattempo» disse Frances in tono pungente «avrai una donna molto disturbata che gira per casa con una pistola carica.»

«Nel frattempo» ribatté Elizabeth con una certa durezza, «se mi verrà in mente un altro modo per convincerla a liberarsi della pistola, lo farò.» Spostò lo sguardo su Ann. «Confido che faremo il possibile per aiutare Mary, se non per affetto e senso del dovere, almeno per ripagare il nostro debito verso il suo compianto marito.»

Debito? Ann la guardò con espressione interrogativa ma, quando Frances annuì cupamente, trattenne un sospiro e la imitò. Che le altre due interpretassero pure quel gesto come meglio credevano. Naturalmente avrebbe continuato ad aiutare Mary, a modo suo, ma non per ripagare un debito verso Abe. Gli era grata, come ogni americano, per aver salvaguardato l'Unione e abolito lo schiavismo; l'aveva ammirato per i suoi successi, gli aveva voluto bene come a un fratello e l'aveva pianto a lungo. Ma essere indebitata personalmente con lui? No, neanche per sogno.

Dopo che le sue sorelle se ne furono andate, Ann continuò a rimuginare sul curioso giro di frase usato da Elizabeth mentre sbrigava le solite faccende domestiche. Elizabeth e Ninian avevano contratto un debito con Abe perché, dopo che Ninian gli aveva scritto per suggerire umilmente che gli offrisse una carica, Abe l'aveva nominato capitano del Commissario di sussistenza. William era diventato furiere dell'esercito e suo fratello, il dottor Edward Wallace, ufficiale marittimo alla dogana di Philadelphia. Anche Frances doveva qualcosa a Abe, in un certo senso, perché era stato grazie a lui che aveva conosciuto

William. Il marito di Emilie avrebbe avuto un grosso debito con Abe se fosse stato abbastanza saggio per accettare la nomina che il presidente gli aveva offerto all'inizio della guerra – un ruolo che i suoi cognati avrebbero assunto con gratitudine – ma Ben aveva legato il proprio destino ai Confederati e ne aveva subito le conseguenze, come il loro fratello e i fratellastri che si erano arruolati nell'esercito ribelle.

Tutti avevano tratto vantaggio dall'elezione di Abe in termini di orgoglio e stima, ma quali benefici avevano ricevuto Ann e Clark dalla generosità presidenziale? Niente cariche, questo era certo, o almeno non paragonabili a quelle degli altri. Soltanto Levi era stato trascurato nello stesso modo, ma era ricaduto nelle sue abitudini dissolute e non avrebbe potuto ricevere alcuna nomina importante. Quello, però, non era il caso di Clark, che avrebbe meritato di meglio in quanto uomo d'affari dalle comprovate capacità e un sostenitore leale dell'Unione. Abe non gli aveva neppure fatto la cortesia di dare una risposta soddisfacente a una semplice richiesta, una cosa che sarebbe stata facilissima da concedere per un presidente, ma molto vantaggiosa per Clark se l'avesse ricevuta. Nell'inverno del 1864, il marito di Ann aveva solo chiesto a Abe di dargli *un semplice indizio* sulla data della fine della guerra, una volta che avesse avuto una ragionevole certezza. Se Clark l'avesse conosciuta in anticipo, avrebbe potuto vendere alcuni titoli, guadagnare qualcosa e saldare qualche debito ingente. Abe, però, si era rifiutato di dargli anche solo quel piccolo aiuto. Anziché promettere di soddisfare la richiesta di Clark quando fosse arrivato il momento giusto, aveva scritto che non sperava affatto in una conclusione imminente della guerra, bensì prevedeva che si combattesse *fino all'ultimo*, un'affermazione che si era rivelata vera ma totalmente inutile.

No, Ann aveva amato e rispettato Abe quando era in vita, e avrebbe onorato la sua memoria ora che era morto, ma riteneva di non aver contratto con lui alcun debito tranne quello che ogni americano fedele avrebbe avuto con un presidente capace di tenere insieme una nazione frammentata durante la sua crisi più grave. Ann avrebbe aiutato Mary, non per ripagare un debito, bensì perché erano sorelle; nonostante le differenze e le dispute personali, se una sorella Todd soffriva, le altre non potevano essere davvero felici.

Ma cosa fare? Qualcuno avrebbe potuto farsi male mentre aspettavano i consigli di Robert o del dottor Patterson. Ancora una volta, toccava a lei agire mentre tutti gli altri tentennavano.

Invece di provare a parlare a quattr'occhi con Mary dagli Edwards, dove Elizabeth, Ninian o Julia avrebbero sicuramente interferito e forse rovinato ogni cosa, un mattino Ann andò ad Aristocracy Hill e la invitò a fare compere. Mary strinse gli occhi, sospettosa, ma non resistette alla tentazione del suo passatempo preferito, così indossò la mantella, prese la borsa a rete e salì sulla carrozza.

Iniziarono dal suo negozio favorito di tessuti, accessori e passamanerie, dove acquistò un nastro di seta color lavanda per una cuffietta nuova e un rocchetto di filo. Poi andarono dalla modista, ma solo per curiosare in cerca di ispirazione. Chiacchierarono amabilmente di moda e del tempo mentre passavano da un negozio all'altro e, non appena Ann ebbe l'impressione che Mary fosse a suo agio, disse: «Posso farti una domanda schietta?».

L'altra inspirò a fondo come per farsi coraggio. «Prego.»

«Hai idea di quanto siamo sconvolte all'idea che giri armata?»

Mary fece un gesto noncurante. «Molte persone girano armate.»

«Non hai mai usato una pistola.»

«Dopo ciò che è successo al mio amato marito, nessuno dovrebbe stupirsi se voglio proteggermi.»

«Sono d'accordo.» Ann fece una pausa. «Tuttavia pensavo che dovessi sapere cosa dicono gli altri alle tue spalle.»

Mary la guardò con occhi penetranti. «Cioè?»

«Probabilmente non dovrei dirtelo.» Ann finse di riflettere. «Prometti di non spifferare a Frances o a Elizabeth che sono stata io a riferirtelo?»

«Sì, sì, continua.»

«Il dottor Patterson è convinto che la tua ossessione per le armi sia un segno di paranoia. Una paranoia pericolosa, oltre che una mania» aggiunse Ann con enfasi davanti all'espressione scettica di Mary. «A quanto pare, il rifiuto irragionevole di rinunciare a un oggetto, anche se vietato dalla legge o dalle regole di una particolare famiglia, può essere sintomo di follia.»

«È stato il dottor Patterson a dirlo? A chi?»

«In due lettere diverse, una a Robert e l'altra a Ninian.»

«Naturalmente.» Arricciando le labbra, Mary si voltò e, uscendo dal negozio, si avviò lungo il marciapiede, costringendo Ann a seguirla. «Presumo che stiano cospirando per togliermela con la forza.»

«Non proprio.» Vedendo che Mary si fermava e si girava di scatto, con espressione interrogativa, Ann spiegò: «Vogliono aspettare, osservarti e tenere il conto dei giorni in cui ti rifiuterai di separarti dalla pistola. Quando supererai un certo limite, potranno, se lo desiderano, usarlo come pretesto per rispedirti al Bellevue».

Mary impallidì. «Stupidaggini. Avrebbero bisogno di un altro processo.»

«Credo contino sul fatto che tu abbia così paura di un secondo processo da obbedire senza fiatare. Naturalmente, il modo più ovvio per evitare tutto questo, per conservare sia la libertà sia la pistola... be', sono sicura che lo sai già.»

«Illuminami.»

«Consegna l'arma a qualcuno di cui ti fidi e di' di averla venduta. Saranno contenti che tu non voglia più fare del male a te stessa o ad altri, e potrai riavere rapidamente la pistola se mai dovesse servirti.»

Mary rifletté con una luce astuta negli occhi. «Suppongo che ti stia offrendo di custodirla al posto mio. Come posso essere certa che tu non la dia a Ninian perché la chiuda in cassaforte non appena te la consegno?»

«Avresti la mia parola di sorella.»

«E se ti chiedessi di restituirmela?»

«Ti domanderei a chi vuoi sparare e se intendi uccidere o solo ferire. Se pensassi che tu stia prendendo una decisione terribile, ti aiuterei a trovare una soluzione meno drastica.» Ann fece un sorriso beffardo. «Hai un'idea migliore? Cos'è più importante per te, sentire il peso della pistola nella tasca o avere la libertà di agire come preferisci?»

Mary ci pensò su, ma sapevano entrambe che in realtà c'era una sola alternativa.

Ann non aveva avuto molta fiducia nel successo del suo piano, perciò fu con grande sollievo che portò la pistola a casa, estrasse i proiettili e chiuse l'arma e le munizioni in due cassetti distinti della scrivania di Clark.

La sera successiva, quando le famiglie si riunirono dagli Edwards per la cena domenicale, Elizabeth prese in disparte Frances e Ann. «Non è magnifico che Mary abbia venduto la pistola?» sussurrò, così sollevata da sembrare ringiovanita. «Come sono felice di essermi liberata di questa preoccupazione!»

«Prego» disse Ann, asciutta. «Non l'ha venduta. L'ho convinta ad affidarla a me finché non avrà davvero bisogno di sparare a qualcuno. In quel caso dovrei restituirgliela, cosa che naturalmente non farò.» Notò che le altre due la fissavano sbalordite. «Sì, le ho detto anche di mentire al riguardo. Non ditele che conoscete la verità, altrimenti creerete un'ansia ingiustificata.»

«Brava» si complimentò Frances, un po' stupita.

«La pistola è al sicuro, tutti sono incolumi, ed è questo l'importante.» Sorridendo, Elizabeth le strinse rapidamente la mano.

Ma Robert era di diverso parere.

Le vostre lettere mi procurano grande preoccupazione, non per me stesso, ma per gli imprevisti che potrebbero ancora accadere, rispose dopo che le zie gli ebbero scritto per spiegargli come avessero risolto il conflitto. Rammentò loro come i medici a cui si erano rivolti nella primavera precedente li avessero avvertiti dell'impossibilità di prevedere le possibili alienazioni mentali che avrebbero potuto impossessarsi di sua madre, e dunque dell'opportunità di collocarla dove non sarebbe potuta accadere alcuna catastrofe.

L'implicazione ovvia era che evidentemente la casa degli Edwards non era il luogo più adatto.

Temo che la situazione attuale peggiorerà, come è successo la scorsa primavera, proseguiva. *Se miglioras-*

se, mi solleverebbe da un'atroce preoccupazione. Mia madre è stata sottratta alle cure del dottor Patterson nonostante i miei timori riguardo all'opportunità di una simile decisione, ed è rimasta senza assistenza medica sebbene io fossi contrario. Non ha ancora avuto luogo alcuna tragedia, ma vivo nella costante paura che accada.

Se le condizioni di sua madre non fossero migliorate, concludeva, avrebbe potuto vedersi costretto a riportarla al Bellevue Place, nonostante l'angoscia e lo scandalo che una simile scelta avrebbe indubbiamente alimentato. *Se a Springfield la vostra influenza non riesce a tenerla a freno*, domandava alle zie, *cosa dobbiamo fare?*

Cosa?, si chiese Ann. Aveva risolto abilmente, e quasi da sola, il problema della pistola, ma come avrebbe affrontato il successivo, e quello ancora dopo? Finché Mary fosse stata libera di fare ciò che voleva, infatti, ce ne sarebbero inevitabilmente stati altri.

20

Febbraio-maggio 1862

ELIZABETH

Elizabeth scoprì che il nipote Willie era gravemente malato da un breve e scioccante articolo pubblicato sul giornale l'11 febbraio.

MALATTIA NELLA FAMIGLIA DEL PRESIDENTE

> *È di ieri l'annuncio che il consueto ricevimento del sabato alla Casa Bianca e la festa di martedì sono annullati per la malattia del secondogenito del presidente, un simpatico ragazzino di circa otto anni, affetto da una grave febbre biliosa ormai da tre giorni. Mrs Lincoln non lascia il suo capezzale da mercoledì sera, e si teme per la sua salute. Questa sera la febbre è scesa e si spera che il piccolo guarisca.*

Il cuore le batté forte per la preoccupazione. Le terribili immagini evocate da quelle parole erano così vivide nella sua mente che l'ottimismo dell'ultima riga le offrì soltanto un blando conforto. Una rapida raffica di biglietti circolò per Springfield, confermando che né Frances né Ann erano al corrente della situazione. Convennero che Willie doveva essere in condizioni preoccupanti, se la notizia era finita nei giornali, scalzando i numerosissimi articoli sugli ultimi comportamenti controversi di Mary.

All'inizio di quel mese, la loro sorella aveva dato un magnifico ballo nell'East Room della Casa Bianca, spedendo più di cinquecento inviti a illustri membri del governo e alle loro mogli, oltre che ad amici speciali, importanti personalità di Washington e dignitari in visita. Aveva incaricato la famosa Mrs Keckley di confezionarle un vestito di raso bianco che le lasciasse le spalle scoperte, con una generosa scollatura, gale di pizzo chantilly nero, fiocchi bianchi e neri, un tralcio di mirto che scendeva sulla gonna e un lungo strascico elegante. Il menu molto elaborato prevedeva tacchino arrosto, foie gras, ostriche, manzo, anatra, quaglie, pernici e gelatina di carne, accompagnati da un assortimento di frutta, torte, sorbetti e fantasiose creazioni di zucchero caramellato.

Quando si era sparsa la voce di quei progetti sontuosi, erano arrivate le critiche dei soliti detrattori, che avevano espresso stupore e disgusto per la vanità del ballo e della sua organizzatrice. *Il presidente e Mrs Lincoln sanno che è in corso una guerra civile?*, aveva scritto aspramente Benjamin Wade, il senatore dell'Ohio, nel suo rifiuto, pubblicato in diversi giornali. *Qualora loro non lo sapessero, Mr e Mrs Wade lo sanno bene, e per questa ragione si rifiutano di partecipare a danze e banchetti.*

Elizabeth aveva provato una fitta di dolore immaginando quanto Mary dovesse essere stata mortificata da quel rimprovero pubblico e dalla consapevolezza che molti abitanti di Washington erano d'accordo con il senatore

Wade. Moltissimi inviti erano stati respinti bruscamente, o almeno così avevano riferito i giornali, e un centinaio era tornato indietro con messaggi indignati contro l'eccessiva frivolezza della first lady in un periodo in cui la nazione era preoccupata, sofferente e impoverita dalla guerra. Ma nonostante le condanne, siccome l'evento non era aperto al pubblico, gli inviti avevano continuato a essere oggetto di molti desideri. *Mezza città è felice di essere stata invitata*, aveva osservato un giornale, malizioso, *mentre l'altra metà è furiosa all'idea di restare fuori al freddo*. Non c'era da stupirsi, dopo che il *New York Herald* aveva predetto che il ballo sarebbe stato *l'evento più magnifico a cui si sia mai assistito in America*. Gli articoli successivi non avevano tardato a confermare che era stato un trionfo.

Uno splendido ballo alla Casa Bianca e la spaventosa malattia di un figlio erano le novità che, un tempo, Elizabeth avrebbe appreso direttamente da Mary, una grafomane la cui penna di solito non risparmiava notizie, osservazioni e opinioni. Ma le due sorelle avevano litigato, se si poteva definire litigio qualcosa di assolutamente unilaterale, e Mary non si era più fatta viva dopo l'ultima rabbiosa missiva di settembre.

Elizabeth non avrebbe mai liquidato l'affronto giudicandolo banale, ma lo trovava talmente insulso rispetto alle preoccupazioni della guerra da non credere che una parola fuori posto avesse potuto causare un distacco così netto. Mary e Julia non erano mai state particolarmente affiatate, anche se Elizabeth non avrebbe saputo dire se per mancanza di interesse o incompatibilità di carattere. A mano a mano che Julia cresceva, Mary aveva criticato sempre più spesso il comportamento della nipote, etichettandolo come sfacciato, e con il passare del tempo, quando non aveva fatto nulla per nascondere i suoi sentimenti, Julia aveva iniziato a serbarle rancore.

Nonostante ciò, Mary aveva invitato lei e la sua sorellina a far parte dell'entourage a bordo dell'*Inaugural Express*. In seguito, le due ragazze erano tornate a Springfield con Frances, Elizabeth invece si era trattenuta per aiutare Mary a sistemarsi alla Casa Bianca. Mentre erano lontane, Julia aveva scritto alla madre per aggiornarla sulla situazione a casa e in una delle sue lettere si era abbandonata a commenti poco lusinghieri sulla zia Mary. Se solo Elizabeth l'avesse bruciata dopo averla letta, prima che chissà come si separasse dal resto della corrispondenza e scivolasse tra il telaio del letto e la parete della sua camera alla Casa Bianca, dove una domestica l'aveva trovata cinque mesi dopo, consegnandola alla padrona! Un'altra donna si sarebbe rifiutata di leggere una missiva personale destinata ad altri, ma non Mary. Profondamente offesa dagli insulti di Julia, aveva scritto due lettere rabbiose, una alla nipote e una a Elizabeth, condannando la loro doppiezza e ingratitudine dopo che aveva offerto loro un'ospitalità così squisita. Quando Elizabeth si era scusata e aveva cercato di rimediare, Mary aveva risposto con un'altra lettera piena di violenti improperi. Irritata, Elizabeth aveva resistito alla tentazione di scusarsi una seconda volta e deciso di non scrivere più finché Mary non avesse porto le sue scuse. Da allora erano passati cinque mesi, senza più notizie da parte di Mary e senza ripensamenti da quella di Elizabeth.

Il loro allontanamento spiegava perché Mary non avesse scritto a lei, ma non perché avesse trascurato di avvisare Frances, Ann o qualunque altro membro della famiglia avesse poi potuto informare Elizabeth. Era possibile che Willie stesse così male che sua madre non osava staccarsi nemmeno per un momento dal suo letto? L'articolo diceva che Mary non lasciava il suo capezzale da giorni. Se era vero che la febbre era scesa, forse Mary avrebbe scritto presto, dopo aver avuto un po' di tempo per riposare.

Elizabeth aspettò una lettera con ansia ma, prevedendo che non sarebbe arrivata, studiò con cura i giornali. Una settimana dopo il primo accenno alla malattia di Willie, ne trovò un altro, due frasi cupe e sinistre come non mai: *FIGLIO DEL PRESIDENTE ANCORA GRAVEMENTE MALATO. William, il figlio del presidente Lincoln, è ancora in condizioni assai critiche.*

Ebbe la sensazione di non riuscire a respirare. Ormai suo nipote stava male da più di quindici giorni, almeno. Come doveva essere agitata Mary, tormentata non solo dalle sofferenze del figlio, ma anche dagli spaventosi ricordi di Eddie, che, prima della sua tragica morte, aveva languito a sua volta in un letto per settimane.

«Dovrei telegrafare a Mary e Abe per informarli che preghiamo per Willie» disse Elizabeth al marito quella sera, e di nuovo a Julia e Lizzy il mattino seguente. Tuttavia non lo fece. Mary sarebbe stata troppo occupata per avere il tempo di leggere un telegramma, si disse, soprattutto se veniva da una sorella con cui aveva smesso di corrispondere.

Nel tardo pomeriggio del 20 febbraio, Elizabeth era nella nursery a giocare con il nipotino di due anni e il suo coniglietto di peluche, mentre Julia, incinta, era andata a stendersi. Udendo un rumore di passi, alzò lo sguardo e trovò Ninian sulla soglia, ma il sorriso le morì sulle labbra quando notò i suoi occhi arrossati e la sua espressione angosciata.

Allorché, notando quella reazione, la bambinaia corse ad accudire il piccolo Lewis, Ninian prese le mani della moglie tra le proprie. «Cara, vieni nel mio studio» disse con voce rauca. «Temo di avere una notizia che ti spezzerà il cuore.»

Era arrivato un telegramma da Washington meno di un'ora prima. Un conoscente che lavorava all'ufficio del telegrafo si era premurato di informare Ninian affinché la famiglia non rimanesse scioccata quando avesse letto i giornali del mattino.

Nonostante gli strenui sforzi dei medici per salvargli la vita, l'amato nipote Willie era morto qualche ora prima. Tad, il suo fratellino, soffriva della stessa malattia. Si diceva che Abe fosse letteralmente distrutto, e Mary così sconvolta che si era messa a letto, scossa da un pianto inconsolabile.

«Era la luce della loro vita» gemette Elizabeth mentre, in lacrime, si gettava tra le braccia di Ninian. «Era un bambino così bello, così buono e gentile, molto assennato per la sua età. Aveva tutte le doti che un genitore vorrebbe vedere in suo figlio. Non ci sono parole per un simile lutto. Che Dio li conforti.»

Stringendola, Ninian la consolò come poté, ma alla fine Elizabeth dovette ricomporsi e dare la notizia al resto della famiglia. Devastate, Julia e Lizzy si aggrapparono l'una all'altra, piangendo. Ninian e Edward, il marito di Julia, andarono a informare Frances, Ann e le loro famiglie, mentre Elizabeth restò a casa per confortare le figlie e il nipotino disorientato, immaginando fin troppo chiaramente le scene di dolore e disperazione che stavano avendo luogo alla Casa Bianca.

Il mattino dopo ricevette un telegramma da Robert,

inviato non da Harvard, ma da Washington. *Willie morto. Mamma distrutta. Zia carissima per favore venite subito.*

Sbalordita, Elizabeth non sapeva cosa rispondere. Era stata Mary a chiedere di lei, oppure era stata un'idea di Robert? Sapeva che si erano allontanate? Avrebbe percorso centinaia di chilometri per poi essere buttata fuori dalla Casa Bianca perché Mary si rifiutava di vederla? C'erano ragioni valide per dire di no: l'imprevedibilità dei viaggi in tempi di guerra, la spesa, le esigenze del nipote, la gravidanza difficile di Julia. Elizabeth avrebbe voluto tirarsi indietro, ma il passato la perseguitava e, quando ricordò gli abissi insondabili della propria angoscia dopo aver perso il primogenito, fu mossa a compassione.

«Ho deciso di andare a Washington da Mary» disse a Ninian due giorni dopo aver ricevuto il telegramma. «Proverò a consolarla, se vorrà vedermi. Se mi caccerà via, se non altro saprò di aver fatto un tentativo.»

Mettendole un braccio intorno alle spalle, lui la baciò sulla guancia. «Andremo insieme. Anche Abe sta soffrendo, ed è gravato dal peso di una nazione divisa. Facciamo ciò che possiamo per loro.»

Prima di cambiare idea, Elizabeth telegrafò a Robert per informarlo del loro arrivo. Lei e Ninian organizzarono rapidamente il viaggio, facendo i bagagli e chiedendo alle altre sorelle Todd di controllare spesso Julia e di avvisare immediatamente William se avesse avuto anche solo il minimo problema con la gravidanza.

Arrivarono a Washington un giorno dopo che il giovane William Wallace Lincoln era stato sepolto in una tomba all'Oak Hill Cemetery a Georgetown, dove sarebbe rimasto finché la piccola bara fosse stata trasferita nel lotto di famiglia a Springfield. Mentre la carrozza sferragliava verso la Casa Bianca, Elizabeth sbirciò fuori dai finestrini, verso la capitale trasformata, meravigliandosi dei cambiamenti introdotti dall'insediamento di Abe, risalente a meno di un anno prima. Washington era diventata un vasto campo militare, con le strade piene di soldati in uniforme e le truppe acquartierate in quasi ogni spazio disponibile. Franklin Square, un parco che aveva visitato una volta con le sorelle, era stato adibito ad accampamento per il 12° reggimento New York, con file e file di tende bianche disposte ordinatamente, il quartier generale dell'ufficiale al comando al centro della piazza e uno spazio aperto per le marce e l'addestramento. Un esame più attento e una zaffata disgustosa le rivelarono che alcuni accampamenti erano ospedali militari, e anche numerosi uffici governativi sembravano essere stati convertiti a quello scopo.

Quando arrivarono, Elizabeth notò che anche la Casa Bianca era cambiata: drappi di crespo nero in segno di lutto, tende tirate, specchi coperti. Persino i loro passi sui nuovi tappeti scelti con cura da Mary sembravano attutiti da uno spesso e opprimente lenzuolo funebre.

Mentre i domestici pensavano ai bagagli, il maggiordomo li condusse da Robert, pallido e stravolto ma composto, con solo un lieve tremito della mascella a tradire il dolore che reprimeva accuratamente per il bene dei suoi genitori. Abbracciando lo zio e la zia, li ringraziò per la loro presenza e accettò le condoglianze con un cenno del capo, distogliendo lo sguardo per nascondere le lacrime. Mentre il maggiordomo conduceva Ninian nello studio di Abe, perché gli affari di Stato non avrebbero aspettato la fine del lutto, Robert accompagnò Elizabeth nella camera di Mary.

«Prego che riusciate a strapparla alla disperazione» bisbigliò, benché non ci fosse nessuno nei paraggi. «Dopo la morte di Willie è caduta in parossismi di dolore, urlando e gemendo d'angoscia fintantoché il medico le ha somministrato il laudano.»

«E Tad?» domandò Elizabeth, ansiosa. «Le sue condizioni sono cambiate da quando ci hai telegrafato?»

«Sta migliorando» rispose Robert salendo le scale, «ma ha il terrore di morire a sua volta. Ha il cuore a pezzi e piange perché non rivedrà più Willie.»

Elizabeth provò una fitta di angoscia. «Povero piccolo.» Il bambino aveva un disperato bisogno di sua madre, ma Mary era troppo sconvolta per confortarlo.

«Mio padre ha assunto una brava infermiera di un ospedale militare perché assista Tad e tenga d'occhio la mamma, per la maggior parte però sono state Mrs Keckley e altre due amiche a vegliare su di lei a turno, giorno e notte.» Robert contrasse la mascella e fece un profondo respiro, scuotendo la testa. «Ogni volta che emerge dal torpore dei farmaci ricomincia a delirare e a disperarsi. Zia Elizabeth, non... non so cosa faremo se nemmeno voi riuscirete a consolarla.»

Il primo rimedio che Elizabeth avrebbe suggerito sarebbe stato ridurre il laudano e poi eliminarlo totalmente. Avevano raggiunto la cima delle scale quando, prima ancora che imboccassero il corridoio, udì Mary che gemeva, un urlo disumano e straziante che si alzò e si abbassò, provocandole un brivido lungo la schiena. Elizabeth si fermò sulla soglia della camera, girandosi verso Robert. «Tu va' da Tad e digli che la zia Elizabeth sarà presto da lui. Io mi occupo di tua madre.» Vedendolo annuire, si sforzò di fare un sorriso rassicurante e, facendosi animo, entrò.

Trovò la sorella a letto, in preda al dolore, con le tende tirate e la stanza calda che puzzava di chiuso. Quando i suoi occhi si furono abituati alla luce fioca, riconobbe la splendida donna di colore che si alzò con grazia dalla sedia accanto al capezzale: Mrs Keckley, la conoscente di Mary, o forse addirittura sua amica, dato che evidentemente per lei era molto più di una sarta. Elizabeth si ripresentò a bassa voce, scoprendo che Mrs Keckley si ricordava di lei nonostante la stanchezza palese. Elizabeth la ringraziò per aver assistito sua sorella e la esortò ad andare a riposarsi. Visibilmente sollevata, l'altra le augurò la buona notte e, promettendo di tornare il giorno dopo, uscì senza far rumore.

Nei giorni seguenti, Elizabeth fu grata del continuo effetto calmante che Mrs Keckley aveva su Mary mentre cercavano di alleviare i suoi tormenti. Sua sorella era ora paralizzata dalla sofferenza, ora torturata da una disperazione spasmodica, e le sue urla improvvise spaventavano Tad e inquietavano la servitù. Le due donne si davano il cambio accanto al letto, e spesso erano presenti entrambe, incoraggiandola dolcemente a mangiare, a permettere loro di lavarle la faccia, di vestirla e di acconciarle i capelli, per avventurarsi in fondo al corridoio a vedere Tad, che migliorava di giorno in giorno sotto l'occhio vigile dell'infermiera Pomroy. Elizabeth riuscì a strappare un sorriso alla sorella quando le raccontò come il bambino si rifiutasse di prendere la medicina da chiunque se non da suo padre, perciò non di rado il presidente doveva lasciare importanti conferenze e persino riunioni di gabinetto per somministrargli le dosi. Ogni volta, Abe andava senza indugio.

Per tutto il periodo del lutto assolse ai doveri della sua

carica con stoica tenacia. Eppure, una settimana dopo la morte di Willie, si chiuse nella Green Room, dove il bambino era stato portato prima del funerale. Elizabeth e Ninian poterono solo chiedersi se l'avesse fatto per restare da solo con i suoi pensieri, per ricordare l'amato figlio o per pregare. In seguito, Ninian osservò quel rituale privato ogni martedì per diverse settimane, ed Elizabeth si sentì sollevata vedendo che sembrava dare un po' di conforto al cognato.

Con blandizie dolci e insistenti, alla fine convinse Mary ad alzarsi dal letto, a lavarsi e vestirsi, e ad andare alle funzioni religiose. Mrs Keckley confezionò rapidamente le gramaglie affinché la first lady potesse ricevere i visitatori con un abbigliamento adeguato, ma anche se molti conoscenti avrebbero voluto farle le condoglianze, lei li respinse quasi tutti. Quando la bellissima e popolare Elizabeth Blair Lee arrivò e le fece consegnare il biglietto da visita, Mary non ebbe cuore di mandarla via bruscamente, così pregò Elizabeth di riceverla al posto suo. Si rivelò un compito molto piacevole, perché Mrs Lee, la sorella di un deputato del Missouri e del direttore generale delle poste degli Stati Uniti, era graziosa e simpatica, e il messaggio di condoglianze che le chiese di recapitare a Mary era così gentile e sentito da far venire le lacrime agli occhi della destinataria.

Tua zia Mary si rifiuta ancora di uscire dalla sua camera, attanagliata da una profonda tristezza, e a volte si abbandona a violenti sfoghi di dolore, scrisse Elizabeth a Julia alla metà di marzo. *Questo è il suo stato d'animo, e l'ambiente circostante tollererà a lungo una simile tetraggine.* Si pentì della parola *tollererà* non appena la scrisse, perché implicava che Mary avrebbe potuto mettere fine alle sue sofferenze con la semplice forza di volontà, se solo gli altri si fossero rifiutati di sopportare ancora i suoi isterismi. Elizabeth deplorava tutte le implicazioni della parola, ma non la cancellò.

Robert, che al contrario di sua madre soffriva in silenzio, si sforzò di mantenere una facciata forte e coraggiosa, mostrandosi tenero e premuroso verso Mary. Lei reagiva bene alle sue attenzioni, ma alla fine il giovane dovette tornare a Harvard per finire il quadrimestre. Di lì a poco, nella prima settimana di aprile, gli impegni richiamarono Ninian a Springfield. Marito e moglie avevano deciso di ripartire insieme, ma Mary era in uno stato così fragile che Elizabeth decise di fermarsi ancora un po'. Aveva nostalgia di casa ed era in pensiero per Julia, ma sua sorella aveva bisogno di lei. Benché Mary non avesse mai accennato al loro distacco, Elizabeth era sicura che fosse contenta di quel riavvicinamento.

Sebbene Mary non lasciasse mai la Casa Bianca, oltre quelle mura solide e sicure la guerra proseguiva, e fu là che la notizia di un altro lutto improvviso raggiunse le due sorelle. Nell'estremo Sud, il generale Grant aveva sconfitto le forze ribelli a Shiloh, nel Tennessee, ma era stata una battaglia feroce, la più cruenta del conflitto fino ad allora, con più di tredicimila caduti, feriti o dispersi tra le file nordiste e quasi undicimila vittime tra quelle sudiste. Tra i morti c'era il loro fratellastro Sam, un ufficiale della I compagnia Crescent Regiment del 24° Louisiana.

Era impossibile immaginare il loro bellissimo e popolare fratello minore, così pieno di vita, verve e passione, che giaceva morto su un campo di battaglia del Tennessee. Elizabeth e Mary avevano amato coccolarlo quando era un bebè, un privilegio speciale che Mammy Sally aveva concesso loro raramente. «Meno male che non vedo nessuno» confidò Mary a Elizabeth e a Mrs Keckley il giorno dopo l'arrivo della triste notizia. «Sarei costretta a sorridere e a fingere che non mi importi della morte di Sam, altrimenti i miei nemici salterebbero fuori dal nulla mettendo in dubbio la mia lealtà all'Unione.»

Con sgomento delle sorelle, la scelta di stare defilata non cancellò Mary dalla mente dei suoi detrattori più incalliti. Quando gli elogi funebri per Sam comparvero nei giornali del Sud, la sua morte ricordò ai critici della first lady i legami della famiglia Todd con i secessionisti e rivangarono i vecchi dubbi triti e ritriti sulla sua lealtà. Era una cosa superflua, irriguardosa e atroce da fare mentre la Casa Bianca era ancora addobbata a lutto, pensò Elizabeth, indignata. Una dimostrazione di insensibile indifferenza verso il dolore implacabile di Mary.

Implacabile era l'aggettivo giusto.

A metà aprile, Elizabeth si era ormai abituata agli improvvisi attacchi di pianto della sorella. Aveva imparato a sedersi pazientemente al suo fianco, sussurrando parole di conforto finché non riusciva a calmarla. Un giorno, lei e Mrs Keckley erano con Mary in salotto, impegnate a consolarla secondo il metodo collaudato, quando Abe entrò e si fermò appena oltre la soglia, studiando la moglie. Dopo un attimo, la prese delicatamente per il braccio, la condusse alla finestra e indicò solennemente il St. Elizabeth's Hospital in lontananza.

«Tesoro» disse, «vedi quel grande edificio bianco sulla collina?»

Mary annuì, sgranando gli occhi. A Washington, tutti – compresa Elizabeth, una semplice visitatrice – conoscevano il manicomio, una struttura imponente nel profilo della città.

«Cerca di tenere a bada il dolore» proseguì Abe con voce ferma, «o ti farà impazzire e potremmo doverti mandare laggiù.»

Elizabeth trattenne un sussulto e, con la coda dell'occhio, vide che Mrs Keckley si sforzava di dissimulare lo shock. Che Mary potesse finire in manicomio era un'idea troppo terribile da prendere in considerazione ed Elizabeth era sorpresa che il cognato parlasse in quel modo alla moglie.

Nei giorni successivi, tuttavia, sembrò che l'avvertimento avesse spinto Mary a riprendere il controllo dei suoi nervi. Continuò ad annullare i ricevimenti e a respingere i visitatori, ma il suo interesse latente per la politica si riaccese brevemente il 16 aprile, quando suo marito firmò un atto del Congresso che aboliva lo schiavismo nel Distretto di Columbia.

La misura era stata oggetto di violente contestazioni al Congresso e sulla stampa, e moltissimi cittadini bianchi avevano spedito lettere e petizioni a deputati, direttori di giornali e altri uomini influenti, chiedendo che il disegno di legge venisse bocciato. Alla fine le lamentele e le proteste caddero nel vuoto e la proposta passò.

A Washington, i residenti di colore reagirono con incontenibile esultanza. La loro fiducia nel presidente Lincoln si rinnovò, come la loro determinazione a vedere lo schiavismo abolito ovunque, per tutti, per sempre. «Questo è solo l'inizio» disse Mary a Elizabeth, con gli occhi luminosi e la mente proiettata sul futuro per la prima volta da quando l'altra era tornata alla Casa Bianca. «Presto la libertà si estenderà a tutti gli abitanti di questa grande nazione unita.»

Elizabeth giudicò molto promettente il rinnovato interesse della sorella per il destino del paese, forse al punto che Mary non avesse più un disperato bisogno di lei come prima. Riluttante a scaricare tutto il fardello della sua assistenza su Mrs Keckley – che aveva già fatto più di qualunque altra amica e che, temeva Elizabeth, probabilmente aveva trascurato il lavoro – scrisse diverse lettere alla famiglia cercando una sostituta. *Tua zia Mary si chiede se Mary Jane Wallace non abbia voglia di venire quando io sarò pronta per andarmene*, scrisse a Julia, sondando il terreno nella speranza che la figlia riferisse il messaggio. *Non se la sente ancora di restare sola.*

Quando la lettera si rivelò un buco nell'acqua, Elizabeth rivolse lo stesso appello a Frances, tentando di convincerla a mandare sua figlia alla Casa Bianca. La stagione estiva richiedeva un guardaroba molto semplice e abbordabile, le assicurò, nell'eventualità che il problema fosse il denaro. Scrivendo direttamente alla nipote, aggiunse: *La zia Mary dice che sarà lieta di sostenere le spese per il tuo soggiorno, cosa che puoi ripetere a chiunque sollevi obiezioni per questo motivo.* Ma quando nessuno rispose alle sue suppliche sempre più fervide, si rese conto che avrebbe dovuto lasciare il posto vacante o rimanere a tempo indeterminato. Tuttavia non poteva più restare lontana da casa, non con il secondo bambino di Julia in arrivo.

Il fatto che Abe sperasse in un prolungamento del suo soggiorno rese ancora più difficile la decisione. Come Mary, il presidente sembrava trovare conforto nella sua presenza, così Elizabeth si ripromise di passare del tempo con lui per distrarlo, anche solo per un po', dal lutto e dalle gravi preoccupazioni del governo. Una volta lo portò a visitare la serra della Casa Bianca, che Abe confessò di non aver mai visto sebbene fosse uno dei luoghi preferiti di Mary sulla proprietà. In un'altra occasione accettò il suo invito ad andare in carrozza fino al cantiere navale della Marina e all'arsenale dell'esercito. Mentre la vettura sferragliava sui sassi di Pennsylvania Avenue, si rese conto con stupore che, dal suo arrivo, era la prima volta che usciva dalla Casa Bianca.

Abe lodò Elizabeth per la sua influenza positiva su Mary quando quest'ultima cadeva nello sconforto o nell'irascibilità, e affermò che trovava la sua presenza indispensabile per la salute mentale della moglie. Lei, coscienziosa, rimase per sostenere la sorella, il cognato e il nipotino, ma quando Mary continuò a fare piccoli progressi, giorno dopo giorno, la nostalgia di casa tornò a farsi sentire. Ogni volta che accennava alla possibilità di fissare la data della partenza, tuttavia, Mary la guardava con un'espressione così afflitta da indurla a rimandare di un'altra settimana.

Poi, ai primi di maggio, una lettera urgente di Ninian la informò che Julia aveva avuto lievi complicanze con la gravidanza. Non era nulla di grave, ma la paura e l'ansia si stavano ripercuotendo sulla salute di Julia, che aveva un disperato bisogno della presenza rassicurante di sua madre. Qualcosa nel linguaggio del marito suggeriva che Julia stava benissimo e che le presunte complicanze erano solo uno stratagemma volto a darle un pretesto per tornare subito a casa. Nonostante ciò, fu con sincera apprensione che Elizabeth spiegò la situazione a Abe e Mary e cominciò immediatamente a organizzare il viaggio.

Mary accettò la notizia con rassegnazione e con più garbo del previsto. «Per favore, porta il mio affetto e i miei ringraziamenti a tutti» disse due giorni dopo, mentre si salutavano con un abbraccio nella carrozza davanti alla stazione. «Presto anche noi lasceremo la Casa Bianca, per sfuggire al caldo e ai miasmi dell'estate.»

«Davvero?» domandò Elizabeth, contenta. Sicuramente era un altro segno incoraggiante. «Andrete a New York?»

«Molto meno distante. L'anno scorso ho trovato una residenza estiva vicino alla Soldiers' Home, a tre chilometri circa dalla città.» Mary inclinò la testa verso nord. «Un rifugio fresco, boscoso e isolato in cima a una collina, abbastanza lontano dal Campidoglio e dalla Casa Bianca per fungere da ritiro tranquillo, ma abbastanza vicino perché Abe possa fare avanti e indietro, se necessario. È veramente incantevole, e confido che staremo bene. Vorrei che avessi il tempo di vederlo.»

Elizabeth sorrise. «Magari la prossima volta» disse mentre l'ufficiale che le accompagnava apriva lo sportello per aiutarla a scendere.

«Scrivimi presso la Soldiers' Home» urlò Mary dal finestrino. «Prevedo che lì avrò poche distrazioni e abbastanza tempo libero per rispondere subito, così non trascurerò la nostra corrispondenza come ho fatto in passato.»

Dunque era così che aveva scelto di giustificare mesi di silenzio. Semplicemente era stata troppo occupata per scrivere. «Soldiers' Home.» Elizabeth annuì. «Tu scrivimi allo stesso indirizzo di sempre. Te lo ricordi, vero?»

«Certo.» Mary abbozzò un sorriso. «Credo di conoscere casa tua come se fosse la mia.»

Ed è giusto che sia così, pensò Elizabeth mentre le faceva un ultimo cenno di saluto. Una volta, molto tempo prima, aveva detto alla sorella che avrebbe potuto considerare la villa degli Edwards casa sua finché avesse voluto. Non aveva mai revocato quel privilegio, né mai l'avrebbe fatto.

21

Gennaio-maggio 1876

FRANCES

Benché Mary avesse rinunciato alla pistola e smesso con le sue assurde minacce alla vita di Robert, continuò a essere arrabbiata e a pretendere la restituzione delle obbligazioni. Quando due settimane gelide e nevose alla fine di gennaio le impedirono di andare a fare acquisti, passò ore nella biblioteca di Ninian, china sui libri di giurisprudenza, prendendo appunti e confrontando testi giuridici. In privato, le sue sorelle ipotizzarono che forse volesse seguire lo stretto sentiero percorso dalla sua amica Mrs Bradwell e diventare avvocato, anche se Ann sottolineò, con parole piuttosto scortesi, che ci sarebbero voluti anni di studio e che Mary aveva iniziato tardi.

«Lasciala in pace» suggerì Frances. «Lo studio le tiene occupata la mente e la distrae dal rancore. Potrebbe sorprenderci tutti e diventare la seconda avvocatessa più famosa del paese.»

Mary le sorprese, ma in modo molto meno plateale e piacevole. Il primo di febbraio, quando le sorelle Todd approfittarono di una giornata relativamente mite per prendere il tè e cucire o lavorare a maglia nel salotto di Elizabeth, si allontanò per un momento e tornò con un manoscritto frusciante, coperto da una grafia ordinata e lungo diverse pagine. «Non esiste alcuna ragione legale per cui io debba essere privata delle obbligazioni anche solo per un altro giorno» dichiarò, porgendo il documento a Elizabeth, che parve troppo sbalordita per prenderlo, e poi a Frances, che invece lo accettò. «Quell'egoista di mio figlio si sbaglia di grosso. Ho trovato dei precedenti legali in base ai quali posso chiedere che mi restituisca le obbligazioni.»

«Non è stato solo Robert a dirtelo, ma anche il governatore Palmer.» Frances sfogliò il manoscritto. Non aveva abbastanza dimestichezza con il linguaggio legale per analizzare i vari passaggi e sottosezioni, e si meravigliò che Mary li capisse meglio di lei. «Perché dovresti dubitare del tuo avvocato, soprattutto di uno tanto illustre?»

«Deve essergli sfuggito. Non è la sua specializzazione. Sicuramente non intendo accusarlo di essere in combutta con mio figlio.»

«Davvero? Questo sì che è un buon motivo per esultare» disse Ann, sarcastica.

«Mary...» Elizabeth tacque, cercando le parole giuste. «Vuoi che Ninian dia un'occhiata alla tua memoria, alla tua azione legale, o quello che è?»

«È uno studio giuridico e, sì, vorrei che lo leggesse. Vorrei anche che mi rappresentasse in tribunale, se mio figlio non cederà e sarò costretta a fargli causa.»

Mentre Ann sospirava esasperata, Elizabeth suggerì che Mary lasciasse il documento sulla scrivania di Ninian affinché lui lo esaminasse quella sera dopo cena. Mary obbedì, tornando poi con un'aria soddisfatta. Ormai l'atmosfera serena era andata a farsi benedire, ma continuarono a cucire per un'altra ora, attente a dirottare la conversazione lontano da qualunque argomento potesse ricordare a Mary le sue numerose rimostranze contro coloro che riteneva le avessero fatto un torto.

Il pomeriggio successivo, Elizabeth andò da Frances per informarla che Ninian aveva studiato accuratamente il manoscritto e trovato diversi errori di applicazione che rendevano opinabile la tesi di Mary. Com'era prevedibile, lei si era rifiutata di crederci, così aveva preso appuntamento con il governatore Palmer di lì a due giorni. «Spero quasi che Mr Palmer trovi un errore nell'interpretazione di Ninian» disse stancamente Elizabeth. «Così Mary riavrebbe le obbligazioni e questa battaglia interminabile avrebbe fine.»

«Sicuramente questo incontro risolverà il conflitto, in un modo o nell'altro. Se il governatore dà ragione a Mary, pazienza. Che rientri in possesso delle obbligazioni. Se dà ragione a Ninian, nostra sorella dovrà aspettare fino a giugno per l'udienza sulla sua salute mentale, cosa di cui è già al corrente. È inverosimile che prima di allora si inventi un'altra manovra legale per recuperare le obbligazioni, dunque probabilmente si concentrerà sulla preparazione dell'appello.»

«Spero che tu abbia ragione.» Elizabeth era dubbiosa. «Mary ha sempre preteso che le cose fossero esattamente come voleva, esattamente quando le voleva. È difficile immaginare che demorda dopo aver insistito per tutti questi mesi.»

Frances riconobbe che non aveva tutti i torti, ma credeva ancora che Mary si sarebbe arresa quando avesse avuto le prove inconfutabili che la sua era una battaglia persa.

Il parere dell'avvocato sul manoscritto l'avrebbe convinta. Mary era intelligente e tenace, tutt'altro che stupida. Frances l'aveva sempre ammirata per questo, anche quando quei pregi diventavano scomodi.

Due giorni dopo, stupendo soltanto Mary, il governatore Palmer si schierò dalla parte di Ninian, mostrando estratti di libri di giurisprudenza a supporto della propria tesi. Poco dopo, come aveva previsto Frances, Mary smise di rivendicare le obbligazioni. Purtroppo, anziché ritirarsi nella biblioteca di Ninian a prepararsi per l'udienza imminente, rinnovò le aggressioni verbali contro Robert. Gli spedì una lettera dopo l'altra chiedendo la restituzione immediata di ogni effetto personale e minacciando, se non fosse stata accontentata, di assumere un'impresa di traslochi e di chiedere una scorta della polizia per rimuoverli con la forza dalla casa del figlio.

Frances suppose che Robert avrebbe potuto opporsi a quella richiesta, soprattutto perché moltissimi di quegli oggetti erano regali che Mary aveva fatto a lui e alla nuora anni prima del processo. L'argenteria che abbelliva la loro tavola, i dipinti appesi alle pareti, i gioielli e i vestiti che avevano indossato, i libri che amavano. Mary rivoleva tutto, ogni pagina, ogni pezzo e ogni scampolo.

Il 7 febbraio, Frances ricevette una convocazione urgente da Elizabeth e si precipitò dagli Edwards non appena poté. Al suo arrivo trovò la sorella maggiore nell'ingresso, intontita e angosciata. Quella stanza, e anche il salotto, era invasa da bauli, casse e scatoloni, tutti arrivati di recente da Chicago, contenenti ogni singolo oggetto elencato sulle liste dettagliate di Mary. I documenti di spedizione formavano un fascio di fogli sorprendentemente spesso.

«Non ho la minima idea di dove mettere tutta questa roba» disse Elizabeth, sgomenta. «A malapena siamo riusciti a riporre l'ultimo carico. Abbiamo stipato così tanti bauli in un angolo del solaio che la cameriera, abituata a dormire là sotto, si è licenziata per paura che un giorno il soffitto le crollasse addosso e la schiacciasse nel letto. Cosa facciamo ora?»

«Potrei trasferire alcuni bauli a casa mia.» Frances si guardò intorno, colpita suo malgrado dalla quantità di averi di sua sorella. «Sempre che Mary accetti di separarsene. Robert dove conservava tutte queste cose? Aveva affittato una seconda casa a mo' di magazzino?»

Elizabeth spostò un piccolo scatolone con il piede, posandosi il dorso della mano sulla fronte. «È un'opzione che non avevo ancora considerato. Per quanto campata in aria, sono tentata. Non sopporto la casa in disordine.»

Nei giorni che seguirono, Frances e Ann aiutarono Elizabeth e Mary a trovare posto per sistemare i bauli. Ninian, chiaramente contrariato, non voleva avere nulla a che fare con il progetto, ma le aiutò controvoglia quando avevano bisogno di una mano con oggetti particolarmente pesanti o ingombranti. Frances suppose che una delle sue sorelle o forse lo stesso Ninian doveva essersi lamentato con Robert del caos in cui aveva gettato la casa degli Edwards, perché di lì a poco Elizabeth ricevette una lettera di scuse per il disturbo arrecato alla famiglia. *Sebbene considerassi queste cose mie come se le avessi comprate personalmente, le ho restituite a mia madre, desiderando accontentarla per quanto posso*, spiegava. *Alla luce di qualunque utilità questi oggetti possano avere per lei nella situazione attuale, le sue pretese sono così irra-*

gionevoli da essere chiaramente irrazionali, il prodotto di una mente squilibrata. Concludeva alludendo ancora una volta alla possibilità di rimandare Mary al Bellevue, ma Frances sapeva che Elizabeth non avrebbe mai approvato quella soluzione, per quanto sensata potesse sembrare a tutti gli altri.

Alla fine di febbraio, la maggior parte degli averi di Mary era stata messa via. Eventuali visitatori non avrebbero mai sospettato che ci fossero, né immaginato la fatica, lo stress e le arrabbiature provocati dall'arduo compito di nasconderli. Quasi tutti gli sgabuzzini e i ripostigli, oltre alla soffitta, assomigliavano ora a dei giochi a incastro, con scatoloni e bauli accuratamente impilati per sfruttare ogni centimetro quadrato di spazio disponibile. Di conseguenza, Mary riusciva ad accedervi solo con estrema difficoltà, ma era colpa sua: si era rifiutata di permettere a Frances o a Ann di trasferire qualche oggetto a casa loro, anche se ciò le avrebbe consentito di usare facilmente le cose che aveva insistito per avere.

Le altre sorelle Todd erano più consapevoli che mai che era soprattutto Elizabeth a portare il peso delle esigenze e delle stranezze di Mary. Forse per darle una tregua, Emilie scrisse a Frances all'inizio di marzo, domandandosi se dovesse invitare Mary per un soggiorno. *Se credi che Elizabeth possa fare a meno di lei, mi piacerebbe ospitarla qui per un mese circa*, scrisse Emilie. *L'ideale sarebbe se potesse venire in primavera, quando i viaggi sono più piacevoli e Lexington è in fiore. Io, Katherine, Ellie e Ben Junior siamo impazienti di vederla. Saresti così gentile da sondare il terreno e farmi sapere se spedirle un invito vero e proprio?*

Frances pensava che fosse una magnifica idea. Una volta Mary amava viaggiare ed essere coccolata e intrattenuta, il che era senza dubbio ciò che Emilie e i suoi figli avevano in mente. Gli Helm non erano logorati da mesi di preoccupazioni e conflitti; erano freschi, riposati e preavvisati. Mary sarebbe stata contenta di cambiare aria e argomenti di conversazione, e l'allentamento temporaneo delle responsabilità avrebbe consentito a Elizabeth e Ninian di riprendere fiato e recuperare finché non fossero stati pronti ad accogliere di nuovo Mary.

Ma quando Frances riferì l'invito a Mary, l'altra indietreggiò come se le avesse dato uno schiaffo. «Tornare a Lexington?» chiese, atterrita. «Non potrei mai. Adoro la Sorellina e sono felice che voglia vedermi, ma non potrei mai fare ritorno a Lexington.»

«Sì, invece» protestò Frances, stupita. «Lexington è casa tua, il luogo dove sei nata. È meravigliosa in primavera, come sicuramente ricorderai. Abbiamo moltissimi amici e parenti che sarebbero lieti di rivederti...»

«È proprio questo il punto. Ci saranno molte persone ansiose di guardare la folle moglie del presidente, la sorella Todd che ha lasciato Lexington così orgogliosa, così ottimista, e che è passata dalla Casa Bianca al manicomio. Non potrei sopportare tutte quelle occhiate compassionevoli e quelle conversazioni prudenti ovunque vada.»

Frances ebbe un tuffo al cuore. «Emilie ci resterà male se rifiuti.»

«Allora confido che tu glielo comunichi dolcemente.»

Lo sguardo duro di Mary e la piega decisa della sua bocca indicavano che qualunque tentativo di convincerla sarebbe stato vano. Dispiaciuta per Emilie e ancora di più per Elizabeth, Frances disse che avrebbe inventato una scusa plausibile per rifiutare l'invito. Poi, rassegnata, tornò a casa, prese la penna e, parola per parola, riferì a Emilie la risposta di Mary.

L'altra scrisse che capiva perfettamente e che le era grata per averci provato. *Forse Mary cambierà idea e verrà a trovarmi all'inizio dell'estate*, osservò, dimostrando che, dopotutto, forse non aveva capito così perfettamente.

Senza una visita alla Sorellina in programma, Mary era libera di concentrarsi sulla crescente animosità verso il figlio. Frances sapeva che, nel tentativo di placare la rabbia della madre, Robert aveva provato a trovare uomini di cui Mary si fidava affinché assumessero la sua tutela ma, comprensibilmente, nessuno era disposto ad accettarla. Alla metà di maggio, Mary aveva ormai escogitato un nuovo modo per punire il figlio: minacciò più volte di finire volutamente sul lastrico e di dipendere dagli aiuti governativi per il resto dei suoi giorni solo per coprirlo di vergogna e fargli un dispetto.

Robert sopportò il nuovo attacco con la stessa risolutezza ferma ma addolorata con cui aveva tollerato tutti gli altri. *A differenza della zia Elizabeth, fatico a credere che mia madre sia completamente guarita*, scrisse ironicamente a Frances dopo che lei lo ebbe avvertito. *Il modo ragionevole per punirmi per aver cercato di tutelare i suoi interessi non sarebbe sprofondare nell'indigenza, bensì redigere un testamento e non lasciarmi alcunché.*

Nulla evidenziava l'incapacità di Mary di gestire il proprio patrimonio meglio delle minacce di scivolare nella povertà per fare una ripicca ai suoi eredi, aggiunse Robert. Se sua madre desiderava dimostrare di aver bisogno di un tutore a tempo indeterminato, avrebbe dovuto continuare a fare esattamente ciò che stava facendo.

Durante l'udienza di giugno, Mary avrebbe potuto incolpare solo se stessa se le sue minacce vendicative avessero indotto il giudice a confermare la decisione iniziale e a rispedirla al Bellevue.

22
Settembre 1861-dicembre 1863
EMILIE

Cinque mesi dopo aver rifiutato la nomina a furiere dell'esercito degli Stati Uniti, Ben mise in valigia i suoi strumenti e salutò con un bacio Emilie e le bambine. Abbassò la testa come se pregasse quando posò la mano sull'addome della moglie, con il leggero arrotondamento ancora impercettibile sotto gli strati di vestiti e sottovesti. Poi si diresse verso il Bowling Green per arruolarsi nell'esercito confederato. Al suo arrivo, accettò una nomina a colonnello nella I Brigata Kentucky sotto il generale Simon Bolivar Buckner, suo istruttore a West Point diventato con il tempo anche un buon amico.

Spero sinceramente che questa separazione non continui a lungo, scrisse Ben a Emilie poco dopo, *ma cara Em, mi sono votato alla guerra e, se Dio mi risparmierà, prevedo di combattere fino alla fine. Ho la sensazione di lottare per la libertà civile e ritengo che tutti gli uomini in grado di imbracciare le armi dovrebbero mettersi al servizio di questa causa.*

Dopo altri cinque mesi fu promosso a brigadiere generale, e di lì ad altre tre settimane fu incaricato di organizzare la III Brigata Kentucky, nella divisione di Breckinridge. Era passato meno di un anno da quando aveva rifiutato la proposta di Abe e il grado di maggiore, consapevole che di solito opportunità così promettenti si presentavano una sola volta nella vita. Ora Ben aveva scalato la gerarchia militare più di quanto avrebbe fatto se avesse accettato quell'offerta e, dopo il trionfo dell'esercito confederato, Emilie poté solo immaginare che sarebbe salito ancora più in alto.

Se Ben poteva dedicare la sua esistenza a una causa, poteva farlo anche Emilie, e la sua causa erano il marito e i figli. Forse non era straordinaria come la creazione di una nuova nazione, ma per lei era di gran lunga più preziosa. Nel giorno delle nozze si erano promessi che non avrebbero permesso al lavoro di separarli, così dopo essersi ripresa dal parto di Benjamin Junior nel maggio del 1862, Emilie decise di seguire Ben nel Sud, unendosi alle mogli di altri ufficiali che si spostavano da un accampamento all'altro insieme ai mariti.

La mamma la implorò piangendo di non andare e Kitty, la sua sorellina, aveva una terribile paura di ciò che sarebbe potuto capitare a lei e ai bambini, ma Emilie non si lasciò scoraggiare. «Non sarò sul campo di battaglia, ma nella città più vicina all'accampamento della brigata» assicurò. «In una città *sicura.*»

Dopo aver trovato una balia, salutò il neonato con un bacio e lo affidò alle amorevoli cure della nonna e della zia a Buena Vista. Quindi riempì un baule per sé, un altro per le figlie e un terzo di viveri essenziali che, le aveva comunicato Ben, scarseggiavano nel Sud. Viaggiarono in treno fino a casa di Elodie a Selma, nell'Alabama, da dove

Emilie intendeva scegliere un'altra destinazione sicura più vicina a Ben.

Elodie era felicissima di rivederle. Si era sposata da poco e suo marito, il colonnello Nathaniel Henry Rhodes Dawson, era lontano con il IV Fanteria Alabama. Dopo essere rimasto vedovo due volte, aveva lasciato a Elodie le figlie di sette e due anni, avute una da ciascuna delle mogli precedenti. Nonostante l'aiuto di una balia capace, la giovane sposa si sentiva sotto pressione a causa delle nuove responsabilità ed era grata della compagnia di un'amata sorella maggiore che, guarda caso, era anche una madre più esperta. Percorrendo pochi chilometri in carrozza si poteva raggiungere il grazioso cottage in stile italiano di Martha e di suo marito, il maggiore Clement B. White della guardia statale dell'Alabama. Le tre sorelle passarono molte ore piacevoli a guardare i cugini che giocavano insieme, ricordando i bei tempi andati nel Kentucky e nell'Illinois prima che la guerra spaccasse la famiglia e struggendosi per i mariti assenti.

Emilie era a Selma solo da qualche settimana quando un telegramma dalla Louisiana portò notizie spaventose. Il 5 agosto il reggimento di Ben stava avanzando verso Baton Rouge quando una banda di miliziani confederati irregolari si era imbattuta nelle sentinelle fuori dalle file dell'Unione. Quando i nordisti avevano sparato, gli irregolari erano fuggiti, scontrandosi con le truppe confederate in avvicinamento e scatenando un tiro di sbarramento di fuoco amico. Nel caos, il cavallo di Ben era caduto, inchiodandolo al suolo. Seppure ferito gravemente, lui si sarebbe ripreso. Non si poteva dire lo stesso del suo aiutante di campo e cognato, Alexander Todd, colpito da un proiettile confederato.

Le tre sorelle piansero una tra le braccia dell'altra. Il caro Aleck, di soli ventitré anni, così bello ed elegante, così pieno di entusiasmo, e la povera mamma, a milletrecento chilometri dal figlio adorato, sull'altro lato delle linee nemiche. Sapeva almeno di aver perso un altro figlio a causa di quella terribile guerra devastatrice? Prima Sam, poi Aleck. Chi sarebbe stato il successivo Todd a cadere? David, un sergente del XXVII Fanteria Louisiana? George, il loro fratellastro maggiore che prestava servizio nella Confederazione come ufficiale medico di reggimento?

Il dolore di Emilie per il fratello perduto si unì alla preoccupazione per il marito. Anche dopo che Ben le ebbe scritto per assicurarle che si stava riprendendo bene, lei desiderava disperatamente essere al suo capezzale per riempirlo di premure, con l'attenzione instancabile che solo una moglie devota poteva dare. Quando Ben la informò di essere stato riassegnato al comando del posto a Chattanooga durante la convalescenza, Emilie si preparò rapidamente per raggiungerlo e disse un triste addio alle sorelle, promettendo di scrivere e pregando che potessero rivedersi presto.

La gioia di Emilie nel rivedere l'amato Ben fu incommensurabile. «Mia cara moglie» sussurrò lui abbracciandola. «Stento a credere che tu sia qui. Un angelo sceso su questa miserabile Terra.» Sembrava invecchiato di molti anni rispetto a quando si erano separati nel Kentucky, ma i suoi occhi azzurri brillarono di affetto appena strinse le figlie e, quando le fece ridacchiare con il solletico, il suo sorriso era luminoso come sempre. Ben aveva cento domande su Benjamin Junior, che cresceva sano e forte a Buena Vista, ma mentre gli riferiva ogni dettaglio che ricordava Emilie sentì una fitta di nostalgia e rimpianto.

Non teneva il bambino tra le braccia da mesi e quasi tutto ciò che aveva detto a Ben l'aveva scoperto dalle lettere della mamma e di Kitty.

Anche se erano nella stessa città, le giornate di suo marito erano consumate dalle necessità incessanti della guerra e le loro ore insieme erano sporadiche. Un giorno, dopo aver lasciato Katherine ed Ellie con la moglie di un altro ufficiale per poter esplorare Chattanooga, Emilie si imbatté in un gran numero di soldati feriti che venivano trasportati in una scuola trasformata in ospedale di fortuna. Alcuni uomini erano stesi su banchi uniti tra loro, ma la maggior parte era sdraiata sul pavimento nudo, gemendo per il dolore. Mentre passava, alcuni le tirarono la gonna, chiedendo acqua, farmaci per abbassare la febbre, la loro madre. Ovunque guardasse, vedeva giovani coraggiosi con poco cibo, niente medicine, niente letti, niente coperte, nulla che desse loro il minimo conforto. Profondamente turbata, visitò gli altri edifici pubblici che erano stati adibiti in quattro e quattr'otto a corsie di ospedale e notò che la situazione era identica dappertutto: viveri scarsi, personale insufficiente e condizioni disumane che certo non favorivano la guarigione e il recupero.

Indignata, fece irruzione nell'ufficio del quartiermastro, ma scoprì che quella negligenza non era colpa di nessuno, perché a Chattanooga era arrivata solo metà delle forniture ospedaliere che avevano requisito. I telegrammi disperati inviati a Richmond non erano serviti a nulla, perché i beni essenziali cominciavano a mancare in tutta la Confederazione. «Abbiamo ricevuto rotoli di tela cerata e molta paglia» disse un addetto gentile ma frettoloso. «Forse si può spargere la paglia sul terreno e stendervi sopra la cerata. Sempre meglio di un pavimento freddo e duro.»

Emilie lo ringraziò, certa che si potesse fare molto di più per quegli eroi valorosi. Perseguitata dalle sofferenze degli uomini, scelse le sue amiche più care tra le mogli degli ufficiali nomadi e chiese loro di portare altre signore industriose a una riunione nell'ufficio di Ben quel pomeriggio. Quando ne arrivarono più di venti, le divise in gruppi perché cucissero la cerata in modo da ricavare giacigli da riempire di paglia fresca e pulita. «Facciamo in modo che ciascuno dei nostri uomini feriti ne abbia uno entro quindici giorni» le spronò. Le altre applaudirono, quindi si misero subito al lavoro con ago e filo.

Quando Ben fu nominato comandante della Brigata Kentucky dopo l'uccisione del generale Hanson durante la battaglia di Stones River, Emilie e le altre signore avevano ormai preparato più di milleduecento giacigli e centinaia di coperte. I pazienti che arrivavano a Chattanooga non passavano mai più di qualche ora sul terreno scomodo, e questo solo quando moltissimi feriti invadevano la città tutti insieme.

Purtroppo la promozione di Ben mise fine al loro ricongiungimento. Mentre lui organizzava le truppe per il trasferimento a Jackson, nel Mississippi, quasi seicentocinquanta chilometri a sudovest, Emilie e le bambine ne percorsero duecentocinquanta verso sudest per alloggiare da una lontana parente a Griffin, in Georgia, finché lui non si fosse stabilito nel nuovo quartier generale. Mentre Ben guidava la Brigata Kentucky verso la capitale dello stato riconquistata, dove i suoi uomini si sarebbero uniti all'avanzata furtiva del maggior generale Johnston verso la retroguardia delle forze del generale Grant impegnate nell'assedio di Vicksburg, Emilie sistemò le figlie nel nuovo alloggio, due stanze piccole ma graziose in una cittadina con meno di tremila abitanti, una sessantina di chilometri a sud di Atlanta.

Lontane dal fronte, lei e le bambine erano al sicuro e ben rifornite. La padrona di casa era cortese, un'altra inquilina aveva dei bambini con cui Katherine ed Ellie potevano giocare e, sebbene la carne fosse una rarità, i pasti migliorarono notevolmente grazie ai prodotti estivi dell'orto. Emilie era sollevata al pensiero di non dover assistere alle scene di sofferenza e di morte che le avevano aggredito i sensi negli ospedali militari – i corpi maciullati, i gemiti di dolore, il tanfo del sangue, della putrefazione e degli escrementi – ma aveva nostalgia del lavoro proficuo che aveva riempito le sue ore facendola sentire utile. Anche le signore di Griffin organizzavano dei progetti per lo sforzo bellico, ed Emilie partecipava a quelli che richiedevano la sua presenza, ma non era più stimolata dall'emozione dell'urgenza, della necessità. Doveva essere grata di riavere una tranquilla vita domestica, ne era consapevole, eppure aspettava la convocazione di Ben più con rassegnazione che con soddisfazione, sentendo la pazienza diminuire giorno dopo giorno.

Le settimane passarono lentamente, piatte e noiose tranne quando in città si spargeva la voce delle battaglie che infuriavano. In quei casi, la tensione e la paura ribollivano finché finalmente le linee del telegrafo crepitavano di notizie dal fronte, portando sollievo ad alcune famiglie e disperazione ad altre.

A metà settembre, la routine delle sue giornate cambiò all'improvviso quando la padrona di casa le diede una settimana di preavviso per trovare un'altra sistemazione.

Non avevano previsto che Emilie si fermasse così a lungo, ammise la donna con un certo imbarazzo, e un'altra inquilina aveva bisogno delle camere per i suoi quattro figli, che per troppo tempo avevano vissuto stipati in una stanza. «Capisco» disse Emilie, sorridendo per dissimulare l'angoscia. «Mi sarei dovuta rendere conto di aver approfittato troppo della vostra ospitalità. Cerco immediatamente un altro alloggio.»

Dopo aver chiesto in giro senza trovare nulla di adatto nelle vicinanze, si accorse che niente la tratteneva a Griffin. Qualunque città sicura del Sud sarebbe andata bene, purché avesse un ufficio del telegrafo affinché Ben potesse contattarla e una stazione ferroviaria perché lei e le bambine potessero correre da lui non appena le avesse chiamate. Vecchi amici di famiglia, originari del Kentucky ma residenti a Madison, in Georgia, l'avevano invitata a portare le sue figlie e a restare finché avesse voluto, e in ogni lettera Elodie e Martha insistevano perché tornasse a Selma.

Dato che aveva pochissimo tempo per decidere, l'affetto per le sorelle la indirizzò verso l'Alabama. Un giorno prima dello sfratto, preparò i bauli e telegrafò a Ben presso il quartier generale per informarlo del trasferimento, sperando contro ogni speranza che il messaggio lo raggiungesse sul campo.

Forse mossa dal senso di colpa, la padrona di casa le accompagnò alla stazione e ordinò al cocchiere di occuparsi dei bagagli. L'atrio era affollato di viaggiatori ansiosi e, poiché il treno era in ritardo, Emilie ebbe tutto il tempo di studiarli: donne esauste, alcune con bambini come lei, molte avvolte nel crespo nero del lutto; uomini troppo anziani per arruolarsi, che tenevano a braccetto fragili mogli dai capelli bianchi; e soldati, con le uniformi in vari stadi di rovina, alcuni impazienti e tesi come corde di violino, altri taciturni e con gli occhi gonfi. I soldati si sedevano o si sdraiavano ovunque trovassero posto mentre aspettavano il treno, indifferenti alle regole del decoro. Uno di loro era disteso sul pavimento quasi ai piedi di Emilie, così ogni volta che lei si girava per tenere d'occhio le bambine irrequiete, lo sfiorava con la gonna, ma lui non si mosse di un centimetro. Con il passare dei minuti, Emilie si sentì sempre più inquieta finché, notando l'angolazione innaturale della sua testa, capì con assoluta certezza che era morto.

Con una stretta al cuore, prese le figlie per mano e le condusse via. Andò in cerca del capostazione ma, prima che potesse trovarlo, il treno raggiunse la banchina sbuffando e lei dovette far salire le bambine in fretta per evitare che i posti si esaurissero. Una volta a bordo, riferì al controllore del soldato morto, ma lui si limitò a stringersi nelle spalle e a proseguire, come se un simile orrore non fosse una novità.

Dopo un lungo viaggio scomodo ed estenuante sul convoglio sovraffollato, con Katherine che si annoiava ed Ellie che piagnucolava, entrambe impazienti di correre e giocare, finalmente arrivarono a Selma. La vista di Elodie che le aspettava sulla banchina, raggiante di felicità, le sollevò il morale. «Non sono mai stata così contenta di vederti» disse Emilie con convinzione, quasi gettandosi tra le braccia della sorella. L'altra la strinse, annunciando che a casa le aspettava un pasto sostanzioso, seguito da un bagno caldo e da una notte di riposo, dopo la quale ogni cosa sarebbe parsa più luminosa.

Emilie aveva appena finito di vestirsi dopo il bagno e

si stava strizzando i folti capelli scuri quando qualcuno bussò piano alla porta. Prima che potesse rispondere, il battente si aprì ed entrò Elodie, pallida in volto, con un'espressione che era un allarmante misto di incredulità e sofferenza.

«Sì?» Emilie si alzò e i capelli sciolti le arrivarono fin quasi alla vita. «Cosa c'è?»

Senza dire una parola, l'altra le porse un telegramma. Assalita da un gelo improvviso, Emilie si rifiutò di prenderlo, perciò Elodie glielo infilò in mano e le chiuse le dita sul foglio.

Emilie si costrinse a guardare. In un primo momento si sentì confusa; il telegramma risaliva a due giorni prima, con un messaggio allegato a un altro, un biglietto del generale Bragg che spiegava la prima parte, dove si leggeva a chiare lettere:

Atlanta, Georgia, Mrs Helm a Griffin. Rintracciarla e mandarla qui in treno oggi. Il generale è morto.

Non riuscì a proseguire. Crollò sul letto, con il foglio che volava sul pavimento. Sentì le braccia della sorella intorno a sé, le lacrime che le inumidivano le guance e i singhiozzi che le laceravano la gola, ma come da molto lontano, perché non sarebbe sopravvissuta a quel colpo se fosse stata là a riceverlo in tutta la sua brutale chiarezza. Se voleva fare il respiro successivo, e quello dopo, e quello dopo ancora, non avrebbe dovuto credere fino in fondo che il suo amato Ben se ne fosse andato per sempre.

Sprofondò per un'ora nella disperazione, resa insensibile dal dolore, finché ricordò che Elodie aveva letto il resto del telegramma e le stava dicendo qualcosa di fondamentale. Il funerale si sarebbe svolto ad Atlanta il 23 settembre. «Domani» disse sua sorella. «Se vuoi andare, ti accompagno, ma dobbiamo partire subito.»

«Certo» mormorò Emilie, alzandosi a sedere e spostandosi i capelli dal viso. «Sì. Devo dirgli addio.»

Chiamarono Martha perché badasse ai bambini. Elodie riempì una borsa con i pochi oggetti che Emilie aveva tirato fuori dal baule e, in un batter d'occhio, quest'ultima si ritrovò di nuovo in stazione, aggrappata al braccio della sorella minore, troppo intontita e disperata per piangere. Si sarebbe dovuta vestire di nero, ricordò vagamente quando furono a un'ora da Selma. Le vedove indossavano il crespo nero, vestiti e pesanti velette dello stesso colore, ed eccola là con un abito blu punteggiato di minuscoli fiori marroni, totalmente inappropriato. La mamma si sarebbe scandalizzata.

D'un tratto ebbe così tanta nostalgia della madre e di Benjamin Junior che quasi non riuscì a respirare.

Lungo il percorso, il treno fu costretto a fare lunghe soste in diverse stazioni a causa di problemi non meglio precisati sui binari. Rimasero quattro o cinque ore alla periferia di Auburn, udendo solo un rombo lontano di tanto in tanto, che avrebbe potuto essere un tuono o un colpo di artiglieria. Il ronzio costante degli insetti nel buio si alzò e si abbassò mentre Emilie entrava e usciva dal sonno. Il convoglio ripartì all'alba e lei si svegliò di soprassalto, con la testa posata sulle ginocchia di Elodie, il cuore vuoto e il viso bagnato di lacrime.

Le sorelle arrivarono al Citizens Graveyard che le esequie di Ben stavano per iniziare, troppo tardi per vederlo nella bara, troppo tardi per dargli un ultimo bacio. Quando Emilie, delusa, urlò che le avevano negato di vedere suo marito per l'ultima volta, Elodie sussurrò che era meglio così. Aveva ragione, perché Ben avrebbe voluto che lo ricordasse come l'aveva visto quando si erano salutati a Chattanooga, non come era ora. «Conserva per sempre nella memoria quell'ultimo bacio.» Elodie la sorresse tenendola per la vita.

Emilie chiuse gli occhi, ripensando a quel momento.

Dopo il funerale, le due sorelle rimasero per una settimana a casa del colonnello Dabney, che si era occupato delle spoglie di Ben dopo la cerimonia. «Vieni a casa con me» disse Elodie con le lacrime agli occhi. «Tu e le bambine potete restare da me finché non vinceremo la guerra.»

«Voglio tornare a casa» rispose Emilie con voce spezzata. «Voglio solo tornare nel Kentucky dalla mamma e dal piccolo Ben.»

Alla fine Emilie e le sue sorelle convennero che sarebbe stato meglio se lei e le figlie avessero alloggiato a Madison dai loro vecchi amici Mr e Mrs Bruce finché non fossero potute rientrare nel Kentucky. Le riferirono che sua madre, suo suocero e diversi commilitoni di Ben si erano rivolti al generale Grant e al presidente Lincoln perché emettessero un lasciapassare che consentisse loro di attraversare i confini. Ma le comunicazioni tra i governi nemici erano frammentarie e diffidenti, dunque Emilie scoprì solo alla fine di novembre che Abe aveva concesso un lasciapassare alla mamma. In quel momento, sua madre era in viaggio da Lexington e, quando fosse arrivata, anche Martha le avrebbe raggiunte a Madison per accompagnarle a casa.

La mamma arrivò i primi di dicembre, determinata ma scossa dal dolore e dalla preoccupazione. Quando prese la figlia tra le braccia, fu quasi come se Ben fosse morto per la seconda volta, perché la sofferenza, che Emilie aveva soffocato nel tentativo di mostrarsi coraggiosa davanti alle bambine distrutte, risalì in superficie. Dopo il lungo viaggio, la mamma riposò per un giorno, ma la nostalgia di casa e l'urgenza di tornare prima che qualche calamità imprevista annullasse la validità del lasciapassare le spinsero a partire l'indomani.

Accompagnate dalla mamma e da Martha, Emilie e le sue figlie viaggiarono in treno e in carrozza fino a Richmond, la capitale della Confederazione; da là presero il battello con la bandiera bianca, navigando lungo il fiume James fino a Fort Monroe, nella Virginia occupata. Il clima era stato freddo e umido per quasi tutta la traversata, e i venti sferzanti che spiravano dal mare aperto congelarono Emilie fin nel midollo quando le donne si riunirono sul ponte mentre gli ufficiali federali salivano a bordo per ispezionare la nave in cerca di merci di contrabbando e per esaminare i documenti dei passeggeri. Il tenente che studiò il lasciapassare della mamma le lanciò un'occhiata di puro stupore nel notare la firma del comandante in capo.

«È tutto in regola, signore» disse lei quando l'uomo parve soffermarsi troppo a lungo sui loro documenti.

«Sì, signora. C'è solo un'altra cosa. Abbiamo istruzioni di chiedere un giuramento di fedeltà agli Stati Uniti a chiunque desideri scendere sulla terraferma.»

«Posso chiedere un'autorizzazione per Washington?» domandò Emilie, sorpresa. «Se mi costringete a prestare giuramento, torno indietro.»

«Spiacente, signora, ma gli ordini dicono che tutti devono giurare. Altrimenti non posso autorizzarvi ad andare a Washington né da nessun'altra parte.»

«Non posso.» Emilie scrollò il capo. «Non potete chiedermelo.»

«Signora, io...»

«Ho appena lasciato gli amici e i commilitoni del mio compianto marito, malati e mal vestiti, con gli occhi colmi di lacrime e i valorosi cuori colmi di dolore per la mia enorme perdita.» Emilie era sull'orlo del pianto, con la voce che tremava di rabbia e disperazione. «Crederanno che li abbia abbandonati e che non sia stata fedele alla causa per cui il loro amato comandante ha sacrificato la vita. Vi assicuro che non mi sto rifiutando per spavalderia, bensì per lealtà verso mio marito. Disonorare la sua memoria, signore, equivarrebbe a un tradimento.»

Intanto li aveva raggiunti un altro ufficiale e, insieme, i due uomini cercarono di convincerla in tono gentile ma fermo, sottolineando che non potevano fare eccezioni, neppure per la cognata del presidente. Alla fine il tenente dichiarò, esasperato: «Dovrò telegrafare la vostra decisione a Mr Lincoln».

Si allontanò. Non potendo sbarcare, Emilie e le sue accompagnatrici cercarono di mettersi comode in coperta, ammirando il paesaggio, indicando alle bambine cose interessanti nel porto e sulla riva, un'invitante terra proibita.

Passarono ore prima che l'ufficiale tornasse, sorridendo e agitando un telegramma. «Ecco la risposta del presidente.» Lo porse a Emilie.

Lei lo lesse ad alta voce. «Mandatela da me. A. Lincoln.»

Fu pervasa dal sollievo. Decisero su due piedi che Emilie avrebbe portato con sé Katherine alla Casa Bianca, mentre la mamma, la piccola Ellie e Martha avrebbero trovato una sistemazione a Baltimora. Non appena fosse stato possibile, la mamma avrebbe condotto Ellie nel

Kentucky, mentre Martha sarebbe rimasta a Baltimora fino alla scadenza del lasciapassare, per far visita ad alcuni amici e procurarsi beni di prima necessità che erano introvabili nel Sud.

Si salutarono con abbracci, ringraziamenti e la promessa di scriversi.

Quando Emilie arrivò a Washington, con la giovane Katherine al suo fianco, notò che la capitale era profondamente cambiata dall'ultima volta che l'aveva vista, nell'aprile del 1861. Quella che un tempo assomigliava a una piazza d'armi era diventata un immenso ospedale, pieno del puzzo e dei gemiti di soldati malati, feriti e moribondi, di proporzioni che non avrebbe potuto immaginare nonostante la sua esperienza con gli ospedali improvvisati a Chattanooga.

Mary e Abe le accolsero sulla porta della Casa Bianca, dando loro il benvenuto con abbracci affettuosi e lacrime agli occhi. All'inizio gli adulti erano troppo affranti per parlare; avevano subito tutti perdite così terribili che per un lungo momento riuscirono soltanto a stringersi in silenzio, piangendo. Emilie provò pena per la sorella e il cognato vedendo come il fardello delle responsabilità presidenziali avesse lasciato il segno su entrambi, ma soprattutto su Abe, i cui occhi gentili e il cui sorriso cordiale celavano le rughe di preoccupazione, gli zigomi scavati e l'aura intensamente malinconica.

Ben presto il dovere lo richiamò nel suo studio. Mentre Katherine correva a giocare con il cugino Tad, Mary portò Emilie al piano di sopra, negli alloggi privati, dove sedute in salotto diedero libero sfogo alle emozioni parlando dei figli e dei vecchi amici a Springfield e a Lexington. Non dissero nulla delle sofferenze e delle idee politiche

che le dividevano, e nulla del futuro, che pareva riservare soltanto disperazione. Emilie scelse le parole con cura, temendo di dire qualcosa che, senza volerlo, potesse ferire il cuore straziato della sorella. Dall'esitazione con cui Mary introdusse nuovi argomenti, l'altra intuì che anche lei stava procedendo con cautela.

Cenarono da sole, poi Mary le fece fare il giro della Casa Bianca, magnificamente ristrutturata. La East, la Green e la Blue Room godevano di un'illuminazione splendida e, nella Red Room, Emilie ammirò il ritratto di George Washington che Dodley Mason aveva tolto dalla cornice e portato via per salvarlo dai britannici. «Il suo primo marito era un Todd» osservò Mary, ripetendo un fatto che l'altra conosceva bene.

Emilie si sistemò in una raffinata camera che era stata ristrutturata per una visita del principe di Galles. I tendaggi viola e gli arazzi erano ricchi e sontuosi, ma a lei sembrarono macabri e funerei nonostante i cordoncini giallo brillante che li legavano. Katherine aveva una stanza più piccola ma molto più luminosa là accanto. Benché Emilie avesse previsto di riposare male nella capitale dell'Unione, circondata da nordisti, dormirono bene entrambe e si svegliarono rinvigorite, Katherine allegra e vivace, Emilie piena di calma rassegnazione.

Quello stato d'animo la accompagnò per tutto il giorno, ma la abbandonò alla sera. A metà mattina, le due sorelle stavano conversando quando una bellissima donna di colore entrò nella stanza con un cestino da cucito sul braccio. Sgranò gli occhi quasi impercettibilmente nel vederle sedute sul sofà, mentre si stringevano le mani e trattenevano le lacrime.

«Mrs Keckley.» Mary si alzò senza lasciare la mano della sorella. «Permettetemi di presentarvi la mia cara sorella, Mrs Emilie Helm.»

«Lieta di conoscervi» disse educatamente la sarta, chinando la testa, ma Emilie era troppo sconfortata per fare qualcos'altro oltre ad annuire e a stringere le labbra nella triste parvenza di un sorriso.

Mary attraversò la stanza e, poggiando la mano sul gomito di Mrs Keckley, la guidò verso la porta. «Mia sorella e sua figlia sono arrivate solo ieri e abbiamo molte cose di cui discutere. Vi dispiacerebbe tornare domani? Anzi, no. dopodomani. E sareste così gentile da...» Ridusse la voce a un sussurro. «Insomma, preferirei non si sapesse in giro che la Sorellina alloggia da noi.»

Un po' confusa, Mrs Keckley acconsentì e si congedò. Così Emilie intuì che benché Abe e Mary non intendessero nascondere la sua presenza, non volevano che la sua visita diventasse di dominio pubblico. Nonostante il disagio, li capiva: a Washington, molti avrebbero guardato di traverso una vedova confederata che risiedeva alla Casa Bianca. Non voleva complicare le cose ai Lincoln, che avevano già abbastanza preoccupazioni senza i parenti importuni ad agitare le acque.

A riprova che non avevano intenzione di nasconderla, quando Abe andò a letto presto per un brutto raffreddore, Mary invitò a cena il cugino John Todd Stuart. Emilie non lo incontrava da quando aveva diciotto anni, e all'inizio ebbe paura di vedere come avrebbe trattato una cugina ribelle. Tuttavia lui fu così gentile e cortese che quando si ritirarono nella Blue Room per il caffè, lei si sentiva ormai perfettamente a suo agio. La circospezione tornò non appena una cameriera portò i biglietti di due visitatori e Mary acconsentì a riceverli. Chiedendo scusa,

Emilie lasciò la stanza e andò a scegliere un libro nello studio di Abe, ma di lì a qualche minuto Mary la raggiunse, pregandola di tornare. «Gli ospiti sono venuti apposta per vederti, Sorellina, per avere notizie di amici comuni nel Sud» la blandì. «Forse potresti contribuire ad alleviare le loro preoccupazioni?»

Emilie era riluttante ad accettare – era doloroso vedere gli amici, figurarsi degli estranei – ma lo fece, abbassandosi la veletta sul viso mentre seguiva la sorella nella Blue Room, dove Mary la presentò al senatore di New York Ira Harris, padre e patrigno di due ufficiali dell'Unione. Il secondo uomo era il generale Daniel Sickles, ex deputato arrivato da New York e fondatore della leggendaria Brigata Excelsior, appartenente all'Armata del Potomac. Pur avendo perso una gamba a Gettysburg, era rimasto in servizio attivo e si mormorava che ce l'avesse con il generale Grant perché si era rifiutato di assegnarlo a un'unità da combattimento.

«Quando ho saputo che eravate alla Casa Bianca, appena arrivata dal Sud» disse Sickles, «ho detto al senatore Harris che probabilmente avreste potuto dargli qualche notizia su un suo vecchio amico, il generale John Breckinridge.»

«Mi rincresce, senatore» si scusò Emilie, girandosi verso di lui, «ma giacché non vedo il generale Breckinridge da qualche tempo, non posso dirvi alcunché sul suo stato di salute.»

«Grazie ugualmente, signora.» Harris si inchinò, poi iniziò a farle diverse domande precise sul governo e sull'esercito confederati, sulle sue risorse e sul morale delle truppe. Sempre più diffidente, Emilie diede soltanto risposte vaghe e educate, finché, irritato, il senatore dichiarò: «Be', abbiamo sconfitto i ribelli a Chattanooga e, mi dicono, signora, che quei furfanti sono scappati come conigli.»

«Hanno seguito l'esempio che avete dato loro a Bull Run» ribatté Emilie a denti stretti.

Mary arrossì leggermente per l'imbarazzo. «Senatore Harris, mi chiedevo se aveste sentito parlare della Contraband Relief Association. Una mia cara amica, Mrs Keckley, l'ha fondata per...»

«E voi, signora» la interruppe lui, girandosi nella sua direzione. «Ci si potrebbe domandare perché vostro figlio Robert non sia nell'esercito. È abbastanza grande e forte per servire il suo paese. Dovrebbe essere partito per il fronte da tempo.»

Impallidendo, Mary si morsicò il labbro, mantenendo la calma. «Robert si sta tuttora preparando per entrare nell'esercito. Non è uno scansafatiche, come sembrate insinuare, senatore, perché è impaziente di partire. Se c'è una colpa, è mia, giacché ho insistito affinché restasse al college ancora per un poco. Credo che un uomo istruito possa servire il suo paese con più intelligenza di un ignorantone.»

L'altro si alzò dalla sedia e, schiarendosi la voce, indicò Mary. «Io ho un solo figlio maschio e sta combattendo per il suo paese.» Puntando gli occhi su Emilie, aggiunse: «E, signora, se ne avessi venti, starebbero tutti combattendo i ribelli».

«E se li avessi io, senatore Harris» lo rimbeccò Emilie, tremante, «starebbero tutti contrastando i vostri.»

Accecata dalle lacrime, con il cuore che le martellava nel petto, corse fuori dalla stanza incespicando, ansiosa di andare in camera sua a piangere in pace, ma Mary la raggiunse e la abbracciò. Emilie sentì le sue lacrime che le cadevano sulla testa mentre si appoggiava alla spalla della sorella.

Quella sera non menzionarono più l'episodio, ma l'indomani mattina Mary le raccontò che, quando si erano allontanate, Sickles aveva disturbato Abe mentre era a letto, nonostante l'intervento di John. Dopo che il generale, indignato, ebbe riferito l'accaduto, Abe aveva sorriso al cugino. «Quella ragazza ha la lingua tagliente come gli altri Todd.»

Furioso, Sickles aveva assestato una manata al tavolo. «Non dovreste avere quella ribelle sotto il vostro tetto.»

Udendo quelle parole, Abe si era tirato su, solenne e dignitoso malgrado la malattia. «Scusate, generale, io e mia moglie abbiamo l'abitudine di scegliere i nostri ospiti» aveva detto, guardandolo con tutta la cortesia che gli spettava in quanto veterano mutilato. «Non abbiamo bisogno di consigli o di aiuto da parte degli amici. Inoltre, la piccola *ribelle* non è venuta di sua spontanea volontà, ma perché io le ho ordinato di farlo.»

Emilie fu insieme commossa e meravigliata quando seppe come l'aveva difesa. «Certo che l'ha fatto» disse Mary, stupita. «Nordisti o sudisti, i familiari vengono per primi. Se tutti la pensassero così, forse non sarebbe scoppiata alcuna guerra. Oh, Sorellina, potrei riempire pagine e pagine se elencassi tutte le famiglie che conosco che sono state divise da questo conflitto. Inizierei dalla nostra e continuerei finché non mi si spezza il cuore.»

Abe era troppo nobile, e Mary troppo provocatoria, per non difenderla, ma Emilie si rese conto che ogni volta che l'avessero fatto, i nemici politici l'avrebbero usato contro di loro.

Quel pomeriggio, lei e Mary stavano bevendo il tè in salotto mentre Tad e Katherine sfogliavano un album di fotografie sul tappeto davanti al fuoco. «Questo è il presidente». Orgoglioso, Tad indicò un ritratto di Abe.

«No, ti sbagli.» Katherine aggrottò le sopracciglia, confusa. «Il presidente è Mr Davis.»

Imbronciandosi, Tad urlò: «Viva Abe Lincoln!».

«Viva Jeff Davis» rispose Katherine in tono di sfida.

Quando le madri stavano per intervenire, Abe annunciò la sua presenza con una risatina dalla soglia. «Padre, voi siete il presidente. Diteglielo» disse Tad, scoccando un'occhiataccia alla cuginetta.

Divertito, Abe si sedette sul divano, mettendosi un bambino su ciascun ginocchio. «Be', Tad, tu sai chi è il tuo presidente» iniziò, ragionevole, «e per la tua cuginetta, io sono lo zio Abe.» Chiacchierò con loro in tono pacato finché smisero di guardarsi in cagnesco, ma Emilie, mortificata, capì che non sarebbe stato l'ultimo battibecco tra i due.

Nei giorni successivi, mentre Emilie cominciava a temere di aver approfittato troppo a lungo dell'ospitalità della sorella, Mary e Abe la presero in disparte per incoraggiarla a restare.

«Spero che tu possa venire a passare l'estate con noi alla Soldiers' Home» suggerì Abe una volta mentre passeggiavano insieme nella serra. «Tu e Mary vi volete bene e la tua presenza è un toccasana per lei.»

«Forse» replicò Emilie, pur ritenendolo improbabile. «Dopo essere stata lontano dal piccolo Ben per così tanto tempo, non so quando potrei essere pronta a viaggiare di nuovo.»

Abe annuì mestamente. «Sono in pensiero per Mary.

Ha i nervi a pezzi. Non riesce a nascondermi che la tensione l'ha messa a dura prova.»

«Sembra assai nervosa ed eccitabile. Secondo me teme che altre tribolazioni possano aggiungersi a quelle che dobbiamo già sopportare.» Dopo un'esitazione, Emilie aggiunse: «Credo che se dovesse succedere qualcosa a te, a Robert o a Tad, ne morirebbe».

Abe scosse la testa, incupendosi ancora di più. «Se capitasse qualcosa a me o ai miei figli, prometti di prenderti cura di Mary? È un grande favore, e forse è chiedere troppo, ma mi sentirei più tranquillo.»

«Certo che te lo prometto, ma non vi accadrà niente, e non devi vedere tutto nero.»

Accennando un sorriso triste, lui la ringraziò.

Quella notte, dopo che Emilie si fu ritirata nella sua camera e si preparava per coricarsi, qualcuno bussò alla porta. «Sorellina, posso entrare?» bisbigliò Mary.

Emilie si affrettò ad aprire e, quando l'altra varcò la soglia, notò che Mary sorrideva nonostante gli occhi pieni di lacrime. «Voglio dirti, cara Emilie, che non siamo del tutto privi di conforto quando coloro che amiamo ci lasciano.»

Si riferiva al conforto della preghiera? «Non sono sicura di aver capito.»

Mary si avvicinò, torcendosi le mani. «Quando il mio piccolo e nobile Willie mi è stato strappato, ho avuto la sensazione di essere caduta in un profondo baratro di tristezza e disperazione, senza il minimo raggio di luce. Se non fosse stato necessario rincuorare Mr Lincoln, il cui dolore era grande quanto il mio, forse non sarei più riuscita a sorridere, e se Willie non fosse venuto a consolarmi sarei ancora in un mare di lacrime...»

«Cosa?» la interruppe Emilie, incredula. «Willie...»

«Sì, viene a consolarmi, e anche se non riesco a toccarlo e a stringerlo tra le braccia, e benché rimpianga ancora che non abbia un futuro in questa dimensione terrena... lui è vivo!» urlò con uno strano fremito innaturale nella voce. «Viene da me ogni notte e si ferma ai piedi del letto con lo stesso sorriso dolce e adorabile che ha sempre avuto. E talvolta non è solo.»

«Cosa... cosa intendi?»

«Certe volte c'è anche il piccolo Eddie, e in due occasioni Willie era accompagnato da nostro fratello Aleck. Mi dice che vuole bene allo zio Aleck e che passa la maggior parte del tempo con lui.» Mary si portò le mani al cuore. «Non puoi immaginare il conforto che mi dà. Quando pensavo al mio bambino nell'eternità infinita, da solo, senza sua madre a tenergli la manina per guidarlo amorevolmente, per poco non mi si spezzava il cuore.»

Mary aveva gli occhi sgranati e splendenti, come se fosse in presenza del soprannaturale. Emilie rabbrividì quando l'altra si avvicinò per baciarla sulla guancia prima di augurarle la buonanotte e lasciare la stanza con quel curioso sorriso inquietante ancora sulle labbra.

Il mattino dopo, Emilie era ancora così turbata da quelle rivelazioni che non riuscì a ripeterle, ma avvertì Abe che sua moglie era nervosa e sottoposta a una tremenda tensione. Lui le chiese ancora di trattenersi più a lungo, ma lei sapeva che era arrivato il momento di portare Katherine a casa, di ricongiungere la famigliola e aspettare la fine della guerra.

La mattina della partenza, Abe le diede un lasciapassare che le avrebbe permesso di rientrare nel Kentucky, sollevandola da ogni sanzione e penale e ripristinando i suoi diritti. «Sai che questo ti protegge soltanto dalle trasgressioni passate» aggiunse, ironico. «Non ti tutelerà da eventuali reati commessi in futuro.»

«Capisco.» Emilie accennò un sorriso mentre infilava il prezioso documento nella borsa a rete.

Lui la studiò per un momento con espressione seria e grave. «Sorellina, sai che ho provato a tenere Ben con me. Spero che tu non provi rancore nei miei confronti e che non imputi a me la colpa di tutto questo dolore.»

Lei fece un profondo respiro tremolante. «Evitiamo di incolparci a vicenda. Mio marito ti voleva bene e ti era molto grato per la nomina che gli avevi generosamente offerto, ma doveva seguire la sua coscienza. Doveva schierarsi con il suo popolo, e io con lui.»

Si separarono con parole di perdono e riconoscenza e con il fervido desiderio di rincontrarsi in giorni più felici, quando le sofferenze del passato si sarebbero attenuate sotto la luminosa speranza del futuro.

23

Maggio-giugno 1876

ANN

Elizabeth sosteneva che Mary era guarita, ma Ann e Frances ritenevano, come Robert, che fosse ancora in preda alla mania e alla depressione. Robert scrisse alle zie di temere ciò che sarebbe potuto succedere a sua madre se fosse stata autorizzata a spendere il denaro e a viaggiare senza restrizioni, ma il suo tono era sempre più rassegnato a ogni lettera. Il giudice David Davis, confidò a Ann alla fine di maggio, gli aveva consigliato di lasciar decadere la tutela, senza contestazioni, al termine dei dodici mesi. Anche se sua madre avesse sperperato fino all'ultimo centesimo, come la sua ossessione per lo shopping rendeva forse inevitabile benché Mary avesse minacciato di impoverirsi volutamente, avrebbe ancora potuto contare sulla pensione annuale di tremila dollari versata dal governo degli Stati Uniti. *Secondo il giudice Davis, per la mia serenità sarebbe meglio acconsentire all'eliminazione di qualsivoglia vincolo sulla sua persona e sui suoi averi, aspettando di vedere come vanno le cose*, scrisse Robert. *Sono incline a concordare con lui. Sarà un salto nel buio, ma forse andrà tutto bene. Quanto alla violenta rabbia di mia madre nei miei confronti, spero con tutto il cuore che la zia Elizabeth abbia ragione e che si spegnerà una volta che le sarà restituito il controllo delle obbligazioni.*

Anche Ann lo sperava, ma era scettica. Nulla di ciò che aveva osservato nell'ultimo anno – anzi, in tutti gli anni da che conosceva Mary – indicava che sua sorella ci avrebbe semplicemente messo una pietra sopra.

Giovedì 15 giugno, Ninian andò a Chicago per rappresentare Mary nella tanto attesa udienza per annullare la tutela e restituirle i diritti e i beni. Al contrario del processo dell'anno precedente, Mary non fu costretta a presenziare, così non partecipò. Prima di partire, Ninian ricordò alla moglie e alle cognate che non sarebbe stato un procedimento volto a dichiararla sana di mente, ma solo a confermare che era in grado di gestire i suoi averi.

«Forse è meglio così» replicò Frances. «Mary non accetterebbe mai un verdetto che stabilisce la sua salute mentale, perché è sempre stata convinta di non averla persa.»

L'udienza presso il tribunale della contea di Cook sarebbe stata una procedura relativamente semplice. Dopo la presentazione della richiesta di eliminazione della tutela, Ninian avrebbe testimoniato a favore dell'idoneità di Mary a prendere il controllo dei suoi beni, Robert avrebbe rinunciato al ruolo di tutore e sarebbe stato fornito un resoconto delle proprietà in questione. Oltre ai due uomini, sarebbero stati presenti anche l'avvocato di Robert, Leonard Swett; il giudice; il cancelliere; e, invece del comitato di medici, una giuria di dodici cittadini. Per evitare scenate in aula, Robert aveva chiesto al tribunale di tenere l'udienza a porte chiuse. *Non possono vietare l'ingresso ai giornalisti,* aveva scritto a Ann nell'ultima lettera, *ma se non altro possono tenere fuori la folla di perdigiorno in attesa di un poco d'intrattenimento.*

Il procedimento iniziò alle due, e meno di tre ore dopo un fattorino bussò alla porta di Ann con un biglietto di Elizabeth. Lei e Mary avevano ricevuto entrambe un telegramma da Ninian dopo l'udienza, che aveva richiesto meno tempo del giuramento e dell'insediamento della giuria. Mary era stata dichiarata rinsavita e in grado di gestire le proprie sostanze. Robert avrebbe accompagnato Ninian a Springfield con il treno del mattino per restituirle le obbligazioni di persona.

«Rinsavita?» ripeté Ann, perplessa. Ninian aveva precisato che l'udienza non sarebbe stata finalizzata a risolvere quella questione. Mary sarebbe stata felice di riavere le obbligazioni, senza dubbio, ma si sarebbe molto risentita per la formulazione del verdetto.

Alla fine del biglietto, Elizabeth pregava Ann di andare dagli Edwards di buon'ora il giorno seguente per aiutarla a distrarre Mary mentre aspettavano l'arrivo degli uomini e, forse cosa più importante, per provare ad allentare la tensione quando madre e figlio si fossero incontrati. *Mary è così furiosa con Robert da così tanto tempo che non riesco a immaginare che possa accoglierlo con affetto e cordialità,* scriveva Elizabeth. *Lui sopporterà qualunque cosa con paziente stoicismo, ma spero che, con le sue sorelle presenti, lei si sforzerà di dominare la stizza. Forse, una volta che avrà in mano le obbligazioni, si dimenticherà della rabbia e si riconcilierà con Robert.*

Ann pensava che una riconciliazione fosse improbabile, ma per il resto era d'accordo con il ragionamento di Elizabeth, così rimandò indietro il fattorino con un biglietto in cui garantiva la sua presenza.

Era stata invitata anche Frances, come Ann scoprì quando arrivò il mattino dopo e trovò le tre sorelle in salotto, impegnate a chiacchierare di una recente lettera di Emilie mentre sferruzzavano e cucivano. Con un'occhiata eloquente dietro le spalle di Mary, Elizabeth la esortò a non menzionare l'udienza; Ann rispose con un cenno impercettibile mentre si sedeva al solito posto. Era difficile che le altre avessero delle notizie sul processo che lei non avesse già letto nell'edizione mattutina del *Chicago Tribune*. Durante la deposizione di Ninian, che Ann aveva trovato un po' sconcertante, pareva che lui avesse detto: «Mrs Lincoln alloggia a casa mia da nove o dieci mesi e tutti i suoi amici pensano che sia perfettamente capace di curare i propri interessi». *Quali amici?*, si domandò Ann. *I Bradwell?* Di certo non le sue sorelle. Ninian aveva aggiunto: «Non ha speso tutto ciò che era autorizzata a spendere nell'ultimo anno». *Anche se non per mancanza di impegno*, aveva pensato Ann mentre leggeva l'articolo. «E tutti noi pensiamo» aveva concluso suo cognato «che sia in condizioni di gestire le proprie sostanze.»

La giuria doveva aver considerato convincenti la testimonianza di Ninian e la disponibilità di Robert a rinunciare alla tutela, perché si era ritirata solo quanto bastava per firmare la sentenza prima di rientrare in aula e dichiarare, tra altri termini legali, di aver concluso che «la suddetta Mary Lincoln è rinsavita ed è in grado di gestire le proprie sostanze».

Ancora quella frase, sebbene nessun medico avesse visitato Mary e lei non fosse nemmeno stata presente perché qualcuno potesse verificarlo di persona. Ann non faceva l'avvocato, e neppure suo marito, ma aveva l'impressione che il procedimento non quadrasse, anche se forse era stato perfettamente legale.

L'articolo si concludeva con una lista delle proprietà di Mary, che Robert aveva consegnato al tribunale. Ann era stata contenta di constatare che, durante la tutela, suo nipote aveva accresciuto il patrimonio della madre di ottomila dollari e che aveva rinunciato al consueto periodo di notifica di dieci giorni affinché la sentenza potesse trovare applicazione il prima possibile. Ann aveva osato sperare che Mary si sarebbe addolcita quando avesse scoperto di essersi arricchita grazie a suo figlio, ma era una speranza flebile.

Ninian e Robert arrivarono poco dopo le undici, e quando le sorelle li sentirono varcare la soglia misero da parte ago e filo, scambiandosi occhiate caute. Frances ed Elizabeth si alzarono d'istinto, ma Ann rimase dov'era, osservando Mary che si raddrizzava sulla sedia e fissava la porta con sguardo imperioso.

Ninian entrò per primo, seguito da Robert, che portava una valigetta di cuoio chiusa con una cinghia. Salutarono le signore ed Elizabeth andò a baciare suo marito sulla guancia, ma quando Robert si diresse verso Mary, lei saltò su e, piazzandosi dietro lo schienale, alzò la mano. «Non avvicinarti» ordinò.

Lui si fermò. «Buongiorno, madre» disse in tono pacato, indicando la valigetta. «Sono venuto a restituirvi le obbligazioni. So che eravate ansiosa di riaverle e portarle di persona era il modo più rapido per consegnarvele.»

«Dalle a tuo zio» sbottò Mary. «Ti leggo in viso la riluttanza con cui me le cedi, la mia misera rendita per cui hai condotto una battaglia così ignominiosa.»

«Al contrario.» Robert porse la valigetta a Ninian. «È un sollievo liberarmene.»

Mary scoppiò in una risata stridula e incredula. «Stupidaggini e menzogne. Non eri soddisfatto della fortuna che ti avevo lasciato quando ho fatto testamento, così ti sei inventato delle false accuse contro di me per rubarmi il denaro!»

Alzò la voce a ogni parola finché stava quasi urlando.

«Mary» intervenne Frances, «non è vero. Come tuo tutore, Robert ha accresciuto la tua ricchezza. È questo il comportamento di un ladro?»

Mary la ignorò. «Guarda questi capelli bianchi» ordinò, indicandosi la testa. «Sei stato tu a causarli, con i tormenti che mi hai inflitto in quest'ultimo doloroso anno.»

Robert contrasse la mascella, ma per il resto rimase imperturbabile. «Tutto ciò che ho fatto era per il vostro bene.»

«Mi si ferma il cuore quando penso alla differenza tra te da una parte e il tuo nobile e glorioso padre e i miei tre splendidi figli deceduti dall'altra.» Mary avvampò, tremando mentre stringeva lo schienale della sedia con entrambe le mani. «Dio è giusto e il suo castigo si abbatterà su coloro che agiscono con malvagità in questa vita! Prima o poi spetta un risarcimento a coloro che soffrono ingiustamente, se non qui, in un mondo più luminoso e felice.»

«Calmati, per favore» implorò Elizabeth.

«Sono certa che i nostri cari defunti aspettano con ansia il ricongiungimento dopo il quale non c'è più separazione» urlò Mary, puntando gli occhi sul viso del figlio, pallido e imperscrutabile. «Ma tu non potrai avvicinarti a noi nell'altro mondo a causa della tua condotta spietata nei miei confronti. Tuo padre mi adorava quanto i miei figli benedetti, e non ti permetteranno di avvicinarti a noi nell'aldilà!»

«Mary!» esclamò Ann. «Come puoi essere così crudele? Vergognati!»

«Non importa» disse Robert con voce bassa e stanca. «Ho fatto ciò per cui ero venuto, e non serve che mi trattenga oltre. Madre, i bambini vorrebbero vedervi, soprattutto Mamie. Lascerò a voi decidere quando, o se, vorrete incontrarli.» Con un cenno alle zie e allo zio, si voltò e uscì, e di lì a un attimo gli altri lo udirono aprire la porta d'ingresso e richiuderla con decisione, ma senza sbatterla.

«Avete sentito?» Mary si lasciò cadere sul sofà accanto a Elizabeth, tremando e guardando le sorelle in cerca di conferma. «Avete sentito che ha minacciato di non farmi più vedere i miei nipoti?»

«Non ha fatto nulla del genere» la contraddisse Ann.

«Ho ricevuto un gravissimo torto, e da una persona per cui avrei dato la vita» gemette Mary. «Non posso permettere che la sua malvagità trionfi.»

«Calmati, per favore.» Elizabeth le prese la mano. Frances si sedette dall'altra parte, posandole le dita sulla spalla e sussurrando parole di conforto. Soffocando un sospiro, Ann spostò lo sguardo verso la porta, tentata di correre dietro a Robert, ma invece si accomodò sulla sedia di fronte alle sorelle affinché il fardello di rabbonire Mary non cadesse solo sulle spalle di Elizabeth e Frances. Una vaga ombra di rabbia e disgusto passò sul viso di Ninian, che chiese scusa e portò via la valigetta, senza dubbio per mettere le obbligazioni in cassaforte finché Mary non ne avesse avuto bisogno.

Per quasi un'ora e mezza, Mary elencò piangendo i presunti terribili peccati che Robert aveva commesso contro di lei, una povera donna disperata che aveva dovuto rinunciare a tutti i suoi cari finché non si fossero rincontrati in cielo. Pur rimanendo, e andando a prendere acqua e un fazzoletto pulito, dopo un po' Ann smise di ascoltare quei farneticamenti, indignata per il nipote e stanca dei capricci e della protervia di Mary. Tutte le sue richieste erano state soddisfatte. Non poteva essere nobile nella vittoria?

In seguito, dopo che Mary, sfinita e afflitta da un'emicrania, si fu ritirata in camera sua, Elizabeth condusse Ann e Frances nello studio di Ninian, dove gli chiese un resoconto diretto del processo. Lui non aggiunse nulla che non avessero già appreso dai telegrammi e dai giornali, ma riferì che, in aula, tutti erano parsi stupiti del verdetto. «Non erano chiamati a esprimersi sulla salute mentale di Mary» spiegò, corrugando la fronte e scrollando il capo, «e mi dispiace molto che l'abbiano giudicata rinsavita.»

«Anche Mary ha sollevato qualche obiezione» intervenne Elizabeth. «Ha detto che non si può rinsavire se non si è mai impazziti.»

Ann pensò che se la giuria avesse visto la condotta riprovevole di Mary nel salotto degli Edwards forse avrebbe preso una decisione completamente diversa.

Le sorelle erano deluse dal fatto che la restituzione delle obbligazioni non avesse mitigato la rabbia di Mary verso Robert, ma Ann non si sorprese. Nonostante ciò, comprese l'intensità del suo astio solo quando il nipote inoltrò una lettera a Elizabeth, una caustica lista di pretese e accuse che sua madre gli aveva spedito tre giorni dopo aver riavuto le obbligazioni.

Springfield, Illinois
19 giugno 1876

A Robert T. Lincoln
Non mancare di inviarmi, senza il minimo *ritardo, tutti i miei dipinti, compreso il* Mosè tra i giunchi, *e il quadro con la frutta, quello appeso nella tua sala da pranzo. Anche il servizio d'argento con il vassoio grande regalatomi dagli amici di New York, il servizio di tazze d'argento e gli altri oggetti di cui tua moglie si è appropriata e che tu conosci* benissimo *devono essermi restituiti senza neppure un giorno di ritardo. Ho appena incontrato due avvocati e la loro lista coincide con la mia e sarà pubblicata tra alcuni giorni. Non illuderti che Mrs Edwards non abbia espresso alcun* rancore *verso di te per tutto l'inverno e che non abbia dichiarato fino all'ultimo che non avresti dovuto azzardarti a entrare in casa sua e a comparire dinanzi a noi. Mandami i pizzi, i diamanti, i gioielli – le sete pure, il vestito di pizzo bianco – lo scialle di doppio pizzo con le balze, la sciarpa di pizzo – 2 scialli di pizzo nero – una gala di pizzo nero, rotoli di pizzo bianco larghi mezza iarda e lunghi undici. Ricevo costantemente lettere di amici che ti criticano nei termini più astiosi, sei lettere da illustri* e rispettabili *residenti di Chicago, persone con cui tu non ti mescoli. Da quando ti ho visto, due eminenti ecclesiastici mi hanno scritto che ritengono auspicabile pregare per te in chiesa, data la tua perfidia contro di me e contro il Cielo. A proposito di Chicago, laggiù* tu *hai dei nemici e, guarda caso, io ho degli* amici. *Spediscimi tutto ciò che ho chiesto; hai portato avanti abbastanza a lungo il tuo gioco di rapina. Solo ieri ho*

ricevuto due telegrammi di famosi avvocati orientali. Con la tua condotta malvagia hai fatto del male a te stesso, non a me.

Mrs Lincoln

Mandami anche le mie incisioni. Inviami Whittier Pope, le Regine d'Inghilterra *di Agnes Strickland e gli altri libri di mia proprietà.*

M.L.

«Non ho mai detto a Mary nulla di astioso sul conto di Robert» protestò Elizabeth quando Ann finì di leggere. «Sicuramente non gli ho mai proibito di entrare in casa mia! Come ha potuto Mary scrivere cose così scandalose?»

«Non immaginava che Robert avesse il coraggio di inoltrarti la lettera.» Ann gliela restituì. «O che tu la mostrassi a me. E anche a Frances e a Ninian, presumo.»

«Sì, certo.» Elizabeth si diede una manata alla fronte, sospirando e scuotendo la testa. «Frances è sconvolta soprattutto dagli insulti e dalle accuse di furto, Ninian dalla minaccia di pubblicare questa lista di presunti beni rubati.»

Ann chiuse gli occhi, facendo un sospiro. Sperava sinceramente che l'intenzione di rivolgersi alla stampa fosse solo uno stratagemma per mettere Robert sotto pressione, ma con Mary non si sapeva mai. «E le sei lettere degli illustri residenti di Chicago che condannano Robert?»

«Ninian non crede che esistano, e neppure io.»

Ann era incline a darle ragione. Robert era stato elogiato da quasi tutti i giornali per la sua condotta risoluta e onorevole in tutto quel frangente, e sembrava improbabile che qualcuno firmasse una missiva di denuncia nei suoi confronti. Tra gli amici di Mary, tuttavia, c'erano quegli intriganti dei Bradwell e altre persone come loro. Se Mary voleva davvero creare problemi a suo figlio, era in suo potere farlo.

«Devo restituire questa missiva a Robert con la posta del pomeriggio.» Elizabeth diede un'ultima occhiata disgustata al foglio prima di infilarsela in tasca. «L'ha già mostrata al suo avvocato e, sebbene Mr Swett abbia fatto una copia, Robert vorrebbe riavere l'originale.»

Ann arricciò le labbra e annuì, riuscendo a malapena a trattenere parole di cui, ne era certa, poi si sarebbe pentita. Era troppo chiedere di gestire i disaccordi con discrezione, all'interno della famiglia? Non avevano avuto abbastanza scandali pubblici, quasi tutti dovuti alla loro caparbia, impossibile e disturbata sorella?

Qualcuno doveva smascherare il bluff di Mary, altrimenti lei non avrebbe mai smesso di minacciare e accusare. Non ci erano riusciti né Robert né Ninian né Elizabeth, ma forse Mr Swett ce l'avrebbe fatta.

C'era un limite anche a ciò che potevano sopportare per senso del dovere verso Mary e per rispetto del suo compianto marito.

24
Aprile-maggio 1865
ELIZABETH

Un colpo alla porta nel cuore della notte annunciò l'improvvisa, terribile e irrevocabile trasformazione del mondo.

Il rumore spaventoso svegliò la famiglia e i domestici, che si riunirono nell'ingresso per ricevere le atroci notizie che il fattorino aveva portato a Ninian. Quella sera, mentre Abe e Mary assistevano a uno spettacolo al Ford's Theater, un uomo dai capelli castani aveva fatto irruzione nel palco d'onore e aveva sparato a Abe nella nuca a distanza ravvicinata. Un amico seduto lì accanto aveva provato ad acciuffarlo, ma l'aggressore l'aveva ferito gravemente con un coltello, quindi era saltato sul palcoscenico ed era fuggito da un'uscita posteriore. In fin di vita, Abe era stato trasferito alla pensione Peterson, sul lato opposto della strada, dove i medici stavano facendo il possibile per salvarlo.

Elizabeth cercò una sedia a tentoni, stordita, con un ronzio nelle orecchie. Aveva la sensazione che il sangue le si fosse gelato nelle vene e che i polmoni le stessero collassando per mancanza d'aria. Sentì vagamente che qualcuno aveva attentato anche alla vita del segretario di Stato William Seward, e che lui e suo figlio erano stati pugnalati più volte e rischiavano di morire. Erano state posizionate delle guardie intorno alle case del vicepresidente Johnson e di altri membri del gabinetto.

«Prevedono che Abe sopravvivrà?» domandò Elizabeth. Ninian guardò il fattorino in attesa di una risposta, ma il ragazzo, pallido e angustiato, si limitò ad alzare le spalle.

Elizabeth immaginò che Mary fosse impazzita per il terrore, urlando senza sosta come aveva fatto quando era morto Willie. E Robert e Tad? Dov'erano? Benché lei e Mary avessero litigato di nuovo e non si rivolgessero la parola da molto tempo, Elizabeth avrebbe voluto confortare la sorella e i nipoti, ma erano separate da centinaia di chilometri e sarebbe stato possibile spedire un telegramma solo il mattino seguente.

Le ore della notte non erano mai passate così lente. Ogni minuto pareva un'eternità ed Elizabeth non poté far altro che aspettare e piangere sulla spalla di Ninian, guardando il cielo orientale dalla finestra in attesa dell'alba.

Finalmente il mattino arrivò, grigio e cupo. Quando Ninian non camminava avanti e indietro, si fermava davanti ai vetri, sbirciando lungo il marciapiede e borbottando per il ritardo del fattorino. A un certo punto, dopo le sette, la campana di una chiesa lontana cominciò a suonare a morto, imitata da un'altra e un'altra ancora, finché tutte le campane di Springfield diedero la terribile notizia. *Abe è morto*, pensò Elizabeth, frastornata e incredula. Lasciandosi sfuggire un gemito, crollò tra le braccia di Ninian, angosciata e in lacrime.

I giornali del mattino raccontarono la storia raccapricciante, ma Elizabeth era troppo disperata per cogliere più di qualche dettaglio sparso qua e là. La famosa attrice comica Laura Keene, che il presidente Lincoln era andato a vedere quella sera, aveva riconosciuto l'assassino nell'attore John Wilkes Booth. Dopo che Abe era stato ferito, Mary, che in quel momento lo teneva sottobraccio, aveva urlato: «Perché non hanno sparato a me? Perché non hanno sparato a me?». Si diceva che, in preda all'ansia, fosse rimasta al capezzale del marito insieme a diversi membri del gabinetto. I medici avevano fatto tutto il possibile, ma non sarebbe bastato. *Il presidente sta morendo a poco a poco*, riferiva un macabro articolo pubblicato all'una e un quarto del mattino. *Il cervello cola attraverso il foro di proiettile sulla sua fronte. Lui, naturalmente, è privo di sensi. Di tanto in tanto solleva la mano, e i suoi respiri sono affannosi e faticosi. Ecco tutto.* Un altro articolo, uscito alle tre, affermava che le condizioni del presidente erano immutate.

I mesti rintocchi delle campane avevano aggiunto l'atroce poscritto, che i telegrammi e i giornali del pomeriggio confermarono ben presto. Abe era spirato. Giorni dopo che Richmond era caduta e che il generale Lee aveva ceduto ad Appomattox, Abe era stato crudelmente assassinato, dopo aver guidato la nazione fuori da una guerra devastante, per poi vedersi negare la preziosa ricompensa della pace.

Nei giorni cupi e confusi che seguirono, Elizabeth uscì raramente di casa, e anche allora solo quando non aveva altra scelta. Springfield, che di recente aveva ospitato allegri festeggiamenti quando la fine della guerra si era profilata all'orizzonte, era sprofondata nel lutto. Non era mai accaduto che una nazione precipitasse così all'improvviso dalla speranza gioiosa alla disperazione assoluta. Le bande briose tacquero. I vessilli che avevano sventolato orgogliosi per la vittoria scesero lentamente a mezz'asta. I cittadini affranti si rifugiarono nelle chiese e nella compagnia degli amici. Altri trassero forza da una rabbia comprensibile, pretendendo giustizia e castigo. Negozi e uffici governativi erano bui e chiusi. Ogni edificio pubblico a Springfield e quasi ogni abitazione privata, fosse essa lussuosa o umile, espose il crespo nero del lutto per il figlio preferito della città.

Siccome uscire di casa era insopportabile, le sorelle di Elizabeth e le loro famiglie si riunivano spesso dagli Edwards per consolarsi a vicenda, condividere le notizie da Washington ed evitare la stampa. Il marito di Ann era a New York per lavoro in quel fatidico Venerdì Santo e si era precipitato a Washington per vedere come potesse essere utile a Mary e ai suoi figli. «Clark ci farà sapere cosa scopre» disse Ann. «Forse Mary non lo riceverà – i giornali dicono che non vuole vedere quasi nessuno a parte i suoi figli e alcuni amici e consiglieri fidati – ma Clark incontrerà sicuramente Robert.»

Anche Ninian partì per Washington non appena riuscì a preparare la valigia. «Non vuoi venire con me?» chiese a Elizabeth. «Sai com'è fatta Mary. Sono certo che ha un disperato bisogno di te.»

«Non mi ha invitata» replicò lei con voce curiosamente piatta. «E nemmeno Robert.»

Quella tragedia era diversa dalla catastrofe di dieci anni prima, quando Willie era morto e Robert aveva implorato Elizabeth di andare a Washington nonostante il distacco che si era creato tra le sorelle dopo il litigio per l'offensiva lettera di Julia. In quel caso, il silenzio era durato diversi mesi. Ora l'allontanamento era così drastico che non si parlavano da quasi due anni.

Nell'agosto del 1861, dopo che Ninian aveva umilmente chiesto una carica, Abe l'aveva nominato capitano del Commissario di sussistenza, incaricandolo di acquistare e distribuire razioni e altri viveri per l'esercito e di tenere la contabilità. Prima ancora che la nomina fosse ufficiale, gli esponenti dell'establishment repubblicano di Springfield avevano scritto a Abe per criticare la sua scelta, affermando che Ninian era strettamente legato a uomini colpevoli delle *più sbalorditive e inaudite frodi mai perpetrate in questo paese*. Ninian era estraneo a quelle vicende, naturalmente; le ovvie ragioni di quelle proteste erano il crescente risentimento per la defezione di Ninian a favore dei democratici dieci anni prima e il desiderio di avere uno dei loro favoriti in quel ruolo influente. Dopo aver indagato sulla questione, Abe non aveva trovato alcun motivo per negare l'incarico al cognato. Ninian aveva accettato e poi svolto fedelmente i suoi doveri, ma i rivali non si erano arresi: avevano continuato ad accusarlo di aver sfruttato la sua carica per arricchirsi. Abe aveva tenuto in debita considerazione le rimostranze, ma era rimasto leale al marito di Elizabeth.

Poi, nella primavera del 1863, all'improvviso le lamentele erano diventate più numerose e più veementi. A maggio, Abe aveva scritto a Edward – il marito di Julia, che era anche il direttore dell'*Illinois State Journal* – per interrogarlo sulle nuove accuse di corruzione contro Ninian. *A quanto ne so, non sono state presentate imputazioni ufficiali nei suoi confronti*, aveva osservato Abe, *né prevedo che ne verranno formulate; o, se sì, saranno comprovate. Non penso certo che Mr Edwards abbia, in questa fase della sua vita, rinunciato ai suoi vecchi costumi e sia diventato disonesto*. Tuttavia si era stancato delle continue molestie dei detrattori di Ninian, provocazioni che, a suo avviso, il cognato avrebbe potuto risparmiargli se avesse tenuto registri più completi e incontrovertibili. Abe doveva sapere che Edward avrebbe mostrato la lettera al suocero, perché non aveva ricevuto l'ordine di tenerla segreta. Subito dopo averla letta, Ninian gli aveva scritto per difendere le proprie azioni, implorarlo di lasciargli il lavoro e rammentargli la loro lunga amicizia e la loro fiducia reciproca, ma invano. Nel giro di quindici giorni, Abe si era piegato alle pressioni politiche e aveva sostituito Ninian.

Scioccata e sicura che il marito fosse stato vittima di un grave torto, Elizabeth aveva scritto a Mary supplicandola di intercedere con il presidente. L'altra aveva risposto con un rifiuto categorico, difendendo la decisione di Abe e rimproverando Ninian per averlo messo in una posizione politicamente vulnerabile. *Se tuo marito non ha fatto nulla di male*, aveva dichiarato, *avrebbe dovuto impegnarsi maggiormente per evitare di dare l'*impressione *contraria*.

«Se?» aveva esclamato Elizabeth, incredula, quando aveva letto la missiva. Offesa, aveva subito risposto per contestare l'infelice frase di Mary e per darle l'opportunità di scusarsi e rimediare. Poco dopo, l'altra aveva scritto per confermare che conosceva le definizioni di tutte le parole utilizzate nella lettera e che nemmeno una era uscita dalla sua penna per caso. Quindi aveva aggiunto vari capoversi di accuse infamanti, che Ninian avrebbe potuto smentire facilmente se ne avesse avuta la possibilità.

In effetti, Elizabeth gli aveva mostrato la missiva affinché potesse fare proprio quello, ma lui si era limitato a sospirare dicendo: «È così infima da non meritare risposta».

Aveva voluto dire che non avrebbe replicato, ma Elizabeth aveva deciso che, se la lettera era infima per lui, lo era anche per lei. Non aveva mai reagito alle offese, Mary non si era mai scusata, e così tra loro era sceso il silenzio.

Elizabeth sapeva che la principale vittima di quell'episodio era Ninian, non lei. Ora era determinato ad andare a Washington per rendere omaggio al defunto e per confortare la vedova e i figli. Se lui riusciva a mettere da parte le vecchie divergenze, non avrebbe dovuto provarci anche lei, per il bene della sorella e dei nipoti?

«Era soltanto un lavoro, cara» disse dolcemente Ninian, come se le avesse letto nel pensiero. «Il mio orgoglio è stato ferito, ma non era nulla rispetto alla sofferenza attuale.»

Ma era stata più della perdita di un incarico, avrebbe voluto obiettare Elizabeth. Rimpiazzandolo, Abe aveva praticamente avallato le accuse e, anziché rifiutarsi a malincuore di intercedere, Mary le aveva gettate in faccia alla sorella, rincarando la dose.

Era soltanto un lavoro, eppure non lo era. Ninian era riuscito a perdonare Abe, ma Elizabeth non era ancora riuscita a fare lo stesso con Mary. Poi c'era l'aspetto pratico di cosa sarebbe potuto accadere se avesse cercato di varcare la soglia della Casa Bianca. I giornali affermavano che Mary non aveva lasciato la residenza presidenziale dall'assassinio del marito e che non riceveva quasi nessuno. Elizabeth non avrebbe sopportato la vergogna e l'imbarazzo di percorrere centinaia di chilometri per consolare la sorella disperata, solo per vedersi sbattere la porta in faccia.

«Quando ci siamo allontanate in passato, è stato Robert a contattarmi» rammentò al marito con voce incrinata. «Lui e Mary potrebbero scrivermi di nuovo, se volessero. Devo dedurre che la mia presenza non è gradita.»

Anche mentre parlava, non riusciva ad accettare che fossero arrivati a quel punto dopo tutto ciò che avevano passato. I peggiori timori di sua sorella erano diventati realtà: aveva perso il marito per un terribile atto di violenza, commesso proprio davanti ai suoi occhi, eppure Elizabeth pianse Abe a casa invece di riempire un baule e correre al fianco di Mary.

Sapeva che era sbagliato, ma non sapeva cos'altro fare.

Ninian era ancora in viaggio verso Washington quando Clark avvisò Ann che Mary stava impazzendo di dolore. Piangeva e urlava, inconsolabile. Mrs Lee e Mrs Welles, la moglie del ministro della Marina, si davano il cambio al suo capezzale; anche Mrs Keckley stava con lei quasi ogni giorno e dormiva in camera sua ogni notte. Robert, scosso e disperato, si prendeva cura della madre e dei suoi interessi con tenera sollecitudine, ma il povero Tad, devastato dalla perdita dell'amato padre, era terrorizzato dagli sfoghi di Mary. *È impossibile confortarla*, scrisse tristemente Clark. *Soffre di parossismi di dolore tali che solo il laudano le dà un poco di tregua, seppure fugace. Sospetto che assistere alla morte improvvisa e atroce del marito l'abbia in qualche modo fatta uscire di senno, perché a tratti ha mostrato sintomi di follia.*

Ad aggravare il malessere di Mary c'erano le pressioni dei leader civici di Springfield affinché restituisse le spoglie del marito alla città per la sepoltura. Lei acconsentì, ma si adirò quando la informarono che volevano erigere un mausoleo al centro di Springfield per ospitare le moltitudini di cittadini grati che, secondo le previsioni, sarebbero andati a rendergli omaggio negli anni a venire.

Mary si oppose con tutte le sue forze, perché il progetto contraddiceva i desideri di Abe, che lui le aveva rivelato poche settimane prima di morire. Come spiegò a Clark, durante una visita al generale Grant a City Point, in Virginia, erano stati in un cimitero e la conversazione si era spostata sul loro luogo di sepoltura. Quando avevano superato un punto sereno dove i fiori primaverili sbocciavano sulle tombe, Abe aveva detto: «Tu sei più giovane di me. Mi sopravvivrai. Quando me ne sarò andato, seppellisci i miei resti in un luogo tranquillo come questo». Sotterrarlo al centro di Springfield sarebbe stata l'antitesi delle sue volontà.

Come sua vedova, Mary poteva giustamente rivendicare una maggiore autorità sulla questione e, quando l'associazione per il monumento di Springfield iniziò a prendere decisioni senza interpellarla, perse così tanto le staffe che abbandonò l'isolamento della sua camera per metterle i bastoni tra le ruote. Clark, che era presidente del consiglio d'amministrazione dell'Oak Ridge Cemetery, nella periferia settentrionale della città, le assegnò la sommità di una bellissima collina nel mezzo del cimitero, un posto silenzioso e bucolico, adatto per la contemplazione e per il lutto silenzioso. Mary si innamorò di quel luogo idilliaco, e quando i leader civici si impuntarono minacciò di far seppellire i resti di Abe a Chicago o nella cripta del Campidoglio, piuttosto che permettere loro di calpestare il suo diritto di scegliere l'ultima dimora del marito. Alla fine l'associazione cedette e Clark organizzò la costruzione di una tomba temporanea vicino all'altura dell'Oak Ridge finché non fosse stato possibile erigere un monumento adatto.

Pur essendosi riscossa per quella battaglia, Mary continuò a essere troppo sopraffatta dal dolore per presenziare alle esequie private nell'East Room della Casa Bianca, e non accompagnò neppure il corteo funebre che portò la salma al Campidoglio, dove Abe fu esposto nella rotonda affinché migliaia di cittadini prostrati potessero sfilare là accanto per un ultimo saluto.

Venerdì 21 aprile, quasi una settimana dopo l'omicidio, un treno funebre di nove vagoni coperti di crespo e pavesi, con il ritratto di Abe sulla locomotiva, lasciò Washington per un viaggio di duemilasettecento chilometri verso ovest in direzione di Springfield, trasportando trecento passeggeri e le spoglie del presidente e del piccolo Willie. Il *Lincoln Special* procedeva tra gli otto e i trenta chilometri all'ora per rispetto delle migliaia di persone riunite lungo i binari, illuminati da falò durante la notte. Il convoglio fece delle soste programmate in dodici città, dove decine di migliaia di americani si radunarono per piangere il Grande Emancipatore, il salvatore dell'Unione, e dirgli addio. L'incarico di accompagnare il presidente a Springfield fu assegnato a Ninian e Clark, oltre che a Charles Alexander Smith – il fratello di Clark –, al giudice David Davis, al brigadier generale John Blair Smith Todd – un cugino delle sorelle –, a Ward Hill Lamon – amico di vecchia data e guardia del corpo di Abe – e ad altri gentiluomini in vista.

Il 3 maggio, Elizabeth, Frances e Ann erano tra la folla riunita alla stazione di Chicago & Alton per accogliere il treno funebre mentre entrava lentamente. Sebbene la popolazione di Springfield ammontasse a quindicimila anime, la moltitudine era quasi sette volte tanto. Quando il convoglio si fermò accanto alla banchina e i portatori si avvicinarono, tutti tacquero, restando immobili.

Quindi, appena il feretro uscì dalla carrozza, il silenzio insopportabile fu rotto da un singhiozzo e poi da un altro, finché i pianti soffocati diventarono quasi intollerabili per Elizabeth.

I soldati del Veteran Reserve Corps trasferirono la bara su uno scintillante carro funebre nero, con le fiancate ornate da un medaglione d'argento ovale inciso con le iniziali di Abe, circondate da una ghirlanda e fiancheggiate da due torce capovolte, il tutto in argento e incorniciato da trentasei stelle che rappresentavano gli stati dell'Unione. Quando la banda intonò un canto funebre, sei cavalli neri cominciarono a trainare il carro in un lento corteo solenne verso la piazza della città.

Come membri della famiglia, Elizabeth, le sue sorelle e i loro figli occupavano la prima fila della processione. Guardando avanti attraverso la veletta nera, lei vide suo marito dietro il carro con gli altri dignitari che avevano accompagnato il feretro da Washington. Gruppi di uomini, donne e persino bambini, tutti vestiti di nero, fiancheggiavano la strada, tra singhiozzi e gemiti sommessi udibili sopra la musica malinconica. Sul lato occidentale della piazza superarono l'edificio che ospitava la sede dello studio legale Lincoln & Herndon; le finestre erano coperte di crespo e, in cima, spiccava uno striscione che diceva: VIVE NEL CUORE DEL SUO POPOLO.

Elizabeth sentì qualcuno che le prendeva la mano. Era Frances. Le strinse le dita in un silenzioso messaggio di incoraggiamento, serrando le labbra per trattenere i singhiozzi dolorosi che le salivano dalla gola. Se fosse crollata ora, davanti a centomila spettatori, temeva che non sarebbe riuscita ad arrivare in fondo alla cerimonia.

Il carro funebre si fermò sul lato settentrionale dello

State Capitol, dove i cornicioni e i pilastri che sostenevano la profonda cupola nera erano avvolti in tessuto bianco e nero, con drappi neri che scendevano dalle gronde e dalle colonne. Pesanti teli neri guarnivano anche l'entrata oltre la quale i soldati portarono la bara prima di salire al piano di sopra, verso la Camera dei Rappresentanti. La posarono su un elegante catafalco coperto di velluto nero, ornato da trentasei stelle d'argento brunito, bordato da frange color argento e rametti di mirto, e circondato da fiori bianchi e fronde di sempreverde. Pizzo bianco e stelle dorate che brillavano e luccicavano sotto i lumi a gas adornavano il soffitto. Sulle pareti sopra le alte porte erano incise due iscrizioni: WASHINGTON IL PADRE, LINCOLN IL SALVATORE e PIUTTOSTO CHE RINUNCIARE A QUESTO PRINCIPIO, PREFERIREI ESSERE ASSASSINATO IN QUESTO LUOGO.

Quelle parole colpirono Elizabeth quasi come un pugno in pieno petto, togliendole il respiro per un momento. Poi, seguendo un vago ricordo, rammentò che Abe aveva espresso un pensiero analogo durante il discorso all'Independence Hall nel febbraio del 1861, quando l'*Inaugural Express* si era fermato a Philadelphia. Sembrava che fosse passata un'eternità, eppure la scena era così vivida nella sua mente che riuscì quasi a udire di nuovo le acclamazioni e gli applausi degli ascoltatori.

L'iscrizione era soltanto una parafrasi delle parole di Abe. Nonostante ciò, l'aveva scossa.

Il corteo cominciò a passare accanto al catafalco e, quando le sorelle si avvicinarono al feretro, Elizabeth si ricongiunse con Ninian, e Ann con Clark. Elizabeth sentì il battito che accelerava nel notare come fossero cambiati i lineamenti di Abe. Aveva sperato di imprimersi nella memoria un'immagine di suo cognato finalmente sereno e quieto, ma era trascorso troppo tempo dalla morte e le fattezze erano quasi irriconoscibili.

Turbata, proseguì oltre la bara, aggrappandosi al braccio di Ninian. Decine di migliaia di persone avrebbero sfilato accanto al catafalco nelle ventiquattr'ore in cui la salma sarebbe rimasta esposta, ma Elizabeth lasciò immediatamente l'edificio, ritirandosi a casa fino alle cerimonie conclusive del giorno dopo.

«Mary non sarebbe mai riuscita a sopportare tutto questo» le sussurrò una voce all'orecchio, facendola trasalire, mentre lasciava la sala. Era Ann, con gli occhi lucidi e il viso pallido e tirato. «Meno male che non è venuta, fosse anche per una questione di immagine.»

Con un nodo alla gola, Elizabeth annuì, pur non essendo del tutto sicura di cosa intendesse. Non aveva sentito nessuno criticare Mary per non aver accompagnato i resti del marito e del figlio a bordo del *Lincoln Special*, per non aver assistito a un funerale dopo l'altro nell'arco di venti giorni, in sette stati e centottanta città. Era più di quanto si potesse pretendere da qualunque vedova devastata dal dolore.

Il mattino seguente, dopo l'ultima visita, la sigillatura della bara e la musica solenne, dopo il corteo di diecimila persone diretto verso l'Oak Ridge Cemetery, dopo i sermoni, i toccanti elogi funebri e la tumulazione nella tomba ai piedi di una montagnola boscosa, i pensieri di Elizabeth volarono di nuovo a Mary, come avevano fatto per tutta quella lunga e malinconica giornata. Mary non era tornata a Springfield per il funerale, ma sicuramente prima o poi l'avrebbe fatto. Elizabeth si chiese quando sarebbe accaduto e cosa avrebbero potuto fare le sorelle per facilitare il suo ritorno.

Pur non avendo viaggiato con l'entourage a bordo del treno funebre, Robert, esortato dal giudice Davis, aveva presenziato alla sepoltura, optando per un tragitto più diretto e arrivando in tempo per partecipare all'ultimo corteo. Quando Elizabeth trovò un momento tranquillo per parlargli, scoprì con sgomento che Mary non aveva deciso quando lasciare la Casa Bianca né dove andare quando l'avesse fatto.

«Non può restare a tempo indeterminato» osservò Elizabeth. «Ormai l'edificio appartiene a Mr Johnson e alla sua famiglia.»

«Date le circostanze, Johnson è stato così gentile da non sfrattarla.» Robert appariva cupo e smunto, e ne aveva tutte le ragioni, perché il fardello della famiglia devastata e dell'eredità paterna era caduto pesantemente sulle sue giovani spalle. «Al momento risiede in una casa ben sorvegliata tra la Quindicesima e H Street. Lavora in un ufficietto al dipartimento del Tesoro, rinunciando all'uso della residenza, degli uffici e delle sale di rappresentanza della Casa Bianca, che sono suoi di diritto.»

«Generoso da parte sua.»

«Però è l'unica generosità che ha mostrato verso mia madre» disse Robert con una punta di durezza nella voce. «Il presidente Johnson non le ha fatto visita e non le ha neppure spedito un biglietto di condoglianze.»

«Un comportamento indegno di un gentiluomo» commentò Elizabeth, incredula. Poi aggiunse: «Ma Mary intende tornare a Springfield quando lascerà la Casa Bianca, vero?».

Robert fece una smorfia. «Non lo so. L'ho sentita dire a Mrs Keckley che non sopporterebbe di vivere qui.»

Lui e gli amici più cari di suo padre le avevano consigliato di fare proprio quello, spiegò, di tornare a Springfield, nella casa di cui era ancora proprietaria, almeno fino alla liquidazione dell'eredità. Suo padre era morto senza fare testamento, dunque anche se alla fine i suoi beni sarebbero andati alla vedova e ai figli, gli eredi avrebbero ricevuto la loro quota solo dopo che i nodi legali fossero stati sciolti. Eppure sua madre si rifiutava categoricamente di fare ritorno in città. Riteneva di aver tagliato troppi ponti e di essere diventata oggetto di pettegolezzi. Per giunta si era allontanata dalle sorelle e dalle sorellastre e, soprattutto, non sopportava l'idea di rimettere piede nella casa tra l'Ottava e Jackson Street, dove temeva di essere torturata dai ricordi dei primi anni di matrimonio e del marito e dei figli che aveva perso.

Sentendosi avvampare, Elizabeth non riuscì a guardare il nipote negli occhi. Ora sapeva perché né Mary né Robert le avevano chiesto di andare alla Casa Bianca dopo l'assassinio di Abe. «Nonostante le nostre divergenze, se Mary tornerà a casa, la accoglierò come una sorella» disse, ricacciando indietro le lacrime. «Possiamo buttarci il passato alle spalle.»

«Forse voi e le altre zie ci riuscirete.» Robert le posò la mano sul braccio nel tentativo di confortarla. «Sono meno sicuro riguardo a mia madre. Vi prego, non angosciatevi. Mia madre non è in sé. Forse, con il tempo, si renderà conto che per lei e Tad la cosa migliore è vivere nella casa che amava, tra familiari e vecchi amici.»

Elizabeth fece sì con la testa, senza osare aprir bocca. Se Mary non avesse fatto ritorno a Springfield, dove sarebbe andata? Sicuramente non a Lexington, in gran parte per le stesse ragioni. Tra lei e la mamma non era mai corso buon sangue, e persino Emilie, che una volta ammirava e adorava Mary, aveva rotto con i Lincoln nell'autunno precedente, dopo che Abe si era rifiutato di concederle l'autorizzazione a vendere il cotone confederato per mantenere se stessa e i suoi figli. Per ovvi motivi, era improbabile che Mary si rivolgesse a una delle sorellastre residenti nel Sud. Dunque, se non Springfield, dove?

Per sei settimane rimase alla Casa Bianca, troppo affranta e frastornata per andarsene, ma alla fine, con riluttanza, decise di stabilirsi a Chicago. Come Robert spiegò alle zie, sosteneva che Abe aveva espresso il desiderio di ritirarsi là dopo il secondo mandato, ed era una città che era sempre stata buona con lui, un luogo che le ricordava il trionfo, non la disperazione. Era stato a Chicago che Abe aveva ottenuto la prima candidatura repubblicana alla presidenza, ed era stato sempre a Chicago che lui e Mary avevano ricevuto le sincere congratulazioni di una folla di sostenitori al Tremont Hotel dopo l'elezione. La città era anche abbastanza vicina alla tomba di Abe a Springfield, dove Mary pensava di cercare consolazione negli anni a venire, ma soltanto per brevi visite, non per fermarsi in pianta stabile.

Robert intendeva andare in esilio con lei, scrisse a Elizabeth in tono chiaramente abbattuto nonostante la linearità del discorso. Ormai era il capofamiglia ed era sua responsabilità prendersi cura della madre e del fratello minore. Elizabeth capiva e rispettava ancora di più la sua decisione sapendo quanto dovesse costargli sacrificare un promettente futuro nell'Est. Fino a poche settimane prima era un fiero e valoroso ufficiale nordista che corteggiava la giovane e incantevole Miss Mary Eunice Harlan, figlia di un senatore, e che intendeva studiare giurisprudenza. Ora, per amore della madre e del fratello, avrebbe rinunciato a quella vita.

Nonostante il loro allontanamento, Elizabeth rimase sorpresa e un po' ferita quando Robert le disse chi Mary aveva implorato di accompagnarla durante il viaggio verso la nuova casa e di restare con lei finché non si fosse sistemata. Non una delle sorelle Todd o una cugina, bensì Mrs Keckley, la sua sarta e confidente. Elizabeth si disse che avrebbe dovuto essere grata che Mary avesse fatto una scelta saggia e che la stimabile Mrs Keckley avesse accettato. Era rimasta colpita dalla pazienza e dalla fedeltà con cui la donna si era occupata di Mary dopo la morte di Willie e, secondo Robert, la sarta era stata ancora più premurosa dopo l'assassinio di suo padre. Evidentemente Mrs Keckley aveva dei pregi caratteriali che le permettevano di sopportare le stranezze e le sfuriate di Mary e di confortarla nei momenti di maggiore scoraggiamento.

Forse, in lei, Mary aveva finalmente trovato un'amica che non l'avrebbe mai delusa.

25

Giugno-ottobre 1876

FRANCES

La caustica missiva di Mary del 19 giugno fece adirare l'avvocato di Robert al punto da indurlo a spedire immediatamente una lettera furiosa a Ninian per respingere le accuse assurde. Le frasi di Mary erano una prova inconfutabile dell'*assoluto sfacelo della mente di Mrs Lincoln*, dichiarava Mr Swett, perché erano zeppe di parole odiose *che solo una madre pazza scriverebbe al figlio*. Il suo cliente aveva fatto tutto il possibile per tutelare la salute e l'incolumità di Mary e se, dopo tutti i sacrifici di Robert, lei si ostinava ancora a cercare di rovinarlo minacciando cause legali e rivelazioni scandalose, Mr Swett avrebbe chiesto di farla internare per infermità mentale, a prescindere dai desideri di Robert o da quelli di qualunque altro membro della famiglia.

Frances non poteva dargli torto, soprattutto perché sapeva che in seguito Mary aveva inviato altre missive a Robert, definendolo malvagio e *mostro disumano* e pretendendo la restituzione di altri oggetti che aveva regalato a lui e alla nuora. Ann era totalmente d'accordo con Mr

Swett e, con stupore e notevole sollievo di Frances, anche Ninian ed Elizabeth. Scrissero sia a Robert sia all'avvocato per assicurare loro che il nipote aveva tutta la loro fiducia e solidarietà e che non avevano mai creduto che avesse agito in modo sconveniente o egoista, ma sempre nell'interesse della madre.

Esauste e impazienti di mettere fine al conflitto, Frances, Elizabeth e Ann fecero fronte comune per spiegare a Mary, in tono dolce ma energico, che dalle sue continue pretese e minacce non sarebbe venuto nulla di buono. Se, come membro dell'ordine degli avvocati, Mr Swett avesse deciso di chiedere una nuova udienza per infermità mentale, la famiglia avrebbe potuto fare molto poco per impedirglielo. Lei tremò al solo pensiero, ma ribadì che la lettera del legale era «piena di menzogne lampanti» e che Mr Swett era vile e perfido quanto il suo cliente. «È ingiusto e scortese che voi tre vi alleiate contro di me» gemette con le lacrime agli occhi. «È così che si comportano le sorelle? Vi sembra corretto?»

Senza aspettare la risposta, corse fuori dal salotto e si chiuse in camera sua, lasciando le altre in preda alla frustrazione e al timore di aver solo peggiorato le cose.

«Perché non riesce ad arrendersi?» brontolò Ann, lasciandosi cadere su una sedia e incrociando le braccia. «Sa che tutte le cianfrusaglie che ha regalato a Robert e a sua moglie sono loro legittima proprietà, e in ogni caso non le servono. Ha già ciò che vuole davvero: il controllo dei suoi beni e una sentenza che conferma la sua salute mentale, anche se personalmente dissento dall'opinione del tribunale. Perché non può limitarsi a dichiarare vittoria e ad andarsene con il bottino?»

«È sempre stata bravissima a serbare rancore» sospirò

Elizabeth. «Vuole punire Robert per averla fatta ricoverare, e temo che non smetterà fintantoché non avrà soddisfazione.»

«Ma cosa la placherà?» insistette Ann, al che Elizabeth scosse la testa scrollando le spalle.

Quella notte, stesa sul letto vuoto, Frances desiderò con tutto il cuore che William fosse là a consigliarla, a parlare con Mary per conto delle sorelle. Mary si fidava di lui perché era il medico che aveva cercato strenuamente di salvare la vita del suo amato Eddie e spesso, quando le parole delle sorelle avevano fallito, lui era riuscito a parlare in un certo tono ragionevole che aveva calmato la sua irascibilità. Cosa avrebbe detto William ora?, si chiese Frances. Cosa avrebbe fatto per convincere la cognata sconvolta?

All'inizio faticò a addormentarsi mentre rimuginava su quella domanda, ma poi scivolò nel sonno e il mattino dopo, quando si svegliò, capì l'errore delle sue sorelle: non avrebbero mai dovuto cogliere Mary di sorpresa nel salotto di Elizabeth, tre contro una, quando lei aveva dato per scontato che si sarebbero incontrate per cucire e lavorare a maglia come sempre. Mary non ammetteva quasi mai di aver sbagliato davanti a Ann, e sicuramente non l'avrebbe fatto sotto gli occhi di Elizabeth e Frances.

Inoltre avrebbero dovuto tenere conto della dolorosa data che si avvicinava inesorabile: il quinto anniversario della morte del giovane Tad.

Nell'autunno del 1868, poco dopo che Robert aveva sposato Miss Mary Eunice Harlan, Mary aveva portato Tad a visitare le rinomate capitali e i monumenti dell'Europa che, un tempo, lei e Abe avevano programmato di vedere insieme dopo il secondo mandato presidenziale. Era partita perché aveva creduto di poter fare una vita meno dispendiosa all'estero, perché non sopportava i luoghi familiari che evocavano i ricordi del compianto marito e perché bramava la pace e la solitudine garantiti dall'anonimato in un paese straniero. Per due anni e mezzo, Mary e Tad avevano vissuto in Europa, incontrando vecchi amici, esplorando luoghi magnifici, crogiolandosi in un lusso a buon mercato in Germania, Austria, Scozia, Inghilterra, Francia e Italia. Mentre Tad studiava in un'eccellente accademia tedesca, Mary aveva frequentato vari stabilimenti termali, cercando sollievo da diversi acciacchi e disturbi e godendosi il trattamento regale che riceveva come vedova del grande presidente Abraham Lincoln.

Mentre era all'estero, era diventata nonna e, a lungo andare, il desiderio di vedere la nipote e la crescente nostalgia di casa da parte di Tad, che ormai aveva diciotto anni, l'avevano costretta a tornare in patria. Aveva temuto la traversata oceanica e i relativi effetti sulla loro salute, preoccupazioni che si erano rivelate preveggenti quando i deboli polmoni di Tad avevano risentito delle tempeste e dell'umidità. All'arrivo a Manhattan, gli avevano diagnosticato una grave malattia polmonare e prescritto il riposo in hotel. Quando i medici l'avevano dichiarato abbastanza in forze per viaggiare, madre e figlio avevano proseguito in treno verso Chicago, dove avevano alloggiato da Robert e dalla sua famiglia finché avevano trovato una sistemazione al Clifton House, un albergo nelle vicinanze. Invece di migliorare, tuttavia, i sintomi di Tad si erano aggravati. Sempre più disperata, Mary aveva assistito il figlio instancabilmente e consultato i medici migliori, ma i piccoli miglioramenti nelle sue condizioni erano stati invariabilmente seguiti da preoccupanti ricadute. Nonostante i suoi sforzi, il 15 luglio il ragazzo era morto di idropisia toracica.

Un'altra morte, un altro adorato figlio perduto, un altro colpo devastante. Frances aveva spedito le condoglianze da parte sua e dei suoi figli, ma non si era mai aspettata una risposta né l'aveva ricevuta. Una volta, Robert le aveva confidato di aver sentito sua madre dichiarare, nei momenti di sconforto dopo l'assassinio di Abe, che se non fosse stato per Tad avrebbe raggiunto volentieri il marito nella tomba. Per sua stessa ammissione, solo Tad e la responsabilità nei suoi confronti le avevano impedito di togliersi la vita.

In un certo senso, Mary aveva avvisato le sorelle di cosa avrebbe fatto quando avesse creduto di non avere più niente o nessuno per cui valesse la pena vivere. Perché non l'avevano ascoltata?

Prima di parlare con Mary delle minacce per rovinare Robert, Frances avrebbe dovuto ricordare che sua sorella aveva sempre lottato con gli amari promemoria delle sue enormi perdite. Negli anniversari di quei tragici eventi, poteva mostrarsi sconvolta, malinconica, irascibile o afflitta da una tristezza inconsolabile. Frances stentava a credere che il suo più intenso episodio di squilibrio, quello che era sfociato nel suo internamento, avesse coinciso per puro caso con il decimo anniversario dell'assassinio di Abe. Di lì a qualche giorno sarebbero stati cinque anni dalla morte di Tad. C'era da stupirsi che Mary fosse nervosa e irrazionale?

Nonostante la sua condizione di fragilità, il conflitto in corso doveva essere risolto prima che provocasse altri danni. Elizabeth odiava gli scontri, Ann li amava un po' troppo ed Emilie era lontana. Toccava a Frances provare a far ragionare Mary, convincerla a perdonare Robert o almeno a smettere di tormentarlo, e se si fosse attirata l'eterna inimicizia della sorella, pazienza. Doveva tentare.

La mattina del 15 luglio, Frances prese a prestito la carrozza di Ann e andò dagli Edwards. Dopo una conversazione riservata con Elizabeth, uscì in giardino, dove trovò Mary seduta su una panchina all'ombra di un prugno. Lewis, sdraiato sull'erba là vicino, le stava leggendo una poesia di John Greenleaf Whittier. La sua voce era calda e limpida, e i versi piacevoli e sentiti, ma Mary aveva l'espressione mesta e lo sguardo distante.

Frances inspirò a fondo per farsi forza mentre si avvicinava. Lewis fu il primo ad accorgersi del suo arrivo; si alzò a sedere e, sorridendo, le disse buongiorno. Mary fece un cenno, ma non fiatò.

«Elizabeth ha detto che possiamo tagliare qualche fiore e Ann mi ha prestato la carrozza» annunciò Frances. «Pensavo che potremmo andare all'Oak Ridge Cemetery a portare i fiori sulla tomba di Tad.»

Mary la guardò con occhi spiritati. «No. No. Non potrei sopportarlo.»

«Forse dovreste, prozia Mary» intervenne Lewis. «Vi accompagno, se volete.»

Mary riuscì ad accennare un sorriso tenero. «Sei stato molto gentile a offrirti, mio caro, ma non oso, nemmeno con il tuo braccio forte a cui appoggiarmi.»

Frances restò delusa. «Mi rincresce» disse, portandosi una mano all'addome. D'un tratto il corsetto sembrava troppo stretto. «So che per te è un giorno infelice e pensavo che una visita al cimitero ti avrebbe aiutata.»

«Nulla può aiutarmi ad alleviare questa disperazione infinita.» Facendo una pausa, Mary si corresse: «Ma sapere che te ne sei ricordata e che ti preoccupi mi è di conforto».

«Lewis» domandò Frances, «saresti così gentile da andare a prendere un bicchiere d'acqua per la prozia Mary?»

«Certo.» Il ragazzo saltò su, allontanandosi verso la casa.

Dopo che fu entrato, Frances si sedette sulla panchina accanto alla sorella. «So quanto soffri, ma...» Esitò. «Ti è rimasto ancora un figlio. So che avete avuto le vostre divergenze, numerose e incommensurabili, ma è il tuo unico figlio rimasto. Non potreste provare a riconciliarvi?»

Mary scosse la testa. «Assolutamente no. Se uno dei tuoi figli ti avesse fatto ciò che *lui* ha fatto a me, forse riusciresti a capire.»

Frances scelse le parole con cura. «È vero che hai passato traversie inimmaginabili, tuttavia voglio credere che tra te e Robert esista ancora dell'affetto. Se non riuscite a riconciliarvi oggi, mi faresti il favore di prendere in considerazione una cessazione delle ostilità prima che si infranga qualunque speranza di rappacificazione?»

«La speranza si è già...»

«No. Non dirmi questo, perché non ti credo.» Frances si preparò. «Ci sono altre ragioni per smettere di minacciare cause legali e rivelazioni scandalose. Primo, è disdicevole e indegno di te rovinare tuo figlio. Secondo, danneggerai te stessa più di quanto potrai mai danneggiare Robert.»

Mary la guardò, corrugando la fronte. «Non vedo come.»

«Allora devo rammentarti un argomento assai sgradevole che noi sorelle non abbiamo mai osato toccare in tua presenza: il tentativo di vendere il tuo guardaroba a New York nove anni or sono.» Frances evitò di ricordarle che, nel paese, quasi tutti chiamavano quell'episodio "lo scandalo dei vestiti vecchi".

«Avevo bisogno di denaro» disse Mary, rigida. «Sicuramente, tra tutte le mie sorelle, tu capisci cosa significa non riuscire a sbarcare il lunario.»

«Altroché» replicò Frances, pacata. «Riesco persino ad ammirare la tua frugalità. Perché non dovresti vendere i tuoi capi eleganti, le gonne squisite e i lussuosi scialli di pizzo, se non ti servono più? Quegli abiti e altri indumenti pregiati erano troppo belli per restare chiusi per sempre nei bauli, e i soldi ti servivano più di un sontuoso guardaroba adatto per la Casa Bianca.»

Mary strinse le palpebre con una punta di diffidenza. «Esatto.»

«Ma non era il tuo unico scopo, vero?» insistette Frances. «Certo, avresti accettato volentieri il ricavato della vendita, ma speravi anche che le voci sulla tua situazione di indigenza inducessero l'establishment americano, spinto dalla vergogna, a provvedere a te.»

Aggrottando la fronte, Mary distolse lo sguardo. «Vedo che hai letto quel libro orribile.»

«Sì, confesso di aver letto le memorie di Mrs Keckley, ma all'epoca mi è bastato dare un'occhiata ai titoli feroci dei giornali per capire che il tuo piano era fallito miseramente. Anziché far vergognare i repubblicani, hai coperto te stessa di imbarazzo, e mi ha addolorato vedere quanto hai sofferto.» Frances le posò la mano sulla spalla, ma Mary tenne il viso risolutamente girato dall'altra parte. «Devi aver notato le somiglianze tra ora e allora. Devi esserti accorta, come me, che questo maldestro tentativo di disonorare Robert si concluderà con un esito altrettanto spiacevole per te.»

Seguì un lungo silenzio.

«Date la perfidia della stampa nei miei confronti e la malvagità degli uomini» disse con riluttanza Mary, «potresti aver ragione.»

Frances approfittò del vantaggio. «Sei stata tu a menzionare le memorie di Mrs Keckley, le lettere private che ha stampato, le conversazioni intime che ha divulgato. Considera il male che tutto questo ti ha arrecato. E anche se tutti odiamo ricordarlo, pensiamo per un momento al disgustoso Mr Herndon, ai suoi vili predicozzi, alla sua ripugnante biografia...»

«Biografia, per modo di dire» interloquì Mary, pungente. «Quei maledetti volumi erano così pieni di menzogne calunniose che sarebbe più appropriato definirli opere di narrativa.»

«Ti hanno ferita tanto le bugie quanto le verità» le rammentò Frances. «Ora rifletti su ciò che hai minacciato di fare a Robert. Saresti davvero disposta a infliggere un simile dolore al tuo unico figlio sopravvissuto? Perché se, dopo tutto ciò che hai sofferto di persona, fossi capace di...» Frances sentì un nodo in gola mentre ritirava il braccio e univa le mani in grembo. «Voglio credere che tu sia migliore di così. Mi si spezzerebbe il cuore se dimostrassi il contrario.»

Mary rimase in silenzio per un istante, la schiena girata, le spalle che tremavano come se stesse trattenendo i singhiozzi. «Penserò a ciò che hai detto» disse con voce rauca, alzandosi. «Nel frattempo, se oggi fossi così gentile da lasciare dei fiori sulla tomba del mio caro Tad, te ne sarei grata.»

«Certo. Sicura di non voler venire con...»

Ma Mary si stava già affrettando verso la casa senza voltarsi indietro.

Quando fu scomparsa oltre la porta di servizio, Frances si alzò, recuperò le cesoie dal cesto sotto la finestra della cucina e cominciò a tagliare i fiori. Aveva appena iniziato quando udì dei passi sul vialetto di pietra e, girandosi, vide Lewis che camminava nella sua direzione. «Stavo arrivando con l'acqua ma ho visto dalla soglia che stavate discutendo con la prozia Mary» disse timidamente. «Allora ho capito che in realtà non volevate l'acqua, bensì restare sola con lei. Va tutto bene?»

Frances gli assicurò di sì, o almeno, così pensava. Scusandosi per lo stratagemma, lo invitò ad accompagnarla al cimitero. Lui annuì, comprensivo, senza domandare perché la prozia Mary preferisse non andare con loro.

Due giorni dopo, Elizabeth raccontò a Frances e Ann come, all'improvviso e senza una parola di spiegazione, Mary avesse informato Ninian di non avere più intenzione di fare causa a Robert o diffamarlo sulla stampa. Si sarebbe accontentata del saldo di certi debiti che il figlio aveva contratto con lei per l'acquisto della sua ex casa in West Washington Avenue a Chicago.

«Quando ho insistito per conoscerne la ragione, si è limitata a dire che è esausta» proseguì Elizabeth, preoccupata. «Cosa intendeva, secondo voi?»

«Forse che tornerà alla carica dopo una bella dormita» ipotizzò Ann, sprezzante.

Ma si sbagliava. Le settimane volarono via, l'estate cedette il passo all'autunno e anche se, a quanto ne sapevano le sorelle, Mary non fece nulla per riconciliarsi con Robert, non minacciò più di rovinarlo.

Frances sperava che la tregua le concedesse un po' di serenità, ma l'altra pareva irrequieta e insoddisfatta, tranne quando Lewis la portava in carrozza, la accompagnava a fare una passeggiata o le leggeva i versi dei suoi poeti preferiti. Allorché le sorelle le domandarono dolcemente cosa la turbasse, Mary confessò che non sopportava più di vivere a Springfield, dove ogni scena familiare e ogni luogo caro evocava dolorosi ricordi di anni più felici, e dove tutti la consideravano una pazza da rinchiudere in manicomio e dimenticare. «Lo capisco dal modo in cui cercano di assecondarmi» spiegò alle altre quando provarono a contraddirla. «Se dovessi dire che la luna è fatta di formaggio, ne converrebbero con un sorriso entusiasta. Vi voglio bene, ma non posso restare.»

«Saresti felice tra estranei?» chiese Elizabeth.

Mary inclinò la testa, riflettendo. «Improbabile, ma sarei molto meno *in*felice.»

Nonostante quel vago accenno, Frances si stupì quando Mary annunciò che aveva intenzione di tornare in Europa. Non sarebbe stata tormentata dai ricordi dei viaggi con Tad?

Avrebbe soggiornato in città dove aveva già degli amici, spiegò Mary, e la loro compagnia avrebbe attenuato l'eventuale dolore provocato dal ripensare ai familiari defunti. Il fedele Lewis aveva già accettato di accompagnarla in treno da Lexington a Philadelphia e poi a New York, dove il primo ottobre sarebbe salita a bordo del piroscafo *Labrador* e salpata per Le Havre, da lì avrebbe proseguito, sempre in piroscafo, fino a Bordeaux e quindi in treno fino a Pau, una stazione termale sui Pirenei francesi. Insistette perché le sorelle mantenessero il riserbo sui suoi programmi, affinché Robert non potesse impedirle di partire, temendo che, pur di trattenerla, la riportasse al Bellevue. Nessuna argomentazione l'avrebbe convinta che Robert non intendeva affatto internarla di nuovo in manicomio, così mantennero il segreto, seppure non senza apprensione.

«Me ne vado come un'esule, e da sola» dichiarò Mary uscendo dalla casa degli Edwards per salire sulla carrozza diretta alla stazione, con Lewis come sollecito accompagnatore.

Frances e Ann erano andate a salutarla, e mentre le tre sorelle guardavano la vettura scomparire dietro l'angolo, Elizabeth disse: «Presto si stancherà della solitudine in terra straniera e tornerà a casa».

Ann fece sì con la testa, ma Frances, afflitta, pensò che molto probabilmente non l'avrebbero rivista mai più.

26
20 maggio 1875
MARY

Non era pazza. Questo Mary lo sapeva con tutto il cuore e l'anima, con tutto il suo essere.

Era angosciata e scoraggiata, sì, ma quale donna razionale non lo sarebbe stata nelle sue circostanze? Privata del suo grande amore e dei suoi tre figli adorati, abbandonata dalle sorelle, tradita dalla sua più cara amica, disprezzata dal mondo, ridicolizzata da coloro che un tempo l'avevano rispettata, e ora trascinata in tribunale dal suo unico figlio sopravvissuto e dichiarata pazza.

Quale donna sana di mente non sarebbe caduta vittima della disperazione? Chi non avrebbe capito fin troppo chiaramente che non aveva ragioni per continuare a vivere?

Non poteva essere internata in manicomio. Là, tra i pazzi patologici, sarebbe precipitata davvero nella follia. Aveva perso quasi ogni altra cosa, ma si era aggrappata saldamente alla ragione, alla lucidità. Non avrebbe permesso che le strappassero anche quelle.

Robert era passato nella sua suite in hotel quel mattino

mentre andava al lavoro. Per vedere come stesse dopo le traversie del giorno prima, aveva affermato, ma in realtà per gongolare, per ricavare una gioia maligna dalla sua sofferenza. Prima di andarsene, l'aveva avvertita che sarebbe tornato più tardi con Mr Swett per accompagnarla al Bellevue Place.

Che lo facesse pure, tanto sarebbe rimasto con un pugno di mosche.

Avevano messo tre guardie a sorvegliarla: una donna arcigna dentro la camera e due uomini – almeno uno dei quali, sospettava Mary, era un agente della Pinkerton – davanti alla porta. Mary aveva sentito Robert ordinare loro di non lasciarla uscire dall'hotel per nessun motivo, ma anche di non bloccarla fisicamente in alcun modo. Sarebbe potuta scoppiare a ridere per come aveva legato loro le mani. Come pretendeva che le guardie la trattenessero se avesse desiderato andarsene? Con la capacità di persuasione? No, suo figlio dava per scontato che se ne sarebbe stata rinchiusa là dentro, rintanandosi in camera. Credeva che si sentisse umiliata, intimidita, troppo impaurita per disobbedire e troppo pazza per programmare una fuga. Gli avrebbe fatto vedere quanto si fosse ingannato, su quello e su altri punti.

La donna era là per impedirle di buttarsi dalla finestra o di farsi del male in altro modo, perciò quando Mary prese la borsa a rete e annunciò che doveva chiedere al portiere di spedire un telegramma urgente a sua sorella, l'altra si limitò ad aggrottare la fronte, annuire e cambiare posizione. Con il cuore che batteva all'impazzata, Mary uscì in corridoio e propinò la stessa storia ai due uomini. Anche loro corrugarono la fronte e la scrutarono ma, quando lei si voltò per allontanarsi, non fecero nulla per fermarla. Avanzò lesta, soffocando una risata beffarda appena raggiunse le scale senza essere seguita. Scese rapidamente, facendo una sosta sul pianerottolo, certa di aver sentito dei passi una rampa più in alto, come se qualcuno la pedinasse. Il rumore si spense quando lei si fermò, così dopo un momento di esitazione e paura si affrettò a proseguire.

Naturalmente non andò a parlare con il portiere; doveva sbrigarsi e non c'era bisogno di arrivare a tanto. Da quando si era registrata al Gran Pacific Hotel un mese prima, era passata molte volte davanti alla farmacia Squair & Company nella hall, e di tanto in tanto era anche entrata, dunque quella visita non avrebbe insospettito il farmacista. Avvicinandosi al bancone, si sforzò di sorridere per nascondere il tremito della voce e ordinò un flacone da tre once di laudano e canfora. Da applicare alla spalla contro il dolore nevralgico, precisò, notando che Mr Squair esitava.

«Mi serve mezz'ora per preparare la miscela, signora. Volete che mandi il fattorino in camera vostra quando è pronta?»

Mary resistette all'impulso di rimproverarlo. «No, no, grazie. Ho altre commissioni da sbrigare. Torno dopo.»

Si voltò e uscì. Raggiunta l'entrata principale dopo aver attraversato la hall, si fermò a guardarsi sopra la spalla, perché un formicolio alla nuca la avvertì che qualcuno la stava spiando. Una volta in strada, fermò un taxi e percorse un isolato fino alla farmacia Rogers & Smith, all'angolo tra Adams e Clark Street. Ordinando al cocchiere di aspettare, si mise in fila e attese spazientita che il farmacista servisse altri due clienti. Con sua costernazione, quando finalmente fu il suo turno, un commesso chiamò

Mr Smith nel retrobottega. Il farmacista ricomparve di lì a poco con un'espressione strana e, quando Mary chiese il laudano con la canfora, si scusò, spiegando che uno degli ingredienti era esaurito.

«Quale dei due?» domandò lei, sospettosa.

«La canfora» rispose l'altro, troppo velocemente.

«Capisco.» Mary si girò di scatto, rischiando di urtare uno degli uomini che le facevano da guardia. Per un istante si paralizzò per lo shock, ma subito ritrovò la calma. Cosa importava? Tanto era quasi finita. «Devo comprare alcune cose essenziali prima del trasferimento di oggi» lo informò in tono imperioso. «Per favore, vogliate scusarmi.»

Certa che non le avrebbe messo le mani addosso, lo superò e, imboccata la porta, risalì in carrozza. «Dale Pharmacy» ordinò al cocchiere, «due isolati lungo Clark Street.»

Di lì a qualche minuto entrò nella farmacia, trovando tre clienti confusi in attesa davanti al bancone, ma non il farmacista. Sporgendosi dal fondo di una corsia, lanciò un'occhiata oltre la porta aperta del retrobottega e si bloccò, con il cuore in gola, nel vedere Mr Dale che conversava solennemente con Mr Squair, entrambi con un'espressione grave e la voce bassa.

In preda al panico, si ritrasse ma, mentre tornava verso l'uscita, calcolò che se Mr Squair era là non poteva essere nel suo negozio. Risalì in carrozza e chiese al cocchiere di riportarla subito alla Squair & Company.

Con il battito impazzito, si sforzò di mantenere un'aria composta quando entrò nella farmacia per la seconda volta e chiese con garbo al giovane assistente occhialuto se il suo ordine fosse pronto. «Ancora qualche minuto, signora» rispose il ragazzo, alzando un dito e precipitandosi nel retrobottega. In breve fu di ritorno, batté lo scontrino e le porse una boccetta marrone con l'etichetta LAUDANO & CANFORA. Dissimulando un moto di trionfo, Mary lo ringraziò e uscì.

Non appena raggiunse il marciapiede, stappò il flacone e lo vuotò d'un fiato, rovesciandoselo in bocca per bere fino all'ultima goccia. Fu pervasa dal sollievo, mitigato solo da una vaga traccia di rimpianto.

Tornò in camera, facendo un cenno all'uomo solitario davanti alla porta e alla donna accanto alla finestra. Si stese sul letto, vestita da capo a piedi, per aspettare la fine.

Aveva immaginato di scivolare serenamente in un sonno senza sogni da cui non si sarebbe mai svegliata, ma passarono cinque minuti e poi dieci, e non si sentì affatto diversa, tranne per il cuore, che ora batteva più lento. Con lo scorrere dei secondi, i palpiti accelerarono di nuovo e gli occhi le si riempirono di lacrime. Non era in grado nemmeno di suicidarsi?

L'assistente, con molta probabilità un novellino, doveva aver preparato una soluzione diluita. Furiosa, si alzò dal letto, prese la borsa e, eludendo le guardie con un altro pretesto, si avviò verso la Squair & Company. Il farmacista aveva ripreso il suo posto e i suoi occhi mostrarono un'ombra di diffidenza quando, in tono severo, lo informò che il preparato non aveva affatto alleviato il dolore. Ordinò un'altra boccetta, dichiarando: «Verrò dietro il bancone a osservarvi mentre mescolate gli ingredienti, per assicurarmi che questa volta sia fatto a dovere».

«Mi scuso per l'errore, signora» disse Mr Squair. «Tuttavia conserviamo il laudano in cantina. Le scale sono buie e ripide, e ai clienti è assolutamente vietato scendere.»

«D'accordo. Ma per favore, fate presto.»

Mentre aspettava, camminò avanti e indietro vicino alla vetrina, ignorando le occhiate incuriosite degli altri clienti, finché il farmacista tornò con un nuovo flacone, la cui etichetta diceva LAUDANO – NON SUPERARE LE DOSI CONSIGLIATE.

«State molto attenta» le raccomandò. «È assai potente.»

Dopo un ringraziamento sbrigativo, Mary uscì e, nella hall, aprì la boccetta e la bevve fino all'ultima goccia. Chiudendo gli occhi, sospirò e si portò al petto il pugno chiuso intorno al flacone vuoto.

Sollevò le palpebre e il cuore le si fermò.

Robert si stava avvicinando dall'altra parte della hall, accompagnato dalle due guardie. Aveva il viso tirato e pallido, e mentre si domandava perché fosse arrivato con ore di anticipo, Mary vide Mr Squair dietro l'angolo, con le braccia incrociate, il mento abbassato e le labbra strette in una linea determinata, e capì che quei tizi, tutti quanti, avevano cospirato con suo figlio contro di lei e che ormai non c'era più nessuna speranza di andare a dormire e svegliarsi tra le braccia di Abe, non con quegli uomini autorizzati a decidere il suo destino.

Si era consegnata nelle loro mani, ma non potevano trattenerla per sempre. Non si sarebbe sottomessa. Aveva amici potenti e Abe vegliava su di lei. Gliel'avrebbe fatta vedere. Era la moglie del presidente e non avrebbe ceduto.

27
Luglio 1882
ELIZABETH

Il 15 luglio 1882, l'undicesimo anniversario della morte di Tad Lincoln, Elizabeth trattenne le lacrime mentre telegrafava a Robert a Chicago: *Tua madre ha avuto un colpo apoplettico. Priva di coscienza e in fin di vita. Vieni subito se possibile per dirle addio.*

Poi spedì telegrammi analoghi a Emilie a Lexington e a Margaret a Cincinnati, certa che avrebbero voluto essere avvisate anche se non sarebbero mai giunte a Springfield in tempo per un ultimo saluto.

Poi esitò, domandandosi se avvertire George nella Carolina del Sud. Anche in una famiglia che contava numerosi ex ribelli, George aveva una pessima fama e aveva tagliato i ponti persino con i fratelli e le sorelle che avevano sostenuto il Sud. Elizabeth aveva avuto uno scambio di lettere con lui dopo che si era arruolato come medico nell'esercito confederato, ma aveva interrotto qualunque contatto quando si era sparsa la voce che trattasse i prigionieri di guerra nordisti, e soprattutto i soldati di colore, con scioccante brutalità, violando il giuramento di Ippocrate e tutte le regole dell'umana decenza. Durante la guerra aveva anche dichiarato pubblicamente che suo cognato Abraham Lincoln era *uno dei più grandi furfanti ancora in circolazione*. Mary non l'aveva mai perdonato, né lui aveva mai chiesto scusa. Invitarlo sarebbe stato un tradimento, anche se ormai non avrebbe fatto differenza per Mary, che non era abbastanza cosciente per rendersi conto della sua eventuale presenza. Così Elizabeth non gli scrisse. George non avrebbe partecipato comunque e fin troppo presto avrebbe saputo della morte di Mary dai giornali.

Alla moribonda restavano giorni o soltanto ore? I medici non sapevano dirlo con certezza.

Frances, Ann e Lewis la vegliavano a turno da quando si erano resi conto che probabilmente non si sarebbe più alzata dal letto. In quel periodo, diversi pronipoti erano andati e venuti dalla casa degli Edwards per far visita alla malata. Pregavano in silenzio, a testa china, in salotto, e aiutavano le sorelle Todd come potevano.

I fratelli e le sorelle rimasti a piangere la sua dipartita erano pochissimi. Sam e Aleck erano caduti in combattimento durante la guerra, e nel 1871 David era morto per le ferite ricevute a Vicksburg. Levi era stato ucciso da un'insufficienza epatica nel 1864, quando decenni di grave alcolismo avevano richiesto il loro inesorabile tributo. Martha era stata colpita da una breve malattia nel 1868, a soli trentacinque anni, e Kitty, la più giovane di tutti, era stata stroncata da una cardiopatia quando ne aveva solo trentaquattro. In tempi più recenti, Elodie era morta di parto nel 1877. A sessantatré anni, Mary era stata molto più longeva di loro, ma Elizabeth, che ne aveva cinque in più, aveva ugualmente la sensazione che la sua dipartita imminente fosse arrivata troppo presto.

Prima che la morte li separasse per sempre, la guerra, il tempo e le circostanze avevano sparpagliato le sorelle e i fratelli lontano da Lexington, la loro città natale. Nessuno si era allontanato più di Mary.

Durante l'ultimo viaggio all'estero non aveva vagato in lungo e in largo per l'Europa come aveva fatto in precedenza, restando perlopiù a Pau e facendo soggiorni occasionali in altre città della Francia e dell'Italia. Aveva scritto lettere molto allegre e ottimiste; gli altri la accoglievano nell'anonimato, cosa che la rilassava e la riempiva di sollievo, oppure la trattavano come un'aristocratica di spicco, cosa che la allietava oltre misura. Di tanto in tanto si lamentava di vari disturbi – affaticamento, nevralgia, bronchiti, acciacchi e dolori – e d'un tratto aveva perso anche molto peso, cosa che considerava motivo di gioia anziché di preoccupazione.

Dopo il primo anno, tuttavia, il tono delle lettere era diventato malinconico, con missive che si dilungavano tanto sui lutti del passato quanto sui suggestivi panorami di Ercolano, della baia di Napoli e del Vesuvio. Nell'ottobre del 1879 aveva ormai iniziato a esprimere il forte desiderio di tornare in America, definendo se stessa una donna oppressa e disperata e la sua lunga assenza dalla patria un esilio. L'unica cosa che le impediva di rientrare, aveva confidato a Elizabeth, era il profondo terrore che Robert cercasse di farla ricoverare non appena avesse messo piede sul suolo americano.

«È assurdo» aveva protestato Robert quando Elizabeth gli aveva parlato dei timori di sua madre. «Per favore, assicuratele che non lo farei mai e poi mai. Non ho ragione di pensare che una simile interferenza sia opportuna ora o che lo sarà in futuro. Anche se lo fosse, non farei alcunché. Se avessi potuto prevedere quale tormento sarebbe stata per me questa esperienza, nulla mi avrebbe indotto ad andare fino in fondo. Le normali seccature e sofferenze della vita sono già abbastanza.»

Elizabeth aveva riferito il messaggio – con parole sue, più incoraggianti – ma Mary aveva sollevato obiezioni. Nonostante ciò, aveva cominciato a spedire alla figlia di Robert regali sporadici dalla Francia e dall'Italia, ed Elizabeth aveva sentito accendersi la vaghissima speranza che un giorno Mary potesse riconciliarsi con il figlio.

Nel dicembre del 1879, Mary si era procurata una grave lesione alla spina dorsale cadendo da una scaletta mentre cercava di appendere un dipinto. I medici l'avevano ingessata ma, anche dopo la rimozione del gesso, aveva continuato ad avere intensi dolori e atonia sul lato sinistro e aveva avuto difficoltà a camminare. Sei mesi dopo, il protratto indebolimento l'aveva fatta incespicare e cadere su una rampa di scale, peggiorando i danni alla schiena, al punto che certi movimenti le provocavano fitte lancinanti.

Mary stava troppo male per vivere ancora da sola, così era dovuta tornare in America nonostante l'ansia per le intenzioni di Robert.

Nell'ottobre del 1880 si era imbarcata da Le Havre a New York a bordo del piroscafo *L'Amerique*. Lewis le era andato incontro sul molo, ma lei si era sentita troppo debilitata per proseguire, così il ragazzo aveva preso una suite al Clarendon Hotel. Là Mary era stata visitata dal dottor Louis A. Sayre, ortopedico di fama mondiale e amico di famiglia, che le aveva diagnosticato un'infiammazione spinale, un disturbo dei reni e una *grave depressione mentale*, per combattere la quale sarebbero state necessarie una terapia adeguata e *l'affetto di familiari e amici.*

Quando Elizabeth aveva letto il telegramma di Lewis, la raccomandazione del medico le era parsa un caustico rimprovero. Se l'affetto fosse stato una medicina contro i problemi mentali, Mary si sarebbe rimessa molto tempo prima, ma la comprensione e l'incoraggiamento non erano mai stati sufficienti. Per molti anni, e forse anche in quel momento, Mary aveva necessitato delle premurose attenzioni di uno psichiatra. Si trattava esattamente del tipo di cure che aveva ricevuto dal dottor Patterson al Bellevue Place, dove aveva fatto grandi progressi. Se non fosse stato per i Bradwell e la loro sconsiderata missione di salvarla da un imbarazzo mortale, sarebbe rimasta in istituto finché non fosse rinsavita completamente, invece di essere gettata anzitempo in pasto al mondo, dove avrebbe subito nuove ferite prima che le precedenti si fossero cicatrizzate.

Quando Mary era stata in condizioni di viaggiare, Lewis l'aveva accompagnata in treno da New York a Springfield, dove Elizabeth e la nipote Mary Edwards l'avevano aiutata a sistemarsi nella sua vecchia camera. Elizabeth aveva nascosto lo sgomento per le sue condizioni precarie, per il dolore, la mobilità limitata, la depressione e la vista sempre più debole. Come aveva fatto a cavarsela da sola per così tanto tempo, dall'altra parte dell'oceano?

Con il passare delle settimane, Elizabeth, Ninian e Lewis avevano scoperto che benché di solito Mary sembrasse perfettamente razionale e piacevole, soffriva ancora di preoccupanti manie e fissazioni. Si ostinava a dormire su un lato del letto per lasciare libero quello del marito, e certe volte allarmava i suoi accompagnatori sobbalzando all'improvviso e chiedendo se anche loro avessero udito la sua voce. Aveva sessantaquattro bauli di vestiti a casa degli Edwards e, ogni giorno, passava ore ad aprirli, svuotarli, riordinarli e riempirli di nuovo, facendo smorfie di dolore quando si piegava e si inginocchiava, ma continuando tenacemente, spinta da una compulsione che Elizabeth non riusciva a capire.

Eppure c'erano stati momenti luminosi, un barlume della donna che avrebbe potuto essere se non fosse stato per i lutti e il senso di abbandono che la perseguitavano fin dalla morte della madre e dalle prime manifestazioni di ostilità della matrigna. Adorava Lewis e, in sua compagnia, era amabile, allegra e irresistibile. Era stata generosa con Frances, che versava in difficoltà finanziarie da quando William era morto qualche anno dopo la guerra. Le aveva elargito centinaia di dollari per le necessità e il saldo dei debiti, rifiutandosi di considerarlo un prestito; quando ancora era all'estero, le aveva spedito pregiati indumenti di lana del valore di centinaia di dollari per sostituire i vestiti logori e sbiaditi che altrimenti Frances avrebbe indossato finché le toppe non avessero richiesto altre toppe.

Poi, nel maggio del 1881, dopo mesi di blandizie delicate ma incessanti da parte di Elizabeth, Mary aveva accettato di incontrare Robert.

Mamie, che aveva undici anni, implorava di vedere la nonna da quando era tornata dall'estero, ansiosa di ringraziarla di persona per i bellissimi regali che le aveva spedito dalla Francia e dall'Italia, di leggere poesie con lei e di ascoltare, incantata, le storie dei suoi viaggi. Elizabeth aveva invitato Robert a portare la bambina per una visita e poi, invece di lasciarla alla porta d'ingresso e andare a trascorrere del tempo con le altre zie, lui l'aveva accompagnata dentro e si era unito a lei e alla madre mentre sedevano in salotto e bevevano il tè in giardino. Era stata una tregua carica di nervosismo, ma pur sempre un inizio, e con il passare delle settimane si era consolidata sempre di più. In inverno, Mary e Robert avevano ormai cominciato a scambiarsi lettere cordiali e, sebbene lei avesse continuato a detestare la nuora, la ripresa dei rapporti tra madre e figlio aveva soddisfatto entrambi.

Meno male, pensò Elizabeth uscendo dall'ufficio del telegrafo, che si erano riconciliati prima che fosse troppo tardi. Negli anni a venire, Robert avrebbe sofferto indicibilmente se lui e la madre non avessero fatto pace, se il loro ultimo addio, ormai prossimo, fosse avvenuto da una fredda distanza anziché nel segno della concordia e dell'affetto.

Robert arrivò a Springfield il mattino dopo, di buon'ora. Con le lacrime agli occhi, salutò Elizabeth con un rapido bacio sulla guancia, quindi si affrettò verso la camera della madre. Trattenendo il pianto, Elizabeth partecipò con lui e le altre sorelle alla veglia che sicuramente avrebbe raggiunto la sua inevitabile conclusione prima della fine della giornata.

Di lì a poco le sofferenze di Mary sarebbero finite, si disse. Era così che occorreva vedere la sua morte. Finalmente Mary avrebbe trovato la serenità e il conforto che non aveva avuto durante la vita.

Le sorelle rimaste avrebbero ricevuto a loro volta la benedizione della serenità?

Quando fosse arrivato il suo ultimo giorno, Elizabeth sperava che sarebbe riuscita a ripensare alla propria vita con la certezza di essersi comportata bene verso le sue sorelle. Essendo la maggiore, aveva sempre desiderato compiere il suo dovere, affidandosi alla saggezza altrui come punto di riferimento. Se era stata troppo indulgente, la sua consolazione sarebbe stata di aver ecceduto in umanità.

Per tutta la vita, tra le vicissitudini degli anni, i distacchi e le riconciliazioni, tra momenti di luminosa speranza e di cupa disperazione, Elizabeth aveva sempre voluto bene a Mary e aveva avuto bisogno di lei. Su chi, se non su una sorella, poteva fare affidamento una donna per avere comprensione, anche quando non si capivano affatto?

Gli screzi non avevano mai spezzato i legami dell'amore tra sorelle. Non ci era riuscita nemmeno la guerra, con i suoi contrasti e i suoi rancori, e non l'avrebbe fatto neppure la morte.

Qualunque cosa il mondo si fosse portato via, strappandole persino l'una all'altra, l'amore sarebbe rimasto.

Nota dell'autrice

Mary Todd Lincoln morì a Springfield, nell'Illinois, il 16 luglio 1882, all'età di sessantatré anni, nel trentatreesimo anniversario della morte dell'amato padre e un giorno dopo l'undicesimo anniversario di quella del figlio Tad. I medici e gli storici moderni ipotizzano che sia stata uccisa da un ictus, forse causato dalla rottura di un vaso sanguigno nel cervello, e che le complicanze di un diabete trascurato abbiano contribuito all'aggravamento definitivo e al decesso.

Il 19 luglio, la sua salma fu esposta nel salotto di casa Edwards, la stessa stanza in cui aveva sposato l'adorato Abraham quasi quarant'anni prima. Stesa in una bara drappeggiata in velluto nero e circondata da fiori profumati, indossava un bellissimo vestito di seta bianca, un regalo postumo della sorella Elizabeth. Al dito portava la fede nuziale, su cui era incisa la frase L'AMORE È ETERNO, un principio che l'aveva accompagnata per tutti i lunghi e solitari anni della vedovanza.

Al funerale presenziarono così tante persone – familiari, amici, dignitari che aveva conosciuto quando era la first lady, e innumerevoli simpatizzanti sconosciuti – che la Prima chiesa presbiteriana di Springfield non era abbastanza grande per ospitarle tutte. Dopo gli inni d'apertura del coro, la lettura delle Scritture e una preghiera, il reverendo James A. Reed pronunciò un sermone biografico. *Introducendo l'argomento*, riferì il *Chicago Tribune*, *Mr Reed ha paragonato la vita e la carriera di Abraham Lincoln e della sua ormai defunta coniuge con la crescita e la decomposizione di due pini che aveva visto prosperare fianco a fianco su una sporgenza rocciosa sui monti Allegani.*

> Gli alberi che ha richiamato alla mente spuntavano dallo stesso crepaccio roccioso, con le radici intrecciate che traevano nutrimento dalla medesima fonte e i tronchi che quasi si univano alla base, per sembrare due rami nati dallo stesso ceppo. Vicino al terreno, uno di questi alberi è inaridito e, come per solidarietà, il compagno si è consumato lentamente, fino a morire anch'esso di lì a qualche anno. Sembrava che il decesso del primo l'avesse ucciso e, da quel momento in poi, la sua esistenza è stata solo una morte vivente. Analogo è stato il corso della vita dell'illustre Lincoln e della sua compagna, così come descritto dall'oratore. A suo parere si può dire che Mrs Lincoln sia stata uccisa dal proiettile fatale che ha messo fine alla vita di suo marito.

Al sermone seguirono inni e preghiere, quindi un lungo corteo solenne portò i resti di Mary fino al monumento sulla bella altura boscosa nell'Oak Ridge Cemetery, dove fu sepolta con l'amato marito e i figli Eddie, Willie e Tad.

Dopo la morte, Mary Lincoln ricevette finalmente un po' dell'affetto e della gentilezza che spesso le erano stati negati in vita. *Con la dipartita di Mary Todd Lincoln [...] esce di scena una figura sempre intrisa di un certo interesse storico e tragico*, scrisse il *New York Times. Sarebbe bene, per coloro che sono stati inclini a giudicare duramente alcune caratteristiche personali di Mrs Lincoln, ricordare che poche donne sono mai state più devote ai mariti e che poche hanno mai sofferto uno shock così atroce come quando egli è stato ucciso al suo fianco.*

Sei anni dopo, la morte di Elizabeth, all'età di settantaquattro anni, fu improvvisa quanto quella di Mary era stata graduale. Una mattina, una settimana dopo che lei e Ninian avevano festeggiato il cinquantaseiesimo anniversario di matrimonio, accolse due amici per una breve visita e li invitò a pranzo qualche ora dopo. Quando gli ospiti se ne andarono, uscì per sbrigare una commissione, ma svenne accasciandosi in giardino. *È rientrata in casa da sola*, riportò il *Chicago Tribune, ed è stata aiutata a raggiungere il sofà, dove è spirata di lì a cinque minuti. Il marito, che è in condizioni di salute precarie, era al suo fianco. È assai prostrato e vi è una certa preoccupazione nei suoi confronti.* Quei timori si dimostrarono giustificati: Ninian morì diciotto mesi dopo, a ottant'anni, a casa del figlio Albert Stephenson Edwards. Fu sepolto accanto all'amata moglie nell'Oak Ridge Cemetery a Springfield.

Nel marzo del 1891, Ann Maria Todd Smith si spense a sessantasette anni a San Francisco, dove stava facendo visita ai figli Edgar T. e Allen H. Smith. Le sue spoglie furono riportate a Springfield, dove fu tumulata accanto al marito Clark, morto nel 1885.

Frances Todd Wallace spirò a casa sua, nella Seconda Strada a Springfield, nell'agosto del 1899, a ottantadue anni. *Era sostanzialmente forte e sicura di sé, ma a governare la sua vita sono stati la gentilezza e l'amore*, la lodò affettuosamente un necrologio. *Non era mai felice come quando faceva del bene agli altri. La sua vita di tutti i giorni illustra il precetto secondo cui è meglio dare che ricevere. La sua casa tranquilla era il cuore del quartiere, e tanto i giovani quanto i vecchi amavano cercare la sua compagnia. La gioia che traeva dalla presenza dei vicini era ricambiata appieno. Le sue reminiscenze di persone ed eventi dei tempi andati erano assai interessanti e, fino all'ultimo, la sua memoria è stata straordinaria nella fedeltà ai dettagli e nella forza e vividezza delle impressioni trasmesse.*

Meno di un anno dopo, il fratello minore di Frances, George Rogers Clark Todd, morì nella Carolina del Sud a settantaquattro anni, estraniato dalla famiglia fino all'ultimo. Di lì a quattro anni, nel marzo del 1904, Margaret Todd Kellogg morì di infarto a Dayton Beach, in Florida. *Muore signora dell'alta società*, annunciò il necrologio, aggiungendo che Margaret era andata in Florida due mesi prima per motivi di salute, accompagnata dalle tre figlie e dal genero, che era anche il suo medico. *Mrs Kellogg veniva da una delle più note e illustri famiglie della storia americana*, riportava l'articolo, seppure con alcune inesattezze, *essendo la sorella* [sic] *del compianto e martirizzato presidente Abraham Lincoln, brutalmente assassinato nell'aprile del 1865, alla fine del triste ma cruento conflitto tra Nord e Sud. Come il nobile fratello*

[sic], *era adorata e apprezzata per i suoi ottimi tratti caratteriali e la sua incrollabile devozione cristiana.*

L'amata Sorellina di Mary e Abraham, Emilie Todd Helm, sopravvisse a tutti i fratelli e i fratellastri, spegnendosi nel febbraio del 1930 a Helm Place, sul Bowman's Mill Pike nel Kentucky, a novantatré anni. Due giorni dopo, il *Louisville Courier-Journal* la elogiò entusiasticamente con un articolo intitolato *LITTLE SISTER*.

> È una felice coincidenza che la moglie di Ben Hardin Helm, nonché sorellastra di Mary Todd Lincoln, abbia vissuto così a lungo e sia riuscita, sia a parole sia con il suo diario e la sua corrispondenza, a correggere molte false impressioni sulle circostanze relative alla vita di Abraham Lincoln e di sua moglie in un periodo in cui l'interesse pubblico nei loro confronti è alle stelle. Negli ultimi dieci anni sono stati scritti molti libri sui Lincoln, marito e moglie, non da ultimo quello di Katherine Helm di Lexington, basato in gran parte sui ricordi, sulle lettere e sugli scritti della madre.
>
> La dipartita di Mrs Helm, all'età di novantatré anni, ci priva di una donna molto amata dai *ragazzi* in divisa grigia, alle cui riunioni era sovente una gradita ospite. Ha dato prova della sua determinazione quando, dopo che il generale Helm era stato ucciso a Chickamauga e lei aveva ottenuto un lasciapassare da Atlanta, gli ufficiali dell'Unione a Fortress Monroe hanno cercato di costringerla a giurare fedeltà. Tra le lacrime, ma in tono fermo, la giovane vedova si è rifiutata. Le autorità hanno avvisato Lincoln, che aveva concesso il lasciapassare. *Mandatela*

da me, ha telegrafato il presidente, e Mrs Helm è andata alla Casa Bianca, dove si è ricongiunta con la sorella.

"Avevo appena perso mio marito" *scrive nel diario.* "Mary aveva perso suo figlio Willie, ed entrambe avevamo perso tre fratelli giovani e aitanti nelle file dell'esercito confederato."

Lincoln era assai affezionato alla Sorellina, come chiamava Emilie Helm dal giorno del 1847 in cui, tornando dal Congresso, era andato a casa dei Todd a Lexington e le aveva dato quel nomignolo mentre la prendeva in braccio e la sollevava a un'altezza vertiginosa dal pavimento. Mary Todd stravedeva per quella bambina e, grazie alle sue confidenze, negli anni successivi Emilie è riuscita a confutare la crudele storia, raccontata per la prima volta da William Herndon, secondo cui Lincoln non si sarebbe presentato alle nozze, presumibilmente fissate per il primo gennaio 1841.

È stato nell'aprile del 1861 che Lincoln ha offerto a Ben Hardin Helm, che all'epoca aveva trent'anni ed era uscito da West Point un decennio addietro, la nomina a furiere dell'esercito dell'Unione con il grado di maggiore. Quello stesso giorno, a Washington, Ben Helm ha parlato con Robert E. Lee, scoprendo che aveva dato le dimissioni. Suo padre, il governatore John L. Helm, era uno schiavista, ma anche un uomo dell'Unione. Mary avrebbe voluto che la sorella vivesse con lei alla Casa Bianca. L'incarico proposto era assai ambito e Helm sapeva che quell'opportunità sarebbe potuta sfociare ben presto in una promozione. Ringraziando Lincoln, gli ha chiesto un po' di tempo. Dopo essere rientrato nel Kentucky, Simon Bolivar Buckner l'ha convinto a legare il proprio destino a quello della Confederazione, sicché ha scritto al presidente dopo *un'aspra battaglia con me stesso*. Due anni dopo, Lincoln ha dato la triste notizia della morte di Ben Helm alla moglie, che in quel momento si trovava a New York, e il senatore David Davis ha riferito che il presidente era sconvolto dalla tragedia. «Davis» avrebbe detto, «mi sento come il re Davide quando gli dissero della morte di Assalonne.»

L'affetto di Lincoln per la Sorellina era ancora più profondo, concludeva il necrologio, *anche se, mentre era alla Casa Bianca e fino alla resa, lei era rimasta sempre una* piccola ribelle leale.

Per quanto ribelli e unioniste, alla fine le Todd si erano rivelate, al di là di tutti gli altri vincoli di fedeltà, soprattutto sorelle.

Ringraziamenti

Le sorelle di Mary Lincoln è un'opera di fantasia ispirata alla storia. Certi eventi e persone che compaiono nelle testimonianze storiche sono stati omessi per rendere la narrazione più scorrevole.

Sono profondamente grata a Maria Massie, Rachel Kahan, Alivia Lopez, Molly Waxman, Camille Collins, Cynthia Buck e Jennifer Hart per il loro contributo a questo romanzo e per il loro costante sostegno al mio lavoro. Geraldine Neidenbach, Heather Neidenbach e Marty Chiaverini sono stati i miei primi lettori e i loro commenti e domande sulle prime bozze del libro si sono rivelati inestimabili. Come sempre, Nic Neidenbach ha generosamente messo a disposizione le sue competenze informatiche per aiutarmi nei momenti cruciali.

Ho contratto un debito di gratitudine con la Wisconsin Historical Society e con i loro addetti e bibliotecari per aver conservato gli eccellenti archivi nel campus dell'università del Wisconsin a Madison, a cui mi affido per le ricerche. Tra le fonti che ho trovato più utili per *Le sorelle di Mary Lincoln* figurano:

Baker, Jean H., *Mary Todd Lincoln: A Biography*, Norton, New York 1987.

Clinton, Catherine, *Mrs. Lincoln: A Life*, Harper-Collins, New York 2009.

Emerson, Jason, *The Madness of Mary Lincoln*, Southern Illinois University Press, Carbondale 2007.

Epstein, Daniel Mark, *The Lincolns: Portrait of a Marriage*, Ballantine Books, New York 2008.

Fleischner, Jennifer, *Mrs. Lincoln and Mrs. Keckly: The Remarkable Story of the Friendship between a First Lady and a Former Slave*, Broadway Books, New York 2003.

Furgurson, Ernest B., *Freedom Rising: Washington in the Civil War*, Knopf, New York 2004.

Goodwin, Doris Kearns, *Team of Rivals*, Simon & Schuster, New York 2005.

Green, Maureen Helm, "Emilie – Abraham Lincoln's Sister in Law", in *Kentucky Ancestors*, vol. 4, n. 1, 2008, pp. 4-16.

Helm, Katherine, *The True Story of Mary, Wife of Lincoln*, Harper & Brothers, New York 1928.

Hoffmann, John, "The Lincoln Ox Yoke at the University of Illinois", in *For the People*, vol. 16, n. 2, 2014, pp. 1-7.

Keckley, Elizabeth, *Behind the Scenes*, G.W. Carleton & Co., New York 1868.

Miers, Schenck, *Lincoln Day by Day: A Chronology*, Lincoln Sesquicentennial Commission, Washington, DC 1960.

Turner, Justin G. e Linda Levitt Turner, *Mary Todd Lincoln: Her Life and Letters*, Knopf, New York 1972.

Mentre svolgevo ricerche e scrivevo *Le sorelle di Mary Lincoln*, ho consultato diverse eccellenti risorse online, tra cui gli Abraham Lincoln Papers alla Biblioteca del Congresso (www.loc.gov/collections/abraham-lincoln-papers/); gli archivi dei giornali storici digitalizzati sui siti Genealogybank.com (www.genealogybank.com) e Newspapers.com (www.newspapers.com); e censimenti, annuari e altri documenti storici su Ancestry (www.ancestry.com).

Come sempre, ringrazio soprattutto mio marito Marty e i miei figli Nicholas e Michael per il loro amore duraturo, il sostegno tenace e l'incoraggiamento incrollabile. Rendete ogni sforzo degno di essere fatto e, senza di voi, questo libro non avrebbe mai visto la luce.

Questo libro è fabbricato da Grafica Veneta S.p.A.
con un processo di stampa e rilegatura certificato 100% carbon neutral
in accordo con PAS 2060 BSI

Questo volume è stato stampato nell'ottobre 2022
presso Grafica Veneta S.p.A. – Trebaseleghe (PD)